心与物

愿逐月华流照君

第二届
城市文学排行榜
作品精选

青年文学杂志社 —— 编

中国青年出版社

出版说明

城市的核心是城市中的人。顾名思义，城市文学就是记录人与城市的相遇，反映人在城市中的生活。改革开放以来，中国的城市化进程取得了举世瞩目的成就。城市的生产空间、生活空间和生态空间，必然进入城市书写之中，并将绽放璀璨之花朵，捧结累累之硕果。与之相应，中国文学也来到了一个划时代的节点。

随着八〇后以及更年轻作家的涌现和成长，城市文学俨然开始成为文学叙事的主体。这既是文学领域内的一次自我生长和更迭，也与中国的现代转型、中国人精神的现代化和日常生活的重新建构等诸多大问题息息相关。城市作为一种独特文本，也会呼唤越来越多的漫游者、记录者和观察者，加入到这场文化的盛宴中。

城市文学之蔚为壮观，已然呼之欲出。

青年文学杂志社自一九八二年创刊以来，就密切关注现实生活，关注在中国城市化进程中所发生的生活遭际和内心触动。从二〇一八年开始，《青年文学》推出“城市文学”排行榜，每年邀请国内知名文学刊物举荐作品，再由两轮评委选出榜单作品，共同打造城市文学这一顺时应势的创作高地。

这些打上新时代烙印的中短篇小说佳作，值得一读、再读。

目　录
CONTENTS

金鸡

张楚

秋天总是很短，仿佛黎明时墙壁上花卉的倒影。白昼也短，直至卯时杨树上的喜鹊才叫，而等我醒来，所有的鸟鸣声都消失了，只看到室友穿着肥大的睡衣趴在电脑屏幕前移动着鼠标。还不睡啊夜猫子？通常我会礼节性地问候一句。修图，他略带羞赧地笑笑，轻声打个哈欠，头仰向布满细小蛛网的屋顶，点几滴眼药水。我挺佩服他。我一直不会自己点眼药水。这样会把身体熬坏的，没听老中医说吗？子时养肝，丑时养胃。没事啦大叔，习惯了，再说如果我偷懒，就真找不到工作了。

他搬进来也有段时间，跟上位室友相比，这孩子过于安静，睡觉不打呼噜，看《奇葩说》和《十三邀》时戴副 AUDIOFLY 牌白色耳机，即便外卖点的海鲜烩饭，碎龙虾壳吐得满桌都是，也像家猫般不出声响。他瘦，但不是枯瘦，眼大，但不瘆人。他还是个爱干净的孩子，临出门前总要洗澡，如果不洗澡的话就洗头。他用无硅油洗发水，他说自己是油质皮肤，而斯里兰卡的这款洗发水去油效果强悍，他尤其喜欢洗发后那种涩涩的犹如初恋的感觉。他还有三瓶不同水果味道的发胶和啫喱水，有一次我看到他在镜子面前小心翼翼地摆弄着发梢，半个时辰也有了。你要去拍戏吗？哦，大叔，他严肃地盯着我，你这话一点不幽默。发型对男人来讲太重要了！我忙活半天，还是没有办法将额头上的这一绺完全竖起来。他有些沮丧地掸了掸头发，一根根重新拽直。

跟他相比，我可真的老了。我从来没有买过除臭器，每晚将鞋子用油擦净后再郑重其事地悬挂在上面，我也没有像他那样，如果晚上不洗澡就用“小天使”牌柠檬味湿纸巾将腋窝擦拭两遍。他的袜子也比我多，有次我忍不住用眼光偷偷数了数，光夏天穿的短袜和船袜就有五十多双，更别提那些堆在床边的长腿棉袜和色泽鲜艳的足球袜了。

说实话，我甚至连瓶发胶都没有，当我为自己的邋遢寻找借口时，我才发觉我不是没有发胶，而是从小到大就根本没用过这种闻起来犹如空气清洁剂的奇怪液体。这就是代沟吧。代沟是什么？代沟就是我只有两双从超市买的廉价皮鞋，而他有三双手工复古尖头皮鞋、两双旅游鞋、四双板鞋和一双运动鞋。当他要走出那扇奶油色的房门时，他会根据自己穿的衣服选择其中的一双。

我们的作息也完全相反，当我睡觉的时候，他在设计平面图；当他睡觉的时候，我在图书馆看小说。只有中午，我们结伴去吃点东西。让我欣慰的是，他嘴不刁，这样，我们就能去离宿舍最近的那家小吃店。

这大概是世界上最小的店铺了，只有七八平方米，专卖成都小吃。据说他家的酸辣粉和红油抄手是学校里最地道的。这不是我说的，是室友说的。你在北京根本吃不到这么正宗的酸辣粉，他吸溜吸溜地吞咽着银白粉条，艳红的辣椒油顺着唇角蜿蜒至下颌。老板，家是哪里的？老板正叼着香烟剥鸡蛋。他是个讲究人，手上戴着一次性塑料手套，只是我老担心烟灰要掉进盛满了猪小肚的铁锅里。

我是四川人。四川哪里的？成都。成都哪里的？蒲江。哦，我是青羊的。你娃儿是小老乡哦，加个蛋，加个蛋。我看到老板犹豫片刻后用勺子舀了个鹌鹑蛋大小的卤蛋，倒进室友碗中。

我才知道室友是成都人。他的普通话那么标准，丝毫没有川普那种软绵绵的桂花甜味。闭上眼，你会以为是电视里的播音员在一板一眼地念新闻稿件。

相对于室友的日常起居，我的生活规律得仿若机器人：晨七点起床，洗漱后去食堂吃早餐，通常是一碗豆腐脑两个煎牛肉包，要是煎牛肉包卖完了，我就吃两碗豆腐脑。上午骑着小黄车跑人文楼听专业课，我喜欢那个有点斜眼的老教授用西安话讲授《中国文学通史》。中午小睡四十分钟，下午要么旁听历史学院的清史，要么躺在图书馆的沙发上读维特根斯坦。这套《维特根斯坦全集》共有十二册，我读了半年，连一本都没读完，读过的也半懂不懂。只记住一句话，“我只有放弃对世界上发生的事情施加任何影响，才能使自己独立于世界，从而在某种意义上支配世界”。能记得这句话是因为我认为它从逻辑上讲是错误的……晚饭后我去体育馆跑步。我想学游泳，从十岁时就想学，想了三十年也没有学。当然，这次还是没去，主要担心被教练或年轻学员笑话，我自己都能想象到那种场景：一个松弛的中年男人挥动着黑毛手臂在水中胡乱扑腾，他以为自己是青蛙或蝴蝶，其实不过是头落水的猪。三个月后我彻底断了念想，每晚绕操场小跑十圈。初二时我曾在学校的春季运动会上拿过五千米长跑亚军，如今呢，跑起来倒像背上还驮着另外一个沉默寡言的灵魂。

我怏怏地想，这样已经很好了，这样能有什么不好？一切都将被细菌般的时光轻柔地吞噬、肢解、分离，变身泥土或尘埃……当然，吃饭是快乐的，只不过这快乐不关乎食物，也不关乎胃，它更像是厌食症患者的机械选择。

除了离图书馆最近的东区食堂，我最常去的就是那家成都小吃。店面委实小，又窝在阴面，白天也要开灯。老板跟他老婆在里面都要侧着转身。我时常听到他们用家乡话嘀嘀咕咕，虽绵软低沉，也能猜得出是在拌嘴。也难怪，夫妻店，连服务员都没有，他们又不是蜈蚣，他老婆还要时不时骑着电动车去宿舍楼送外卖。他们在台阶下面摆了四五张狭长洁净的小桌，顾客随便坐，有时我恍惚觉着老板真的变成了蜈蚣，瞬间长出了若干条手臂将一碗碗汤面甩到桌上。吃完后我通常吸支烟，吸完如果他们还忙得脚尖朝后，就帮他们端端饭菜，拾掇拾掇碗筷，反正闲人最不怕浪费的就是时间。

哎呀，你人太好了。老板大概想跟我握手致谢，刚探出却又缩回，胡乱在裤子上揩了揩。下次我要给你加个蛋！加个蛋！当然他说了也就忘记，翌日即便多加个卤蛋，也要收两元钱的。我倒没什么，很喜欢跟他聊一聊。通常是阴雨天，客少人稀，麻雀在草丛里觅食，他蹲在树下择葱洗菜，搓洗腐竹。他嘴上叼烟，时不时猛吸两口，烟灰落在洗净的蔬菜上。整支烟吸完，手连碰都不碰，当他“呸”的一口将烟蒂吐在地上，我才长长地呼口气。

你是哪里人，幺弟？我浙江的。你是学校的老师？不是。你是陪读的家长？不是。你是保安？不是。你是修锁修自行车的？不是。你是卖水果的？不是。你是宿管？不是。他这才乜斜我一眼，又叼上支娇子，你是扫厕所的？不是。他不问了，他不问了，我也就不说。我跟婆娘累得要吐血了，他抱怨道，腰杆都要裂咯。你们找个手脚勤快的老太太，花不了几个钱。他摇头，你晓得不，房租一年要八万呢，他伸出食指和拇指，狠狠地朝我比画。我感觉他把我当成房东了。下个月把我娃娃叫过来，反正毕业了，没个屌正事。闺女还是儿子？幺妹儿，长得嘿巴适。他得意地龇出口黄牙，唾沫星子差点喷溅到我脸上。

室友依旧过着黑白颠倒的日子。下午起床，起床了喝袋芬兰牛奶，然后穿着睡衣坐在硕大的电脑屏幕前。我老担心稍不留神，他的头部和躯干都会被电脑倒吸进去。他接了幼儿美术培训学校的活儿，说起来简单，给学校起个新名字。以前学校有两名股东，多年闺密不慎翻脸，一方另立门户，另一方要给新公司起个告别过去又展望未来的名字。我这才晓得这个长相颇似侦探柯南的室友有多神奇了：他把北京所有同类培训学校的资料搜集起来，按照所属区域、学校规模、学生年龄、学生性别、收费情况进行了索引。光这一项就花费了他七天时间。我忍不住问他，你是在做社会调查还是在起名字？

他说，大叔，这你就不懂了，要整合全部资源才能起个与众不同又醒目贴切的名字。这名字要高贵、要通俗，还要符合学校定位。瞧见没，就在国贸附近，国贸附近有几个高档小区？每个高档小区有多少户家庭？每户家庭是一孩还是多孩？户主是本地土著还是外来人口？这些都要综合考量……你收费很贵吧？他摇摇头，我刚出道，只收六百元。你别以为只是顿撸串的钱，如果跟客户建立了良好密切的关系，彼此信任，难道不是铺了条无形的路吗？你别小瞧这个培训学校的校长，好歹是美国普林斯顿大学的教育学博士，她父亲是国务院参事，她哥是东城区公安局政治部副主任……

后来他又接了个烧烤炉的平面广告图。他在烤炉上不停地更换着品种色泽厚薄度不同的牛肉、羊肉、猪排，将这些肉类的颜色变成浅红、绯红、深红、霞红、朱红、血红……你觉得哪种颜色看上去最有食欲？他忧心忡忡地盯着我。我只好说，你这是在卖肉，还是在卖烧烤炉？他说，大叔，你思维不能太僵化，看事物要看它的本质。我们去超市选择烤炉，首先留意到的难道不是炉上的食品吗？所有烤炉的功能大同小异，我们应该考虑如何让深思熟虑之后才去买烤炉的人在第一时间注意到烹饪后的奇妙效果，当他的味蕾在图片的催化下猛然苏醒并做出虚假判断时，他已经下意识地将烤炉抱在了怀里……

烤炉的平面图得到了老板的认可，但这个老板肯定不是普林斯顿大学毕业的，烤炉都快上市了室友才拿到八百元设计费。他倒得意得很，大叔，我请你吃饭，去中关村的“河豚先生”，还是苏州桥的“第六季”？穷学生请什么客，省省吧。他笑嘻嘻地说，大叔啊，你不也是学生吗？别瞧不起我，我的生活费比你多。你以为我穷啊？偷偷告诉你，我家财万贯呢。我说，你讲话注意点，别闪了舌头，我以前可在税务局上班，要不，你请我吃红油抄手吧。他叹息一声，你们这些老人家，真是温良恭俭让，勒紧裤腰带过日子，还啥事都喜欢替别人操心，累不累啊？

那是深秋的午后。白杨树的叶子将黄未黄，天空是那种清冽的蓝，蔷薇还没开败，从破旧的栅栏里挣扎出来，我从花蕊里逮过几只灰翅蜂鸟送给玩滑板的孩子们。那天，还没到小吃店，远远就瞅到那棵粗大的白杨树脚下闪着团动来动去的黄金。走近了，竟然是一只公鸡。这是我见过的最雄伟漂亮的公鸡了，浑身一点杂毛没有，只有鸡冠是血红的，像涂抹在黄金上的血迹。

幺妹！一碗抄手，放香菜不加卤蛋！一碗酸辣粉，不放香菜加卤蛋！老板正在店门口抽烟，瞅到我们就梗着脖子朝店内喊。我问，哪里来的公鸡？老板说，幺妹来帮忙，把她的宠物也带来咯。果然，有个女孩匆忙走出来，慌里慌张地朝我们问，哪个加香菜哪个不加？再说一遍，我忘咯。她声音很小，像在跟人窃窃私语。室友瞄了眼说，随便，香菜我也吃的。女孩朝这边又瞥了瞥，没吱声。幺妹上的大专，在家里陪她奶奶，缺人手，才喊过来。老板嘿嘿地笑着，这个瓜娃子，傻得很。

我看到女孩走到白杨树下，从兜里抓出把玉米粒撒在草丛里。公鸡抖抖双翅，跳着脚过来，脖颈闪电般一探一缩、一缩一探，玉米粒顷刻就光了。我这才发现这只公鸡只有一条腿。我以为眼睛花了，不禁凑前瞅了瞅。没错，这只威武的公鸡只有一条腿。

小时被黄鼠狼咬掉了，女孩细声细气地说，别看一只脚，能飞到榆树顶顶高头。今年春天，还啄死过一条蛇。我们镇上的母鸡，都喜欢它呢。

再去看那只公鸡，又蹦跶着去草里觅食了。

把你的公鸡看好。室友用湿纸巾将每根手指刮得干干净净，盯着女孩说，把你的公鸡看好。

女孩呆呆地“哦”了一声。

这里野猫特别多，比黄鼠狼还贼。前几天，我亲眼见到一只胖野猫叼着一只胖喜鹊蹿上树梢，啃得只飘下几根羽毛。

女孩瞪大眼睛瞅他，又快速瞅了一下公鸡。

你用麻绳把它拴在树上，它就不会四处乱跑了。这学校，比你们蒲江还大呢。咦？你手上全是红油，还不快去擦擦。

女孩又“哦”了一声，噘着嘴转身去收拾碗筷。

室友这段时间不再熬夜了，据他说导师要开个人画展，作为导师这届唯一的弟子，他要马首是瞻回报师恩，另外就是要写毕业论文了，必须白天到图书馆查阅文献资料。这样我们的作息不免一致起来。不过白天他总是蔫头蔫脑，骑着小黄车跑完展厅跑图书馆。即便如此，他还抽空网购了熨衣板和熨斗。他将冬天的棉袜和长袜统统翻出，一只一只熨好，再挂在一个环形衣架上。他还帮我熨烫了我唯一的一件白色亚麻衬衣。你都这么大岁数了，难道只有一件衬衣？他张大嘴巴盯着我，你光膀子穿毛衣吗？我只好告诉他，像我这个年龄的，通常都会买若干件秋衣换着穿。他撇了撇嘴说，秋衣有纯棉的吗？你穿起来不拉肉吗？我只好再告诉他，秋衣里面还会套条跨栏背心。跨栏背心，他扑哧一下笑了，跨栏背心难道不是打篮球才穿吗？我说我以前是单位的篮球队队员，13 号球衣，人送绰号“罗德曼”，我打了三十多年篮球，跨栏背心也有四五十件了。他不可思议地凝望着我，半晌才嗫嚅着说，天啦噜，你竟然还是篮球运动员……你有二百斤吗？我说我是虚胖，其实只有一百九十三斤。他也没接话，抓起桌上的香梨啃，啃着啃着扭头对我说，叔啊，你老了，但也要规划好自己的生活，不能将就，人这一辈子，不容易呢。我使劲朝他点点头。

要是女儿还活着，应该比他小不了几岁。

深秋那段日子，我跟他频繁地去吃午饭。他们家又添了钟水饺、肠粉、凉皮和担担面。我们去了也不用说话，女孩就把面和粉端来，有时排队的人多，她就偷偷给我们加塞。我跟室友说，你发现没？我碗里的面还是那么多，但你碗里的粉的量明显大了。他就问，大叔，你这句话的潜台词是？我说很明显啊，这女孩可能喜欢你。他咧嘴笑了，说，难道你觉得我的情商是负数吗？我说你别太自负，仔细瞅瞅，女孩长得多好，大眼睛双眼皮……你对女人的审美还停留在上世纪九十年代，他打断我的话，现在的年轻人都喜欢狐狸脸，这姑娘腮帮子上的肉也太沉了吧。我说，圆脸的姑娘有福气……他摆摆手说，我不敢谈恋爱了，怕了，多好的姑娘跟了我，她就不再是原来的她。为啥？都被我宠坏了呗。我还想问点什么，没问。他盯着杨树下的那只公鸡，心不在焉地说，真像是用黄金雕出来的。

女孩大概忙完了，去喂鸡，喂完了朝我们喊，你们忙不？不忙的话帮我录一下“快手”。室友说，好啊，录什么？难道你也要生吞缅甸蟒蛇钢牙咬碎玻璃？女孩说，乱讲，“快手”不全是疯子，还有很多好玩的人呢，不要一棍子打死。室友懒洋洋地问，比如？女孩说，有个小姐姐叫文静，住在内蒙古乌兰布统景区，养了一群狼，她每天跟狼嬉戏打闹，狼要是不听话了，她就把狼打一顿。室友说，哦。女孩说，还有个养牛人，是个牛经济，每天直播如何在牲口市场挑选好牛，又翻眼皮又摸牙齿又验牛粪的。室友歪头问，那你直播什么？女孩说，我呀，直播堂吉诃德跳舞，上树，爬寨子，捡项链。室友问，谁是堂吉诃德？女孩指着公鸡说，它呀，你不觉得这个名字很配吗？室友干咳了一声，问，你学中文的？女孩说，哪里，我学的织染专业。室友说，好吧，我们现在要录的是？

女孩将脖子上的项链扔出去，然后吹了声口哨。我们看到堂吉诃德疯了般单腿猛蹿出去，直奔阳光下闪闪发光的饰品。说实话，我觉得堂吉诃德奔跑的样子很像饥饿的澳大利亚袋鼠。

天越来越冷，却没有下雪。来这里一年多了，只碰到一场雪。对我这样的南方人而言，不得不说是件遗憾的事。室友导师的画展结束了，结束当晚举办了盛大的庆祝晚宴，室友还把我邀请过去跟他导师同席，介绍说这是中国很有名的编剧。他的导师是位满头银发的老太太，热切地跟我握手、碰杯、加微信，弄得我很是羞愧。晚宴快结束时，我才瞅到小吃店的女孩混坐在室友的师姐师妹中间，穿了条咖啡色呢子长裙，得体又漂亮。那晚室友喝了很多酒，当我把他搀扶到宿舍，他抱住马桶就哇哇狂吐。我用温水给他泡了杯蜂蜜水，他囫囵灌下，很快就又冲向卫生间。听着他呕吐的声音我有点恍惚。后来他耷拉着双腿斜靠住墙壁，闷头闷脑地说，大叔，我谈恋爱了。

我说，挺好啊。我早就说过，那个女孩不错，适合当老婆。他有些惊讶地说，你怎么知道的？我笑着说，我谈恋爱的时候，你还在你妈妈的怀里嘬奶呢。他说，其实上个礼拜六我跟她去天津了，没错，我们坐了摩天轮。我一直想跟我的女朋友坐一次摩天轮。我跟她说，我是个精致的利己主义者，你条件不好，学历低、家庭一般，但我喜欢你。这不符合我的处事原则，可我愿意破一次例。我明年就要在北京买房、工作，你要是愿意，就当我女朋友吧。她想了想，答应了。我们拉了拉手。她的手很凉。她说她的手从小就凉，她一直怀疑自己是冷血动物。我们就面对面坐着，拉着手，看地面上的马路、淮海、大桥，建筑一点一点地远离我们，因为速度缓慢，我们并没有觉得离人间越来越远，离星空越来越近，相反，在这段弧线运动里，我觉得时间、空气、思维都凝固了，我仿佛是坐在一列密闭的宇宙飞船里，正跟心爱的人以光速驶向某个神秘的星系。到达最高点时，摩天轮静止了片刻，我想吻她，她笑着推开了我。她说，早知道坐摩天轮，就把堂吉诃德抱来了，也让它从空中看看美景，顺便直播一下，就叫“堂吉诃德大战摩天轮”。后来呢？后来我们在附近的宾馆住下，大床房，我们都没有脱衣服。我抱着她睡的。她身上的味道很奇特，是陈皮和花椒的气味……

他后来，说着说着，就靠着墙睡着了。我拿了条毛毯给他盖上。

女孩的父母大概晓得他们的事，比以往更客气。那次甚至给我们免费送了份水芹猪肉水饺，糖醋蒜也多给了两头。室友当着我倒不知道如何跟女孩讲话，只是一双眼贴在女孩身上，脸上是那种热恋的人惯有的傻笑。得闲了，女孩坐在我们旁边洗猪小肚。

水那么凉，她也不怕，手上全是碱。室友跟我商量面试的几家单位。在他看来最好能去腾讯或中国移动。但面试的条件极为苛刻，他的专业并不对口。虽然他托朋友通融，也不保险有面试机会。如果去不了这两家公司，最佳选择是完美游戏公司……女孩洗完猪肚继续听我们讲，听着听着开始打哈欠，后来她把堂吉诃德抱在怀里哼哼唧唧地唱歌。她声音小，曲调也婉转，可架不住堂吉诃德在她怀里扑腾时羽毛发出的声响，我一句也没听懂。当我喝掉碗里的热汤，发现女孩靠着椅背打盹，公鸡好像也睡了。有那么片刻，稀薄的阳光照着她洁净甚至有点凸起的额头和怀里的堂吉诃德。她均匀地呼吸着，粉色围巾的细穗被她的鼻息轻柔地荡出去，又缓缓地落在堂吉诃德的鸡冠上。抱着黄金的女孩。我想起了女儿。我说我们走吧。室友摸了摸女孩的耳朵，女孩哆嗦一下醒了，笑着说，我做梦了。室友问，梦到啥了。女孩红着脸说，等晚上再告诉你。

有一次我去邮寄快递，路过静园时发现树下围着一群人，不时听到惊奇的赞叹声，还有人举着手机照相，凑前瞅了一眼，却是室友和女孩。一条细长的绳子，一头在室友手里，一头在女孩手里，他们将绳子抡成了圆形，每晃动一次臂膀，女孩都会鼓着腮帮吹声哨子，哨子很响亮，然后，我看到独腿的堂吉诃德纵身而起，双翅在空中展成金色的降落伞，而那条绳子温柔地舔下地皮，又甩向洁净的天空。

我站在那里看了很久，堂吉诃德也跳了很久。

接下去的一个月我几乎没在学校。有个大学同学以前是国美房地产高管，后来辞职干起了影视。那几年，有钱人，无论是开矿的、做饭店的、盖房子的、卖保健品的，只要是有钱人，都想拍电影。不管是洗钱还是真的想赚钱，反正是把这个行当搞得比好莱坞还红火，听说连刚出道的三线小鲜肉，只要肯接活儿一年赚一亿还嫌少。他不晓得从哪里搞到一笔投资，想拍部关于广场舞的都市轻喜剧。导演也找好了，获过金鸡百花奖和金鹰奖，是拍家庭剧的大师。作为刚出道的制片人，能请到大导演简直是中了彩票头等。为了套住人家，哥们先预付给导演两百万订金，又陪他到拉斯维加斯赌钱，“输”给他一百五十万。可都年终岁尾了剧组仍迟迟没有组建，原因很简单，导演认为剧本“是一泡狗屎”。用导演的原话讲，就是如果他拍了这部戏，这辈子的名声就毁了，而且一辈子都别想翻身。既然问题如此严重，朋友只好换编剧，换了七八个，可无论出名的还是即将出名的，都被导演骂得要跳楼。

你帮帮我吧，哥们说，我彻底没辙了，疯了，痿了，抑郁了。我说我这种烂木头怎敢冒充椽子和檩？哥们说，我一集给你十万，一共四十集，怎么样，够意思不？我想了想说，我缺钱，但也不能糟蹋你。这样吧，我有个朋友，以前给国师当过御用编剧，让他来帮你擦屁股吧。

尽管如此，还是在他那边待了一段时间。他给我安了个文学顾问的头衔，我也不能白吃干饭。这期间我接到过室友的电话。他支支吾吾地说，有些事想跟我商量商量，除了我，他实在想不起还能找谁。当时我们正在开剧务会，导演正在训斥他的助理，我说忙完就回学校找你。等真的忙完了，却忘了这茬。翌日回电话过去，室友关机。隔天又打了几次，还是关机。也许是他跟女孩出了问题？不过，这世界上还有他搞不定的事吗？

回学校时已是冬天。我喜欢北方的冬天，树木赤裸干瘪，野猫仍像士兵一般巡逻，乌鸦的叫声要比夏日漫长，人们行走在路上时只露出焦灼的眼睛。一切都在萧瑟中等待着春风吹来。而我，则等待着传说中的漫天大雪将这一切都覆盖。诗人说，只有雪是免费的，希望雪不要落在坏人的屋顶上，要落就落在鸽子的眼睛里。我想，雪可以落在好人的屋顶上，也可以落在坏人的屋顶上。当世界上只有一种颜色时，无论好人还是坏人，都会在彻骨的寒冷中悄然入眠，都会在梦中彻底忘记那些早就该遗忘的人。

而我的室友大概也将我忘记了。打电话不接，发短信不回。看着他电脑桌上的灰尘，我突然萌生出某种不祥的预感。当我站在小吃店门口瑟瑟发抖时，女孩问，大叔，好久不见，来碗抄手？她跟以前比没什么变化，只是脸颊更红润，像来自高原的姑娘。我点了碗酸辣粉，抽上支香烟，问她，室友怎么失踪了？她搓着手说，大叔，我也快半个月没他的消息。你们，难道……我们挺好的，女孩说，他好像家里有点事，处理好就回来。他还说，要带着我和堂吉诃德再坐一次摩天轮呢。我去看那棵树，堂吉诃德没在树下。我把它关在卧室了，女孩笑嘻嘻地说，它可是只从来没有在北方过冬的公鸡。

那天我正在读阿摩司·奥兹的《爱与黑暗的故事》，室友忽然推门进来。那么冷，他只穿了件咖啡色风衣。他朝我摆了摆手，然后闷头整理行李箱。等我烧完水沏完茶，他已穿鞋和衣躺在床上，须臾便听到了急促的鼾声。我掩上房门，去超市买了只烧鸡、两袋老蚕豆，还有一瓶红星二锅头。回来时他醒了，正坐在床边发呆。我说这么冷的天，大叔陪你喝两盅，暖和暖和。他接过酒杯，嘬了一口，皱着眉头问，酒杯没洗吧？全是灰尘的味道，唉，你这个邋遢大叔。我笑了笑，撕了只鸡腿给他说，你这风尘仆仆的，干大事哪？他估计饿坏了，也没吭声，三两口就把整只鸡腿吞咽掉。我爸出事了，他望着墙角说，操，去年就该用我的名儿把三里屯那几间商用房买下来。都怪我，什么都不着急，总觉得什么都来得及，一切都为时不晚，这下好了。

我没再问别的。我不习惯在别人的伤疤上撒盐。按他的口风，他父亲犯了事，资产全被冻结，父亲的合伙人也跳楼自杀了。这段时日他一直跟他姐夫找律师跑关系。跑似乎也是白跑，哪里有路？路都被堵死了，或许我爸被逮捕的那个下午，世上所有的路就全部消失了，他将剩下的半杯白酒干掉，愣愣地盯着我说，大叔，我说得没错吧？

他说得确实没错，他其实什么都懂。

我们也从北京找了人，人家开口就要三百万。你说，这些人的胃口怎么这么肥？从小吃恐龙长大的？你知道吗大叔，我姐夫现在只能住如家宾馆，天天找不同的人，等相同的信儿。

我又给他倒了杯白酒。酒是最好的安眠药。这个时候，他需要一个漫长、踏实的睡眠。

室友一直在成都跑门路。我给他打过电话，他声音嘶哑，但依旧像往常一样口齿清晰。他说他母亲也被关进看守所了，不过这样他就放了心，过年的时候，好歹父母能团聚。他说他打算和女孩分手。为什么？大叔你傻啊，我能给她好日子过，才有底气跟她在一起，如今家破了、业也败了，她还跟着我，难道一起喝西北风？我说，女孩要是真喜欢你，就不会在乎这些，你要尊重她的选择。他沉默了一会儿说，大叔，那是你们那个年代的选择，现在不一样了。你老了，这些你不懂的。

让我意外的是，女孩倒来过几次宿舍。我猜她联系不到室友，又不甘心，才会冒失地来找我。我含混其词地解释说，室友家里有点琐事，需要他亲自出马，只要处理好就马上回北京。她嘟囔着说，死活联系不上他，怕他出事，觉也睡不踏实。要是室友回学校，让我暗地里知会一声。有天雾霾很大，整个校园变得像座迷宫，女孩又来了，她戴着黑口罩，头上裹着围巾，只露出鼹鼠般羞怯的眼睛。她递给我一个牛皮纸信封说，大叔，我晓得他家里的事了，这是我平时攒的零花钱，还有跟堂吉诃德直播的钱，等他回来你转给他。我从微信转，他直接退回来了。

她走后我数了数，总共三千四百五十二块钱。那两枚一元的镍币很新，亮晶晶的。

等室友回来，已是一月中旬。他剃了个光头，穿着件类似袍子的黑色风衣，围着条蓬松的波西米亚围巾，像个忧心忡忡的牧师。他气色比上次见面时还差，眼袋肿胀，嘴角生着几粒暗疮，不过胡子刮得很干净。他给我带了箱都江堰猕猴桃，说是表姐家种的，以前都用来酿酒。你又胖了，大叔，他上下打量着我，你最近没有夜跑吗？你是不是打算过年了把自己卖掉？不过，最近的猪肉可都是大白菜价。我不晓得该如何安慰他，也许他只是怕我安慰，才会这般生硬地调侃。他一向是个不会讲笑话的人。我说，你新发型不错啊，以后那些啫喱水就全归我了，你这是打算出家当和尚吗？他跷着二郎腿说，大叔，你这主意不错，等我料理好家事就去九华山剃度，这世上的事，我是看个透心凉。我把女孩的信封递给他，他打开瞄了瞄。我说，你可要想清楚，不要辜负了人家。他没吭声，半晌才磕磕巴巴地说，大叔，我辜负她……也是为了她好……她傻乎乎地跟着我……会一辈子受苦的。我拍了拍他肩膀，然后到洗漱间给女孩发了个短信。

天已擦黑，我们也懒得开灯。我看着太阳余晖从东墙移动到南面的窗口，又从窗口移到西墙的书架，最后房内彻底陷入了一种羽翼般的黑暗。很多时候，我们就是这般眼睁睁地看着光亮从眼前一点点流逝。室友絮絮叨叨地讲述着这段时间的经历——也许用“奇遇”这两个字更为恰当，我完全能想象得到一个孩童站在悬崖边的情景。他也谈及诸多与他父亲的往事，在叙述这段涉及隐私的时光时，他没有任何羞涩与迟疑，或许正是他的这种坦荡让我对他还算放心。他说了什么我大都忘记，只模糊记得几句，他说他父亲从来没有教育过他“什么是爱”以及“如何去爱”，庆幸的是，也没有教育过他“什么是恨”……于是我说，我听到我自己说，我们只有放弃对世界上发生的事情施加任何影响，才能使自己独立于世界，从而在某种意义上支配世界。他想了想说，大叔，你的心灵鸡汤真够咸的。

女孩敲门时都晚上八点了。我开门时闻到了浓郁的肉香。她嘟囔着说，你们俩是瞎子啊，真是省电。边说边开灯。我这才看清她怀里抱着个青花瓷盆，盆上覆着锅盖。室友挠着光头说，你……你……怎么来了？女孩足足盯了他有两分钟，才细声细气地说，我当然要来，我要看看，你到底是活着还是真死了。

他们笨手笨脚地抱在一起。女孩在他怀里不停地哭。我才知道原来女孩哭泣的声音可以这么响亮。室友下巴抵住她头顶，双臂环住她有些臃肿的腰身左右轻柔地晃动。他们像两个刚学会跳舞的人。女孩后来终于不哭了，她掀开锅盖说，我炖的鸡，你快吃吧。你不是最爱吃鸡肉吗？屋内立马充溢着呛鼻的香气。我听到自己的肚子也咕噜咕噜地响起来。女孩用筷子夹了个鸡腿小心塞进室友口中，室友嘟囔着说，烫。女孩吹了吹说，吃吧、吃吧，又抬头扫我一眼说，大叔，愣着干吗，趁热吃，你们有酒吗？我想喝点酒。我说你要真想喝，我书橱里还有瓶陈年茅台。女孩说，真的呀？我还没喝过茅台呢。我就把酒拿来，打开，倒好。这时女孩盯着室友问，好吃吗？室友说，好吃。

女孩说，当然好吃了。堂吉诃德从来没吃过饲料，玉米和青菜喂大的。

我和室友的嘴巴都不动了。

女孩端起一杯白酒，小抿了一口，可能呛着了，咳嗽了一通说，白酒原来是这个味道。

室友晃着手里的鸡腿问道，你刚才说什么？

女孩说，没啥。我记得有一次你问，我有多爱你，我说，我可以把堂吉诃德炖了给你吃。你说实话，堂吉诃德好吃不？

室友再次回成都时，终于下了第一场雪。这是我来北京后第一场大雪。我想，真正的雪就该是这样子吧，如白天鹅的绒毛弥漫了天与地，它落在好人的屋顶上，也落在坏人的屋顶上，但它没机会落在堂吉诃德的鸡冠上了。我不知道室友跟女孩后来如何了。女孩再也没来过我们的寝室。之后去过几次小吃店，只有老板跟他老婆在狭窄的屋子里转来转去，叽叽咕咕。我本想问问女孩去哪里了，但从来都只是慢慢地吃着我的红油抄手。男人到了我这岁数，就会发现沉默是一种真正的美德。那天在地铁口，看着室友踏入那段漫长幽暗的甬道，我的嗓子不禁哽咽了一下。他的头发长出来一些，没戴帽子，他的下巴更尖了，或者说，他的头颅更像一个标准的倒三角形了。我不知道以后是否还能见到他，我伸出迟钝的手臂，用力地挥了挥，他大概没有看见，只佝偻着腰滑动着黑色行李箱。本来我还想大声地说句“再见”，可大朵大朵的雪花倏尔旋进了我的喉咙，那么凉，甚至有点甜，我就哑巴似的翕合了几下颌骨，然后彻底闭了嘴。

二〇一九年一月一日　星期二

（原载《青年作家》2019 年第 3 期）

伶仃

蔡东

黄昏的时候，卫巧蓉走进一片水杉林。通往树林深处的小路逐渐变细，青苔从树下蔓延到路边，她快步走过时，脚步带起了风，缕缕青色的烟从地面上升起，蜿蜒而上，越来越淡，越来越清瘦。她停下来，等烟散尽了才俯低身子凑近看。这些日子阳光好，苔藓干透了，粉末般松散地铺展着，细看起来如一层毛毛碎碎的绿雪，她小心喘着气，担心用力呼出一口气就会把它们吹扬起来。

刚出林子的一刹那，天空似乎亮了一下，像头顶响过一声短促清亮的口哨声。接着，她走上一条布满沙砾的小径，小径尽头就是马路了。街道，楼房，不远处的海岸，浸没在薄暮柔和的光线里，声响也似乎被夜晚悄悄吸附了，四周显得很寂静，是傍晚时分特有的暖金色的寂静。她身后，遥遥的地平线上的山丘只剩下含混的轮廓，挨着山体飘浮的云彩在暮色中显得格外白，她抬头看时，一朵云正翻过山头，翻到山的另一侧，消失不见了。

剧院伸向天空的几个尖角先露出来。很快，一个透明的多面体完整地出现在视线中。福海剧院到了。跟老家那座蚕茧形的剧院相比，她更喜欢福海剧院的外观，就像不同形状的巨大积木堆聚起来，一道道利落的几何线条，阴天的时候看起来平淡无奇，一有光线就活了，晴朗的天气里阳光穿过大块玻璃拼成的斜坡，透视出一个个宽敞开阔的空间。晚上灯一亮，如海边漂来一块熠熠闪光的宝石，每一个翻光面都粼粼地映着海水的波纹，从远处看过去，宝石像浮在水里，被晃荡着的水波抬起来，又放下去。走到剧院门口时她看看表，离开演还有半个小时，她照例绕到剧院后面，这里有一条木头栈道通往海滩。

海滩的西边是码头。三个月前她在渡口买到船票，上了船，找了个靠窗的座位坐下。初春的海风从窗户缝里挤进来，像一蓬细细的针扎向她脸上的皮肤，她从背包里取出围巾，把头和脸裹起来。一直等到渡船靠岸，围巾也没摘下，她蒙着脸，踏上这个初看起来有些荒寂的小岛。那天，海上刮风，天上也在刮风，云彩纷乱，单薄的云身子后面拖曳着一个长尾巴，尾巴的末端已是丝丝缕缕的，像蘸着白颜料的毛笔在蓝天上疾扫而过。

演出快开始了，她推开后门，找到座位坐下，顶上的灯光正好变暗，舞台的帷幕向两侧徐徐拉开。过了一会儿，眼睛适应了厅里的黑暗，她伸着头四处看，在前几排中央的位置找到了徐季。接着观察徐季身旁的人，左边的男人跟徐季差不多年龄，右边是个高中生模样的女孩，他们没有东瞧西望，都专心地看着舞台。有经验的观众已经准备好了，她也把头转回来，望向舞台。

剧院不定期地上演话剧、音乐剧和演奏会。第一次来剧院的时候，她选择的也是最后一排的座位，整场演出她都盯着徐季，徐季也像今天一样脊背挺直，端坐在朱红色的软包座位上，即使只看见他的后背，她也不难想象出他的神情，一种沉入另一个世界的完全的平静。而她不明白台上的人在唱什么，为何流眼泪，怎么又拥抱在一起，从头到尾她的脖子都拧向徐季座位的方向，眼睛在徐季和徐季邻座的人身上转来转去。一直到演员谢幕，徐季也没跟邻座的人有任何交流，他似乎还在静静地回味，演员转身走向后台了他才站起来鼓掌。大多数观众还待在座位附近，她低着头推开后门，顺着螺旋的楼梯往下走。来到门口时她看到柱子上张贴的海报，有出剧的名字叫《吉屋出租》，海报上印着几位异国年轻人，相貌各异，表情都是生动和热烈的，眼睛睁得很大，满怀希望又带点天真地直视着海报外的世界，她站在海报正对面，他们就眼神热切地看着她，好像想对她说点什么。

此刻，她的视线离开徐季，转向正前方。舞台上空无一人，只有幽蓝色的灯光在说话，几秒钟后，乐声响起，泠泠的琴音，悠来荡去，她恍惚看见几杆枝叶稀疏的瘦竹，在空旷的庭院里摇动着，接着琴声变稠，如雨点密密层层地落下来，地上的雨水似越积越多，光一掠而过时照出一汪空明。琴声断绝的地方，更多的乐器走了进来，音量逐渐攀高，水流加快，太阳光轰泻而下，翻折的星空豁然打开，向着无限的虚空延伸，她呼吸急促起来，大水没过头顶，人快要窒息了，乐声终于冲至顶峰，渐次低回，末了只剩下几个零落的音符，像余烬中一闪即灭的火星，最终乐声全部隐去，突然降临的静谧中，一个绿色皮肤的女人出现在光束里。借着乍然一现的亮光，她忍不住把头转向徐季，光线勾画出他清晰的侧脸，脸上的表情跟她之前想象过的差不多。

全部演完总要两个钟头吧，她坐不住也看不进去，一群小猴子在胸口乱蹿，她胳膊交叉在胸前也压不住它们。曾坚信不疑的事实，正变得越来越没有底气，虚弱得站立不稳。头脑中设想过无数遍的画面，即使每个细节都已被磨得发亮，也不会就此变成现实中真切的一幕。

再说，已经这样了，她是对是错又如何，不重要了。

舞台上几个人正围在一起说话，你一言我一语，声调很高，身披大氅的卷发女郎似乎说了一句幽默话，观众席上传来笑声，笑声夹杂着小猴子们奔跑杂沓的脚步声。耳边所有的声响，混合着她脑子里那个似乎永不停歇的声音，让她感觉身体随时会从内部爆开，碎片四处飞溅。她摇摇头，欠身离开座位。

巧蓉，下午出门吗？我跟老吴想去你那里坐一会儿。吴太太站在树荫里，冲卫巧蓉喊道。

卫巧蓉刚从菜市场回来，手里拎着一个塑料袋，袋子口露出白萝卜的绿缨子，萝卜下面隐隐能看出是一条鱼和几块姜。好呀，她答应着，来吧，来吧。说着把口罩摘下来，连房东都能一眼认出自己，还自欺欺人地戴什么口罩。

你们逛，我去买包洗衣粉。她拐上一条小路，往小区西门方向走，那里有一家便民超市，一般的日用品都能买到。超市到了，她没进去，径直出了西门，又往前走了一里路，来到岛上的养老院。

上午阳光不毒的时候，护工会把椅子搬到平房的门口，让老人们出来晒太阳。她来这里是为了看看其中的一位老人，通常这老人坐在一排平房中间的位置，她跟别人不太一样，一般的老人坐一会儿就困了，头一点一点地打瞌睡，忽地醒来时一脸受了惊吓的模样，不打瞌睡的就不停地搓弄衣角，看起来难免有些愚蠢，而这位老人面前摆着小桌儿，桌上是一堆乐高积木的零件。

乐高老人太像她的母亲了。

有一次路过，不经意间瞥见老人，她马上被眼前这副面容嵌在原地，惊骇之后，喜悦和感激迅速占了上风。一样的方脸形，相似的五官，甚至连五官被重力拉拽后的走向都是一致的，还有同样的用黑色发卡犁过的银发。那一刻她真希望乐高老人就是她母亲，母亲没有离世，只是换了一个地方生活，她不是好好的吗，还会玩乐高呢。

这会儿六月份了，有的老人头上依然戴着毛线帽子，抄着手坐在阳光里。乐高老人穿白色的亚麻长袖上衣，黑裤子，看上去清爽干净。前几次，她只是远远地望着乐高老人，也看不懂她在拼装什么，这次走近了看，老人手里摆弄的似乎是个摩托车。她弯下的身子在桌面投下阴影，老人抬起头，把老花镜往上推推，看了她一眼，她冲老人笑笑，老人也笑了，接着垂下头去，用手指捻动着一个转轴，说，你看，能动的，后面连着一个车轮子呢。她也试着拨弄一下转轴，轮子转起来，老人笑得更开心了。她问，在这儿过得挺好吧？老人不说话，拿起一个L形的小零件继续往车子上装。

临走的时候，她看到护工推着一个老人过来，轮椅上的老人像是刚刮完胡子理完发，这让他显得年轻了一些。她走过去跟护工搭话，打听乐高老人的情况。护工说，那位呀，也没什么大毛病，就是儿女没工夫伺候，送到了这里，隔几个星期过来瞅瞅她。她问，老人家有什么特别爱吃的吗？护工摆摆手，一口假牙，什么好吃的也吃不出滋味了。

回去的路上她在超市买了东西，回到家里，东西随手往地下一丢，她习惯性地走进北屋，坐在窗前的椅子上往对面看。楼间距不大，窗户又都是落地的，不用望远镜，肉眼看对面就看得清清楚楚。她的目光扫过阳台、客厅、朝南的卧室，不见徐季的身影。也许他是出去了吧，她想。

下午听到敲门声，卫巧蓉知道是房东夫妇来了，心里也猜到他们为何而来。管他呢，反正她喜欢见到这两个人，至于换房的事情能拖就拖吧。

一看老吴手里拿着一兜儿瓜子，她悬着的心就放了下来。老吴嘴里说着又来喝你的好茶了，一边把瓜子倒进果盘里。吴太太也笑嘻嘻地靠着茶几坐下，一条白玉珠穿成的链子绕了两圈，勾在她纤长的中指上。

哪有什么好茶。卫巧蓉打开抽屉，往外拿杯子，手在冰裂纹的瓷杯上放一下又弹开来。她微微叹口气，为什么大老远把这个瓷杯带过来，上面的裂纹会让她联想起自己现在的生活。

她取出几个玻璃杯，每个杯子里放一大把茉莉花茶。她说茶叶不讲究不是谦虚，跟老吴夫妇比起来，她确实不懂喝茶，就是吃完饭嘴里觉得油腻时，泡杯茶解解腻而已。

老吴夫妇喜欢跟人交往，与邻居、房客都混得很熟。这之前，卫巧蓉并不习惯外人有事没事地造访，奇怪的是自来到岛上，也不觉得这种邻里日常的交际对自己构成打扰了。她寻思着，可能身处与陆地隔绝的小岛，人们很容易变得亲近起来，说起来岛屿也不大，起一场浓雾，这小岛就从世界上消失不见了。

老吴他俩待人亲切，态度始终是自然的，这有别于她过去的经验。微笑的同事，问长问短的亲友，热情的服务员；在某些时刻，她会在他们脸上捕捉到一闪而过的游离和厌倦，那种实际上对你不感兴趣的疏远，那种掩藏不住的对周围人事的漠然。

而且有他俩坐在身边讲故事说闲话，她会暂时忘记此行的任务，脑海里喋喋不休的声音也会逐渐减弱，直至听不见了。

上次讲到养殖户的腿瘸了。她提醒老吴。

老吴呷了一口茶，说，对，瘸腿的养殖户还惦记着他的海参苗，没日没夜地在池子边守着，知道守着没用还是守着。养殖场就他一个人，他寂寞了就跟海参说话，念念有词：你们别化了别跑了，好好长，长得肥肥大大的，过些日子咱们就能见面了。这天晚上，海上刮来一阵阵凉风，温度总算降下来了，养殖户炒了几只螃蟹，打开一瓶白酒，对着大海坐下来，喝了几盅，越喝越烦。

他爱人呢，那个磨开面子去娘家借来钱的姑娘。

跑了。老吴说。

卫巧蓉捏着一粒瓜子正往齿间送，听到这话她放下瓜子，说，不对，怎么就跑了，这俩人轰轰烈烈的，多不容易才聚在一块儿，就这么散了？

散了。老吴一语带过，似乎这没什么好说的。他接着讲，养殖户跟海参说完悄悄话，又开始对着大海瞎想，精卫、哪吒、八仙这些人如今在哪儿呢，能出来一起喝杯酒就好了，哪怕钻出来一只海妖，他也愿意敬他三杯。

吴太太端起茶杯递给他，笑着说，你喝口茶吧。

卫巧蓉很不情愿地往下听，心里还在想：那俩人为什么不能一直好下去呢？故事的主角是老吴年轻时候的一个朋友，她听了几个章回了，曲曲折折的，总不叫人如意，以为后面大致上就是养殖户跟他老婆通过养海产挣来了好日子，谁知道海参被热死一大半，老婆也走了。她耐着性子继续听，到这里好像就该分岔了，她也只能转个身，跟上去。

养殖户自己喝着闷酒，偶尔抬头看看四周，咦，不远处的礁石上好像坐着一个人，他揉揉眼，似乎是个女人抱着膝盖坐在石头上，天黑也看不清楚。又过了一会儿再看过去，周围哪有什么人，海鸟都不知道藏到哪里去了，他吮着螃蟹腿，也许是刚才眼花了。

老吴忽然压低声音，说，他正想着，有只手拍拍他的肩膀，身后响起一个声音，你这里有孟婆汤吗？

卫巧蓉的心怦怦乱跳，脸色变得煞白。吴太太赶忙说，别怕别怕，听他乱讲呢。

怎么成了乱讲，你说我讲得对不对？卫巧蓉看见老吴边辩解、边向太太眨眨眼，夫妻俩脸上同时荡漾开笑意，笑意从嘴角漫到颧骨，最后笑的，是眼睛和眉毛。

毕竟世上也有这样的夫妻。卫巧蓉觉得宽慰。也许两个人一直待在小岛上，一辈子轻松平顺地过来了，没尝过多少疾苦，暮年时又赶上除了外星球哪儿都能开发的好时候，几套楼房在手，日子安闲舒心，也就更容易体会到一些细微柔软的情感。

反正不是鬼啊魂啊，我猜是个女人吧。卫巧蓉说。

老吴点点头，是个一时想不开的女人。人活一世，坎坷是难免的，过不去的，跳海了，更多的人还是过去了，人总有办法让自己生活下去。

还是你们两个好，一辈子没发过愁，没经过什么变故，这神仙般的逍遥日子。说完她起身去厨房，打算再烧一壶水，身后传来珠子相撞的清脆声音，吴太太跟进来。

老卫，还是那件事。你都这个年纪了，非要住四楼，有什么好的，每天爬上爬下累得呼哧呼哧的，二楼那套房子是小了点，你一个人住不也够了。

一对学画画的学生情侣计划暑假来岛上住，说陆续还会来几拨朋友，嫌一房一厅的那套太小，老吴夫妇试着跟她提过，说她要愿意的话就帮她搬下去，房租还便宜不少呢。

她跟往常一样说考虑考虑，心里却清楚自己是不会换房的。刚来的时候，她在岛上的旅馆住着，来来回回找了几家中介，把小区的各种户型差不多摸透了，最后终于找到这套位置绝佳的房子，从北面的居室望过去就能望见对面住着的徐季。

吴太太看了一眼北居室，说，你别嫌烦，我再唠叨一句，海边的房子潮湿，你最好把床挪回向阳的卧室里，让太阳多烘烘床铺，北面这间随便放点杂物，住人哪行呀。

住惯了，在老家也是住北房。她怕这个话题再继续下去，就问，还喝茶吗？

老吴在外面说，且听下回分解吧，你歇歇也该做晚饭了。

送走房东夫妇，她坐在窗户前面，定睛看着对面的三楼。这两年，只要闲下来，过往的一些画面就像过电影一般在脑子里走。大风大雨，石子儿接连打在湖面上，涟漪一圈儿赶着一圈儿，她细数着一个个错误的选择，重新回到一个个不愉快的场景里；她翻箱倒柜，她披头散发，她会突然在窗玻璃上看到一张狰狞的脸，自己吓了自己一大跳，扭头转向窗外，月光苍白，月亮变老了。

她宁愿一动不动地看着对面，至少这个时候她还能感受到一丝平静。看着看着，天色暗下来了，对面楼上的灯渐次亮了。其中一盏灯下面晃动着徐季的身影，他来回走动了几次，然后坐在茶几前，边看电视边择菜。屋里再没有其他人了。

水泥地很凉。卫巧蓉先是觉出凉来，接着眼睛看见灰色的地面，才发现自己扑倒在楼梯台阶上。周围没有人，静得能听见自己的呼吸声，时间变慢了，几乎像锈住了一般不再往前流动。

她不敢贸然起来，等了一会儿，小心地动动手掌和胳膊，每根手指都能活动，胳膊也没事，只是手腕子擦破一点儿皮，无大碍。她用手和膝盖撑住地面，慢慢地掉转身子，坐起来。知觉渐渐恢复了，也没觉出来哪里不适，她庆幸腿没有骨折。她试着把掉出来的鲳鱼、小葱拢过来，重新放回塑料袋里，另一个袋子她还攥在手里，里头是买给乐高老人的猕猴桃和鲜牛奶。

坐在楼梯上定了定神，她看到脚下有水迹，本来应该是一摊，现在有被她踩过一滑的明显痕迹。胡思乱想什么呢，怎么就没看见这摊水呢，她抱怨着。

歇够了，站起来准备继续往上走，刚迈了一步，她“啊”的一声，身子靠在楼梯扶手上，脚踝传来一钻一钻的锐利的疼痛，额头上立刻渗出一层细汗。她紧咬牙关，弯下腰，扯起左边的裤脚，一个陌生肿胀的踝关节露了出来。

她抓住扶手，右脚先向上迈一个台阶，踩实了，再蜷起左腿，依靠右半边身体猛一用力，把落在下面的一半身子也带上来，就这样慢动作般费力攀爬着。到家门口时，外面的太阳已经升高，一个早晨来过又走了。

躺进沙发，后背还没放平，脚踝深处涌上来一波剧烈的撕裂感，像一根筋扯着，几乎要扯断了，疼痛从脚到头，向上贯穿，她猛地一激灵，像突然意识到自己还有一具身体。

愣了一会儿，她站起身来，小步小步地挪进厨房，接了半盆水放进冰箱冷冻室里。水冻成一坨冰后，她用毛巾裹住冰块，贴着脚踝放好。阳台的门开着，风吹进来，窗帘下摆一荡一荡的，桌上的塑料袋唰啦唰啦响。

慢慢地，融化的水透过毛巾疏松的孔洞往下淌，冰块越来越小，伴着血管的收缩，痛感也似乎有所减轻。

集中全副精力应对脚伤，还没到饭点，肚子就饿了。

头几顿还好，炖了鲳鱼，拌米饭，分两次吃完，冰箱里存的西红柿、豆角也分别充当了一餐，第三天早晨，她打开冰箱，里面空荡荡的，仿若一个心虚的人在冲她讪笑。关上冰箱门，她从袋子里拿出给老人买的猕猴桃，捏了捏，已经变软，这天就靠猕猴桃应付了过去。

天黑了，她躺在床上，透过拉开的窗帘看见一小片夜空，一弯细月嵌在天上，像一个精致的伤口。月光里，踝关节高高耸起，疼痛依然在，变得钝了、闷了，沿着神经线隐隐传导着，她能感受到它，也在学习着承认它，跟还没离去的它一起待着。前几天早市上，她不知道该给乐高老人买点什么吃，大鱼大肉不好消化，坚果咬不动，甜点心也不行，逡巡了一会儿，买了点水果和牛奶。来到养老院，见一排老者沐浴在晨光里，没有了乐高老人的踪影。她掉了魂一般，好像老天爷第二次把她母亲带走了。她来回找了几遍，又拉着一个护理员问，描述老人的样子和老人的玩具，护理员是新来的，说，不知道，我刚来两天。

接着，她就崴了脚。

她坐起来，挪动到床沿儿上，往对面张望。三楼的灯亮着，徐季还没有睡。这几天她时不时往对面瞅一眼，有时看见他闪过的身影，心里就踏实些。窥视变得不一样了。她扭伤了脚，困在屋里，一个人，寂静地目送着日影从东走到西，听见小鸟聚集起来欢叫又忽地散去，感觉到脚部的疼痛由汹涌巨浪化成一脉细流，偶尔看看对面，也是因为突然想到他在岛上，这里还有一个熟人呢，离得这样近呢。她一个人住，他也是一个人住。他的生活简单、孤独，看起来，他享受这一切。

她拿起手机，调出徐季的号码，瞅了半天，手一划，屏幕暗了下去。

早晨醒来，恍恍惚惚双脚着地的一刹那，她几乎忘了有只脚受了伤。干脆，她心一横，左脚着地往前走了一小步，疼痛变弱了，若隐若现的，一跳，隔了很久，再一跳，像清晨发白的天空上星星即将淡去时的微弱闪光。她走到门口，想到还有四层楼梯等着她，就算走完楼梯，去超市的路也还长，心里就泄劲了。犹犹豫豫地打开门，往楼道里迈步，关门的时候，她看见门把手上挂着东西。

一个袋子，里面装着挂面和鸡蛋。

怕是谁放错地方了？四下看看，不见人影，叫了一声，没有回应。她拿起袋子回到屋里，赶紧给自己下了一大碗面条。一直等到晚上又吃完一顿，她仍然猜不透食物的来历。房东夫妇刚来过一次，短时间内不会上门，再说他们也不会留意到她因脚伤被困。徐季呢，他应该不知道她在岛上。刚到岛上的时候，她尾随着他去早市去剧院去公园，一直都很小心，戴口罩撑洋伞，挡着遮着，并且总是保持一段距离，往对面楼上窥看的时候她也很警惕，他猛然抬头时，她就赶紧缩起身子，蹲着走出北屋。

难道是乐高老人，明知道不太可能，她心里还是一热。

徐冰倩是几天后赶到的。电话里卫巧蓉说，已经快好了，快好了才随便聊几句的，没事了。徐冰倩说，用药了吗，应该没有，你自己挨着不去医院，以后落下病根怎么办。这么多天，你一个人没吃没喝的，光下面条怎么行。对了，外卖，先叫外卖对付几顿。

她不会叫车，也不会叫外卖。

不管她怎么说，徐冰倩还是立马买了票。女儿快来身边了，她嘴上反复说不用跑一趟，心里不知道多高兴。说起来，她们也有好些日子没见了。

女儿坐上渡船，卫巧蓉就一直在门边站着。终于听到楼梯上有响动，她赶紧打开门，往下张望，徐冰倩也正抬着头往上看。随着女儿的脚步声越来越近，她竟有几分紧张，不知道为什么，鼻子还酸酸的，有点想流泪的感觉。女儿刚到门口时，她不敢仔细看女儿，每次隔一阵子又见面时，就觉得女儿身上少了或多了点什么，跟记忆中的样子总有些许出入。

她有些客气地把女儿让进屋，女儿放下行李，她递上茶杯说喝口水，两个人这才互相看一眼，也互相适应了一下。

你刚扭伤时就该告诉我的，毕竟是出门在外，不比在老家。徐冰倩环顾着简陋的房子，又提起这一茬。

她说，以后身子骨儿越来越糠，小病小灾不断，哪能每次都通知呢。她知道女儿也有一堆烦心事儿，各人生活在各人的苦里，谁也替不了谁。

生病、碰上意外，都该及时跟我说，我请个假就出来了。徐冰倩在屋子里转悠，来到北面的居室，她停下来，先看看对面，又转头看着卫巧蓉，嘴动动，却什么也没说。她不是第一次来岛上了，有一年临近春节的时候，她来这里探望过父亲。

过了一会儿，两人坐在沙发上，先说了几句无关紧要的闲话，徐冰倩才问，妈，你打算什么时候回家?

怎么还要劝我? 卫巧蓉有些抵触。

我说爸爸独自在岛上生活，你不信，臆想出来一些事情，到处跟别人说，有鼻子有眼的，我只好把地址告诉你，让你自己来看看，也当出来散散心，之后这事也该过去了。妈，你信不信，这事终归会过去的。

你说得简单，几十年夫妻说散就散了，任凭谁也想不通呀。一辈子过来了，两个人加起来一百多岁，该相依为命了，他无情无义翻了脸，一句解释都没有，铁了心要走。她还记得那番情景，本来没放在心上，以为徐季不过是哪里不顺气，说几句疯话罢了，后来她才发现，这个看起来没什么个性、无可无不可的人，坚决起来是如此可怕。她慌了神，想死命抓住点什么却被一股陌生的力道抛出来，跌落在局外，眼睁睁看着一条熟悉又安全的路线突然断了头，死去了。她和徐季，曾是彼此在世上最亲近的人。这么久了，再回忆起来，愤怒、屈辱、自怜自艾都淡下去了，但她的心还是会疼一下。

徐冰倩叹口气说，妈，一个人突然想过另一种生活，于是什么也不要了，什么也不管了，这样的话每天跟你说一遍，有用吗？他是另一个人，跟你想法不一样的人，他发明不了一个完美的解释来补你现在的残缺，再说到了今天，你还需要一个解释吗？对于爸爸的做法，我既不赞同，也不理解，我只是接受了。

卫巧蓉身体抖了一下，像打了一个冷战。她拉紧衣服，小声说，我不是一个糟糕的妻子，我想不通，我来岛上只是想知道为什么。

妈，现在知道了吗？

她看着女儿，女儿也在看着她，她心头一震。女儿看她的眼神，没有厌倦和不耐烦，也不是那种睥睨低维生命体的轻蔑眼神，她从对方的注视中接收到很复杂的信息，鼓励、期待、真心盼着她好，还有，她认得出，爱。

有几分熟悉，她想了想，女儿还是小孩子时，她看女儿的眼神也是这样的。

有点明白过来了，她回答道。她的明白里其实掺杂着说不出来的茫然，她不想让女儿失望。回答完了，终究还是不服气，马上又加了一句，这事要落在别人头上，别人说不定什么样子呢，没准还不如我呢。

女儿笑了，那当然，我妈挺棒的。

坐出租车去医院的路上，她对女儿说，在岛上遇见一个很像你外婆的人，我经常去看看她，最近这一次没见到她，你说，她会不会去世了，老人家，说没就没了。

女儿会假意宽慰她吧，说老人可能是被接回家了云云。

她听见女儿在耳边说，妈，真羡慕你，好比你又多看了外婆几眼，多少人都只能在心里想念亲人啊。

她先是愕然，转而欣喜，一转念的工夫，出租车从窄道里拐出，下了一个坡，半月形的海湾出现在眼前。车窗外面，一排排红房顶的度假别墅轻快地掠过。海面上，渔船上的人正在撒网，身体一旋，两只手臂抡出去，把张开的网送向空中。这多像记忆深处的一幅旧画。卫巧蓉忍不住喊女儿看一眼，女儿放下半截车窗玻璃，偏过头去往外看。卫巧蓉偷偷瞅着女儿，跟小时候一样，女儿的鼻梁和下巴还是那么秀气，她的脸庞看上去是甜的，甜如成熟的果实，还有她皮肤上散发的光泽，卫巧蓉只在牛奶结成的奶皮上看到过那么温和细腻的光。出租车从两排樟树间开过，到了更明亮的地方，她注意到女儿眼角的一小簇皱纹。

她并不为女儿脸上现出的老态感到忧虑和惋惜。她多么喜欢女儿现在的模样。

明天上午的票对吧？卫巧蓉帮徐冰倩把碗筷收拾到厨房，徐冰倩一边点头一边说，别动了，出去坐着。卫巧蓉给她系上围裙，提议道，一会儿咱俩去沙滩上走走。别担心，脚好多了，再说选最近的沙滩，几步路而已。

这是一个很秀气的海滩，地势平缓，沙质松软。两人沿着海潮退下的一道水痕往前走，被阳光晒了一天的沙子现在还是暖热的，走了一会儿，脚底像被小火苗远远地烤着一样舒服。

到底女儿能不能看到呢，卫巧蓉并不确定。此前，她在这个海滩上遇见过一幕奇景，一幕不属于人间的景象，说不出来的美，短暂而神奇，她悄悄地记在了心底。那会儿，她也像现在一样在沙滩上闲逛，忽然，海水的边缘出现一条闪着蓝色荧光的带子，随着波浪一前一后地摆动，她走近几步，看到海水里浮动着珠子形状的团团蓝光，不像灯光，也不像珠宝的光，那蓝光分明是有生命的、正活着的光，很快，也说不清是水还是光，一波波漫上来，漫过她的脚。星星从天上掉下来了吗？她恍若站立在流动的星河里，喉头一哽，想叫又叫不出声来，整个人呆住了。星河消失，她如梦醒，旁边拍照的人告诉它，这是夜光藻聚集引发的现象。她回想刚才那一幕，更愿意相信是繁星掉落海水，嬉戏片刻又飞回天空。

可遇而不可求吧。她挽着女儿的手臂，往更开阔的地方走，背后有风吹拂，很轻柔的风，像踮着脚尖跟在她们身后。

再往前就是地质博物馆了。她指着不远处的建筑物。女儿停下来望着前方，说，这博物馆外形很奇特，像上冲的海浪在半空中被定住了，是空间，但更像一个瞬间。她点点头，第一次见到博物馆的外形，她首先感受到的也是时间。在这个“瞬间”里，陈列着岛屿地层的主要构成，一亿多年前的早白垩纪的火山岩，还有小岛各个地质时期的动植物化石，层层叠叠地凝结着亿万年的漫长时光。

已经闭馆了，等你再上岛，我陪你进去看看。

回到家里，两人都觉得有些困，早早躺在床上。楼下散步的人陆续回来了，人们的说笑声夹杂着小狗的吠叫声，卫巧蓉说，隔壁单元有人养了一只混血狗，博美和蝴蝶犬的串串，样子特别漂亮。说着说着话，徐冰倩那边先没声了，她睡熟了。

卫巧蓉听到耳畔传来缓慢深长的呼吸声，有多少年没听过这样的呼吸声了？听着听着，眼角一热，赶紧背过身擦了擦。眼泪不听劝，继续往外涌，无声无息，顺着脸颊流下来，滴在枕头上，黑暗中静悄悄洇湿一片。听着女儿平稳的呼吸声，她感到时间嘀嘀嗒嗒善意地流逝过去，万物沉默地生长，山脉，海水覆盖下的岩石圈，还有不远处伸向海滩的铁红色岬角，那长满地衣的寂静而热烈的火山风景。在一些艰难的时刻，她以为自己肯定要完了，结果她没完。日子呀，慢慢就磨过去了，再过几年女儿生了孩子，她要当个好帮手，帮女儿熬过最忙乱的两三年。再往后，不知道多少年以后，总有这一天吧，她得病了，去世了，她的魂魄也会循着这酣畅的呼吸声，在人世里找到女儿，不呼唤，不打扰，只远远地看看她，守着她。

她多享受和眷恋这普通的夜晚啊，平和的夜，熟睡的人，还有此刻不在眼前但她知道会站在那里的一棵树，楼门口种着的一棵夹竹桃，月光下几片深红的花瓣正缓缓飘落。

窗玻璃上渐渐起了一层雾。

天快亮的时候，下起了小雨。卫巧蓉跟往常一样醒来，睁开眼睛，先看见女儿侧过来的头，心里顿时满是安慰和满足，脸上的表情也一下子变得温柔起来，连带着心头涌起了对整个人世的淡淡的温情。她凑近了，端详女儿熟睡的样子，端详了一会儿才起身，轻轻关严屋门，走进厨房，熬上杂粮粥，煮了两根鲜玉米。

吃过早饭，她忙着给女儿检查行李，钥匙，证件，钥匙，证件。

女儿呢，忙着检阅冰箱，里面满满当当的是蔬菜、鱼虾和水果，冷冻层里也塞满水饺、猪肉包和带鱼段。临走的时候，女儿还把几瓶药油分别放在茶几、床头柜和窗台上，嘱咐着，没事多搽搽，在关节上不停划拉，划拉到发热就是起效了。

她换下拖鞋，跟在女儿后面要一起去码头，女儿摆摆手，说，你的脚还要再养养，别跟我去码头了，有空了我就来看你，很快的。女儿向外走几步，忽地又闪身进来，揽住她的脖子，说，妈，还记得吗，我十几岁的时候咱们一家去旅行，去南方的一个海岛，那几天玩得可真好。

女儿的本意是让她开心，“一家”这个词却短暂地刺痛了她，疼痛来而复去，倏忽而逝，她清晰地感觉到疼痛的发生和消失。不过，快乐的旅行，她有点记不起来了，只能装作想起来的样子，用力点点头，说，等你再来，我的脚也好了，我们一起在岛上逛逛，很多好地方呢。

晚上，卫巧蓉把白色塑料瓶里的药片倒进垃圾桶。自从徐季走后，娴静端庄的夜晚也一并失踪了。她躺在床上，翻来覆去，枕头里的荞麦皮儿沙沙响个不停，像深秋的雨在耳朵边下着。夜深了，她一点困意也没有，圆睁着双眼，全身火烫地想象着跟徐季理论的场景，她整夜整夜处在战斗状态中，凌晨时才在一边倒的胜利中疲惫睡去。再后来，母亲去世了，她白天呆呆地流眼泪，夜里躺下就蒙住头，想忘了已发生的一切。一桩桩一件件，却争相往外喷涌，她揭开被子，眼睛在黑暗中盯住天花板，感觉到有什么东西迅速流走了，萎缩，干涸，焦枯，她如一副空空的骨架，在月光的照耀下又冷又白，森森地闪着寒光。

她倒掉安眠药，准备重新学习睡眠。

细软的沙子里插着柠檬色的太阳伞，伞下面是躺椅，躺椅旁边的野餐垫上摆满面包、烤肠、冰汽水、椰子、西瓜，几块浴巾平铺在细沙上，接受夕阳的照耀。海水里浮动着五颜六色的泳帽，卫巧蓉戴着一顶红泳帽，徐冰倩紧挨着她，双手攀住蓝色的救生圈，徐季在旁边不远的地方浮着水，不时游过来看看她俩。温柔的海浪一波波涌来，身体不用使劲儿，顺着海浪就可以一起一伏，渐渐地，身体好像要跟海浪合为一体了。

徐冰倩不肯戴泳帽，高高扎起的两根辫子被海水打湿，头发一绺一绺地贴在脸上，她毫不在意，咯咯笑着，说回家了我要学游泳。徐季答应着，我给你当教练。

上了岸，徐季歪在躺椅上，卫巧蓉陪女儿堆沙子，饿了，吃几口面包，渴了，抱起椰子来喝。天黑透了，三个人仰面躺下，看银河，认北斗七星，直到起了很重的夜露，海风吹到身上觉出凉了，一家子才起身收拾好东西往宾馆里走。回去的路上，徐季给女儿讲故事，前半段讲塞壬，后半段讲忒休斯，两个人一直说说笑笑的。

深色丝绒般的夜空下，卫巧蓉沉默不语。她不停地回想白天游玩的顺利和完美，隐约有些不安，明天还会像今天一样顺利，一样快乐吗？不知不觉的，眉头拧紧了。想什么呢，妈？女儿突然问她。她勉强笑笑，没什么，有点累了。

到了宾馆，女儿和徐季陆续冲了澡，她进去的时候，发现热水时有时无，调试了一会儿还是不行，心里就很烦躁，打电话让服务员过来，服务员大概知道这是年久失修的老毛病了，装模作样地查看一下就走了。她匆匆洗完，拿起吹风机，风量不太够，费了半天劲儿勉强吹干了发梢。躺在床上，她对徐季说，明天咱们换家宾馆吧，徐季“嗯”了一声。

第二天，她在雨声中醒来，心有些慌。透过窗户往外看，一片白茫茫的，外头的树都看不清了。浴场肯定关闭了，海边那家著名餐厅也不营业了。怎么就突然变了天，昨天还是大太阳呢。怎么办，她拉紧睡袍裹着自己。徐季翻了个身，说，下雨了，多睡一会儿吧。

在宾馆里吃完午餐，徐季和女儿铺开棋盘纸开始下跳棋。她看他们下跳棋，只觉得一步一步好像踏在她心口，乱糟糟的。眼睛转向外面，雨势正猛，雨水从高处扑下来，天色昏暗，恍若傍晚。她无聊地坐着，打开电视，连换几个台，没有什么好看的，屏幕里的画面越来越模糊，她意识到自己实际上在望着空气，便扭过头去问徐季，你说雨会停下来吗?

天知道，徐季笑着指指上面，别想了，正好在宾馆好好歇歇。她嘟囔着，我们明明是出来旅游的。

那是十五年前的夏天，卫巧蓉想起来了。隔着十几年的漫漫烟尘，她看见回程的路上，徐季拿着相机拍照，女儿远眺着海里的怪石作诗，她不愿破坏他们的兴致，嘴上没说什么，心里却默默复习旅行的细节，到底是哪里不对，造就了这不圆满的旅行?

雨早就停了，大海平静，闭目养神。

她看见一个一脸严肃的女人斜倚在船舷上，看见一团灰白色的影子从她的身躯里脱离出来，一飘一飘，飘回到昨天的那场暴雨中，在雨中孤独地游荡。

清晨，厚厚的云层覆盖着岛屿的上空。云层散开的瞬间，浩荡的光涌进树林。光线穿过树冠，化作一道道光柱，光柱和高矮错落的树木共同设计着林子里的空间，风吹来的时候，叶子哗啦哗啦响，树摇晃，树影摇晃，林子醒来，小动物也醒来了。

早市海鲜区堆满了刚从海里捕捞上来的梭子蟹、海虹、毛蛤、爬虾，地面上水淋淋的，空气里弥漫着一股清鲜的味道。卫巧蓉停在一家商户前面，阳光倾洒，落在一筐筐海货上，她看见有个筐子里叠满纯银，条状的银子，在晨光中闪闪烁烁的。卫巧蓉挑选了一条，她叫不上名字来，鱼身形曼妙，没有鳞片，细看起来像鎏了一层厚厚的银粉。市场外面，渔民举着筐子走动，螺、青口、海蛎子，碎石头一般擦着碰着。明亮的光线透过筐子，有的鱼看上去几乎是透明的，一片片鱼形的玉，里面纤细的骨头犹如玉石内部的天然纹理。

蔬果区里似乎集结了世间所有明丽的色彩。在里面转了一圈，她回到熟悉的摊位买茼蒿和蒜苗，隔壁的摊上，一把把粗壮的西芹码在台子上，她想起了徐季。每次跟随徐季来市场，他似乎都会买一把西芹。以前她总说徐季像个孩子，离了她准不行的，她观察着他，看他怎样配齐一餐饭的原料，他东走西走的，就把该用的材料都买齐了。而且，她从来不知道他喜欢吃西芹。回想过去几十年的生活跟回忆一场梦境有些相似，一样的模糊不清，一样的零碎混乱，任意流淌，没有形状，而且，你能记起和描述出来的都不是全部，总会漏掉点什么。

往回走的时候，她看到老吴夫妇正沿着环岛步道散步，两人身上的红色运动衣在青湛的天空下显得分外鲜明。她向夫妇俩招手，心想，世上总算有几个好运气的人，能一直得到命运的厚待。

吴太太小步慢跑起来，老吴也加快了步子，一群白色的海鸟从石头上飞起，抖着翅膀飞向海面。两个人一会儿并排行进，一会儿一前一后错开了。

老吴的腿怎么了？卫巧蓉看着他俩的背影。老吴紧赶几步时，身体有点失去平衡，一条腿拖曳在后面，吴太太回头说着什么，脚步已停下来，两人原地歇了一会儿，吴太太挽起丈夫的手臂，慢慢往前踱步，他们的身影消失在步道拐弯的地方。

卫巧蓉想着吴太太的南方口音，恍然明白了过来。

经过码头，正赶上一艘渡船靠岸，先是甲板一阵咚咚乱响，接着，拖着行李的人们沿着跳板走下来。她也是这样抵达小岛的，只不过没有游客的欢快好奇，她来的时候，随身携带着一座地狱。

海上的晨雾尽数散去，碧清的海水豁然出现在眼前。近来，她时常忘了自己为何来到此地，好像她原本就生活在这里，或像很多外地人一样，来岛上是为了观光和疗养，为了享受这里的阳光、空气和海味。

回到家，她顺手拿起一瓶药油，拧开盖子，把气味辛辣的药油倒在手心。作为孤居之人，她时常提醒自己，你要多保养多锻炼，腿脚得利索点，不利索没法儿独自生活下去。她打着圈搓脚腕子，直到搓得皮肤越来越热，药力缓缓地往下渗，蜿蜒着向里走。脚踝深处的疼痛沉睡了过去，只在阴天下雨的时候，丝丝缕缕地往上爬。今天是个晴朗的日子，她来到自己的卧室，南向的卧室，把床上的被褥摊开，等着丰沛的阳光把棉絮里积攒的潮气一点点赶出去。

下午的时候，被子已变得温温热热的，摸上去像一层柔软的皮肤。手抬起来时，那种软软的感觉还停留在指腹上。

又该出去活动活动手脚了。她在门口拿起一个东西，散步最好有个伴，这个就是她的伴。女儿给她买了一根拐杖，铝合金材质，防滑手柄，高度可以调节。一开始她有些羞恼，说不用不用，还没老到用拐杖的份儿上，女儿说有个拐杖稳当，等脚好了再把它扔掉。脚好了，她每天出门还是顺手拿起拐杖，跟她做个伴。

走进公园时，光线正变得黯淡，灌木和花丛低低地伏在朦胧的暮色里，像通过一面未磨的镜子映照出来的。有好几次，她在公园里见到徐季，他有时在跟人下象棋，有时在和老人们一起坐在路边乘凉，有时在跟孩子们聊天，她悄悄绕到后面，能听到他在说什么。他给孩子们讲木卫二，讲珍珠的形成，最近的一次她听见他说：麻姑是谁，她是个仙人，有一天下凡参加宴会，宴会上她对另一位神仙说，自从上次和你见面以后，我亲眼见到东海三次变为桑田……

他们至今没有碰过面。她设想过面对面遇上的情景，这辈子该说的话已经说完了，她不知道该对他说点什么，但她还是会迎上去，向他问声好。

岛的西面是连绵的山峦。群山在渐渐稀薄的岚霭中站立起来，缓缓伸直了脊背。她抬头望过去，正巧又有几朵云飘到山头附近，一纵身，翻了过去，云朵们看见山那边有什么了。

夜色像宽大的黑斗篷一样罩下来。经过小树林时，身后传来窸窸窣窣的声音，也许，人在落叶上走，也许，小动物正穿过草丛。回过头去，是看见松鼠、野兔、狐狸，还是看见一个跟她一样独行的人呢？不管怎样，她都决定转过身去看看。就在她转身的一刹那，环绕在身旁的黑暗变轻了。

（原载《青年文学》2019 年第 3 期）

逛超市学

卢德坤

最长纪录多久没出门？他没算过。谁有空算这个？一个星期总有吧，不然也就没有计算的必要了。

每次过来，母亲都说，他卧房中有股“油气”。自然，不是说他这个人油里油气，甚而沾染了卧房——他要是能油滑起来，母亲倒不必常来了——也不是说，房间有汽油味、花生油味、防晒油味或其他什么乱七八糟油的味道，而是说他久久未换洗的床单、被套、枕头散发的一股子被汗液或其他什么体液浸染的味道。或可统称为“人油”。可能不止床上用品，床脚、窗旮旯也散发这样一股子“油气”吧。母亲也说他的毛巾“油”起来了，意思是他长久没拿毛巾到洗衣槽那边泡一泡搓一搓绞一绞，拧毛巾时手都抓不牢，滑得很。她还说，他衣柜里也有股“油臭”。可衣服明明都在洗衣机洗过又在阳台晒过才堆在衣柜里的不是吗？母亲说，准有几件什么衣服，他穿过一两次，并不觉得脏，没洗过又放回柜子里去了。倒不是没有这个可能，他想。再有，是厨房以及卫生间……实在不必说了，母亲无话可说了。对于整套房子没有一个干净点的房间，母亲最后只提一个意见：没事的时候，拿扫帚随意扫一扫，样子看上去就会大不同的。窗户也得多开开，她忍不住又多说了一句。

他没出声。母亲又说，你自然是动都不想动一下的。话里，有一种原谅的口气。他知道，只要自己不说话，就能自动得到这种原谅。得请一个钟点工来，钱由她来出也没问题，母亲说，一个月可以叫上两次，那房子就不一样了，人待着也舒服。他不置可否。他并不喜欢陌生人上门，除了快递员和送餐员。事实上，他也不喜欢母亲一来就打扫这儿清理那儿。在她动过之后，很多本来他眯着眼就能拿到的东西找不着了。路由器还常出问题。她是一路用扫帚狠命扑打地面上的一切吗？路由器太可怜，命犯扫帚？在重启、整修路由器的过程中，他觉得时间白白流逝了。关于请专业钟点工的事，母亲就算给他留了额外的清洁费，他也不想真的去请。更何况，母亲并未留下她说过的额外的清洁费。

杂物堆满各个房间，或许会叫那不曾来过的清洁工吃惊。弟弟结婚没多久，搬走了自己与弟妹的东西。一度，房子多了些空间出来。他把书房地上堆叠得太高的书，搬了些到弟弟卧房中，摆在弟妹以前放瓶瓶罐罐的墙桌上，后来，连床底也霸占了。有那么一小段时间，杂物重新区隔出来的空间，看上去有了一种正确的曲线比例度；也就是说，没有哪一种杂乱比这种杂乱更贴合他的心思了。可好景总不长，杂物永远在繁殖中。现在，母亲来的日子，就住在与他的卧房一样杂乱的弟弟的卧房里。母亲开玩笑似的跟他说，要是弟弟住回来，会说你把他的房间给弄乌糟了。

到时候，你东西哪里搬过来，还得往哪里搬回去。理智告诉他，弟弟不会搬回来了，但他脑海中总克制不住地浮现弟弟搬回来的情景：弟弟和弟妹，现在又多了个侄子，三人一起站在门口，带着同时也可以装下这房子里的杂物的大包小包。到了那时节，加上他，房子就有四个人了。母亲来，就是五个人。一道有趣的幼儿园数学题。

弟弟搬出去后，在滨江区买了套房子。侄子现在到了上幼儿园的年龄，是时候考虑小学学区了。二〇一六年九月之前，弟弟卖了他的第一套房子，换了套老城区的新房子。九月之后，价钱就发生了较大变动。虽然蛰居多年，但数字上几个零的上下翻飞还是颇能触动他。卖滨江房子时，弟弟说，有些东西留给新屋主，有些干脆不要，搬来搬去麻烦。母亲说，丢了可惜，而且为什么要白白便宜了人家？就都捡过来，放在他这里，虽然她嘴上不停说，这里挤死了挤死了。从弟弟那里搬来的东西计有：袖珍的或许造出来只是给小学生骑的自行车一辆、体积较大的转轮皮椅一张、塑料小凳子四条、立式电风扇一个、颜色鲜艳的洗衣盆两个、已被涂乱的儿童绘本十几册、陈旧的怪兽娃娃五六个、已拆卸的婴儿床一张、婴儿推车一辆、徘徊在保质期边缘的茶叶十几罐……或许还有别的什么他不记得的东西藏在哪个角落里。他自己的换下的旧椅虽磨掉一层人造皮，斑斑驳驳的，可也没扔掉，跟一些废纸箱、饮料罐一起，堆在后边阳台上。收废品的人来了好几次，也没能卖出去。收废品的人说，愿意无偿将椅子搬下楼去。因此，就一直放在阳台上吃灰。过了一段时间，弟弟的旧房交了出去，新房还没装修好，就在外头租了个小套间。从旧房带去的东西无法全部放下，于是又暂时转移到他这里：用暗红格子纹箱装的两床崭新被子、四个没用过的枕头、侄子的一张安全座椅、也是装箱的新碗碟，等等。等弟弟住进新房，只拿走了碗碟，其他东西像是生了根。母亲怂恿道，不如开个网店，把不要的东西卖掉一点。他想过这个事情，但也只是想想而已。一天，弟弟的一个朋友正好需要一张小孩安全座椅，弟弟想起他这里还有一张。弟弟他们忙着，只好让朋友亲自上门来取了。拜这样极偶然的机会所赐，房子多出了一张儿童安全座椅的空间。

以前弟妹在时，他能蹭上几顿住家饭。母亲来的日子，就由母亲下厨。现在，他天天叫外卖。母亲说，外边的东西吃不得。你现在时间空，可以回老家待一阵子，就不怕吃坏了。说起来，母亲美味的重油重盐的菜肴，也比外食健康上一些吧？这句称许母亲的话，他没说出口。他回说，没准我可以自己做饭吃。母亲问，你会吗？他反问，有什么不会的，不就是洗一洗、切一切、煮一煮、炒一炒、炖一炖？——噢，还要买一买。这么说的时候，他心下想，没准真的可以去买两本食谱以及营养搭配的书来。母亲有点被逗乐了，但仍旧是不相信。自然，她是对的。后来，买食谱和营养搭配书的念头一直都在，但他从未真正下过厨，煮方便面不算。上一次来，母亲留了个块头不大不小的南瓜给他，让他切来放水里煮一煮当早餐吃。她说，这个南瓜还不很熟，放久一点会更甜，又不会坏掉。母亲把南瓜放在后面阳台那张丢不掉的旧椅下，被四条椅腿用无形的线条框住，形成一个结界。他没再去动过。反正不会坏的，他想。是这样吗？不会坏？弟弟偶尔打电话、发微信给他，叫他去新宅吃饭。他想，不如带这个南瓜去？

母亲、弟弟、弟妹、侄子同在这座房子时，嬉笑、吵闹，以及一些悄悄话的余音回荡于杂物之间。电视也要开的。他记不清多长时间没去交数字电视费了，也没开通自动扣费服务。什么频道都不能放，购物台还能看。电视购物推销员总吊着一种费嗓子的高声调，时刻提醒你正处于某种亏损状态中，如果再不买的话。但是，一点儿关系也没有，她们说些什么，他都不感到厌烦。他甚至有点喜欢被包裹在这些锐声当中，亏损也好，不亏损也罢。同时，母亲、弟弟、弟妹、侄子也不反对开着没人看的电视。电视说电视的，他们说他们的，偶尔瞥一眼。当然，一个人时，他绝不会想去开电视。有时候，洗衣机会洗上一个下午，好像他累积许多脏衣物，只为一次性满足洗衣机。洗衣机之声比较动听。

躺久了，坐累了，他就在几个房间里走来走去，美其名曰“房间内的旅行”。他最常走的路线是从书房到弟弟的卧房，再从弟弟的卧房走到书房。有时候，一口气可以走上几十个来回。还有其他路线：从书房到餐厅，从自己的卧房到客厅。偶尔从各处房间到厨房烧上一壶水，到卫生间坐一坐算不上“行走路线”。偶尔，会与什么杂物如没放端正的一张椅子、弟弟装新被的盒箱磕碰到。他不讨厌这种糟乱，事实上，他喜欢穿行在各种杂物隔出的小径中。磕碰一下，亦是好的。他觉得自己的行走，勾画出无数条无形曲线。闭上眼睛，他可以看见在快速镜头下接替、交叉、缠绕的曲线。偶尔，他没事找事，移动房内一些杂物，把一两本书从这个房间拾掇到另一房间，把椅子从哪个房间搬至客厅。或者，反着进行一遍。曲线网发生了小小的改变，房间亦出现轻微变化——就像一个人去剪头发，难以理喻的发型师只花几秒钟，拿起剪刀又放下，貌似只剪掉几缕空气，似乎就算完成了什么工作——这让他的心情舒畅。他甚至能体会到侄子为何那么喜欢搭乐高了。自然，后者是一桩繁复的活动。

但可使用的多巴胺额度总不够。一个月里，总有那么几天不安于室。夏末秋初，这样不安于室的日子越来越多。是因为忽凉忽热的缘故？总还是热的日子居多。他以为凉快日子就要来了，后来发现还没影儿呢。

如此，就让人轻易愤恨起来。做“房间内的旅行”时，唯有焦躁，什么东西要从腑脏内、血管里、皮肤下冲出来似的。没办法，只好出去走走，好像新鲜空气可作麻醉剂用。

以往，决定了要出门，再决定去哪里，是个问题。他决定出门，总是临时起意。刻下，他脑中迅疾跳出一个明确地点——超市。不是附近的公园，不是以前爱去的酒吧，不是书店，不是新建的巨型商场，也不是和别的什么人一起攀过的矮山，而是超市。

他想，吸引他的，或是某种较平稳的频率所发出的召唤声：差不多半个月，他就要去附近超市一趟。家里的卫生纸、洗漱用品、方便面、烤鸡烤鸭、烘焙糕点、特定的几种水果都得买。是的，他也吃水果。他不光靠在室内逛逛，就自然生成充足维生素。他最爱吃橘子和香蕉。他喜欢一切剥皮就能吃的水果，远胜削皮才吃得的水果。巧克力、速溶咖啡、小桶装牛奶，橙味夹心饼干、火腿肠、葵花瓜子、咸蒜花生，罐装啤酒、可乐，等等，均需定时补货。蔬菜、生肉永远不在他的视线内。以上种种，也是构成他房间杂物的一部分，但规律性地一件件消失，只能再去购买它们的“副本”或“幻影”。屈指算来，他上一次去超市，不过四天前的事。现在，烘焙面包、小蛋糕已经吃完了；烤鸡只剩下细弱的骨架，仍存放于冰箱中；烤鸭还有半只，也放在冰箱里，已然生出“冰箱味”，比较难下口了；火腿肠还剩三四根，已撕开的包装膜挂到垃圾桶边沿，像盛开的塑料花；水果大概吃了一个……但他还是决定，再去附近超市一趟，虽然，这样一来，就打破了稳定的频率。

初秋午后，气温仍在三十度以上。桂花香尚未如洪水般侵袭全城。天空有一层淡灰色的薄霭。阳光透过薄霭，似乎经过了一番熏蒸，再到达地面，使周遭愈加燥热。呼吸之间，有一种颗粒感。他把厚棉布格子衬衫袖子挽上去。

走两个街区，就到他平常去的那家超市。楼高五层，超市在第一层，面积还算广大。一层另一部分空间，隔出来给独立的面包店、花店。二楼有家舞蹈室，三楼有一家网咖，他从没去过。

他试图如往常般走进超市，但在门口，便袭来异样感。超市没几个人，熟口熟面的一个收银员正倚着柜台，瞌睡改变了她的面容。今天是工作日吧，他想。这家超市，没多少窗户，不多的几扇，也被肉脯区、散装糖果区的装饰墙板挡住大半。这当儿，一半或三分之二的照明灯没开，视线无法铺展到较远的地方，林林总总的物品似乎趁机于暗中偷起闲来，搓手搓脚。空气滞闷，好像，此处并非超市，而是仓库什么的。他不信邪，喜欢硬着来。刻下即便是走到真的仓库门前，也要当假的超市逛起来。

依照惯常顺序，他迅速经过收银台，逛起近旁的烘焙区。他很快找到自己常吃的豆沙馅面包，抓三个在手里，才忙不迭去找购物篮。然而，却不见撒满糖霜的小蛋糕。一连绕两圈半，还是没能找到。他拦住一个戴厨师帽、似乎正在清点数目、脸色黯淡的中年妇女，问怎么不见小蛋糕。她回说，今天的还没开始做，昨天的也没剩下。五点钟以后，再来看看。

可是，每次来这家超市，小蛋糕不是一早就等在玻璃橱窗中候着他吗？

失落感如约定般袭来。他进而想，要是没有小蛋糕，豆沙馅面包也不要了吧。按惯常路线，逛完烘焙区，该去饮料区，然而，他也再没兴趣挑瓶汽水。

硬来，说到底，还是不行。失落归失落，他脸上仍只是木然，但心里的什么东西像涟漪一样，荡了开去。对此，他有过丰富的经验。

豆沙馅面包原本放在什么地方，他照原样放回去。购物筐也放到一个角落。两手拍拍。

出了超市，他看一眼手机，不过十四点二十六分。时间过得好像有点慢。不能回家。这一刻，更不能像个败军似的掉转脚头往回走。在他，不管什么地方有了裂痕，总迫不及待要填平。他记起，过一座桥，向西再走三四个街区，有两家不同品牌的、规模更大的超市沿街对视。它们总不至于马虎到大下午的不开灯吧。不必多想，只要有一家开，另一家怎么也不会不开。他去到近旁的公交车站，看了站牌，记下三辆路过的公交车。摸一摸口袋，零钱充足。等七八分钟，三辆中的一辆开来了。时间过得好像有点慢。十分钟后，他顺利抵达目的地。

下站口正好在其中一家超市不远处。超市门口，一辆空的儿童玩具车正发出甜熟的简易电声旋律，上下颠簸着。透过洞开的大门，可以看到一些上了年纪的人正在收银台夹道中排着不长的队伍。更里面的地方，便是丰盛的所在了。这家超市，与他家附近那家分属不同品牌。他没怎么犹豫，就斜穿过马路，到了对面与他家附近牌子相同的超市。三层楼，清一色，都归超市所有。

如他所愿，灯光明亮。四周镶嵌了不少玻璃、镜子、金属壁面。事物展现了在超市里该有的样子。他穿过占据一楼两旁过道的连锁品牌服饰店以及中心区的金饰店，置身与大门相对立的光线稍黯淡的底部，搭上一架速度缓慢的斜面扶手梯。没什么人挡在前头，他走上去，给缓速再加一点缓速。

抵至三楼，迎面撞见的是3C产品区；向左拐，是家用品区，床上用具、小电器等，有人在榨豆浆；接着是与底楼连锁服饰店风格不同的服装区——大概隶属超市本身——弥漫着一股塑胶拖鞋的味道；隔壁为蹲踞长方形楼层一个墙角的文具用品区及儿童玩具区，也有股较淡的塑胶味，可能是服装区飘过来的，也可能是自产的；再往左拐，是洗漱用品区；走到长方形较短一边的另一个直角，被厨房用品所填充；再往左转，直线走四五分钟，就能看见通向二楼的扶手梯了。

他觉得自己像是一个上了发条的玩具鸭子，被驱赶着在光滑的地面上往左转，再往左转，再往左转，绕出一个圈圈。橡胶鞋底与地面摩擦，发出恼人的吱吱声，像是老鼠。超市里有玩具猫，没有玩具老鼠。

一楼跟他没关系；三楼的东西，他暂时不必再购“副本”。他最喜欢的，永远是作为一楼和三楼的夹缝存在的二楼——就是超市故意让你打转转，最后才转到的地方。

从三楼下到二楼，抬眼便是烘焙区。面粉、奶油、糖料及其他什么东西混合烤炙后的郁厚味道冲鼻而来，将人裹实。兜兜转转，他终又找到烘焙区。这里的烘焙区更大些。他逛荡一圈，没找到与他家附近超市同款的铺满糖霜的小蛋糕。它们不是同一品牌的超市吗？但是，一点关系也没有，他的心绪没出现丝毫波纹。他挑三四个号称用新西兰奶油做的、个头稍大点的方形蛋糕，放到后来才找到的购物筐中，角落里总有什么人丢在那里。新买的蛋糕，虽标“新西兰”三字，价格比小蛋糕却贵不了多少，让他起了小小的疑心。

顺着被规划好的路线，他依次买了烤鸡烤鸭各一只，荤菜多过素菜的凉拌菜一份，香蕉五根，苹果一个，苏打饼干一袋，夹心饼干两袋，标明产地为香港的方便面四桶，两种口味的大号装火腿肠四袋，特惠装速溶咖啡一盒，加送百分之二十分量的巧克力一罐，瓜子一袋，花生一袋，可乐两瓶，运动功能饮料一瓶。

旋风似的扫了一圈。他再看一眼手机，不过十五点十三分。时间过得好像有点慢。他还不想回去。一楼和三楼都改成食品区，就合心水了吧，只怕仍旧不堪逛。

他盯视购物筐，心想，是否漏买了什么？一眼望过去，只觉购物筐铺了浅薄一层而已。瓶装饮料翘立，似乎期盼更多甜头。但想不起来漏买了什么。不像他牵个小筐，其他人多用推车的，甚至同时推两辆——在他廉价的想象中，如果超市店主或其他什么主儿来消费，准是用上全部的一辆接一辆推车，从门口开始，穿过一楼扶梯，上去三楼，通过二楼，再绵延至一楼，抵达另一个出入口。连接而成的超市推车，像一条七扭八拐的虫豸，又像一条肠镜插管——都装满了，似乎才能勉强说上一句“好了，差不多了”。他再次感到一种失落。或许，他想，可以多买上几瓶饮料。又想，如此，未免太敷衍。保险起见，不如再从一楼逛到三楼，三楼下到二楼，整个复习一遍？因为，想起来，有点让人不安的是：没准，从一开始起，他就像个筛子，流水般漏过，或主动遗弃一件件东西？那些被遗漏、丢弃的东西，如芝麻般撒了一地。灯光明亮，可他就是看不见。重头来一遍吧，他先懊丧地确定这个念头，转而有点欢欣。一楼没有直达二楼的扶手梯，二楼有直达一楼和三楼的扶手梯呀。但是，刻下，他一点不想挪身，在饮料区和收银台之间呆立了好几分钟。那些芝麻早被人捡了去吧，都可以装满整整一玻璃瓶了吧。即便推着数十辆车子，执行“宁可错买，不放过一个”的安全策略，那种“漏买”的感觉也不会消散的吧。

最后，不知道站立多久，他感觉再不决定下一步行动实在不行了，因为，离他最近的收银员时不时就要打量他一下。她一边动作麻利地扫着一束青菜或一盒饼干的条码，一边歪过头来看他。他怕被她误会自己得了什么重症，马上就要过来问候他一声，因此必须动一动了。

循一股尚未炽烈起来的烟油味，他决定到烤鸡烤鸭铺附近一家敞开式小吃店坐一会儿。一圈五颜六色的塑料可旋转高脚凳环绕小吃店吧台，他坐一张被挤出队列的高脚凳上。此刻，没什么顾客光临。两个年纪看上去很小的男服务员，一个在备料，一个在擦拭炒铲、煎锅等等，并不问离得稍远的他要吃点什么。他转动高脚凳，背对吧台，假装等人。“等”一会儿，他自己也觉得赧然了，于是拉近凳子，开口点个广式炒河粉。男服务员东磨蹭西磨蹭一阵，才端上吧台来。这盘东西，当晚饭吃早了点，当下午点心吃多了点。而且，他一点不觉得饿。没关系，他喜欢硬来。他慢吞吞吃起来，像只为填充时间的罅隙而吃。

如同其他很多快餐店出品，河粉味道过咸，但他不想多点一杯小吃店中饮料机里正缓慢搅动、颜色鲜黄的果汁，好像点了，就中了什么计——倒不一定是中人工色素的计。他也不想去开新买的可乐来喝——倒不一定是因为还没付钱。他脑中转的是这样的念头：吃了这盘炒河粉，回去再把上次逛超市留下的尚放在冰箱里的半只烤鸭吃掉，晚餐就算对付过去了。刚才买的东西，今天就不去碰它们了。不错的安排，他自我夸赞。他感到一种丰足感，感到一种持续消耗之中的精打细算，一种荡开的涟漪的暂停。

他仍旧坐着，望着眼前一排排货架，觉得正置身一条好像流着奶与蜜的河川，他只取了一瓢饮。这一刻，到他手里的，切切实实，就是他的了。尽管，他知道，到最后也要埋到五脏六腑或别的什么鬼地方去的。

吃完炒河粉，差不多十六点。超市里人开始多起来。他觉得某种仪式已然完成。不必再逛，可以回家了。

时间终于又快转起来了。晚上，他坐在书房电脑前，窗外干燥凉风似能吹走电磁声。那种有什么东西要冲出血管的感觉，一时被压服了。二十一点，看完一集美剧——对他来说，电脑是电视台——他没能坚持住“明天再享用”的命令，吃了新买的烤鸡半只，火腿肠半袋，外加两根香蕉，以作中和。不过，晚上吃的火腿肠是上次逛超市的余货，不是今次战果，因此，稍稍抵掉一些罪恶感。二十三点，带着沉甸的坠胃感，他上了床，一夜好睡。

第二天，直到傍晚，他才又坐不住。由此，他估摸逛超市一次带来的“放风”效果可维持多久。长期的有规律的“放风”后，能否维持同等效果，他吃不准。

他在家附近小店吃过一碗面，才坐同一辆公交车去了同一家超市。不同时段，不同风景，好像接续上了昨天他离开时的画面。

超市二楼灯光似乎更亮了。被灯光晒出头油味的——照母亲的说法，也是“油气”一种——可不止他一人。人们成双成对来，拖家带口来。当然，也有像他这样，孤家寡人逛。他和那一个一个的，或都有片叶藏身树林的感觉吧。而且，好像这一片一片的树叶不是随风从别的什么地方来，而是这林子的“自落叶”，自有一种合法性。他们这些“自落叶”，和其他所有人，和他们头顶的东西、货架上的东西、摊头的东西凑一块儿，组成个合唱队似的蜂鸣器，发出的含混、甜俗声音如波浪般绞缠，分不清这一滴水、那一团泡沫其源所自。各种声音，又像闷在一个装着浴霸的烤箱里回荡。有时候，他能够听清别人说的一句话；更多时候，他接收到的只是一团含混然而颇有重量的声浪。那本来明确的话，在这一整波声浪中，也变得不明确了。超市里人来人往，东西摆上拿下，扫码付钱装袋。原本，事情是怎么个运作法，可以条分缕析，但在这含混中，他无法知道个所以然。可被这含混裹住，他又觉得甜蜜。最后，他得出结论：昨天逛超市虽逛得舒心，却未碰上最好的时候。逛超市，还是这个时间点好啊。他一点也不觉时间过得慢。

从这一刻开始，他原本逛超市或做旁的什么事的频率完全被打破。现在，隔一岔二，他就要逛一次超市。过桥后向西再走三四个街区的超市，成他一时“新欢”。接连去了三四次后，他才“临幸”

街对面另一家牌子的超市。他早知道，它们的面貌相似，总是那几样。但总有不同的地方——其他不用讲，一座在道路的这一边，一座在道路的另一边。他后知后觉发现，从这边看，和从那边看，风景大不同。超市内各区方位设置亦不同，刚烤出来的面包味道也不一样。两边都走一走，他得出一些类似这样的好像能开阔眼界的结论。

还有额外收获，这下，总算有点运动量了。不知是否敷用？不管怎样，母亲要是知道，该感老怀安慰吧。只是，她最近一次来，他到底没说自己这阵喜欢到处走走，走出点瘾头来。不然，她准会欣喜地问他都去了哪些地方。他实在说不出：超市，超市，还是超市。因此，无法炫耀。母亲来的一个礼拜，他逛超市的频率再一次被打乱，只和母亲一起去过家附近的超市一次。不过，这只是个小插曲。母亲一离开，频率自动恢复。

一天，不知哪儿来的灵感，他想，一趟公交车，坐两三站，两块硬币；坐四五站，两块硬币；一气儿坐到终点站，还是两块。难道，坐两站，过一座桥及三四个街区，便是他可以到的终点站了？反正，时间大把，过得又慢——但似乎又很快——不如多坐几站。哪儿没有超市？以前，他路走比较远。刻下，记忆地图上，尚有许多超市坐标点，如果一一圈出它们的所在，会让密集恐惧症患者犯恶心。于是，那天，在一路常坐的公交车上，他决定多坐几站。

透过车窗，望见两座熟悉的对视的超市掠过，他生出一种“终于把你们丢到脑后”的快感。其中，似乎包蕴了一种恶意，既是对外的，亦是对内的。

最后，他坐到倒数第四站。靠近北郊了。以前，他在附近上过班。

他之前不晓得此趟车原来经过此一区。记忆地图显示，这边超市不很多，有一家规模较大。以前，他习惯从这边买了东西带回家。

与其他很多地方一样，整个这一区块，模样变得厉害。的确，都过这么多年了。但也并非一味簇新。他穿新街过老巷，踱了一会儿步，才找到以前那家超市，现在，已成一家4S店。就算记忆不出错，记忆中的事物本身也会“出错”。

他不感到很失落，好像公交车开到半途，就含糊意识到情况生变，因之做好了心理准备。在4S店前站立了三十秒左右，他转身望见右手边百米外一家新的超市招牌。也不新了，只是他在这儿时，没有这家超市。那么，就是新的。走近了看，规模比老超市小一点。他逛了差不多二十分钟，没买什么东西，不久就坐上了回程车。整个过程可以说是惬意的。

回程车上，他凝神望窗框中接连晃过的风景。北郊地带，算是比较熟悉的了，刻下也变得陌生。公交车七扭八拐，路过他原本不很熟悉的所在，刻下至多也只与北郊同等陌生。以前，他排斥去陌生地方；现在，他倒有点排斥去熟悉的地方。因此，仍旧可说是惬意的。

他一惊一乍想：原来还有这么多地方我没去过！算起来，他到这座城市生活，已经超过十年。但原来还有这么多地方我没去过！对这座城市来说，他也还只是个陌生人吧。

现在，他坐在车上，突然生出一种正在其他地方旅行的感觉。某幢簇新的大厦，蜿蜒的房顶曲线，如数字般严整往上爬升而一时无法数清的层级，反光的镜体墙面，都促发这种感觉。切断通往某些感官的电流束，导向其他地方，事情就发生变化。此刻，他不可以说自己正处身北京吗？只要一生发这样的念头，事情就变得如此真切了。同时，亦可说此刻正处身香港、台北，甚或新加坡市、东京、纽约，或巴黎……巴黎？哦，巴黎倒有点不一样吧？或者，也没什么两样？想象，似乎也有它无法融进，同要撞墙之处。他忆起件旧事。多年前，他到上海会一个朋友。约好晚上碰头，中午就到了。多出来的几小时，他不知如何打发，只好晃悠一会儿。某处法国梧桐浓荫下，他随意登上一辆鲜红色的公交车。付了高于普通公交车好几倍的车费，得到一副耳机后，他才意识到这是辆观光巴士。白脸孔、黑脸孔之外的黄脸孔，多是韩国人、日本人。像他这样的游客，大概是没了。偶尔也上来几个本地人。各种语言混杂在一起。他坐在他们中间，似乎可被视作东亚、南亚任何一区的黄种人：既可以是韩国人、日本人，也可以是马来西亚人、新加坡人，或，中国上海人。进而，如果一定要硬来，说自己是欧洲人，是不是也可以化身英国人、法国人、德国人、瑞士人了呢？或者，是不是既可以是上海人又是德国人，既是马来西亚人又是法国人，既是新加坡人又是日本人还是温州人呢？这样想着，他觉得自己似乎换过一张脸。观光巴士沿既定路线转悠，晃过很多他之前处身上海时从未经眼的区块。他一点儿也不担心车辆将他丢在一个他完全不知其地的位置上——虽然，路过某些地方时，他会疑惑，这儿还是上海吗——也不怕迷路。他甚至有点期待被抛在异地和歧路上。那副耳机，用来插在车体固定位置上，听包括中文在内的多种语言景点介绍，他从头到尾都没用上。他在一个满眼新建的旧式台阁以及金发碧眼人士的地方下了车。他从街道的这一头走到那一头，然后从那一头回到靠近起先下车点的地方。街道不长，来回走一趟最多只需二十分钟。他只走了一遍。等下一辆相同的观光巴士到来，他再坐上去，延续起先中断的路程，坐到了终点站。如果不算他中途下车晃荡的时间，从起点站到终点站，一共费时一个半钟头，似乎算不上漫长。到最后，他都有点不想赴朋友的约了。当然，当天晚些时候，他打的去了约定地点。此刻，他从北郊超市回来，厕身这辆坐着十几个生活在这座城市或暂时路过这座城市的人的公交车上，模模糊糊想起哪个人的哪本书里说过这样一句话：旅行，不是走向新的风景，而是用一百双他人的眼睛来观察，即便面对的是什么旧址——或单一一座超市也行吧，他想。或许，不必去换一百双他人的眼睛——要换一百双，那该有多麻烦——而是自己换过一副眼光来就行了。自然，也不必去换一百张他人的脸，只要自己换过一副“脸色”来。或者，一个更笨的方法，让自己的记性变得差一点，这样重看一件旧事物时，能看出点新意来也不一定。

也可以把那辆观光巴士，当作一座流动的超市，他想。

思绪遄飞。他又虑及：以后，自己也不必专门坐哪几路车，去哪些专门的地方，逛哪些专门的超市。哪一辆先来，就坐哪一辆好了，无所谓的，“盲坐”就很好的。而且，随便到了哪个地方后，不必待一会儿就急着坐回程车。随便到了哪个地方，随便待上一阵子，有没有超市逛也无所谓的，“盲逛”也很好的。然后，随便坐上一辆随便开来随便开走的公交车，再随便在哪一个地方下车。到了哪个随便的地方，将上述程式随便再来一遍……“随车逐流”。

这样，短短一段时间内，他去到不少地方。他想，随意归随意，可说到底，他没走出过东南西北四向构成的结界。随意之中，总还有些东西在帮着做出决定：在哪一站下车，有时候他依恃的不过是那个站点的读音；什么时候流转到下一个地方，单单因为在此一个地方一连看到了三个小超市或两个大超市，或单纯只是待得厌腻了。

现在，他不以超市为特定目的地了，觉得超市也不必花长时间去逛了。但他还去超市的。去到了，可能只是逛上一圈，体验一下被扶梯拖着走的感觉，或只是摆摆正货架上不知被谁弄乱的物品，如同他在家中整理杂物一般。好像他拿起一样东西，丢下一样东西，带走一样东西，也改变了超市的曲线。但超市不是目的地。有一次，他抵达一家闻名的造型像个大仓库的超市，只在外头转了一圈，连大门都没进。自然，他也还得去超市买各种“副本”。他还没有立地成仙，还得吃烤鸡烤鸭、方便面，以及撒满糖霜的小蛋糕。

他问自己一个问题：按这种加速中的行走频率，他可在多长时间内，逛完城中所有超市？

一开始，生出“逛完城中所有超市”这个念头，就让他获取一种刺激，好像有一桩大事业需要他孜孜矻矻完成一般，好像还有大事业容许他去孜孜矻矻完成一般。不过，理智很快告诉他下面的事实：这座城市的超市数目，或许凑巧在一段极短的时期内不会产生任何变动，呆笨地滞存在那里，等那无聊之人去逛遍，去“集邮”，去“打卡”。那么，如果能抓住这极短的一段时间，无聊之人或许是可以逛遍城中所有超市的。但是，那个数目，时刻处于变化中不是吗？它处于无止境的自我繁殖的状态中，那么，他的工作就要无止境地进行下去。这很可怕，但还不是最可怕的。最可怕的是，那些他去之前就已灰飞烟灭、已被替换的超市。北郊那座消失的超市，自己毕竟去过。其他的，他没看过它的起也没看过它的落，都跟他没丁点关系。这样已然湮灭的超市，也是不可计数的了。因此，他的“逛超市”事业，永远处于“未完成状态”。只这一座城市，已经够他看到如此终局，更不必想这一座城市，站在大气层外看，只是一个看不见的微末之点。还有其他无数个看不见的点。想到这里，他感到恐惧。恐惧，让他有了方便的重新蜷缩的借口。可有了方便的借口，就能方便地行事了吗？好像也不能。到头来，连逃避，也成了件困难的事。最后，他得出下面这种不知道算不算自我安慰的想法：还好，还好，超市的面目相似，它们的差异可以假装看不见。一叶知秋。可这样，原本所谓的大事业，就不能称其为大事业了。或许，只能称之为一桩一叶障目的事情。还好，总算还有件事情可做。

虽说是桩小事情，但也很难干好吧。他发现，自己有意无意避开某些区域。

滨江区，他是不太想去的。弟弟新房子所在的城区，他也不想走一遭。一晃进那片场地，脚底踩的什么，都软将起来。

有一天，他觉得好歹逛了许多超市，积累了点底气，便强迫自己到弟弟新房附近晃一晃。弟弟新房前后左右，上下四旁，都有大小不一的超市。他对自己说：现在，只拣上三两家逛逛吧，其他，待以后再补。这样，似乎分散了潜在的风险。不过，即便如此，他想，还是要做好万全的准备：要是在某一家超市，不意撞上弟弟、弟妹，甚或小侄子一个人，或他们三人，或他们中两个人，该如何应对？如果，母亲恰巧待在弟弟那儿，也跟着去超市，那么，以上组合又会发生变化。眼下，他脑中自动生成各种对话、应答、图画。——事实上，自动生成芜杂的想法，也是他走路、逛超市、搭公车时的主要活动。他之所以逛如许多超市，或只为生成此类想法；与此同时，消灭此类想法，也是他走路、逛超市、搭公车时的主要预期。他定定神，心想，应该不会在超市碰上弟弟，碰上弟妹的概率比较大。届时，他该对她说点什么？她又会对他说什么？她会不会问他：大哥怎么会在这里？他是不是应该回说：来这一区见个朋友。因为还早，所以进超市随便买瓶饮料。她会不会很快在脑中搜索一遍他在这一区有什么朋友，而她是不是认识这位朋友？如果她得出结论说，她不认识这位朋友，或认识这位朋友，或意识到根本不存在这样一位朋友，会分别说些什么？不管怎样，他都要让自己的脸皮再厚上一层。或许，她不会说什么，只会笑笑。她正在逛超市呢，正在买东西呢，不能就这样被打了岔而停下来。或许，她只会对他说一句：有空到我家坐坐。接着，自行逛她的去了。她会逛蔬菜区、生肉区、冰鱼区。而他，也不能因为碰上了她，就草草完成逛超市任务。他应该比预先计划好的再多留一阵，即使最后在收银台还要与弟妹碰一次头，也可以再寒暄几句，然后一起下楼，挑一个与弟弟家相反的方向做与不存在的朋友的约会地点。

然而，真实情况是：他逛了好几间弟弟家附近的超市，没遇上一个熟人。也是，城市如许大，不止弟弟一家。且他去时，挑的都是“夹缝时间”。

来这片区块前，他琢磨来琢磨去，就是没琢磨出最后要是没遇上弟弟一家的景况。起初，他为可能碰上他们焦灼；现在，他为没碰上焦灼。要么，干脆以后就不去那边的超市了，毕竟已经走过，可以交差；转念，又觉得自己缴了械。在一段不短不长的时间里，他整个像只无头苍蝇。最后，颇伤了点脑筋，他得出结论：只能逛更多弟弟家附近的超市，增加危险系数。让危险真正到来，才有解除的可能。就让那只鞋赶快掉下来。再碰不上，只能应弟弟所邀，去到他们家。

事实上，他只多逛了一次超市，就带着时令水果，去弟弟家拜访了，受到比预期中热烈得多的欢迎。不知从什么时候开始，他总低估别人的热情程度。

自认解决了“超市相遇焦虑问题”后，他获致一种久不曾见的圆满感。

一时间，他自觉成了什么“达人”。他知道，现在有很多达人：园艺达人、吃汉堡达人、睡觉达人、囤积达人、用脚趾夹筷子达人、比特币达人、包礼盒达人……现在又多一种，逛超市达人——由他本人做代表。不知现在有多少逛超市达人？未来会不会愈来愈多？他想，他可以写一本叫《逛超市学》的书。这将不仅仅是一本实用之书。

他感到一种愉悦。或许，无须愉悦，能不躁动就好。但有时候，他又觉得，没有这种躁动，他就不成其为他了。有时，躁动的确消失了。

一次，也是坐去往北郊的公交车。天已全黑，他坐在后部左侧第一排座椅上。车内亮着虚弱的寒白光，想看一张在站牌拿到的广告纸也看不清楚。他饿了，计划忍到某站沿路一家之前去过的超市，随便吃点什么。他抬一抬眼，看见前边司机座位后部全车唯二两张反向座位之一上，坐着个女人。不知道她是什么时候上车的。他前一次朝那儿望时，是有人还是没人？不过，现在，他看到她了。他目不转睛盯着她看。她大部分时间在划手机，如同车上不多的其他几个乘客。偶尔，她也抬头，看一眼窗外，看一眼正前方。车内，她和他的座位，都处一个较高的水平上。她和他的座位之间，有四五个较低的照顾专座及正对着下车门的折叠座椅。她的视线，有时会下降到照顾专座那边，有时会直达他那里。最初碰上她的目光，他不自觉就看起窗外来。后来，当她的视线绵软地移过来，他硬是摆正了头。他估摸了一下，在整个长约一小时的车程中，他们的目光直接相触了六七次。对视一两秒或三四秒后，她会转开自己的视线，极短暂地望一下窗外，或直接回到手机上。她看见他正在看她了吗？他觉得她是没看见的。碰上他的眼光的短短几秒中，她似乎未做任何停留，直接穿透他的眼睛及整个脑部，到达他身后的某个所在。可他觉得，她也并不望向他身后的任何一件事物。而且，几秒之后，她移开视线，亦非因与他人的目光相逢而感到不适，似乎只是某种处于惯性中的机械动作。他感到愉悦，抑或失望？事实上，两者皆非。他甚或觉得目光的相遇时间太短暂，但并不觉得愉悦或失望。

快到倒数第五站时，那个女人朝车厢后部走来，抓了一会儿扶杆，能看见她右侧脸的轮廓。车一停，她就下去了。他也有跟着下车的冲动，但克制住了。他只加倍收束自己的注意力，投向窗外浓重夜色中的风景。较远处的一盏路灯、附近的一个屋角、并不明亮的一扇窗户、一条小径，诸如此类。

另一天，正在公交车站等候。出神之际，有人突然用力抓了他肩膀一把。转头盯看，是一个不相识的小老头。老头指着某路车的站牌问他，到某某地去，是不是坐这路车？他摇头，对小老头说，的确要坐这路车，只不过不是在这边坐，而是要过马路，到对面坐。整个方向反了。小老头连“噢”了几声，忙不迭走了。某一瞬间，他疑心自己指错路。到那地方去，在这边乘坐才是。而他则要到对面马路去坐，才能到他的目的地。他又定睛看站牌，小老头刚才所指的某地，在框着红框的此站地名左侧，代表行车路线的绿箭标则往右。他安了心。

另有一天，他在公交车站，左等右等车不来，心想不去超市也罢，于是干脆掉头回自家。

（原载《上海文学》2019 年第 3 期）

天台上的父亲

邵丽

一

也许是离开那个城市后我改变了信仰。其实也无所谓改不改变，一直以来我就没有坚定的信仰。妹妹一直说我迷信。我迷信了几十年，是从母亲那里传过来的。她是一个泛神论者，认定神灵附着在任何一个老旧的事物上。尤其是我父亲刚死的那段时间，她更加疑神疑鬼，即使是一根绳子，她都会端详半天，好像那上面写着神的启示似的。

我喜欢这个新来的城市的新区，它好像凭空多出来这么一部分，虽然与老城区仅仅隔了一条快速通道，却是另外一个世界了。它的空气像是刚刚过滤过，有真正的青草、河滩和森林的气味。我喜欢在夜晚独自穿过由石条铺成的曲曲弯弯的人行步道，像踩过一排排钢琴键。在道路的尽头，有一家小食店，卖一种当地的小吃，生意相当好。有一次，我饿了，进去要了一碗面，竟然排了半天队。

小食店的老板娘是个厉害角色。那天跟在我后面进去的是个小姑娘，那姑娘抱着她的狗，一只咖啡色的泰迪。她刚刚进门，女老板尖厉的声音就响了起来，让狗马上出去。女孩愣了一下，面色变得通红，抱着狗羞惭而去。

面吃到一半，我越想越不对头，竟然一点胃口都没了，推开碗走了出去。我自己也觉得奇怪，莫名其妙地生了气，也许是生那个女老板的气，也许是生那个抱狗的女孩的，也许是生自己的。反正是气鼓鼓地走了。父亲不在后，我的情绪在慢慢平复，已经不再那么焦躁、暴戾和善变。想起父亲在的时候，这个点他已经睡觉了。他就像一座时钟，到点该干什么就必须干什么，典型的强迫症。有一天傍晚，他看了一下表，到喝粥时间了。我母亲因为老家来了客人，耽误了一点时间。他气恼得把水杯都蹾碎了，弄得客人脸上红一阵白一阵的。

“过去他不这样啊！不是这样子啊！”我母亲老是跟我这样抱怨。过去他确实不这样，退休之前，他是多么细心周全的一个人啊！每次下班进家门之前，老是听到他跟周围邻居打招呼的声音。虽然那声音低调、谦和得像讨好似的，但有一股感染人的韧劲儿，把我们的日子铺垫得绵密厚实。所谓岁月静好，就是那副模样吧。

某一天，一切都忽然起了变化。哦，对，开始时不是一切，只是有一些东西在起变化。退休之后，他的生活在慢慢缩小，像一个剩馒头，在变干，在缩水。他很少再走出屋门，即使晒太阳，也缩在阳台的藤沙发上。他频繁地看表，每小时必须听一次天气预报；《新闻联播》前五分钟，准时坐到客厅沙发上打开电视。

他为自己的一切都做上标记，好像该怎样生活，还得看看他插的路标。

那家小食店今天好像客人并不多。一个年轻姑娘坐在靠门的地方，一边看手机，一边吃着碗里的烩菜。那是一种掺杂着羊肉、白菜、炸豆腐丝和粉条的地方小吃，名字叫豆腐菜，这家店也是因为这个菜而出名。但我不大喜欢吃这个，我喜欢吃他们的羊肉汤面。

父亲过去爱吃羊肉，也爱吃豆腐。但他喜欢分开吃，不喜欢烩一起。他吃羊肉就是清水煮一下，然后捞出来，切成片，再用原汤冲成羊肉汤，里面什么调料都不放，原汁原味。豆腐也是，在水里煮一下，或者蒸一下，在小碟子里调一点料，就那样蘸着吃。

他退休的第一个国庆节，我们带他去郊区的农场玩儿，那里有个养殖场。他兴致勃勃地订了四只羊，说等春节的时候杀了吃。结果等到春节，我们带着他过去，他看到一群小羊羔追着母羊咩咩地跑，就心软了，不忍心让人家杀。

父亲死后，有一次我和妹妹趁假期带着孩子们到农场玩儿，路过养殖场，当她看到一群羊的时候，突然捂着嘴蹲在路边失声痛哭。我知道她想起了父亲，但我不知道该怎么安慰她。其实，很久以来，我们都无法安慰自己。刚刚过去的事情既像一个伤口，更像是到处游走的内伤，无从安抚。

二

我跟妹妹一起的时候，她几次都想努力回忆父亲跳楼的那个下午的一些细节，但不是很成功。不过，与其说是她忘记了，倒还不如说她宁愿自己忘记了。

在那之前，因为妹妹，也因为我，我已经从父母所在的城市搬迁到她生活的这个城市，两个城市相距一百四十三公里。这样，一来可以在她去照顾父亲的时候，我去照顾她的孩子；二来也是想逃脱那个逼仄的环境，出来透透气。守了父亲一年多时间，我几乎抑郁了。夜里莫名其妙地惊坐起，就再也睡不着了，整夜整夜地大睁着眼，大把大把地掉头发。开始我每天吃普通的安定，后来效果不好，就改用级别更高的，一直服用超过普通安定好多倍含量的药，据说那是正常人所能承受的极限。开药的医生反复对我说，你服药的时候一定要坐在床边，不然的话，可能吃完走不到床前就睡着了。但是这药对我没用，几乎没一点用，还是彻夜失眠。即使浅睡片刻，稍微有一点声音，我便一身大汗，惊厥得心脏好像要跳出来。

刚好闺密给我打电话，让我帮她运作一个项目。也刚好，她在妹妹所在的这个城市。我毫不迟疑，一口便答应了。我觉得那是生活对我关闭所有大门、在我走投无路之际，上帝给我打开的另一扇窗口。我必须猱身而上。

可是，当我面对妹妹，当她一遍又一遍地回忆那些细节的时候，我觉得，我就像赤脚踏在一团棉花上，或者是一团云。我们一直漫无目的地往前走，根本看不清楚眼前脚下的一切。

那个下午，那个燠热难耐的下午，到底发生了什么？按照妹妹的叙述，我仔细拼贴并努力还原那天发生的事情。妹妹说，那天本来该哥哥过来替换她看守父亲。母亲一早就买好了荠菜，给哥哥包他喜欢吃的荠菜馅饺子。包好饺子，十一点多了，又等了一会儿哥哥才来。他过来刚刚坐下不久，电话就追了过来，是嫂子的电话。两个人乒乒乓乓在电话里吵了起来，母亲的笑脸不见了，一会儿愁得眼看要拧出水来。妹妹朝哥哥打个手势，意思是让他小声一点。哥哥气得摆了摆手，说，不吃了！甩上门就走了。

她再打他电话，要么占线，要么无人接听。

妹妹和父母亲按时吃午饭。吃过午饭，按照惯例，看守父亲的人中午都要小憩一会儿。母亲中午不习惯午睡，由她来照看父亲。

本来妹妹已经回房间休息了，但是她好像听到了异常的响动，像是父亲窸窸窣窣的脚步声。她不放心，起来到父亲的房间，看到父亲和衣躺在床上，面朝里，好像睡得很熟的样子。于是她便回到自己的房间睡下了。她睡了不到半个小时就起来了，觉得屋子里静得怕人，她先走到母亲的房间。母亲像往常一样，安静地坐在那里，在翻看一本旧书。她问，我爸呢？母亲愣了一下，用手指了指父亲的房间。

妹妹走到父亲的房间，看到房间里空空如也。父亲不在房间。她觉得事情不妙，还没等她回过神来，家里的座机铃声大作。有人打电话报信说，父亲从我们小区西面人民会堂的天台上跳下来了。——我父亲的一个下属在人民会堂前的广场散步，抬头看见楼顶上站着个人，像是我父亲。他心里嘀咕着，他爬那么老高是干吗呢？正在犹豫着要不要给我父亲招手打个招呼，就看见他往前一倾，好像有人从后面踹了他一脚，随后便如一只笨鸟般飞了下来。

三

父亲跳楼那天，我正在外面参加一个开业剪彩。剪完彩，又参加午宴。等整个活动结束，我看到几十个未接来电，主要是我哥哥和妹妹打来的。我心头一紧，想着家里肯定出了什么事儿，就赶紧给我妹妹打过去。妹妹说，你赶紧回来，父亲跳楼了！

当时我好像被什么撞击了一下，脑子里一片空白，真说不清楚自己是什么心情，说是震惊或者悲伤吧，还真不是。说是轻松？也不完全是，反正就像是跑完马拉松，那种既松懈又虚脱的感觉。

莫名其妙地，想起周作人写的一件事，当他听到自己心心念念的初恋杨三姑娘患霍乱死了之后，“似乎很是安静，仿佛心里有一块大石头已经放下了”。

对，仿佛就是这种感觉。

在此之前，很久很久，我把自己沉到烦琐的事务中，我必须把自己变成另外一个人，才能保持自己。这话听着拗口，其实就是那么回事儿。

刚好上面说到的我的一个闺密，她老公是搞房地产开发的，在郊外盖了一爿市场，专门给她辟出一栋楼，让她按照自己的喜好随便折腾。她不知怎么迷上了城市生活空间美学，决计玩儿这个。不过这玩意儿是什么东西，我们都说不清楚，可能就是因为说不清楚，大家都很兴奋。马不停蹄地跑到北上广深，还有成都，去看人家怎么做的。还天天到网上收集资料，一副煞有介事的样子。那些新鲜的、好像从生活中刚刚长出来的话语天天挂在嘴边，什么场景式空间呈现及场景革命营销手段，什么长期积淀所产生的生活方式，什么家具、艺术品和主人的关系。其实说穿了，在这些富丽堂皇的话语下面，不过还是卖家具，卖茶，只是把庸俗的赚钱套上华丽的美学空间外衣而已。

管他呢，我需要的，无非就是忙活，别停下来就行。

我的这个朋友，人家就是活得明白，按她的话说，什么时候活糊涂了，也就活明白了。她就是一个糊涂得说不清楚的人，说不清楚她天天在干什么，也说不清楚她喜欢什么。一会儿在东区学古筝，一会儿又在茶城听茶艺课，再过一会儿，跟着人家给流浪狗搞慈善。

不管怎么说，在一个新的地方，我需要一份工作，刚好也有工作需要我。我要把自己深深地埋在工作里。我必须逃离某些东西，达到某种新的平衡，可以让我自由自在地呼吸、欢笑或者静思，这才能让我们所有人都轻松，包括我周围的朋友，包括我的家人。这样子看起来，生活并没有变化，还保留着完整的样子，我不亏欠任何人，任何人也不亏欠我。

但是那天下午妹妹的那个电话，让这一切戛然而止。我匆匆结束了活动，没有参加他们的茶聚，同时也推掉了一系列类似的活动。一直到坐在回去的车上，我才感觉到我与父亲的各种联系，不是因为他的死而中断了，而是相反，像突然通了电似的，那些生动的场景，杂沓的细节，纷纷扰扰地来到我面前。但我明白，那已经于事无补，就像我们曾经被父亲遗忘的那些岁月，疼痛，寂寞，空虚，还有恐惧。但所有这些事情，在它过去多年之后，就只剩下被一片碎玻璃扎痛般的感觉了。

四

父亲死后，有很长一段时间我跟妹妹探讨我们和父亲在一起的细节。我觉得那时候她还小，不会记得那些事情。哥哥记得，他又不参与我们的讨论。

在我们很小的时候，那时候我八岁，我妹妹只有三岁多一点。父亲在县委武装部工作，后来因为什么问题，他被下放到一个偏远的部队外营地，后来，母亲也跟着过去了。他们就把我们兄妹三个寄养在乡下，我外公外婆那里。

那时候哥哥十一岁，比我大三岁，我们都没有独立生活的能力。外公外婆有好几个孩子，他们的好几个孩子又各自有好几个孩子，都丢给外公外婆照看。这些孩子年龄也跟我们差不多。那时候正是经济困难时期，生活条件极差。吃饭的时候我们不会抢，只有等着他们吃完，才能轮到我们。饭要么不够吃，要么已经凉了。外婆每天睁开眼睛就忙，但还是照顾不过来，等想到我们的时候，她已经累得话都说不出来了。有时候，她会把我妹妹揽在怀里，还没等她说话，妹妹已经睡着了，有时候是饿睡着的。

外公为了贴补家用，有时候出去打鱼，有时候出去干个手工活，每天都是很晚才回到家里。他回来的时候，一般我们都睡了。有一次他回来早了，就坐在门口抽烟。等到很晚很晚，其他的孩子都走了，他从怀里拿出三块烤红薯，给我们三个每人一块，那红薯还带着他的体温。我们三个狼吞虎咽，还没品出来味道就没有了。

其间母亲来过几次。她骑着自行车，从几十里外赶来，浑身冒着热气。每次她都陪我们吃完晚饭，待我们都睡着了才走。父亲一次都没来过，母亲没说过他，我们也不敢问。有关他的消息，我们一点也不知道。

我们是有父亲的孩子，这一点在当时、当地非常重要。可是，我们的父亲呢？有一次哥哥跟我说，他觉得爸爸肯定是被抓走了，不然的话，不可能从不回来看我们，也不让妈妈告诉我们他的消息。我吓得立马哭了起来。哥哥不知道怎么结束那个场面，自己也吓得哭起来。但是没人问我们一句为什么，可能大人都有各自的烦恼，那烦恼比我们更甚。

那是寒冷的冬天，晚上外婆也许看到我脸上已经风干的泪痕，泪水流淌过的地方，是皴裂的。她用粗糙的拇指，给我抹了半天。

其实这些东西，现在看来可能并没什么——事实上也没有什么。过去我也曾和哥哥说起过。说起这些事情，哥哥总是一副茫然的表情，要么沉默，要么就是深深地叹气，牙疼似的。跟我一样，他也不会跟父亲交流。或者怎么说呢，经历过那样的童年，我们都学会了沉默，很多埋在心里的东西，都不愿意拿出来，好像这是我们在那场磨难里，得到的唯一一样值得珍惜的东西。

其实仔细想想，在那样的时代，又是那样的环境，我们是父亲为数不多可以忽略的人吧。除了自己的亲人，父亲必须对所有人、所有事情小心翼翼。而作为他的孩子，即使被忽略，也真的没什么，那些小小的伤害，绝对不是让我们与父亲产生隔阂的唯一原因。

它也许就像挂在我脸上被风皴裂的泪痕一样，用手指轻轻一抹，就平展了。

很多年里，父亲没有给我们谈论过曾经发生的那段历史，也从没跟我们解释过什么，一次都没有。我们也从来没有主动问起过，更不可能给他说起我们当时的感受。好像我们没有共同的历史。还有一种可能是，我们都刻意回避着那段历史。也许在父亲看来，如果他说起这些，我们会把已经忘记的东西再一点一点捡回来。然后，怎么说呢，对他会有一次结算，那是他作为一家之尊所不能接受的。而对于我们来说，更害怕的是提起这样的事情时，被父亲淡淡地打发，让我们受第二次伤害。

再后来，到他退下来之后，是不是还想说这些已不得而知，但即使想说也已经晚了。我觉得，已经晚了的意思是，他没必要说，我们也没必要听了。我们空旷、寂寞，曾经被浓烈的遗弃感伤害的心灵，已经被许多新的东西填满了。生活就是这样，从心灵到房子，都会逐一被各种各样的物事填满，直到有一天，需要重新清理为止。——在清理父亲房间的时候，这样的想法一次一次拍打着我。

也许，作为一个父亲，他生养了我们，本来就不该追问对得起还是对不起的问题。但这不是全部，好像缺了什么，有什么被某种东西隔膜着，就像隔着一层脏玻璃。只是我们和父亲之间，这种隔膜，再也不可能擦干净了。

五

妹妹曾经不止一次地说，想不到父亲会自杀，他没有任何自杀的理由啊！是啊，确实没有理由。他这一辈子，不管怎么对母亲，母亲对他始终忠心耿耿，一直到他死，一直到他死后，她做到了一个妻子该做的一切；我们兄妹几个，虽然各自生活都有不如意的地方，但算总账，还是过得去的，至少没有人成为他的负累。唯一可以解释的理由是，不是跟我们的隔阂，而是他跟这个时代和解不了，他跟自己和解不了。曾几何时，他是那样风光。但他的风光是附着在他的工作上，脱离开工作，怎么说呢，他就像一只脱毛的鸡。他像从习惯的生命链条上突然滑落了，找不到自己，也找不到可以依赖的别人。除了死，他没有更好的解决办法。

并不是妹妹最早发现父亲想自杀，而是母亲发现的。妹妹生性敏感，按她自己的话说，直觉大于理性。医学院毕业后，她分到一家医院的后勤部门，后来不甘寂寞，跳槽到一家咨询公司做人力资源管理。实际上两个单位的活儿差不多，但是她觉得在后来这个部门自在，自主性大，有成就感。

有次她跟妹夫一起回来看父亲。过去看见他们回来，父亲都高高兴兴地去买菜，饭前总要把酒打开，先和女婿喝一阵子。可是那天父亲沉默寡言，一直到吃饭都没怎么说话。

那天回去的路上，妹夫闷闷不乐。妹妹说，父亲今天的情绪不是因为我们，而是因为他自己，肯定是他自己出了问题。后来妹妹为此多次回来，她发现父亲精神低迷，而且有一种死亡的气息覆盖着他。莫非他想自杀吗？她把她的看法跟母亲说了。还没说完，母亲就捂着脸哭了起来，母亲说，她早就知道这事儿，是因为她时时处处看得紧，父亲才没机会得手。

“那你怎么不告诉姐姐？”妹妹伤心地问。

母亲说，你姐姐离婚之后，就没看见她有过笑脸。她自己带一个孩子已经够难的了，现在那孩子又非常叛逆，就不让提她爸爸的事儿，只要一说起，就发飙，把你姐姐也快逼疯了！

说起来真有点悲哀：是父亲想自杀这事儿，让我们一家人又重新聚集起来——我们分散在三个城市，几乎很少团圆。我们都结婚成家后，每年也就交叉着见那么几次，春节或者中秋节，或者其他什么事由，反正很少有为了见面而见面的。为了见面而见面，我印象中好像只有一次，就是父亲过六十大寿那一次。

六十大寿，六十岁。对于我父亲来说，真的算是大寿了。他死那一年，还未满六十四。给他过寿那一天，母亲私下里说，有人给你爸看相，说他活不过六十三。事后想，如果按周岁算，可不就是嘛！可是母亲说的时候，我们都笑。那时父亲是多么沉稳、健康啊。可能他还没意识到退休对他意味着什么，我们也盼望着他早早退下来颐养天年，可以轮流到每个孩子那里小住。

当时我们只能被迫轮流陪他了。按照母亲的安排，我、小妹，还有哥哥，要轮流看守父亲，防止他自杀。也就是说，父亲想自杀这事儿，已经不是什么秘密了。

我还好说，自从离婚后，虽然没跟父母住在一起，但基本天天回家吃饭，而且我还算是个自由职业者，时间可以自己掌握。原来我想着我一个人看着父亲就行，但是几天跟下来，我就支撑不住了。一个人要想严防死守另外一个人，实在是太难了。有一次我去洗手间久了一点，他已经开门走了出去。母亲在厨房做饭没发现。我头皮都是紧的，赶紧出门往楼上追。好险！好在我们提前把通往楼顶的小门锁住了，他正站在那里发呆。我拉着他的手往回走，我相信他能感觉出来我的手心像水洗的一样。

而母亲这样的决定，苦了我的哥哥和妹妹。他们都在别的城市住，虽然开车都不超过两个小时，但毕竟是各自一家人，家家都有本难念的经。哥哥的婚姻也朝不保夕，跟嫂子已经分居好几年了。两个人同在一个屋顶下，却形同陌路，很难说上一句话。只要一说话，双方就火力全开，闹得天昏地暗。

妹妹的小家庭还不错，妹夫在一家上市公司当财务总监，虽然忙一点，收入很可观。只是妹妹的孩子刚刚上小学，离不开她。自从她回来值班看守父亲，孩子的学习成绩就每况愈下。有一次她接完老师的电话，半天没说话。在我的反复追问下，她才告诉我，孩子在学校打了别的孩子。老师让他喊妈妈到学校去，他告诉老师，妈妈出车祸了。老师问，你爸爸呢？他说，他们一起出的车祸！

"这么恶毒的话，他是怎么编派出来的啊？"妹妹泣不成声。

有一次，父亲当局长时候的办公室主任来看他。他带了几个凉拌菜，还带了一瓶老酒。过去父亲爱喝两口儿，可是那天俩人坐在屋子里抽了一下午烟，父亲没动一下筷子，也没喝酒。

办公室主任走的时候，我去送他。我们是上下届同学，他跟我哥哥是好友，我跟他妹妹是好友。我们在一起情同手足，无话不谈。那天我把他一直送到小区后面的河堤上，临分手的时候，他站下来看着我说："你们打算怎么办？"

我扭脸看着远处，长叹了一口气，无话可说。没人知道该怎么办。

“这样子拖下去，谁都受不了，也终究不是解决问题的办法，最终会把一家人都拖垮。”他的眼里突然涌出泪水来。他跟了我父亲十几年，两人有父子般的感情。“你想想有用吗？你帮一个想活的人，可能还真有不少办法；但是，一个人如果想死，你没办法，一点办法都没有！”

六

父亲葬礼前我们家来了不少人——我觉得比葬礼那天来的人还多。他们是我父亲曾经的领导、同事、同学、同乡、下属……还有我们家多得数不过来的远亲近邻。在他们的惋惜、褒扬和悲伤里，我觉得父亲不是越来越清晰，而是越来越模糊。我真实的父亲，到底是什么样子？

父亲还上班的时候，有一次办公室主任跟我开玩笑，说与其说他是你父亲，还不如说是我父亲；我跟他在一起的时间肯定比跟你多。

这不是玩笑。这话说得一点都没错。我小的时候，父亲大部分时间在乡下，一年也见不了几次面。等他回城，我上大学去了。我大学毕业参加工作后，他基本上整天待在单位，真是以单位为家。市里干部们说，他是一个最爱开会的人。有人取笑他，说市政府一个灭鼠文件，他也得召开会议层层传达，并且让参加会议的人都表态，记录在案。

最经典的一个例子是，有一次他开会传达上级的表彰文件。开到夜里一点多，有人实在坚持不住，他终于发了善心，说实在困得很的同志，可以趴会议桌上睡一会儿。

的确如此，他退休的时候从他办公室拉回来了整整一卡车笔记本和各种文件。几乎他每天的工作、生活甚至是思想，都记录在笔记本上。有一次市政府安排的一项重点工作出了纰漏，分管的副市长带着工作组到他们单位开会，说是要追查责任。他翻出两年前的笔记本，念给工作组听：当时是谁主持开的会，谁谁谁在哪里坐，几点几分都是谁发的言，都说了什么，一清二楚。笔记本证明那项工作完全是按照副市长的安排进行的。副市长当时弄得很下不来台，说，老张，今后我们都不敢跟你打交道了，什么你都有记录啊？

是的，什么他都有记录。记录挽救了父亲，那件事情最后不了了之。

他去世后，我们收拾他的遗物。我在他的笔记本上赫然发现，他有一次跟我母亲一起去我外婆家，竟然详细记录着那天发生的所有事情。“今天陪月娥（我母亲）回家看她父母。十点零七分到家。父母在，二弟三弟在。大弟去西安。饭后，两点四十五分，三弟说了两件事情，第一……”

我拿着他的笔记本给母亲看。哪知母亲只淡淡地笑笑，说：“你爷爷就是因为爱多说话被整死的；年轻的时候，你爸也因为乱放炮被整下乡，吃了半辈子苦头儿。他也得学会保护自己嘛！”

七

哥哥总觉得父亲的死跟他有关。每次他说起这个问题，总是絮絮叨叨地说个没完：要是那天家里没生气，要是他不急着赶回去，要是……妹妹跟我说，哥哥本来就神经质，千万别跟他讨论这些问题了，否则他会抑郁。

其实不用妹妹提醒我也明白，每次跟哥哥在一起，我都刻意回避这个问题。他和父亲之间的感情，远远比我们复杂，但又是一笔糊涂账。我也知道他这么多年是怎么挣扎着走过来的。他的婚姻是父亲指定的，嫂子的父亲跟我父亲是抗美援朝时期的战友，转业之后也分到了同一个地方。她父亲也够惨的，在冰天雪地的朝鲜战场上喝了一个多月生水，回国后一直肚子疼。到医院检查一下，说是直肠癌。把肠子切了之后化验，发现切错了，只是一般的炎症。好不容易身体恢复了，几年之后又发现患了胃癌，年纪轻轻就离开了人世。父亲和他的那些战友们，就把抚养孤儿寡母当成自己的责任，那个时候他就决定，让大我哥哥三岁的战友的女儿将来做他的儿媳。

从结婚第一天起，两人就吵架。据说结婚当天晚上，两人闹得把结婚证都撕了。

在婚姻这件事上，尽管哥哥从来没有原谅过父亲，但也从来没有抱怨过他。像所有事情一样，因为是父亲做的，这事儿便没有了对错。

父亲死后，哥哥每次回家都坐在他的房间里，半天也不出来。他总是望着我们俩和父亲的一张合照出神。拍这张照片的时候，哥哥上大三，我刚刚接到大学录取通知书。我们爷儿仨就站在院子里的一棵枣树前拍了一张照片。父亲说，爷爷心心念念的，就是耕读传家。现在无地可耕，但是家里出了两个大学生，也算是给了爷爷一个交代。

照片上，父亲的身体明显向哥哥那边倾斜。一九五二年，他们的部队在朝鲜战场上中了一发炮弹，他的大腿骨粉碎性骨折，手术后一直没有恢复，里面还打着一个钢钉。另外，还有一个弹片离心脏只差不到两厘米，没有让他的骨灰撒在三千里锦绣江山。后来他作为伤残军人荣归故里，在县委当了武装部长。

照相的人本来想让父亲坐在那里，但被他严词拒绝了。即使倾斜着身子，他也要稳稳地站着。

安葬了父亲之后，哥哥专门去重新洗印放大了这张照片，并郑重地放在父亲生前用的书桌上。那天他看着这张照片跟我说："爸再也不用走路了！"

我默然无言。妹妹说得好，只要哥哥说起父亲的事儿，我们一律不接茬。他说上一阵子就过去了。

可是有一次，他把自己灌醉了，把我和妹妹堵在屋子里发酒疯。他先指责我，说我离开这个家到妹妹那个城市去，完全是因为想逃避，不想承担责任。然后他又指责妹妹，说她是老公的家奴，天天把孩子圈在自己身边，完全被自己的小家给绑架了。

"你们一个比一个自私！"

说完之后，他突然抱着头，蹲在门口失声痛哭，说："是我杀死了父亲！是我们联手杀死了父亲！刚开始的时候我们爱父亲，心疼父亲，害怕他死。可是时间长了，我们还有耐心吗？我们每个人，都关心自己，可是，父亲呢？谁管？谁管？”

我坐着没动，我觉得他是借酒发疯。他说的不是醉话。可是妹妹受不了这些话，妹妹过去拍他的头，他把妹妹推开了。

他哭得像一个摔痛的小孩子。

“我们每个人都觉得自己的事儿比父亲自杀这件事儿大。有一次跟你嫂子生气，我就想赶在父亲之前自杀！那个时候我恨死父亲了，我就想，你怎么还不死啊！”

“哥！你太过分了！”我怒不可遏。

他低头痛哭，一句话都没再说。

哥哥的精神已经崩溃了。

回头想想，哥哥说的不是没有一点道理。我离开此地的目的，虽然未必完全是为了自己，但自己的因素占了大半。后来在陪伴父亲的过程中，我的情绪也已经失控了。有时候会低落到极点，自己关在屋子里一天不出门，不吃也不喝；有时候电话铃声就会让我心惊肉跳；有时候又暴躁欲狂，动不动就想发脾气，弄得我母亲都是小心翼翼地看着我的脸色说话。

父亲也一样，他也关在自己屋子里，只是让门留个缝儿。那个房间虽然比我的大一些，但是窗户被防盗窗护得严严实实。屋子里一切可以伤害身体的东西都被清理得干干净净。

他与我们，自己的老婆孩子，变成了一种敌对关系。我们防备着他，他也防备着我们。我们进行着势不两立的攻防战，真说不清楚是爱还是恨。

不久前，我的一个朋友过来，说起她的父亲。说起她父亲死后，她收拾父亲的遗物，看到父亲完整地保存着她成长过程中的一切，突然失声痛哭。我坐在她面前，不知道该怎么安慰她。我对那样的父女感情很陌生。但是不久，我也哭了起来，想起父亲纵身一跃的那一刻，那么寒冷，那么坚定，又是那么绝望。于是，我真的哭了起来，比她哭得还伤心。

莫非，真的是我们杀死了父亲？

这句话，不过是借哥哥的口说出来罢了。我记得在父亲的葬礼上，我们互相回避着，不敢看对方的眼睛。

八

母亲这一辈子，至少在儿女们看来，从来对父亲唯命是从，她努力放低身段来成全父亲。其实母亲也算一个知识女性，她是当时县女中的高才生。自从嫁给父亲，尤其是有了我们几个之后，她就把自己深深埋在家庭生活里，而且乐此不疲。她放弃了很多进步和晋升的机会，安心做一个家庭妇女，父亲到哪里她就跟到哪里，无怨无悔。

但是我们觉得，父亲对母亲虽然说不上不好，但也说不上好。工作上的事情、他遭受的委屈、和同事的关系……他从来不说与母亲听。开始的时候，母亲还问，还打听。父亲总是像没听到一样，沉默以对。后来母亲就不再问了。

在家里，他们也像同事关系，说话客客气气的，但是缺乏烟火气。他们一辈子都没吵过嘴，我也从没有看到过他们闹什么别扭。

作为后人，怎么用现代眼光去理解他们的关系呢？可能这根本就不叫爱情，也许还可以说，这就是最好的爱情。毕竟他们相互陪伴着，走了一辈子。

还有父亲的笔记本，我觉得那是他人生的备份，虽然我只简单地翻了翻，看了没几页。如果认真地翻下去，我相信他和我母亲的一切，都会记录在笔记本上。也就是说，他们的婚姻生活会有记录，一旦发生变故，他就能向组织上交代清楚。想想这些，真让人有说不出的难受。他与母亲谈心、交合、探亲……我无法想象，一个人既活在现实中，还要活在发黄的纸上。

只是在父亲想自杀的事情发生之后，母亲对父亲的态度逐渐有了变化。在夫妻和家庭关系中，她慢慢找到了自己，就像一张洗印的照片，她在其中慢慢地显影。

她悄悄地掌握了主动权，对于母亲来说，这无异于一场革命，或者是政变。

有一段时间，父亲患了支气管炎，我和母亲每天陪他去医院输液。有天下午，天气晴好，输完液之后，我没有按惯例走大路回家，而是开车绕到河堤上。从那里回我家虽然绕远了一点儿，但是人少，环境也好。

刚到河堤上的时候，父亲像往常一样表情平淡，木然地看着车窗外。走到河堤中间的广场边，他突然“咦”了一声，用手指点着窗外。母亲说，把车停下吧。原来他是看到了自己的一个老战友，正在广场上散步。等我们把车子停好，走到广场上的时候，父亲的那个战友已经走到树丛后面看不到了。但我们没有停下，也没有折转头往回走，而是沿着河堤一直向前，这也是母亲的意见。

父亲一声不吭地夹在我和母亲之间，走了很久很久，直到他开始大口喘气，我们才在路边站了下来。

父亲又喘了一阵才慢慢平息下来。他跟我母亲说，让她跟老周——就是刚才散步那个人，他也来我家看过几次父亲——联系一下，他想和他一起，去北方看看几个战友。

“好啊，”母亲热情地鼓励道，“我跟你一起去。”

“我想自己去！”父亲眼里突然现出热切的目光，那目光到现在我还记得，是一种强烈的生的光芒，像电弧光。

“让我自己去吧！”父亲的声音几乎是在乞求了。

“不！”母亲坚决地摇摇头。

父亲把目光转向我。我也坚定地摇了摇头。

那种光，突然像断电了一样，在父亲的眼里熄灭了。

九

这一年的中秋节，天气非常好。父亲去世三周年，我们兄妹三个约好跟母亲聚在一起过节。下午母亲安排我说，去买点东西，晚上到阳台上赏月。难得母亲有这样的兴致，本来我想拉着他们一起去，但哥哥闷头坐在父亲房间里，说他不想出去。我只好带着母亲和妹妹去了。在月饼柜台上，母亲坚持要买一块老式月饼。我知道她是给父亲买的，父亲爱这一口儿。

晚上，月亮东升的时候，我们和母亲来到阳台上。

“给你爸掰一块月饼，”母亲点着给父亲留的空椅子说，“昨天我梦见他了，他说过得还不错，就是晚上门口不安静。这几天你们去买点东西烧烧。”

我一边答应着，一边把老式月饼切四块，放在留给父亲的那把空椅子前。

哥哥低着头不说话。最近一个时期他情绪反复无常，尤其是跟嫂子离婚之后，他轻松了没几天，就重新陷在抑郁的情绪里了。

“欢子，”母亲喊着我哥的乳名，“你从来没有梦见过你爸吗？”

哥哥摇摇头，又点点头，但是没抬头。

“你爸什么都没跟你说过？”母亲问，“我怎么不相信哪！”

哥哥一脸迷茫地抬起头看着母亲，然后又低了下去。

“你也别想不开。其实你爸自杀那一天，我什么都知道。你们想想，我怎么可能不知道呢？”

我打了一个激灵，起了一身鸡皮疙瘩，感觉父亲回来了，正坐在我们中间。哥哥也诧异地抬起头来。我和他对视了一眼，看到了他眼睛里闪着的某种光亮，让我突然想起我们被寄养在外婆家，他说父亲被抓时的情景。不过只是在心里一闪而过，冰凉而疼痛。

一时间我们都沉默了，谁都不知道该怎么接母亲的话，只是看着留给父亲的那把空椅子发呆。月上中天，突然感觉天气有点凉了，也许是气氛有点凉，我站起来给母亲披上一件衣服。

母亲对我说：“你把阳台上的灯打开。”

我开了灯，回头看见母亲拿出一个小布包摆在桌子上，示意哥哥打开它。哥哥把它展开，里面是一个弹片，磨得明晃晃的，铜已经变成了暗红色。

“这个东西，卡在离你爸心脏一指多远的地方，再往里挪一点他就没命了。”母亲用指头在心脏处比画着，然后把弹片对着灯光看了半天，好像它透明似的。过了一会儿，她把哥哥的手拉过来，把弹片放在哥哥的手里：“过去咱们家最难的时候，每当我想不开，你爸就把它拿出来搁在我手里，说，看看这个，还有什么想不开的？虽然最后他还是没想开，但是他让我想开了。要不是这，我真活不过来，哪还能把你们几个养大？”

哥哥拿着弹片，也朝着灯光照了照，脸上现出很复杂的神情。

“他去死，我怎么会不知道呢？”母亲又把话头转了回来，“他出去的时候，我看到了，想站起来。他就站那里狠狠地瞪着我，严厉地制止我。他知道我这一辈子都不敢违背他。不过，那时我也横下一条心，心想，只管让他走吧，看到底能会怎样！”

一片静寂。我们的心都提到了嗓子眼儿。

“结果，他真死了。”母亲好像沉迷其中，脸上平静得像说别人的一桩旧事，“死了就死了吧，谁不死呢？所以我觉得我对得起他。这也是我最后一次成全他，最后一次按他的意见办。”

我努力克制着自己，直到一波又一波强烈的情绪过去。我知道，今天即使母亲这样说，我们也不会这样去想，至少我不会。我们知道母亲对父亲的忠诚和爱，而且，我宁愿相信她这样说只是为了安慰哥哥，她不想让我们家的最后一个男人，再爬上天台。

事情只有这样想，对生者和死者，才是最好的安慰。

的确如此。也不过如此。

（原载《收获》2019 年第 3 期）

小金

葛亮

一

我叫夏可颐。对，颐和园的颐。

我叫夏可颐，住在贸园路钟鼎新城二期五座 2F 室。

我叫夏可颐，我是个寻宝店主，金钻五颗星。

我说了很多遍。小金不会伤害任何人，我也不会。

关于这个小区丢失了一条蟒蛇的事情，是我到了这个片区接受的第一个案子。谈不上是一桩案子，因为案情过于简单，但耗时很长。

那是个大雨天。入了梅之后，宁城有很多这样的大雨天。一下雨，乌云密布，天就全黑了下来，其实不过下午两点钟。因为我看到户籍警老邢又清一清喉咙，用保温杯里的水漱一漱口，“咕咚”一声咽下去。我喉头也忍不住动了一下，然后的声响，是他折起钢丝床的声音。老邢就是这么守时，他的午睡结束了。

他敲了敲门，走到我们的办公室来。说借我们的开水用。他们科室的纯净水桶好像经常会断水。虽然我知道，这不过是他过来聊天的由头。他打开了杯盖，我闻到了浓郁的黄芪和党参味。还有一股子腥气。那是海马。我说，老邢，海马有效果吗？嫂子满意吗？老邢喝了一口，舌头在口腔里鼓捣一番，又将一口水咽下去。他眯起眼睛，暧昧地说，只可意会，不可言传。

我看着他脸上，印着亚麻枕套的印子。那是个篆书反白的“寿”字，正压在红润的面颊上。这张脸有些兴致勃勃的表情，但还是看得出皮肤的松懈。眼角似乎被肿胀的眼皮压着，耷拉下来。我看着他，并听不到他在说什么，

无非是一些琐事。但我心里一阵发灰，好像看到若干年后的自己。

哎，我说，钟鼎新城的那条长虫，找到没有？老邢将一根海马拣出来，翘着兰花指，拈进嘴里，细细地咀嚼。

哦，你是说，那条黄金蟒？我愣一愣神，还没找到。

老邢说，什么黄金蟒，名字倒好听。都是些有钱人烧的，就作吧。那天你不在，我下班临出门，正好碰到他们居委会的林奶奶，还带着她孙子。好一通闹，说这蛇在小区里，是多大隐患。三米，吞个把孩子玩似的。那一比画，我的娘，得有电线杆子这么长。

我说，再问你，你安抚她一下，老人家总是容易恐慌。你就说，黄金蟒性情温顺，一般不伤人。百度上都写着呢。

老邢搔搔脑袋，我跟她说，我是个户籍警。那蛇要是报不上户口，我再管。林奶奶就扯着我袖子，问说，怎么防它跑到家里来？

我就说，在家里撒雄黄。她说，这有科学依据吗？我就说，林奶奶您见多识广，当年白娘子着了许仙的道，不就是一杯雄黄酒吗？

我哈哈大笑，说，老邢，你这样糊弄人民群众可不行。

老邢也笑，说，都是人民内部矛盾，整得要批斗似的。那养蛇的再邪行，我看倒不像个不规矩的人。挺本分的一女孩。你说这叫什么事。话说……她这两天来了没？

这时候一个炸雷，轰隆隆地响，雨更大地落了下来。风也大了，刮得街边的梧桐树枝叶七零八落。我起身去关窗子。这时听到有人唤，吴警官。

我四围望了一下，没人。风声很大，或许是听错了。我刚要合上窗户，又听见了叫我的声音。我低下头，看见对面小卖部的雨篷底下，一个人抬起了头，对我挥一挥手。

夏可颐走进了我的办公室，收起了伞。刘海儿贴在额头上，湿漉漉的。

老邢愣一愣，说，得嘞！说曹操，曹操到。你忙你的，我尿遁去也。

这雨可真大。夏可颐望望外头。

我将纸巾盒子摆到她跟前，又给她倒了杯水，说，是啊，不像梅雨天，倒好像是台风来了。

夏可颐脸色有点焦灼，她擦擦额上的雨水，说，也不知要下到什么时候。

我问，小夏同志，来找我什么事？

夏可颐叹一口气，说，还是小金的事，有进展吗？

我摇摇头，为了你这条黄金蟒，我们差不多出了一半警力，还从邻区的分队调了警犬。找不到，也是难。

夏可颐眼睛黯淡下去，一点点的，将那湿漉漉的纸巾缠绕在手指上。她说，这么大的雨，到晚上气温下降得厉害。小金平时都是在保温箱里，要是给雨淋了，我担心它冻坏了。吴警官，怎么说，这可是一条命。您能不能帮忙再找找看?

听她这么说，我忽然有些不高兴。我说，夏同志，我也很想快点找到它。可我想的，是你的宠物如果跑到别人家里，会带来怎样的后果。冷血动物，是养不熟的。这小区里，这么多老人和孩子。你心里就没装过他人的人身安全吗?

我看见这个女孩，身体佝偻下去，肩膀缩在了一起。她脸色苍白。我才注意到，雨水将她的上衣湿透了。鱼白色的衬衫，变得半透明，现出起伏的淡淡肉色以及淡蓝的文胸肩带。我有些恍神，别过了脸去。这时，听到这女孩的声音，好像从很遥远的地方传过来："我说过，小金不会伤害任何人，我也不会。"

二

夏可颐从施公祠派出所里走出来。走到外面，雨水将她打了一个激灵，这才想起没有撑开伞。

她有些后悔来找了吴昌明。

昨天夜里，她睡得很不好，睡着了一会儿，做的全都是关于小金的梦。

她梦见小金回来了，像平常一样，安静地盘在自己脚边。她有些恼，扬手要赶它下床，才发现，原来不过是焦黄色的蛇蜕。

她就到处找它。终于在楼下的垃圾站，看见了小金。它卧在一大堆垃圾里。隔夜的饭菜、旧家电和婴儿的尿布。它裹着一只破碎的玩具熊。玩具熊的眼睛掉了，是黑漆漆的一个洞。看见她，它昂起颈子，头上顶着一片有些腐败的白菜叶。这样子有点傻，她笑了。

然而，小金又不见了。她在慌乱奔跑，找它。看见衣着奢华的女人，婀娜地走过来，冲着她微笑。对她一转身，肩上背着的，是一只金黄的蛇皮包。皮包的搭扣开了，红宝石一样的眼睛。

她惊醒，身上起了一层冷汗。

她剧烈地头痛，然后下床，从药箱里翻出了阿司匹林来吃。回过头，看见墙角里空落落的保温箱。

她想，可能确实是自己没有关好保温箱的门。她总是在睡觉前，检查两三遍。那天是怎么回事呢？她有点恍惚了。

也许是因为母亲的那通电话。母亲总是能将最单调的主题铺衍成长篇大论。每次的切入点，论述的方式，都不一样。有时候她想，如果母亲去上那个叫《奇葩说》的辩论节目，说不定真可以是一员骁将。论阅历和智慧，再加上在基层机关多年磨砺出的狡黠，那些虚张声势的年轻人不是对手。

她太像父亲，寡言。但并非不想表达，而是缺乏表达的能力。这其中甚至也包括对爱的表达。她想，世界上为什么会有人像母亲一样，将爱表达得如此铺张而毫无愧色。

“我跟你说哦……”这是通常的开头。在与母亲的对话过程中，她几乎没有开口。但母亲并不会因为这个荏弱的对手，而缺乏发言的兴致。一个小时后，仍以千篇一律的方式结束了电话。不外乎要她早点离开这里，回到她长大的那座江南小城。接受家里安排的相亲，早生贵子。然后让母亲含饴弄孙，“尽一个中国退休女性应尽的义务”。

夏可颐想，她那天放下了电话，一定是在极度疲乏的状态下，忘记关上了保温箱的门。她想，她要不要告诉母亲：她的女儿没有谈朋友，没有结婚养孩子的打算，只因为这两年来，都在养着一条蛇。

她想，也许自己一开始就错了。一错再错。她不该在早上匆忙地写了一则“寻蛇启事”。然后在楼下复印店复印了五十份，就贴到钟鼎新城和邻近小区的布告栏。她不该在启事上加上小金的照片和自己的手机号码。

这真是噩梦一样的开始。她开始接到不同人的电话。怀有不同目的、不同腔调的人，有无聊地用她消磨时光的，有企图勒索她的。但更多的，是小区的居民。他们谩骂与诅咒她。好像她一直以来，都居心险恶，像是武侠小说里养蛊的巫婆，在默默酝酿着灾难。她无力辩驳，有时耐心地听他们说完，有时轻轻地把电话掐断。

一切，只因为她饲养着一条蛇。

楼下的林奶奶，敲开了她的门。只是站在门口，没有像以往，热情似火地进来打量，顺道给她带来一碗还冒着热气的饺子，或是半只西瓜。此时老太太脸上不自然的笑，虽不至于有嫌恶的神情，但不自觉地用手捂了捂鼻子，像是捕捉到了空气中难以言传的腥味。她反倒坦然了。以往为了掩护小金，她忍着自己慢性鼻炎的痛苦，在家里点了浓重的香熏。这时不用了。

林奶奶高屋建瓴地代表了邻居们，谴责了夏可颐，然后说明了来意。她代表二栋的叶志华，也就是夏可颐的房东，来说服她搬走。这是一道驱逐令，她已经是小区里的不安定因素了。

这时，她看到了澎澎。他躲在林奶奶的背后，怯生生地探出头。林奶奶索性将他推到她眼前，用慷慨激昂的声音说，你养这畜生的时候，就没想过楼下住着这么小的孩子吗？我们林家就这一枝独苗，你就忍心吗？上下楼的，我们全家竟然都蒙在鼓里。

她面无表情地看着这个八岁的小学生，想着两个月前和他拉过钩，分享了有关小金的秘密。这孩子，用指尖在小金的凉滑的背上掠过，眼里是温柔的欣喜。然而此刻，澎澎低下头，躲过她的眼睛。

她说，我不会走的，我的租约没有到期。在找到小金之前，我不会搬。

外面的雨停了。她决定去找韩原。

她大概有一年半没见过韩原了。即使为小金买兔子与白鼠，也是通过快递交收。她没有必要见他。

她用去半个小时，来到西河。这里是宁城最老的区。老而杂乱，聚集着全市最著名的钉子户。他们据兵屯守，坚忍不拔，与房地产商形成了旷日持久的战局。渐渐地，后者被他们磨得逐渐失去了耐心和兴致，以至于放弃。而他们的斗志，竟然也就败落下来。大多重新回归了日常，做了慈祥的老人。这一区，无可挽回地衰颓了下来。

除了老的，原住民渐渐离开这里，将房子出租。也无法租得贵，就分租给了没钱的大学毕业生，和各地打工的人，不免渐渐鱼龙混杂。这里大概被遗忘得久了，越发陈旧而乖张。治安也有些成问题，近年出过几桩大案，令人闻之色变。

夏可颐踩在雨后的巷道。空气中弥漫着泥土与潮湿的尘埃味道，是不新鲜的腥气。雨水渗进了参差破碎的石板下面，踩上去扑哧一声。污水溅到了她的鞋上。开始还避让一下，拣那整块的石砖踩上去。但几次避让未及，她感到脚趾缝间的凉意。终于叹一口气，坦然地、大步流星地往前走。她甚至听到那些污浊的水滴，在步履中喷到小腿上。是金属的声音，几乎铿锵。

穿过了整条巷道，她看到了那幢工业大厦。它在整条西河的尽头。谁也不知这幢大厦是什么时候建起的。它随着一个纺织厂的倒闭，失去了作为仓库的功能。人们甚至不清楚它的名字。它斑驳的外墙上，似乎看得见一些字迹。但谁也辨认不出是什么，是某个特殊时代的标语，还是大厦的名称。字迹大部分剥落了，另一些被野生的藤蔓卷裹，隐藏进了时间。因为它的形状，人们发挥了想象，用极粗鄙的代称。它曾经也是宁城数一数二的建筑，如今与西河一同凋落。甚至于一度成为犯罪团伙销赃的窝点。前两年，政府本着废物利用的原则，将大厦内部简单装修，分租给了一些年轻没钱的艺术家，做工作室。希望注入一些新鲜的气象，但实际上，并未改变它不光彩的本质。

夏可颐走到了门口，看到有些人正走出来。辨不清楚面目，好像都是些灰扑扑的人形，不明朗的。走出来，很快就消失在西河灰暗的背景里。夏可颐望着犹豫了一下，还是拿出手机，拨通了韩原的电话。电话通的，许久没有人接。她想一想，终于走进去。趁着微弱的光线，拉开铁栅栏搭上电梯。这台老爷电梯吱嘎吱嘎地响了许久，突然才沉顿了一下，停在了五楼。电梯门打开的瞬间，夏可颐一眼看出了变化。走道的墙，全被油漆漆成了很浓厚的墨绿色。她想起上次来，这墙上还能看得见焦黄的尿渍和女人身体的简笔画。这绿色便不显得整齐，而成了一种藏污纳垢的颜色。

她慢慢地挪到走道的尽头。敲一敲门，没人应。她想了想，轻轻推了一下，门开了。但呛鼻的尘味还是她熟悉的。有一些窸窣的声音，极细微的。她沿着墙边摸索，摸到了开关的按钮，打开了。灯不亮，昏黄的光。但就这一点光，似乎激起了房间里的一点骚动。窸窣的声音大了起来，渐渐她听到了一些其他的声音。是动物的喘息声、隐而不发的嘶吼声，还有受了惊吓在胸腔膈膜里发出的共鸣。这房间，是一座幽暗而污浊的简易丛林。

这让夏可颐有些恍惚。忽然听到猛烈的撞击声。她弹开，看见身后有一只细长的动物，正用身体使劲碰撞金属笼子。那是一只雪貂，它赤红的眼睛和夏可颐的目光撞上。它停止了撞击，一点点地退后。它退到了笼子的角落，终于退无可退，但身体弯成了弓的形状。夏可颐看到它银白色的毛轻微地竖起，瑟瑟地发着抖。

夏可颐也退后，后面的安静中却有溽热的腐臭味。那是一只同样被困在笼中的秃鹰。它并没有理会夏可颐，只是自顾自地撕扯一只断了头颅的老鼠，十分专注。近在咫尺的，是一条游弋的球蟒，在隔壁的保温箱。还不十分大，身上的花纹也没有长开。它的体形，很合适成为秃鹰的食物。但是，目前却相安无事。

夏可颐逐个地端详它们。绚丽的红海星一样的墨西哥火脚蛛。膨胀得不能自已的非洲牛蛙，长着温存的眼睛。蹲踞在一只木桶中臃肿的猎蜥，抬起老人一样皱褶满布的脸，向她吐了一下芯子，转过头去。

靠窗的笼子里，发出胆怯声音的，是挤挤挨挨的小白鼠以及玻璃缸里成千上万只的蟋蟀。它们不同，它们在这里，扮演的是饲料的角色。它们进入这房间，就被动地处在食物链的最末端。没有灵魂，只是行尸走肉，是为其他动物准备的牺牲。

而夏可颐，却在这些白色的老鼠面前停住。看它们拥挤，嘴部不自主地翕动，互相践踏。这时，她听到一声嘶叫，狗吠一样。她在慌张中抬起头，看见韩原站在身后。

韩原的肩上，栖着一条岩石色的大守宫。眼睛里迟钝的冷光，落在她身上。刚才是它受惊的叫声。

韩原脸上，似笑非笑的表情，等她说话。

她沉默了一下，说，我给你打过电话。

韩原说，好久不见。

她说，你没接，我就自己上来了。

韩原从玻璃缸里拈起一只蟋蟀，像肩膀的方向抛过去。那只守宫猛然昂起头，轻轻地将身体反转成弧形，叼住了蟋蟀，又落在了原处。整个过程完美无瑕。这是只小型的猎手，它将猎物一点点地吞咽下去，喉头发出了兽一样的顿挫声响。这让夏可颐有些心悸。

韩原说，来买老鼠？叫人给你送过去就是了。

她这时看清了韩原。一年不见，他胖了。甚至于嘴角的那道疤痕，也圆润了一些。他的样子，其实比印象中善意了些。

夏可颐轻轻说，我是来找你帮个忙。

韩原愣一愣，忽然笑了，说，果然还是那句老话。无事不登三宝殿。

小金丢了。夏可颐看见韩原脸上的笑容，慢慢凝固。她心里有了底。她大声了一点，强调，小金丢了。

韩原打开一只盒子，将守宫放进去。问她，怎么丢的？

她尽量克制了情绪，将过程完整地复述了一遍。她说，我想你帮我找到它。

韩原说，现在已经是第四天了。我怎么帮你找。你报警的时候，想过后果吗？

夏可颐说，我并没有想这么多。我只想找到它。昨晚下了这么大的雨，我不知它会到哪里去。

韩原说，难道我就知道？

夏可颐沉吟良久，似乎为了让下面的话掷地有声，你必须帮我。

韩原看了看她，神情变得冰冷，我为什么帮你？

夏可颐说，因为凌羽。

不出所料，韩原眼里的光熄灭了。他嘴角牵动了一下，声音干涩，他说，我明天上午去你小区一趟。不要再惊动别人。

三

那个叫澎澎的男孩出现时，我正从厕所往办公室走。尿憋得太久，放水时连打了几个尿战，太爽。

近几天中午，所里都不兴午睡了，连老邢都跑来跟我们打“掼蛋”。也不知是什么时候流行起来的，打起来就上了瘾。

实在的，给分到了这一区，由不得人不松懈下来。所里的事情，本来也不多。这一区治安清平，人民遵纪守法。所辖的街道居委会，又有林奶奶这样的老觉悟，比朝阳群众还给力。听说有一年零犯罪率。因为群众警惕性高，抓到一个全国通缉的A级杀人犯。这人在外头流窜了两年，独在我们小区落了网。很说明问题。

说起来，我来到这个叫“施公祠”的片区，不知不觉已经两个月。东边的摩崖山附近，的确有间施公祠。我去找见过，不起眼，湮没在了一个叫“岭南之风”的公园里。按说是一处古迹，但现在只剩下了一个青砖房子，空荡荡的。区里的老人说，日本人来的时候，给烧了。里头呢，原本是有一个施公像的。问起来，也记不得样貌，只说是生了双“大大眼”。有人讲，这施公，是个英雄，康熙年的福建水师提督施琅，攻过台湾，平过延平郡王郑克塽。所以这祠又叫将军庙。但又有一说，说施公是循吏施世纶，小时候听书《施公案》里断案如神的清官。我心里头，倒希望是他。这个施公，跛了一条腿，人称“施不全”。

将心比心，来这里做民警，也是因为我“不全”了。如果不在安徽的抓捕行动中负伤，我现在还是一名特警。两颗子弹，一颗击穿了我右腿的大腿韧带。另一颗，打进我的左肋。现在只要天一潮湿，肋骨就是一阵阵地阴痛。男儿有泪不轻弹。可是下到地方前一天，我收拾好行李，坐在宿舍床上还是哭了。这感觉说不清楚。我才二十七岁，壮志未酬意难平吧。

说来时间是个好东西。这才两个月，先前在心里跟自己较着劲。如今也跟着所里的兄弟们热热闹闹地打“掼蛋”。谁知道呢，或许我的命，注定要和张家长李家短打交道。

我从厕所走出来，洗了手，在裤腿上使劲擦了擦。抬起头，看见了澎澎。

我说，小朋友，你奶奶呢？

这个男孩，向四周望了望，说，我自己来的。

我说，哦，下午不上学？

他低下头，将两只脚对在一起，又将一只脚在另一只鞋上蹭一蹭。这才仰起脸，说，叔叔，我想告诉你一个秘密。

他郑重其事的样子，把我逗笑了。

我摸摸他的头，他却躲闪了一下。我蹲下身，问他，你有什么秘密？

他看着我的眼睛，默默地伸出小拇指，说，你保证不告诉别人。你们大人，信不过。

我笑一笑，也伸出了小指，和他拉了一拉，说，大丈夫一言九鼎。

他似乎放心下来，但脸上的神情却很严肃。他凑到我的耳边，轻轻说，我知道小金在哪里。

我心里一动，捉住了他的肩膀，问，在哪里？

澎澎拨开我的手，说，我是不会告诉你的。放学我带你去。

我眯起了眼睛。夕阳的光线透过树叶，斜斜地射了过来。连日雨后的太阳，照在身上，很干净。澎澎在我前面，走得轻松。但他会时不时回过头，照顾一下腿脚不利落的我。

这座摩崖山，名字很大。其实只是一座山丘。施公祠的人，远远都能望见它。它邻近着区里的一片热闹。这时候，我回过头，还可以看到山下的“岭南之风”，一群阿娘，喜气洋洋地跳着广场舞。

以往她们是在早晨跳的。但是因为震耳欲聋的音乐太扰民，被投诉了很多次。甚至两支舞蹈队还因为各自的势力范围，闹起了纠纷，也是我们所里出面调解的。现在放在了傍晚，两下似乎相安无事了。

但是，摩崖山其实很少有人来。有种说法，说这山上曾经活动着一支抗日游击队，神出鬼没地打日本人。后来，整个队伍被日军包围，五天五夜，终于因为没有补给被日本人上了山，上百人在山上被屠杀，就地埋了。因此这山上，阴气很重。如今，还能看到游击队当年建下的碉堡，孤零零地矗立在山上。别看这山不大，百来个人守了这么久，可见易守难攻。倒也不是山势特别险峻，而是临着的一条挺宽的护城河，环绕了摩崖山。这山的另一边，正对着的，就是钟鼎新城。听说当年开发这个楼盘，也是看过风水。卖房子也是用了临河望山的旗号。

可也因为这条河，我和澎澎兜了一个大圈子，因为河上只有一座桥。我们往山上走，这孩子，不说话。见我慢了，便停下来，望着我。我的腿，走这样的山路，的确有些艰难，疼出了冷汗。澎澎皱了皱眉，往回走了几步，牵上我的手。我笑一笑，跟他说没事。

天色暗了一些。我从未从这个角度，望见过宁城。轮廓错落，像是一个陌生的城市。

我们终于到达了山顶。我看到了传说中的碉堡，有些意外。

或许因为它是用青砖垒成，又或者是在茂密的树木掩映之中。在远处看起来，并不是这么高。但实际上，它真的很高，高到让它周边的环境显得局促。这座碉堡看得见年头，有岁月剥蚀的痕迹。青苔和叶蔓攀爬凋落，年复一年。底下还有其他脏污的东西。

甚至在侧面还残留斑驳的字体，认得出“万岁”两个字。我仰头望着它，一时想不起它在这里的缘由。它每天都在我们的视野当中，被显而易见地遗忘了。

我忽然又想起了它。这其实，是一处未完工的别墅。在我来到这个城市之前，曾经看过一个短片。是一个来自日本的设计师，在中国的改造项目之一。这个设计师以标新立异著称，改造了中国的筒子楼、石库门，甚至在成都郊外的一处佛寺。配合环保、空间等话题，让他声名大噪。

摩崖山上的这个碉堡，在他的立意范围当中。甚至也在那著名的网红影片中做了预告，但究竟是没有完成。至于什么原因，没有人知道。只说是设计师忽然就放弃了。但已初见雏形，仍然可以看到改造的用心。有一个类似栈桥的回廊，联结着碉堡。而另一端是一个全钢质地的水塔。上面落满了树叶，已有了一些锈迹。

澎澎看看我，又看看水塔。神情像是介绍两个陌生人见面。

我问澎澎，小金在哪里？

我爬上了水塔，用力揭开了水塔上的盖子。

我听到了窸窣的声响。

我打开了手机上的电筒，往里面照。我的手抖了一下，手机险些掉了进去。

我看见了一条巨大的金黄色的蟒蛇，正盘在水塔的底部。此时，它慢慢地昂起头，似乎和我对视。

它长着宝石一样的红褐色眼睛，吐着芯子，和我对视。

是的，我并未感到恐惧。它很美。因为受到我的惊扰，它开始游动，发着沙沙的声响。鳞片翕张，花纹在急遽的变形中。它在光线的照射下，像一匹流动的黄色的织锦。

它仰着脖子，试图攀爬，但是水塔的内壁很光滑，高度超越了它力所能及。它试了几次，终于徒劳，又将身体瑟缩在了一起。

我默默盖上了盖子，对澎澎说，这就是小金？

澎澎点了点头。

我承认，我心里远不及看上去平静。

我问澎澎，你怎么知道它在这里？

他没有说话。这个八岁男孩，是没有力量将这条大蛇藏匿在这里的。那么小金是怎么被困在水塔里的？

我爬到碉堡的高处，往四周望去。

我发现这里和钟鼎新城，只隔了一条护城河，直线距离并不远。小金和我们不同，它是会水的。

我想象，它如何在那个夜晚，离开了保温箱。从二楼的阳台攀缘而下，然后游过了楼下的花园，越过铁栅。来到河岸边，或许肮污的河水，还是让它犹豫了一下。但它终于潜入水里，游到了护城河的对岸。又如何穿梭过这座山丘的密林，忍受着虫豸的骚扰。它放弃了任何一棵高大的树。而选择了半山这座似是而非的别墅。或许是混凝土与金属的气息，让它熟悉，误认为在一番跋涉后又回到了自己的家。可是它又是怎么到了水塔里。在那场大雨后，这里是它安全的栖身之所。它沿着扶梯蜷身而上，在塔身发现了一处破损。顺理成章地钻了进去。这个看上去最适合的蛇窦，却实际是一处陷阱。弧形的四壁，让它再无计可施。

我对澎澎说，我们赶快回去。我去找几个弟兄来。

澎澎拉住我，大声说，不！

他说，你答应我，不告诉任何人。

澎澎哭起来。他说，你骗我，你们会把小金带走。姐姐说了，小金是她的命。

我的心一沉，慢慢地蹲下来，说，澎澎，我是个警察。

澎澎愣一愣，眨一下眼睛说，可你，已经下班了。

我在楼梯上坐下来，看见一只黑色的蜘蛛，在缓慢地爬行。我说，澎澎，夏姐姐知不知道小金在这儿？

澎澎摇头。我问，你为什么不告诉她？

澎澎说，姐姐会把小金藏起来。给你们知道了，她就要坐牢了。

我说，那你呢？不怕坐牢？

澎澎说，我不怕。而且奶奶很凶，她不会让我去坐牢。

我问，那你为什么要告诉我？

澎澎说，我需要你帮忙。小金饿了。

这是个出乎意料的答案。在我所知的常识中，蛇是一种擅长忍饥挨饿的动物。这孩子怎么会知道它饿了？

澎澎看出了我的疑问。他说，夏姐姐每个月这个时候，都会给小金喂吃的。有时候，她会让我帮它取快递。每个月，都是这个时候。

我说，什么吃的？

澎澎说，白老鼠。小金只吃白老鼠。

这天夜里，我梦见了小金。

这梦清晰而真实。我看着它游向我，我却动弹不得。有月光洒在它身上。它金黄色的鳞片就又张开，变成青白的了。

它游向我，游到我身边。看着我，和我对视。它渐渐爬到了我的身上。我动弹不得，却能够感觉到它的鳞片，在我皮肤上摩擦。它的身体很冷。

它开始用身体缠绕我。从腿开始，一点点地缠绕，又一点点地收紧。可是，我并不觉得痛。相反，我身体的一部分正变得灼热膨胀，坚硬。我感觉到一种难言的快意。它用眼睛逼视着我，几乎让我感到羞耻。

它束缚了我。它将头贴着我的脸，吐着芯子，掠过我的耳际，有黏腻的腥味。它缠绕我的颈项，开始将身体收紧。

我一阵窒息，开始喘不过气。我挣扎了一下，醒了。

我大口地呼吸，向四周张望。没有小金。我觉得下身潮湿冰冷。我脱下内裤，走到浴室，将热水开到最大，冲澡。我觉得自己好一些了。

我和澎澎如约见面。看到我手里的笼子，他的眼睛亮了一下，但并没有表示兴奋，只是点点头。

这些白鼠是寄到我家里的。澎澎留下了寄给夏可颐快递的寄件人地址。那是西河区的一个工业大厦。我一直以为那里早就拆迁了。我拨了寄件人的电话。是个很懒的男人的声音。我说明了我要的东西。他略迟疑一下，说，养蛇的？我含糊地“嗯”了一声。没想到他很爽快地说，把地址用短信发过来，账号发给你了。

也就半天的时间，我就收到了这些白鼠。包装盒用黑色的纸严严地包住。打开的一刹那，我听到了一只老鼠的尖叫。我很奇怪为什么它们没有被闷死。

我在笼子外面，精心裹上一层棉布。我也不知为何要掩人耳目。澎澎掀开了布，看了一眼，然后说，小金每次吃两只就够了。

我笑笑，说，我只知道蛇能吞象。我不相信它吃得这么秀气。

澎澎皱了一下眉头，说，小金可不一样。

我爬上水塔，揭开了盖子。

小金正蜷成一团。这时似乎是嗅到了某种气息，仰起了头。它将身体慢慢舒展开了，沿着水塔的内壁开始游动。它游得很慢，似乎有些犹豫。忽然停顿了，吐出了芯子。一下，又一下，好像是在寻找。

澎澎说，它闻到老鼠了。可以了。

我打开笼门，拍了一下，白鼠们出现了骚动。其中一只慌不择路，冲出笼子，跌落到了水塔里。极轻微的落在金属上的声音。它在黑暗中窸窣地翻过身，试图跑动，在水塔的底部打了滑。它似乎没有注意到小金。

水塔的缺口，浅浅的光，正照在小金的头部。它弓起了身体，颈部优柔地摆动了一下，抬高。那只小鼠，慢慢地，甚至顺着小金的尾巴，向上攀缘。它以为那是一条生路。

小金的头部又抬高了一点，望着小鼠的方向，并且向后屈伸，像一把渐渐拉满的弓。那束光里有一些灰尘，飞扬着，笼着小金赤红色的眼睛。那眼睛一直望着，不动声色。

一分钟过去了，我渐渐失去了耐心。

当我想要和澎澎说句什么，忽然看见小金吐了一下芯子，以我没有捕捉到的速度，一口咬住了白鼠。闪电一般，我的确没有看清楚它的动作，甚至没有看见它头部的移位。我只看见白鼠在它口中挣扎，听到极其细微的惨叫。小金张开了嘴巴，开合到一个不可思议的角度，开始了吞咽。十分慢，一点一点地，稍显艰难。我看见它的下颚逐渐膨胀，并且向后移动。那只老鼠一点点地消失，尾巴却仍然在颤动。

“太好了。”澎澎说。我扭过头，看见这孩子眼睛里，有兴奋的光。他望着小金，目光专注。他轻轻说，再给它一只。

第二只白鼠掉进了水塔里。小金游过去，它似乎很快确定了目标。这只老鼠静止不动，嗅到了危险的空气。小金环绕着鼠，游动。它缓缓地缩小了游动的半径，将这只小鼠包围。然后包裹、缠绕，一圈圈的。我渐渐看不见那只白鼠了。小金的尾部卷裹起来，可以看到皮肤下的起伏，鳞片翕张。我知道，这是在进行一场绞杀。它将头埋在了自己身体的深处，紧紧地，整个身体盘成了一个球。良久，当它再次舒展开来，那只老鼠已经没有了。它以隐秘的方式，完成进食。

我有些看呆了。这不是我印象中的捕猎者。整个过程优雅从容，不为人知。我再次打开了笼子。澎澎伸出手，制止我，已经来不及。又一只老鼠掉落下去。

澎澎皱起眉头，小金每次只吃两只。

我笑笑说，它哪能算这么准。它是条蛇，又不是会计。

我心里想的是，一条低等低智的冷血动物，会知道什么是节制?

澎澎似乎不屑我的话，他说，你看着吧。

事实上，这只老鼠，似乎很活泼，有它的同伴不及的旺盛精力。它很快速地爬动，而且目的明确，它向着有光的缺口攀爬。那正是小金栖身的地方。小金看着它，吐了吐芯子，并没有动作。它似乎在犹豫，几秒钟后，卷动身体，竟然向后退了退，将自己隐藏进黑暗里。

小鼠从水塔内壁不断滑落，变得很焦躁。这时候，我看到小金伸出头，试探了一下。它慢慢游过去，游到水塔底部的另一端，又游回来。它开始一点点地将小鼠绞缠。它的动作并不急迫，缠了又松开。在小鼠要逃脱时，又再次缠起来。一切似乎有点心不在焉，近乎某种捆绑的游戏。小鼠终于窒息，轻轻战栗了一下，不再有声息。它这才慢条斯理地、一点一点地将它吞了下去。

我放心地舒了口气，笑笑说，要不要给这只老鼠念段经，超度了它。

澎澎的眼光，忽然变得有些冷。他说，你看着吧。它会臭在这里的。

我有些惊奇地看一眼这孩子，又将目光投向小金。这条金黄色的大蛇，此刻一动不动，身体有些瘫软地趴伏着，可以看到颈部的鼓突。我想，它会需要一段时间来消化它的食物。

接下来的几天，夏可颐没有来找我。我在想，她是不是已经放弃了寻找。

我不知如何处理和澎澎之间的秘密。一切似乎又恢复了日常。

我在小区里遇见了放学的澎澎。这孩子和同学说笑。看到我，有礼貌地说声“叔叔好”，并没有任何想要和我搭讪的意思。当我在犹豫要不要和他说句话，他已经跑远了。

所里的工作，还是一如既往的单调无聊。如果还可以称为工作的话，无非还是家长里短，一地鸡毛。

我甚至产生了某种幻觉，好像什么都没有发生过。直到有一天，老邢忽然问我，哎，后来那条长虫，找到了没有？

我摇摇头。

他抱着保温杯，很响地喝了一口，用舌头舔了舔牙齿，把茶叶吐了出来。他说，可惜了。这么大条要是斩成蛇碌，煲汤还是椒盐，任啥都是一盘好菜。

这时候，管材料的小宋进来，大笑说，老邢，这是我们广东人的专利，几时轮到你个北方人凑热闹。再说这话不能乱说，说不定已经在深山老林里成了精，晚上化成靓女来找你。

我心里动了一动。

傍晚，我一个人上了摩崖山。我登上了破败别墅的水塔，打开了盖子。天已经很暗了。我打开手机的电筒，看到了蜷缩成一团的小金。然而，很触目的，我也看到了一只白老鼠的尸体。只有一只，小金把它最后吞下的白老鼠吐出来了。这具尸体很完整，但模样狼狈甚至恶心。它浑身包裹着黏液，应该是小金胃里分泌的。僵硬着，这时毛皮是灰白的陈旧颜色。并且，眼睛是睁开的，死不瞑目。

小金没有任何动静。

不知为什么，我感到有种恐惧，一点点地从心底生起。手脚凉了下去。

我很冲动，想下去一探究竟。

但我慢慢地关上了水塔的盖子。

第二天，我带着工具，再次上山。

说是工具，其实也很简易。就是一截足够结实的救生绳，和一个小型的攀岩钩。我腿脚还好的时候，曾算是初级的登山爱好者。技巧虽然不算上乘，但家伙事儿还是很齐全的。

这时的光线充足，我看到小金挪动了位置。不知为什么，我松了一口气。它还活着。

然而，我也发现，那只老鼠的尸体不见了。

我打开电筒，在四周看了看，确实消失了。

难道，小金终于还是硬着头皮，把它吃了下去？

澎澎说，小金不吃不新鲜的东西，只吃活物。

他总是对这条蛇高看一眼，似乎它有人一样的尊严。我对这个事，态度中立。但按照昨天的经验，他是对的。

那只攀岩钩，在我的设想中有两个作用。要么是把那只死老鼠钩上来，要么帮助我把自己吊下去。视具体情况。

但是，现在好像都派不上用场。这只老鼠不翼而飞，有其他人曾经来过。

我打电话给澎澎。这孩子似乎有些不耐烦。他说，他可没敢再上山去。他奶奶看他看得太紧啦。

我是在三天后，看到那个人的。

虽然稍微做了伪装，但我还是一眼认出是夏可颐。

我先看到她的背影。她戴了一顶棒球帽，穿着高领的运动衫。

我看到她时，她正打开了水塔的盖子，向里面张望。她看了很久，定定的，没有任何多余的举动。

大概半个小时后，她从水塔上下来，坐在栈桥的回廊上。那回廊并未竣工，钢筋水泥的横梁，两边是悬空的。

她坐了一会儿，站起来，伸开了手臂，在横梁上慢慢向前走。她昂起头，尽量保持了平衡。有那么一两个瞬间，身体倾斜了一下，并没有掉落下来。

她走到了回廊的尽头，折返了身体，又往另一边走过来。

这时候，有一阵冷风吹过。我看着她，缓缓地屈下身，将头埋在自己的臂弯里。夕阳的光，浅浅地笼在她身上。像是金属铸成的塑像。

四

夏可颐知道有人在看她。

不知为什么，她反而不怕了。她确定自己在水塔盖子上做的记号，有人来过。这个人没有伤害小金。

这个人，是个未知的同盟，或许不是。

在半个月里，她被孤立。在小区里，声名狼藉。这不是全部。

在情急之下，暴露了个人信息。所有的发展都顺理成章。她关闭了自己的寻宝店。上面有太多的留言。买了她的货品的，没有任何原因地打了差评。她苦心经营了两年。口碑的坍塌，如此轻易。

有人用电话号码搜到了她在社区网站上的账号，取得了她的照片，张贴到了别的地方。而另一些人，则用她的照片嫁接了其他的视频，在微博和其他平台扩散，攻击她虐待保护动物。更有甚者，在直播APP上声称自己是这条黄金蟒的主人，博取网友的关注和礼物。她打印的寻蛇启事，被做成了Flash，小金被做成了表情包。和她有竞争关系的网店，出现了同款的毛绒玩具。

她接到了太多的匿名电话。她将手机转到语音信箱，后来关闭了手机。

她在一个下午，昏睡。外面的传呼说，韩先生拜访。

她说，我不认识什么韩先生。

一个很沉厚的男人的声音，从那头传过来，说，我是韩原。

她打开门，看着韩原，说，你怎么会有我的地址。

韩原笑笑，没有习惯做网红吗？我不用人肉你，我给你寄了两年的老鼠。

韩原并没有要进来的意思。他将袖口上的一片叶子掸下来，对她说，我找到了。

韩原打开了房间里的日光灯。光线好了一些。夏可颐看他缓缓推过来一架小车，脸上有种平静温暖的微笑。像是要为她打开一只埋藏惊喜的生日蛋糕。

那车上是一只保温箱。他打开箱子，说，看，它在这儿。

夏可颐走过去，她能感到自己的眼底，有发热的东西。但还是抑制住了。她走过去，目光碰触了一下韩原，然后落在了箱子里。

箱子里，是一条极其美丽的金黄大蟒。见到她，盘桓卷动了一下，仰起头。红宝石一样的眼睛，熠熠生光。

夏可颐眼底的热，一点点地冰冷下去。她轻轻地说，这不是小金。

韩原愣了一下，说，什么？

夏可颐用更为清晰的声音说，这不是小金。

韩原将那条蟒慢慢地抬起来，盘在自己肩头，说，你好好认一认。我找到它的时候，刚好蜕了一次皮。你不要经验主义。

韩原走向她，将蟒蛇靠近她。这条蛇抬起颈项，并没有闪躲，而是向她手臂上游动。韩原说，你看，小金才会和你这样亲。

夏可颐后退了一下，说，你会认错自己的孩子吗？

韩原沉默了一会儿，将大蛇重新放回箱子，盖上。两个人对面站着，看着对方。夏可颐听见了这个男人在克制自己的粗重的呼吸。

韩原说，你确定，不带它走？

夏可颐说，我只要我的小金。

韩原背转过身，没有说话，忽然一拳擂在旁边的铁笼上。铁笼里的一只苍鹭惊叫了一声，暗哑的声音像垂死的人。

夏可颐低下头，往门外走。

韩原的声音从后面追上她，夏可颐，你听着！这么久，你以为小金还能找得回来？你知道，为了找这条蛇，我费了多少气力。我拿着小金的照片，和那些卖家一条一条地对身上的花纹。花了一个星期，才找到一条几乎一样的。那个贵州的卖家，看出我着急，狠狠敲了我一笔竹杠。这一笔，二十万。

夏可颐停住，没有回头，说，我欠着，会还给你的。

她感到自己被男人的臂膀箍住了，几乎窒息。这感觉很熟悉。小金年幼时，曾有两次，用身体紧紧地箍住她。它用这种方式向她表示依赖，却差点造成了致命的危险。她要摆脱，听见男人说，夏可颐，我知道，凌羽的事，你没法原谅我。两年了，他走了，小金也走了。你得出来了。

男人的声音开始嘶哑。她使劲地想要摆脱他，那臂膀却反而更紧。她终于在那胳膊上，狠狠咬了下去。男人的臂膀颤抖了一下，松开了。她身后的男人，也像失去了力气的缅甸蟒一样，一点点地松弛颓然，跪了下去。

走出了西河这座不知名的工业大厦，是出奇的好阳光。

夏可颐觉得自己并没有意料中的沮丧。她深深地吸了一口气。经年的混凝土和腐败植物的气息，是老旧的城区并不新鲜的味道。

她上了出租车，还是有些想哭。不知为什么。她拿出化妆包，开始给自己化妆。其实，她在日常生活中很少化妆。但是，这个举动可以让她转移对眼下事情的注意力。当她化好了眼影，泪水还是流了下来，猝不及防。她索性看着黑色沿着自己的眼睑氤氲开来，如同水墨的晕彩。

她愣了一会儿神，拿出了纸巾。但是手机响起了提示音，有一则新信息，来自韩原。

韩原说，上个星期，有个陌生人跟我买过老鼠，在你们那一区。

她想一想，问，和我有关系吗？

韩原没有接她的话，说，留名姓吴，吴昌明。

夏可颐坐在这个废弃别墅的回廊上，觉得眼前的景物有些似是而非。她的眼睛，其实在茂密的灌木中逡巡。她知道此刻有人在看着她。

她跟踪吴昌明与澎澎，发现了小金。

她看见小金的一刹那，有些恍惚。她难以想象，对于小金，这是怎样的一场跋涉。

当时的小金，正将它吞下的第三只老鼠，很艰难地吐出来。

夏可颐给它收拾了残局，包括那只死老鼠。整个过程中，她其实有些惊异自己的镇定。没有久别重逢的澎湃，也没有失而复得的无措。她只是就地取材，做她认为可以做的每件事，甚至包括给小金清洗身体。

她明知自己需要一个帮手，但是也知道时机远未成熟。

她知道，只要小金活着，事情就不会这么糟糕。

此时，她觉得山上的空气稀薄，光线也在黯淡下去。但是，她需要耐心。

她并没有很好的反侦察的能力，但她有直觉和本能。她在等待。

当她确定了，她终于站起身来。

吴昌明看着夏可颐站起来，很果断地走向水塔，揭开了盖子。

毫无征兆，他看见她一抬腿，跨进了水塔，消失了。

吴昌明迅速用手拨开灌木，想要奔向水塔。他觉出了刺骨的酸痛，这才发现是受伤的右腿拖累了他。他并没有奔跑的能力。

但是，他用另一条非常强壮的左腿，几乎蹦跳着，越过了眼前的泥泞。他找到了捷径，从水塔下面巨大的水泥柱，徒手攀缘。以往的登山和攀岩训练，没有辜负他。他几乎还没有对这爆发式的力量付出，做出适当的准备，已经到了水塔的顶部。

他打开盖子，没待他向里张望，夏可颐已经抬起头，从她蹲伏的地方站起身来。那是水塔内壁的一处突起。上面有个金属的盒子。正常的话，是安装检测仪表的地方。夏可颐很轻盈地跨越，站在了他的面前。

吴昌明来不及做反应，她已经站在了他面前。她注意到了吴昌明裤脚上的泥泞，眼神稍微涣散了一下，忽然灼灼地看他。她说，你跟踪我？

吴昌明的气并没有喘匀，他将身体挺直了一些，让自己看上去不至于狼狈。他说，你如果跳下去，很危险。

夏可颐冷笑，要是我和小金都消失了，对大家更好。

吴昌明没有接她的话。

夏可颐说，既然你看到了，你该知道我需要什么。我一个人，没法把它弄出去。

吴昌明说，我为什么要帮你？还是你希望我们动用警力？

夏可颐说，我不是在和你商量。我想知道，身为警务人员，知情不报，算不算渎职？

她掏出手机，打开一段视频给吴昌明看。拍的是远距，但他还是很清楚地看到，是那天他向水塔里张望的场景。

你已经在帮我了，不是吗？这女孩的声音，更坚硬了。

吴昌明觉得她的威胁，其实有些天真。他看着她苍白的脸色，似乎有破釜沉舟的决心。不知为何，她的郑重忽地在他身体某处击打了一下。

他说，小夏同志，你想过没有，你把这条蛇弄出去了，然后呢？把它存放在哪里？它可以跟你回家吗？

只在一瞬间，她的眼神黯淡下去，声音也于是虚弱了。她说，它有名字，叫小金。

吴昌明和夏可颐都没有说话，以下的一分钟，他们觉得格外长。夏可颐忽然从口袋里掏出了一包纸巾，递给了吴昌明。

吴昌明接过来，掏出一张，蹲下身，在运动鞋上擦拭，但并没有擦干净。两张，三张。他们都闻到了经年淤泥的腐臭。

吴昌明说，算了，老爷们儿不讲究。

夏可颐说，小金每次只吃两只老鼠，喂多了会吐。

吴昌明说，嗯，我知道。

夏可颐说，其实，这个水塔里的湿度和温度，挺适合它的。

吴昌明说，嗯。

夏可颐说，那个，买老鼠的钱，多少，我还给你。

吴昌明说，不用了。

夏可颐说，要还的。我听说，你们民警收入都不高。

吴昌明愣一愣，说，谢谢你，还记得我是个人民警察。

夏可颐忽然感到有一种羞愧，在心头激荡了一下。热流夺眶而出。她不知道为什么会这样。吴昌明把刚才没用完的纸巾抽出一张，给她递过去。夏可颐伸出手，匆忙间与他的手碰了一下。

纸巾落在了地上。

吴昌明说，我以前不是做民警的，我是个特警。

夏可颐说，嗯，难怪你的身手那么好。你知道吗？其实，我在里面还没有站稳，你就来了。

这女孩说完，笑了笑。笑很苍白，但是让她好看了一些。

这时候，天色真的黯淡下去。他们有些看不清彼此了。夏可颐往前走了几步，说，没有了小金，往后会怎么样，我也不知道了。

吴昌明说，它只是一条蟒蛇。

夏可颐转过身，口气忽而凶狠了一些：它不只是条蟒蛇。

她把棒球帽摘下来，头发也披散了。她说，吴警官，你要是今天不想铐我，我就回家了。

吴昌明说，你放心小金在这里？

夏可颐说，这几天，谁都不能挪动它。谁也不能。

吴昌明问，为什么？

夏可颐一下子跳下了回廊，稳稳地落在地上。她一边走，声音一边遥遥地传过来：因为它快要蜕皮了。

第二天下午，吴昌明收到了一则短信。

吴昌明很熟悉这个号码，夏可颐的。其实这个小区，大多数人都已熟悉她的号码。她将它写在了寻找小金的启事上。

至于她为什么会有他的号码，警察的直觉告诉他，与买白老鼠这件事相关。他们都只有这一个手机号。在这件事上，他们有相似的坦荡。他在心里笑了一下，将手机放在一边。

五点，老地方。

吴昌明的心里，不知为何，有些奇异的感觉。这五个字，有着郑重其事的外壳，但又有说不清的暧昧。他并不怕夏可颐的威胁，也不想当她的同盟。他可以将小金上报。即使出现最坏的结果，他也没有什么可失去的。他只是个基层的派出所民警。

但是，他确实没有这样做。并且，他为此提前下了班。

他看到夏可颐了，正向水塔里张望。没有伪装，今天她是这个年纪的女孩该有的样子，穿了一件齐腰的牛仔短衫，头发扎成了蓬松的马尾。背了一只旅行包，上面烫了小猪佩奇的头像。

夏可颐对吴昌明招招手，让他上来看。

小金卧在水塔底部，一动不动。吴昌明觉得它的颜色发生了一些变化，身体好像蒙上了一层灰白色。

夏可颐像在喃喃自语，蜕皮就好了。护城河的水这么脏，我很怕它已经惹上寄生虫了。

它多久蜕一次皮？吴昌明问。

一年三四次吧。小时候会多一些，因为长得太快了。夏可颐从水塔上下来，一边比画给他看。刚来家里时，就这么大，可实在是长得太快了。

她坐在了回廊上，打开旅行包，拿出了一只 iPad，迅速地打开了一个相册。她对吴昌明说，我存了小金所有的照片。你过来看。

夏可颐打开了一张，你看，这是第一次给它洗澡。小金很喜欢洗澡。但它对水温很敏感，只能用三十度的水。

图片上的小金，缠绕在她胳膊上，看上去只有三指粗。它昂着头，赤红色的眼睛，专注地看着前方。和所有幼小的动物一样，因为眼睛和头有着微妙的比例，那眼神显得无辜和无害。夏可颐说，你看，是不是很萌。

另一张照片上的小金，依然不大，正缠绕着一只白鼠。眼神里也并没有猎食者的凶狠，相反有些茫然空洞。夏可颐说，这是第一次给它喂食。那只老鼠很凶，小金很怕，不断后退。给逼得没办法了，才缠上去，吃掉了。

吴昌明想，逼得没办法。这多像是杀戮者的一个借口。

夏可颐又指着一张，说，它有一次蜕皮，钻不出来，是用细砂纸在它头上慢慢地磨开，打开一个缺口。其实，有一点像逃脱术。蜕皮的时候，它的脾气不太好。蜕干净了，就乖了。

吴昌明清楚地看到，在这张照片里，有一只粗壮的手，把持着小金的颈项。从这手的形状和力度，手臂上的经络以及它皮肤的光泽，都可以判断出它来自一个男人，年轻的男人。这只手上戴着一条黑色的牛皮绳，上面缀着一个银色的骷髅。夏可颐似乎愣一愣神，很快地翻到下一张说，你看，这是它蜕下来的皮，是不是很完整？

吴昌明惊异于它的新鲜。小时候，他在自己的家乡，见过不少蛇蜕，尤其每年的三四月间。树枝上挂着的，风干的，如同不干净的残破塑料袋。有些像是被遗弃在墙角，灰白焦黄，遭人践踏。而眼前的这枚蛇蜕，晶莹剔透，似乎还带着水分与弹性，上面有浅浅的鳞片的网状印痕。甚至还可以辨出它曾经的主人头部的形状，以及眼睛的位置。

夏可颐说，你觉得它像什么？

吴昌明说，像……气球？

夏可颐说，像不像大号的安全套？哈哈哈，凌羽说的。

在几声枯涩的笑声之后，两个人都忽然沉默了。为这个笑话的不合时宜，或者仅为一个从未提起的名字 。

吴昌明终于问，谁是凌羽？

夏可颐没有回答，又翻到了下一张照片。她说，你知道吗？有一次邻居家来了客，带了一条狗。它闻到了小金的味道，不停地叫。我把小金放到浴缸里，注满了水，点上松香。那狗才不叫了。可是狗走了后，小金再也不愿意从浴缸里出来。我花了好大的力气。

夏可颐一张张地打开照片，一张张地解释细节，巨细靡遗。她似乎并不在意吴昌明这个听众，像是个例行公事的导游。面无表情，仿佛自言自语。

然而，她忽然停住了。吴昌明看到这是一张合影。小金这时的身量，已经长大了不少，盘在其中一个人的肩头。这穿着运动衫的，是个极为英俊的青年，眼里闪着炯炯的光芒。他的一只手，抬着小金的头，对着镜头。这只手上戴着黑色的牛皮绳，上面缀着一个银色的骷髅。

他的左边站着夏可颐，那时候留着很短的头发，也浅浅地笑着。像个没有心事的安静少年。他的右边也是年轻男人，很瘦，眼里有些忧郁，能看见嘴角上一道疤痕。

夏可颐的手指，在那英俊青年的脸上，划拉了一下。说，这就是凌羽。我男朋友。

吴昌明迟钝了片刻，还是开口问，他在哪里？在这件事情上，他帮不上忙吗？

夏可颐的声音，好像从很远的地方飘过来，说，他死了，小金是他留给我唯一的东西。

吴昌明一时有些无措，不知是该鼓励她说下去，还是结束话题。

但夏可颐说，不想知道他是怎么死的吗？

吴昌明没有说话。

五

我们是大学同学。他旁边这个人，叫韩原，就是卖给你白鼠的。他们在网上认识，一个爬虫俱乐部。凌羽是个很胆小的人，连蟑螂都怕。但认识韩原之后，他变了。我还记得他第一次带了一笼火蛛，回到家里的兴奋样儿。是的，我们的家。我和凌羽，大四的时候，就在外面同居了。他是你们常说的富二代。受过好的教育，相信所有人。他爸是个新加坡商人，很早去世。他妈把家业做大，把他也养大。他还有个哥哥。家里人除了给他钱，并不怎么管他。中学毕业后，把他丢在了宁城，上了一个二流大学。

吴昌明问，为什么是宁城？

夏可颐说，我也问过他。但他只说是他爸的老家。他的口音很怪，不是那种南洋人常有的腔调。有江南口音，也有些南粤的口音。他说“下雨”，永远说“落雨”；说“走”，永远说“行”。我们相处得蛮好。我不知道他是怎么相中我的，我不算好看，人也不怎么聪明。但我们很相爱。我很爱他，所以他做什么事我都顺着他。

我们养小金，是在一条玉米蛇死了后。其实在这之前，我从来没有碰过那些稀奇古怪的东西。我迁就凌羽，让他把它们放到家里来。但我不喜欢它们。它们黏糊糊的，身体太冷。没有感情，一个个都像得了忧郁症。

但是，小金不同。小金刚来的时候，很小，只是个蛇苗。我从来没有见过这样橙色的蛇，像是一种糖果色。凌羽把它放在我手上，不知为什么，我并不害怕，只觉得沁人的凉。把身体缠绕在我的胳膊上，我能看见它的眼睛。就像你在照片上看见的，是透明的，好像一粒玛瑙。凌羽把保温箱清洁好，我们放它进去。它居然慢慢地盘起来，像是一只藤球，然后把自己头放在上面。凌羽说，这是缅甸蟒，也叫球蟒。以后它就是我们的了。你给起个名字？

这条小蛇，在暖灯底下，金灿灿的。我就说，叫小金吧。

小金长得很快，每一天都在长大，不停地蜕皮。我不知道你有没有体会过，就像你在养孩子。它长大对你是个犒赏。其实它很容易喂。小的时候，每个月吃一只小白鼠。一岁以后，还是一个月喂一次，每次吃两只成年老鼠。但是它有点怕冷，而且口腔容易溃疡。所以，要经常给它做清洁。凌羽这个人，三分钟热度，养了几天就失去了兴味。他人很懒散，没有长性。我照料了他，还要来打理小金。我说，你们一大一小，都像是我的孩子。

夏天的时候，小金的身长长到了一米五。有一天周末，凌羽说，我们一家三口遛个弯儿？那时候，我们住在清河。一个新开盘的小区，没有什么人。我们把小金放在小区中心的喷水池。但是很快，有个小孩儿惊叫。我们从此再也没有把它带出门。有一次，我们在床上做爱。小金不知怎么跑了出来，它缠上了我的脚。凌羽说，别动。然后在我身上继续使着力。小金放开了我，慢慢地游走了。沁人的凉，和我体内的热。那一刻我看到凌羽兴奋的眼神，额上的青筋都暴了出来。对，是让人窒息的快意。

我第一次见到韩原，是小金周岁时。凌羽在家里请爬虫俱乐部的朋友吃饭。韩原是最后到的。他带来的礼物是一只鳄龟。这是我见过最难看的乌龟。身上的背甲像起了棱角，头上长满了肉突，像是皮肤病人的恶瘤。最要命的是那双眼睛，我从来没看过一种动物，有这样衰老的、阴险诡诈的眼睛。可是凌羽欣喜若狂，对我说，你瞧，咱们又多了一个孩子。

韩原很少说话，别人说的时候，至多微笑。这个男人很有礼貌，但谁也不知道他在想什么。

但那以后，凌羽在家的时候，越来越少。家里的“孩子”倒是多了起来。但是，这可不是猫猫狗狗。这些动物，天然带着死亡的气味。

凌羽最爱的一种蜥蜴，只吃腐败的肉。凌羽将死老鼠封在罐子里，放在阳台上。我经常头疼犯恶心。他辞去了在电脑公司的工作。他为了这些动物，甚至连同学的毕业周年聚会都不去。

凌羽的脾气也变得暴躁。有一天晚上，我觉得身上刺痒。睁眼一看，一个东西飞快地藏到我的枕头边上。我开了灯，竟然是那只火蛛。我吓得把枕头拍打下去，把它拍死了。

凌羽对我动了手。他狠狠地打我，打得红了眼。我看着脸上的瘀青，觉得自己不如一只蜘蛛。这以后，他经常对我动拳脚。有时，半夜屋里忽然响起怪异的叫声，还有令人作呕的气味。我觉得，我并不是身在动物园，更像是一个墓地。

我知道，这些动物都是从韩原那里来的。他改变了凌羽，把他变成了另外一个人。只有看到长大的小金，他才又有了以往的温和样子。这时候，我发现我还是很爱他。我离不开他，哪怕他眼里可能已经看不见我。他开始夜不归宿，回来首先要去看小金。他拿着一把卷尺，为小金量身体的长度。然后亲自为小金洗澡，哪怕我前一天才刚刚洗过。可他眼里已经看不见我。

我考上了公务员。在我入职第一天，我们的副主任，一个中年妇女对我说，小姑娘，为什么你身上有一股子腥味儿。

我打算从这个家里搬出去。但是，凌羽失踪了。我凭着记忆找到了韩原的工作室。在那里，我们把小金接回了家。韩原开了门，我问他凌羽在哪里。

我看见凌羽坐在一个破旧的沙发上，赤裸着上身。灯光底下，他抬着手，捏着一条红白相间的蛇。这条蛇，颜色艳丽得好像刚刚流出的血。后来我知道，那是一条剧毒的短尾蝮。

我走过去，一把拽过那条蛇，扔在了地上。凌羽愣了愣，疯了一样俯下身，要捡起那条蛇。这个过程，他没有看我一眼。

他捏住了蝮蛇的尾巴。这条蛇，反转过身体，迅速地咬了他一口。

凌羽木在了原地。我抬起了近旁的一只箱子，使劲砸向地上还在蠕动的蛇。蛇抽搐了一下，死了。凌羽走向我，扬起手，给我了一记耳光。

韩原迅速走过来，看了一眼，说，没事。

他端来急救箱，打开了墙角里的保险柜，从里面拿出了一个盒子。里面有一排针筒，他迅速地挑选，拿出了其中一支。他说，我们这些人，被蛇咬伤是常有的事。我这里常备着各种抗毒血清。

我看着他，在想他说“我们这些人”。

他说，他去拿止血绷带，让我把生理盐水找出来。

我看着他，慢慢地，将血清注射进凌羽的静脉，手法熟练。我在他阴沉沉的眼睛里，意外地看到温柔。

凌羽的呼吸似乎平缓了一些。韩原对我说，一会儿就好了。你就可以带他回去了。

我说，带他回哪里去？

韩原说，带回你们的家。

我头也不回地走了。

凌羽是死在酒店里的。我去认尸的时候，韩原还是嫌疑人。我看到凌羽的手，肿得不成比例，黑紫色。那支抗毒血清没有起到该起的作用。但韩原坚持说，他用的是正确的血清。

改变不了什么。凌羽已经死了。他的样子很安静，没有痛苦，甚至比生前更生动。他始终是个英俊的男人。

我将我们出租房里的动物，都处理掉了。在那个爬虫网上，有的卖，有的送，有的半卖半送。我留下了小金。然后辞职，搬家了。

夏可颐看着吴昌明，用不可置疑的语气对他说，警察先生，借给我肩膀用一下。他朝着她的方向靠了靠。夏可颐大声地笑，弹开了身体。但是忽然，又很用力地将吴昌明的肩膀扳过来，靠在了上面。

六

吴昌明等到了小金蜕皮。

是在第二天的清晨。他和夏可颐，坐在山的晨曦里。他从未在这个角度看过这个城市。很清澈。但是因为有雾，因此琢磨不透。他也没有时间回想昨夜的情景。他想，这多少是个有关信任的话题。

这个女孩依然靠着他，睡着。他觉得肩膀酸痛，但还是尽力让自己挺得更直一些。

树林里发出簌簌的声音。那是一只夜宿的白鹳，此时醒了，铺展着翅膀，要去它应该去的地方。是去觅食，或者去寻找它的同伴。它飞起来了。吴昌明的视线跟着它，越来越高。飞过高楼，忽而又猛然俯冲下来。翅膀掠过护城河，激起了一些水花。

是的，他想，他从未这样看过宁城。在这个朝夕相处的城市，他甚至还没有看过一个完整的日出。当他看到远方的血色，一点点地，在黑黢黢的山的尽头浮起，心里竟然有些激动。但他究竟没有人可以分享这一刻。那光线照在他的身上，也照在了身旁女孩的脸上，金灿灿的。女孩还未醒，平凡的五官，因为这光线有了一种柔软的立体感，生动起来。她的唇浅浅地张开着，还在梦中。吴昌明的肩头有些酸，一种淡淡的类似幸福的感受，没来由地在心里缠绕了一下。

或许也是因为山林中鸟的啁啾，夏可颐终于醒了过来。她并未触碰到吴昌明凝望她的目光，而以一种惊讶的神色，看着四周大亮的环境。她终于恍然，在惺忪里摇摇晃晃地站起来，向着水塔跑过去。她打开了盖子，张望了一下，然后以欢欣的声音招呼吴昌明。

他们都看见，小金安静地蜷曲在水塔的角落里，身体是一种新鲜的明黄色。而在它的近旁，是一条与它的形体相若的蛇蜕。这是它昨夜的成果。

夏可颐早有准备，她很灵巧地捻动一根渔线，将那条蛇蜕吊了上来，似乎轻而易举。她对吴昌明笑一笑，说，一回生，二回熟。那只死老鼠，我也是这样吊上来的。

她将蛇蜕捋了一下，拿给吴昌明看。吴昌明接过来，很轻，也很软，闪烁着透明的莹莹的光芒，像是极其细腻的薄纱制成的长管。吴昌明想起了先前那个色情的比喻，脸上有些发烧。

然而，它究竟是一条完整的蛇的形状，有密集的鳞片的纹路。可以辨认出，是在额上裂开，但头的细节竟然还保持得完好，甚至能看见眼睛的凸起。吴昌明想，小金为了摆脱这具透明的躯壳，应该是用了很大的力气。这种没有手脚的动物，一次又一次，在拘束和对自己的挣扎中长大。新陈代谢，周而复始。

夏可颐从他手里接过蛇蜕，走到了回廊上。她将蛇蜕长长地垂挂下来，看去竟然有些颓然。她把它高高地举起，阳光比刚才猛烈了一些，穿过了蛇蜕。像是一根在融化中的冰柱。然而有很轻微的风吹了过来，冰柱就折断了。

夏可颐说，你看，小金如果能站起来，比你和我都要高。

夏可颐说，吴警官，你有没有听过一个故事。说有个女孩养了一条蟒蛇，从小时候开始养，到它长大成年。有天蟒蛇开始不吃东西，却变得非常黏她，总是将身体伸直，在她旁边睡觉。女孩担心它生病了，带它去看兽医。但兽医听了警告她，别再养了。

你听过这个故事没有？

吴昌明说，嗯，说那条蛇其实是在量身长，看自己的肚子，能不能装下主人。细思极恐。不过已经辟谣了吧。

夏可颐说，这个故事，好像是在说我和小金。你说，小金能不能装下我？

吴昌明没有说话。

夏可颐说，我倒宁愿是真的。那我和小金就能永远在一起了。

她将自己的手，从那个蛇蜕开口的地方，前额的裂口，伸了进去。慢慢地，一点点地深入。看上去，仿佛一条透明的蛇，正在吞下她的胳膊。夏可颐脸上扮出惊恐而狰狞的神情，有一种恶作剧的欣喜。忽然，那条蛇蜕被捅破了。整块地破碎，裂开。夏可颐在这一瞬间愣住，甚至来不及收回惊恐的表情。吴昌明看见，她的眼神渐渐黯淡下来。她放下胳膊，将那蛇蜕剥下来。蛇蜕掉到回廊下的泥潭里，像是一根脏污的报废塑料接管。

夏可颐说，走吧。你该上班去了。

她最后向小金张望了一眼，将水塔盖上了。

他们俩一起往山下走。对于吴昌明来说，下山是颇有难度的事情。因为他的右腿几乎无法弯曲。他为了跟上夏可颐的脚步，额头起了薄薄的冷汗。在一处稍显陡峭的地方，他踉跄了一下。夏可颐猛然扶住他，才没有摔倒。这让他感到有些难堪，苦笑了一下。

夏可颐说，你的腿，是怎么回事？

吴昌明说，老毛病了，不碍事。你走你的。

夏可颐走了几步，不甘心地问，你就是因为这个，不做特警了？

吴昌明觉出了左边肋骨也开始疼痛。大幅度的动作，对他而言，是一种折磨。但他并不想停下步伐。他喘息着，仍然没有忘记微笑。

夏可颐说，歇一会儿吧。你的脸都白了。

他们在靠近山脚的地方坐下来，视野十分开阔，正可望见钟鼎新城。吴昌明说，你看，这儿可以看到你的家吧？夏可颐遥遥地望了一会儿，说，对，那个，在阳台上挂了一只虎头的。小金是龙。一龙一虎。

吴昌明并看不见那虎头的面目。但却感到很熟悉，他觉得应该是喜气洋洋的。他说，现在这样，也很好。

这时候，吴昌明感到右腿一阵刺痒，他下意识地将裤腿撸起来。夏可颐看到上面有一道弯弯曲曲的伤疤。扭曲蜿蜒，很触目，在皮肤上膨胀着。甚至还有一部分呈现出晶莹的红紫色，应该是没有愈合好的，更丑陋一些。

她靠了过来。

吴昌明指着一处凸起，说，子弹就是从这里穿过去的，击穿了肌腱。当时也是对面楼上的一个阳台，有个孩子发现了我。他用玩具枪对着我扫射，吸引了伏击对象的注意。楼顶的狙击手，为了掩护我，也提前暴露了。他被击中了颈动脉。

吴昌明想将裤腿放下来。夏可颐伸过手，阻止了他。她的手指，在那条弯曲的伤疤上轻轻抚过。

七

后来，吴昌明收到了一个短信。

是张照片。一扇大门，不太新，门上有斑驳锈蚀的痕迹。上面是铸铁拼成的字样，年久了，也掉了一些笔画。他并没有辨认出来。

他又收到一个定位。这回显示得很清楚，“绿山森林动物园”。

在这座城市的东郊，距离派出所三十公里。交通不便，不逢节假日，很少有人会去。

夏可颐说，我准备把小金送走了。

三个月后，他们去看望小金。

小金将自己盘在一棵干枯的树干上，脑袋从身体的中段穿过，栖息。它和年幼时一样，努力地想将自己盘成一只球的形状。或许这样会带来安全感。

夏可颐将自己贴在玻璃上，为了看得更清楚些。小金似乎发现了她，吐了一下芯子，身体也随之移动了一下。这截树干不够粗壮，仿佛不太能支撑它的沉重。小金摇摇欲坠。

夏可颐说，吴昌明，你觉得它是不是又瘦了？

小金将自己的身体舒展开，如同解开了一个复杂的绳索。它开始游动，但似乎是往和他们相反的方向。夏可颐有些着急，拍打了一下玻璃，呼唤它。

旁边的一个老妇呵斥，是“爬虫馆”的动物管理员。她驱赶着他们，用北方口音的普通话喊道，一条长虫，有什么好看。半个钟头不肯走！

吴昌明去开他的电动车。夏可颐跟在后面。

这时候，是秋天了。公园里铺满了落叶，没有人扫，已经渐渐腐败。他们踩上去，簌簌地响，觉出脚底有些黏腻。

夏可颐忽然说，吴昌明，你有没想过，韩原那支血清，可能是我换掉的？

吴昌明愣一愣，回头看她。她神色肃穆，眼神里有些冷。只几秒，她哈哈大笑起来，笑得前仰后合。

电动车在路上飞驰。

一处稻田，金黄色的，大块大块地从他们的身边路过。接近，又慢慢地退远。

夏可颐坐在后座上，抱紧了吴昌明的腰，想一想，将脸贴到了他的背上。在这一瞬间，她瞥见他在风中的一头乱发。

她注意到这男人的头顶心，有很仓促的一个旋。

二〇一九年二月于香港·苏舍

（原载《当代》2019年第6期）

风很大

邓一光

早上差两分钟七点，门在赵身后咔嗒一声关上。陶问夏皱了皱眉头，扭头看露台方向。

昨天中午台风登陆前赵就来了，带了两卷胶带，楼上楼下跑，带玻璃的落地门窗全贴上对称的米字膜。现在，仪式感十足的门窗紧闩着，风把一只肢体修长的竹节虫和几只色彩斑斓的荔蝽尸体敷在玻璃上，一只八眼巨蟹蛛还活着，困难地伸展螯肢在雨水中爬动，试图离开那里。隔着钢化玻璃，依稀能看见，对面那栋没人住的人家，两扇没关严的窗户抽筋似的摔来砸去，玻璃早已碎光。院子里，满地龙尸般的树木断枝，一棵百年树龄的小叶榕连根拔起，龇牙咧嘴倒在游泳池旁。花园小径中有位年轻保安，奇怪地抱着一棵大王椰，风把他的脸紧紧摁在弯成弓背的树干上，这使他活像找错目标的扁脸情人，不知道这种时候，他为何出现在那里。

22号台风肆虐了一整夜，天亮以后弱了不少。昨晚风震厉害时，房屋摇晃过几次，赵咨询陶问夏，要不要进他怀里。陶问夏说不用，还好。现在回想起来，她不清楚当时说“还好”是什么意思，但她能想象东部海边地区会是一副什么样子。

陶问夏站在客厅，低头看自己赤着的脚丫，感觉它们正受到某种不明事物的威胁。她走过去，脚趾有节奏地蠕动，一点点爬进赵留在门口的那双皮拖鞋里，趿拉着回到楼上卧室，走到床前。

床上凌乱，和大多数时候一样。入睡前他们各自阅读，赵刷屏专业论文圈，陶问夏读几页书，或者，看上去在读书。自从加入了一个和专业不相干的读书会后，陶问夏总有些群里推荐的书要读，不过大半没读完。他们很少交谈。总不能谈 x 和 λ 射线计量公式。作为配合默契的专业伙伴，他们在研究所里有足够的领域和时间交流。

有一阵子了。他们保持着肌肤之亲，不多，但有。

陶问夏缩起双肩，让睡袍滑过锁骨，跌落到脚踝上，脚趾脱离松垮垮的拖鞋，爬上床，钻进凌乱的丝制品中。秋分还有一周，她并不觉得冷，却像月光螺一般蜷起身子，感到光着的腿正一寸寸复活过来。

好像知道陶问夏回到被窝里了，邹芊芊的电话恰逢时候地打进来。

“他提出新条件，补我三十万股宝德。”隔着话筒，陶问夏被小姑子的怒火灼得脸往后撤回几寸，“拿我当什么，鸡都不食的港股耶！”

“闹四五年了，总归是分手，你拿到不少了，觅儿的监护权，两套房子……”

“三套。伦巴底街那套上个月我也抢过来了，没告诉你？”

“三套，还有岘港的生意，游艇也归你……”

“我就知道，在你这儿别想找到安慰。”邹芊芊怒气冲冲，好像电话这头的陶问夏是可恶的叛徒，“我根本不想要那只破瓢，看看人家朱梦，康明斯发动机，我是狗屎 Yamaha，会费和维修就能把人逼疯。我只是不想让他在上面睡他的小奸妇——我俩在艇上搞过，在不要脸的大海上！”

陶问夏有点恍惚，不确定是否应该起来给自己煮点东西吃。她对烹饪过程和自己没有关系的食物向来缺乏信任，从不叫外卖。她朝落地窗外看，雨不大，风肆意撕扯着天空，一个劲往地上摁，所有翻天覆地的事情都在地面上进行，房屋隔音效果好，听不见它俩在外面嘶喊着什么，她猜这会儿后者连呻吟的力气都没有了。

换了个姿势，陶问夏把话筒推到枕头那一头，大致能分辨话筒里抱怨在继续，伸手够过床头柜上的手机，心不在焉地处理了两封工作邮件。预报说台风下午就会过去，但她不知道小姑子什么时候才会停下来。

有一段时间，陶问夏和邹芊芊好得像一个人。那会儿，邹茂茂想娶陶问夏想得哭，母亲和三个姨妈坚决反对，理由是陶问夏学历高。父亲和叔叔弃权，表示尊重精英民主，支持代议制。

“娶谁不好，娶女博士。”归纳起来，邹家的反对意见大体如此。

陶问夏是博士后，要命的是，她是工科，精密仪器专业。邹家是知识分子世家，家里三代出一堆博士，废品店不收，堆在家里攒着，深受困扰。邹芊芊是邹家唯一的低学历，港科大一毕业就嫁了潮汕新贵，身份落地，人事通透，邹家有什么化不开的事总是她出面拿主意。

邹茂茂央求妹妹拯救，信誓旦旦，陶问夏品质优秀，玷污不了邹家的名节。邹芊芊那会儿正和老公暗中斗法，忙着改北美身份为欧洲身份，没心思管闲事，劝哥哥，在人生的田径场上你永远别想跑赢一个想拿金牌的女博士，她越优秀意味着你当亚军的可能性越大，这是一场风险远超机遇的比赛。耐不过哥哥央求，邹芊芊怨气冲天从瑞士飞来深圳见陶问夏，本来打算直接逼陶问夏知难而退，没想到一见就陷进去了，回头慎重地向父母宣布，哥哥要不娶陶问夏，她就娶。

几年后，陶问夏和邹茂茂分居，邹芊芊专程飞了一趟新加坡，堵着门跋扈地把哥哥痛骂一顿，邹茂茂刚买的自行车二话不说丢进湖里，最后还是邹茂茂费老大劲打捞起来，去警局交了一笔罚金了事。

“抓住最后机会，四十岁的女人能得到真实性爱的概率不到百分之十。”邹芊芊从新加坡飞深圳，进门把自己扒光，跳到陶问夏床上，一边试在爱雍·乌节新买的内衣，一边连怂恿带威胁指导陶问夏，“关键是财务自由，我豁出来免费替你打官司，保证邹茂茂净身出户。”

邹芊芊是金逸事务所合伙人，生下女儿后几乎没接过案子。

“我俩没你想得那么不济。”陶问夏为小姑子挨件拆内衣吊牌，一样样递给她。

“喂，别把自己当一把螺丝刀。”邹芊芊龇牙咧嘴反手够搭扣，有点够不上。

“喂，别说淫荡的话。”陶问夏学邹芊芊。

“蠢货，我指蓝领思维。”邹芊芊气喘吁吁扒下衣裳丢在地上，恨铁不成钢地瞪一眼自己的胸，再瞪陶问夏一眼，“你以为能修好这个世界，知道需要多少吨大号螺丝？我哥入佛系不是一两天，他待在狮城不回来，是想进普觉寺。他打和尚的主意，你又不打算当尼姑，想蜇你的蜜蜂满世界都是，离了和尚照样授粉开花。”

“你哥没想好，想好了他会告诉我。”陶问夏说，剪断一件普拉达的吊牌。

陶问夏处理完邮件，顺手刷了刷赵在路上发来的视频：香港一座建筑工地的塔吊被风撅甘蔗似的撅折了，有人在大街上被风吹得撞在隔离带上直接撞晕过去。

陶问夏不喜欢大惊小怪的视频，好像世界还不够乱，没看完就关掉了。她调出镜子，朝镜子里看了一眼。牙齿在镜子中闪烁着暗暗的光泽，不仔细看还算精致，但她比谁都清楚，凹陷的眼窝不是美人窝，是缺少睡眠，眼睑旁爬出的几丝皱纹挺不耐烦，好像在考虑要不要爬得更远一点。

陶问夏把手机送回床头柜，隔着枕头拿过话筒，趁小姑子喘气的当口告诉对方，昨晚有风来访，没睡好，现在要睡一会儿，然后挂上座机。

窗外，有一棵七八尺长的树拖曳着雨水飞过，也许是半棵，样子像试验失败的飞行器，蘑菇型树梢拉出粉状白烟。昨天政府宣布停市停工停课，陶问夏觉得自己有理由睡一会儿，可怎么都睡不着。

二十分钟后，陶问夏换上一套蛋青色耐克运动装走进车库，绕过蒙着车罩的雷克萨斯，上了自己那辆2015款卡曼，打开车载电台。

本地台新闻频道和交通频道吵成一团，都在播送台风新闻，播音员像身处狼烟四起之地的新兵，口气亢奋而绝望。陶问夏把波段调到 94.2，听了一会儿私家车台的路况报道，下车返回楼上，取来一台自动体外除颤仪，放进后备厢里。

设备是陶问夏科研成果中的一种。她不知道是否能派上用场。她把车开出车库。

一到外面，就像进入另一个星球，风力起码十五级，时速超过一百五十，两千千克自重的卡曼像刚学短跑的新手，身后有个脾气不好的教练一掌掌狠推，一个劲地踉跄。

陶问夏有点害怕。但她没有让自己回头。

银灰色的卡曼驶上梅林路。雨水在车窗外呈干冰状，拉出一缕缕直烟，视线不好，能看见马路上到处躺着吹落的广告牌和横倒的垃圾箱，路边植被一律向西北方向弯着腰，沿路到处是倒下的大树，它们连根拔起或拦腰折断，压塌了好几辆停在路边的汽车，那些汽车就像买多一份只能拍扁打包带走的汉堡，完全没有了营销广告中宣称的从容高贵品位，有一辆红色 QQ 干脆掀翻在马路上，看着触目惊心。

街上店铺都关了门。还是有一些政府工作人员出没在街头，各种制服外套着橘红色荧光救生衣，像一群失去了导演调度的特技演员，在风雨中侧着身子困难地蛇行。

陶问夏小心翼翼绕过路边倒木，拐出梅林路，沿梅丽路往南行驶。平时高峰时段，这条路会堵得厉害，这会儿却基本没有车辆，偶尔遇到一辆，也是闪着警灯的工程车，悲壮地犁开白花花的水道驶过去，车身溅起的浪头就像墨斗鱼不断扇动的边裙。

陶问夏受到启发，打开示宽灯和警示灯，提醒自己不要空挡滑行，尽量不用刹车。

在北大医院路口，陶问夏没有犹豫，把车拐向莲花路，让车顶着风行驶，这样能保证安全。她看见一股湍急的水流像走错了地方的瀑布，顺着莲花山公园西北山脚涌出来，冲上马路，一些蒙圈的土黄色蟾蜍、果绿色树蜥和花斑色蛇在白花花的水头中扭动，沿着路面快速爬开。她回忆在电台里听到的新闻，一些地势低洼处，海水顺着河道灌进市区，卷起几尺高的潮头拍打着街道，很多建筑都进水了。

这么想着，陶问夏听见身后一声巨响，吓得手一紧，下意识闭上眼睛，很快睁开，紧张地看后视镜。身后几十尺远处，一块巨大的公益广告牌不知从什么地方飘来，掀过马路，广告牌上夹带着一团白花花的东西。好一阵，她才看清楚，广告牌上面写着"以书香为伴，让知识续航"，白色的东西是条白色毛皮的狗，卡在两根断裂的钢筋中，不知怎么和续航的书扯上了关系。

陶问夏慢慢减速，小心地倒回去，把车泊在路边，摇下车窗。风嗖的一声把纸巾筒吸出车窗，接着是挂饰，它们向莲花山方向飞去，像是急着去找什么人，眨眼消失在风雨中。她觉得有一双手在把她猛力往车窗外拽，衣袖筒里瞬间灌满雨水。

隔着马路，一个浑身透湿的交警冲这边挥动手臂大喊大叫。陶问夏听不见他喊什么，但明白是在催她赶快离开路边。

快过来，快！她朝狗招手。

狗挣扎了几下，从刀叉般的钢筋中脱身，瑟瑟地过来，从车窗外爬进车里。

陶问夏把车从路边开走。“待那儿别动，我刚洗过坐垫。”她关上车窗，回头对湿漉漉发着抖的狗说。

白色皮毛的狗在脚垫上转着圈，冷得直哆嗦，也许吓着了，好一会儿才抬头看了陶问夏一眼。是一只萨摩耶，男孩，看着挺老实。陶问夏曾想养一只耷拉着大耳朵的猎兔。她喜欢警惕的智者，比如写《彷徨》的鲁迅，但他们眼神不一样。

好吧，反正都是移民，谁也没有权利要求别人怎么做。陶问夏妥协了，听任萨摩耶上了后座，在那儿转着圈耸出一片水珠。她不喜欢狗变得失魂落魄，但她能怎么办?

情况没有好转，陶问夏在莲花支路的路口再度停下，让一条杂色柴犬和一条黑色松狮上了车。它俩一个像滑稽的公知，一个像神经质的演员，之前躲在公园东北出口的垃圾分理站后面，完全吓坏了。它们应该是莲花山上的住户，可见山上的植物被袭扰得有多厉害。

陶问夏把两位流浪汉让到后座上安顿好。这次她没有提醒它俩注意礼节。讲究卫生什么的，用不着了。她不清楚莲花山上还有多少住户遭了殃，鼯鼠、琵鹭和角鸮，更多的是被人抛弃的流浪狗猫。

车在莲花立交桥旁停下。那里有一片汹涌的水流，水头不知打哪儿钻出来的。陶问夏小心翼翼减慢速度，开车通过水洼，拐上红荔路。中途她又停了两次车，排气管明显遭受到摧残，她肯定要去4S店做延保了。

现在，车上有了五条流浪狗，其中一位受了伤。陶问夏在一段路边没有大树的地方停下车，为受伤的金毛做了简单处理，包扎上伤口。车上有点挤，五个家伙为争夺地盘开始大声叫喊，朝对方露出尖利的犬牙。萨摩耶男孩果然老实，它第一个上来，本来独占后座，现在把那儿让给后来者，自己躲到脚垫上。松狮最霸道，像坏脾气的黑脸包拯，谁都欺负，好像卡曼是它的座驾，陶问夏来接它回家吃饭，它不想带上其他人。问题是，真正的危险可能是那条小个头的年轻杜高，它一声不吭，小眼睛不断往松狮那边扫，感觉随时都可能扑过去。

陶问夏读过《吉尔伽美什史诗》《玛雅圣书》和《史记》，书中记录了大洪水的事，说了神打架、人作恶、天谴责的事，没有狗龃龉，她不知道该拿这种事情怎么办，是停下车，帮助它们当中某一个对付其他几个，还是就她自己，它们来攻击她，它们一起上？

“可以停止吗？”她一边观察马路上的倒木，一边斜眼严肃地教育后座上大打出手的流浪汉，“不然你们找我，我们好好打一架。”

除了黑色松狮，别人都停下了，或呆萌或识趣地看陶问夏，好像她是一个过于吹毛求疵的老师。

陶问夏觉得好笑。其实她不会打架。

多年前，陶问夏和邹茂茂去南丫岛度假，忘了为什么，精力旺盛的邹茂茂把陶问夏抱起来，扛上肩往海边走，假装要把人扔海里去。陶问夏吓得又踢又叫，后来还是按照要求衔住邹茂茂的耳朵，事情才算结束。

那应该不算打架。

陶问夏还清楚地记得，那天晚上，她洗完澡，头上裹着毛巾走出农舍，隔着夜空中几只斜飞的萤火虫，看见了邹茂茂。邹茂茂像认真值堂的小学生，坐在门廊的木头台阶上，两只手合架在膝头，食指相勾，一动不动地看着远处寂寞的离岛，那个单纯样子，差点没让陶问夏落下泪来。

“这样度过一生，是幸福吧。”那天夜里，邹茂茂说过这样一句话，不是询问，不是对陶问夏说，是告诉他自己。

车上湿气很重，弥漫着浓厚的山林气味。人类并没有为自己驯化出真正的宠物，只要这个星球变化一下，它们回到自己的来处，很快就会恢复祖先的基因。

陶问夏有点反悔，不该这个时候出来。但她不否认，这就是她冒险出门的目的。她猜想有谁急切地需要尽快离开肆虐的台风。实际上，很多人都需要离开困境，比如她自己。

陶问夏还记得第一次见到邹茂茂时的情景。

他们是在世界五百强求才大会上认识的。他高挑，优雅，西装不是什么大品牌，鞋子的款式也一般，手腕上贴着一块干净的创可贴，模样更像一位创客技师，而不是上市公司风控师，可他漫不经心的神态中透着一丝堕落的气息，慵懒的气质非常迷人。

“哇，S！”他咧开嘴，露出雪白的牙齿冲陶问夏喊。

“咹？”陶问夏没听明白。

“就是 Alba，漫威里的 Sue Storm，X 的象征。”

“是吗？”

她晕头晕脑，不知道 Sue Storm 是谁。她知道截止频率和红限波长，不知道漫威，胸口怦怦跳个不停，一个劲地想，她真是那个幸运儿吗?

后来,陶问夏悄悄查了杰西卡·阿尔芭的资料,闹了个大红脸。在《神奇四侠》之后,阿尔芭出现在《蓝色星球》里,一身蓝色紧身皮衣,冷着脸,性感极了,难怪他说X。

他们有过甜蜜时光。九年。陶问夏习惯了每次从梦中醒来,手都在邹茂茂呼吸均匀的胸膛上。还有,她遇到气急败坏的事情,昏了头给他打电话,他什么事没有似的先笑,然后咧开一口白牙对她说,没事,有我呢。

可惜,经济危机摧毁了一切。

邹茂茂的公司遭遇到流动性危机,然后是连续股灾。不止他们一家,全球百年老店倒闭掉三成。他们共同认识的很多熟人都消失了,过去他们都雄心勃勃,相信好日子通往永远,那是属于他们的世界。

德国政府替 Hypo Real Estate 担保。美联储七千亿紧急救市,政府接管 Fannie Mae 和 Freddie Mac。中国政府也没干坐着,五万亿入市,可是,纾困名单中没有民营企业。邹茂茂的公司申请停牌,遣散掉半数员工,试图最后一搏,挤进家电和汽车下乡的队伍,董事会决定,由干将加福将邹茂茂负责项目。邹茂茂使尽吃奶的力气,还是被握着政府批文的国企挤了出来,一点份额也没拿到。

邹茂茂离开了公司,不是辞职,是除名,股权收回。公司市值跌破发行价,宣布摘牌离场,总得对股民和证监会有个交代,他是最不会引发次生灾难的人。

邹茂茂垮掉了,一夜之间苍老了十岁。那天,他通过律师递交了身份申请。陶问夏劝他别那样。他们吵架了。

“你以为我不知道，你觉得我丢脸……”

“别这么说……”

“不能什么好事你都占全了，你知道我的感受，你让我觉得自己非常糟糕……”

“对不起……”

“够了，我们都不是彼此的第一次，谁也不是谁的救世主……”

她觉得他太侮辱人了，她的科研项目逆市上马不是她的错，她从来没有见过救世主。但她还是爱他——爱那个因为爱她而不知所措的他，那个食指相勾，默默与夜色对峙，相信宁静海湾是幸福之地的他。

他们有两个星期没有说话，然后是半年。他抗争过，投过几次简历。人们熟悉他，年轻有为的风控师，拖垮了大名鼎鼎的头部企业，没有谁会和这样的人沾边。

有一天，陶问夏从研究所下班回到家，精疲力竭，想喝口热水，倒水的工夫，听见风叩动门的声音。她向门口走去，却发现邹茂茂躲在储衣间里偷偷哭泣，头一下下往墙上撞。她惊慌地挤进窄小的储衣间，用力把他的脑袋从墙上剥下来，抢救进怀里。

“走开！”他推开她，顺着橱柜滑坐到地板上，一脸散乱的恐惧，“告诉我真话，我是不是不中用了？”

她回答不了他的问题。她不相信男人会这么脆弱。难道她就没有垮掉，没有垮掉过？好日子不会一直到黑，人们还要生活下去，人口红利还没有用光，他们赶得上重新来一次。

邹茂茂终于去了南洋理工大学，做访问学者。离开家那天，他神情恍惚地走出门，在门廊的吊窝里坐下，呆呆地看院子。这一次，也许是白天，天色太亮，他没有手指相勾，坐了一会儿，慢慢起身，埋着脑袋下了台阶，连行李箱都忘了拿。

“你还是那么帅。”头天晚上，她替他收拾好行李，特意下楼，走进书房对他说。

“你也一样。”他那么说过，反应过来，从平板电脑上抬起头，抱歉地看她，“喔，我是说，你一直都那么从容。”

她瞟了一眼屏幕上的画面，灵修课程什么的。她觉得他说得对，如果她不那么从容，惊慌一点，哪怕一点点，她就能做母亲。

卡曼在关山月美术馆附近停下。车上又添了两位乘客，一条黑白相间的喜乐蒂，一只看不出品种的流浪猫。喜乐蒂是条高龄老狗，人情世故地坐在马路当中拦车。猫带着一身水珠直接蹿上车头，凭这个，陶问夏就判断出它俩不是野种，是流浪儿。

猫蹿上车头时陶问夏吓了一跳，差点猛踩刹车。它有缅甸猫的黑眼睛，东方猫的尖嘴，英国短毛猫的烟灰色皮毛，奓立着两只斯芬克斯猫的大耳朵，脑袋上顶着一条亮晃晃的马陆虫，隔着窗玻璃冲陶问夏露出两排尖尖的牙齿，好像那样做就能洗刷掉它出身的疑云。

让猫进到诺亚方舟里来颇费了一番工夫，风大得邪乎，根本打不开门，陶问夏没法下车去帮忙，猫又死活不肯从车头上下来，屈尊挪步窗道。好在街上一辆行驶的车也没有，只要不停在路边，他们大体是安全的。

卡曼终于重新上路，陶问夏运动衣湿透了。她发现自己惹上了麻烦，那只出身可疑的猫在呕吐。这太糟糕了。更糟糕的是，猫的背部塌陷，肚子圆鼓鼓，缩在逼仄的副座下，一副抑郁脸，丝毫不理会冲它大叫的松狮。

陶问夏找出一双手套，试着把可怜的家伙从副座下拽出来。猫没有反抗，只是在她把它抱上副座时有些警惕，试图弹出爪子挠她，她嘘住它。

“我来找熟人，没找到，我也不认识它们，但我们可以客气点，对吧？”她对猫说，然后回头警告松狮，“别冲它叫喊，它被伤害过。”

猫松弛下来。陶问夏捏了捏它身上，几乎没有脂肪，乳头肿大，至少有六周孕期。她把车停下来，脱下干爽的运动裤，把猫裹起来，用两个软枕在副座上做了个临时的窝——分娩还有三周，但不管它孩子的父亲是谁，血缘复杂到什么程度，它有资格得到单独的窝。

陶问夏有个条件相当不错的窝，可那个窝不能让她分娩。

问题不在经济危机，也不在邹茂茂。邹茂茂不是陶问夏的第一个，她也不是。邹茂茂之前那些血缘丰富的男人都认为她该有一个窝，他们愿意成为窝的一部分，可是，最终他们都离开了，或者说，她离开了。她不喜欢用朗诵的口气大声说话、在发式和皮带上下足功夫的男人，而且，不是“四十岁的女人能够得到真实性爱的概率不到百分之十”，而是女人结束掉的时间提前了，她希望有力而深刻地生活，在日后宣称自己真实地生活过，但不曾做到，至少现在她还没有做到，科技魔兽上足了发条，越往前走路越窄，发展的空间越少，她不敢稍许松懈，害怕一旦松手，面前一片荒芜。

谁想知道那些大树为什么会在大风中倒下？它们是移栽，根系浅，如今还生长在那儿，不过是在等待下一次级别更高的风，它们根本来不及分娩，就被绝育了。

银灰色卡曼停在红荔路和新洲路路口，等待绿灯放行。这个路口的红灯很长，即使此刻只有它一辆，车的主人也习惯地等在那里。

卡曼已经绕着莲花山行驶了一圈，现在，陶问夏要从手机里翻找出流浪猫狗收容站的电话。她很清楚，要是查起来，在成为流浪汉之前，车上这些家伙大都按照《城市养犬管理条例》进行过登记和检疫，取得过合法户籍，但政府可没有为它们安排经济适用房和廉租房，收容站的人会抱歉地告诉她，她应该把它们送到犬类保护协会去。这个她会。她不打算指望谁。她没有打算指望任何人。只是，她不知道流浪狗基地是否还在原来的地方。他们拿不到用地计划，已经搬了十次家了。

陶问夏那么想着，风依然刮得紧，赵在风头上把电话打了进来：

“听说了吗，大梅沙的‘天长地久石’垮了，两块石头只剩下一块，没有天长地久了！”

赵口气焦虑，透露出一丝抱歉。他们有足够的默契，从不通电话，也不会拿各自失去配偶这件事情来烦对方，但显然有什么事情让他崩溃。那是什么？不过是两块耸立在海边的石头，被风吹垮了，它们怎么啦？男人怎么啦？他们看上去那么优秀，这个世界是他们创造的，诞生和毁灭都因为他们，可他们倒下去也太容易了，根本用不着22号这个级别的台风来帮忙，他们为什么不爬起来，要一个劲地在风雨中打滚？

“听说，”赵迟疑了一下，“垮掉的石头里露出了砖头，就是说，它是假的。”

原来这样。陶问夏完全说不出话。她越来越说不清楚，她到底在意什么，是离开的那些人，还是他们留在某些皮制或者棉制品中的灵魂？

她挂断了电话。

红灯依然亮着，和热带气旋一样执着。天气好的时候，路过这一带，能闻到公园里飘来花草芬芳，这个时候应该是桂花开的季节，桂香让人心情舒畅，要是晚上，还能听见山上牛蛙愉快的叫声。

陶问夏觉得，这真是一个奇怪的世界，人们从内地来到这里，把自己变成南方人，再变成国际人，最终能变成什么，谁也不知道。其他族群的生命也一样，在代际遗传中，把自己变成黑眼睛尖嘴烟灰色皮毛爹立着两只大耳朵的杂种移民，分辨不出谱系。是不是人们都变了，这个世界只剩下她一个人，她还得循规蹈矩，守住血缘，等待红灯？

那么想过，陶问夏快速做了决定，回到家，她就找只包装袋，把那双男式皮拖鞋装进袋里，丢进垃圾收纳桶。不过，她现在还不打算去做这件事，她先得把车上这些家伙送到该去的地方，安顿好，为自己弄杯热水，一口一口喝掉，让自己缓过劲来。

红灯闪动几下，终于换成绿灯。

陶问夏没有动，让卡曼停在那儿，享受着绿色的清凉之意。她看见一样闪着金属光泽的黑色物体掠过马路飞了过去。是一只鸟儿。不可能，但只能是。她看不清是哪种鸟，甚至看不清它伸展开的翅膀，实际上它像弹丸一般眨眼消失在怒号的狂风中。谁叫她是工科博士，她在脑子里快速复盘出那个小家伙努力平衡着身体，奇怪地挣长脖颈向前飞去的轮廓。

不是她一个人在风中。

这场风不独属她，但风中的生命是同类。

没人喜欢台风，它会把一切吹走，什么也不留下。可是，所有曾经存在过的，那些快乐和痛苦的日子，还有连接它们的某个拐角处，以及在那儿现身的生命，比如从新洲路转向莲花路的拐角，那只可能连翅膀都没能抻开却飞行在暴风中的鸟儿，它们就像伙伴一直伴随着她，让她欣慰，她应该谢谢它们在那儿，没有走开。

她记得邹茂茂有一件“自由兵幽灵”战术雨披，一双深色工装靴，在他的徒步行囊里，他没有带走，她可以穿上它们，返回来，去莲花山上救那几个熟人。也许它们正打算逃亡，却找不到人营救；她只要避开狂风中摇摇欲坠的大树，看仔细，它们躲在雨林溪谷还是漾日湖畔，最好不是风筝广场，那里了无遮拦，有一些不管用的簕杜鹃，风会把它们吹得满地打滚，也不是桃树林和风铃木林，作祟的树木会吓坏它们。也许它们可以去山顶广场，那里有一尊七吨重的铜像，铜像的主人经历过暴风骤雨，见多识广，他会告诉它们怎么韬光养晦，从头来过，何况，几十年前，人们想放弃的时候，他曾经隐晦地提到过它们；这样，她去那里就很容易找到它们，把它们带离大洪水，她也一起离开。

只是，需要风停下来。雨大没什么，风不行，风会搅乱一切。

（原载《长江文艺》2019 年第 1 期）

人人都爱尹雪梅

刘汀

一

人人都爱尹雪梅。

谁能不爱她呢，那么热情、活泼、善良，对所有事物都充满照顾的欲望；又那么勤快、能干、心灵手巧，随便做个菜和小吃，都能让人把舌头吞掉。不爱她的人，也只能说根本就不爱生活了。

尹雪梅是东北人，老家在辽宁省的葫芦岛，十岁时母亲改嫁，迁到吉林长春郊区的一个小镇，说是镇子，其实也还是农村，只因毗邻城郊的几家工厂，比一般的村子繁华些，多了几条街、几家商店。她就在那儿长大，再后来就在附近嫁了人。尹雪梅生了两个儿子一个女儿，当年算超生，为这个没少受折腾。大儿子是长春铁路局的司机，现在大部分列车都改动车、高铁了，他这种过时的内燃机司机摆弄不了新玩意，内部调整了工作，整天站在检票口检票：旅客朋友们好，通往北京的 D26 次车可以检票了……

二儿子也在长春，东北师范大学研究生毕业，现在是长春师范学院的老师，教马列主义邓小平理论一类公共课。大儿子生了女儿，还想再生，可不管怎么努力就是怀不上了；二儿子也生了女儿，有条件生，但坚决不生二胎。两个孙女，尹雪梅都帮忙带到了上小学的年纪，有那么几年，她觉得自己比吉林省省长还忙。一大早，在大儿子家把大孙女喊起来，吃口东西送到幼儿园，就赶紧骑电动车到二儿子家，让二儿媳妇上班，她看二孙女。晚上二儿子回来替她，她又赶紧去接大孙女放学。

尹雪梅的头发就是这几年白的，先是一两根，后来不知不觉也就满脑袋了；先是白发根薄薄的一层，后来不知不觉也就整根白了。头发白了的时候，尹雪梅想起几十年前，父亲临死前说的话：雪梅雪梅，踏雪寻梅。这是她父亲会的唯一一句成语，是跟村里的老中医学的。老中医和父亲是酒友，尹雪梅八岁时，发过一次癫痫，是老中医把她救下来的，她把老中医的手腕子咬了上下两条疤。老中医不光会看病，还会算命，跟她父亲说：雪梅这孩子吧……一辈子操心的命，好在她心大，啥事最后都能想开。想起这些话，她开始觉得满头白头发就是满头的雪，可好看的梅花在哪儿呢？她稀罕花，但从来没见过梅花，对她来说，那就是一个摸不着的念想。

二孙女在堆她的乐高城堡，尹雪梅得空把屋子乱七八糟的衣服归拢归拢，坐在沙发上，想把满头的白雪扎成辫子。她梳得仔细，心里头想，白归白，好在没掉，染一下就成黑的了。头发才梳到一半，北京的小女儿晶晶的电话就打过来了。

“妈，我怀孕了。”晶晶在电话里兴奋地尖叫。

这会儿得知小女儿怀孕，尹雪梅刚刚放松点的身体，一下子又绷紧。郝晶晶说，妈，你帮我哥带孩子，可不能不帮我呀，我工作可比他们忙多了，北京的生活节奏，比长春快好几倍。小孙更是，他爸妈都有病，自己照顾自己都难。小孙一年有半年都在外面，这个家对他跟旅馆一样。

哦，尹雪梅说。手一松，没扎紧的头发立刻散下来，像瀑布，遮住了大半张脸。

小孙是女婿，在一家银行上班。这家银行在非洲有项目，员工都要轮流到非洲去出长差，工资比国内高三倍。女儿去年买了个小房子，一大半首付是借的，还欠了两百万银行贷款，为了多赚点补贴，女婿恨不得留在非洲不回来。

尹雪梅算了算日子，小孙就春节时回来一趟，郝晶晶就怀上了，心里喊一声，咋就那么准呢？再一算，二孙女上小学还不到十天，就是晶晶的预产期，俩孩子商量好了一样，无缝对接，一点休息时间也没给她留。带吧带吧，自己生的儿女自己造的业，一碗水得端平，三碗水就更得端平了。她活动活动胳膊腿，觉得身子骨还成，把头发染一下，换一身新衣裳，看起来也没那么老。她心里也不想老，总觉得自己还没年轻过呢。

站好最后一班岗，她还是有信心的，最让她不放心的就是老伴儿郝胜利。郝胜利比她小两岁，前年退休后，二儿子把他接到了市里，找关系在一家厂子里看大门。老头有高血压，犯过一次脑出血，幸好抢救及时，但留下了点腿脚不利索的后遗症。犯病后，人家厂子怕担责任，不敢再用。他又不愿意住在城里，拧着劲跑回郊区的老家去了。眼下自己还能做口热的吃，可再过一两年呢，再犯病呢？老头见天跟邻居念叨：养了三个儿女，活得像孤寡老人一样。

去北京前，尹雪梅回了一趟家，看着屋里屋外那个脏、那个乱，心里真不是滋味。她尹雪梅当年是多干净的一个人呀，甭管屋子院子，她都收拾得比楼房还干净，苍蝇站在桌上都能摔一跤。这会儿呢，锅里是几天没洗的碗，冰箱里各种咸菜馒头，还有几头蒜，已经长出了一指头长的蒜苗。老郝整日拖着一条没知觉的腿进进出出，院子中间已经犁出了一条沟，磨坏的破鞋就扔在边上，都是右脚。幸好老郝的血压维持得还算平稳，也可能是一个人过了一年多，什么都得自己操持，活动得多了，人反而有精神。

尹雪梅想在家多待几天，帮老郝收拾收拾，洗洗涮涮，给他包点饺子冻上，但郝晶晶肚子里的孩子可不管这些。这小家伙就跟故意的一样，提前把他妈催到了医院里，说是随时可能生。尹雪梅只在家住了一个晚上，第二天一大早就急忙忙赶去火车站。真是无缝对接，这边还没检票呢，那边已经传来了消息，生了。让尹雪梅重新打起精神来的，是郝晶晶生了个男孩，小名嘟嘟。她虽然没什么重男轻女的观念，但老大生女儿，老二生女儿，如果郝晶晶还是女儿，总觉得美中不足。这回好了，终于来了一个带把儿的，外孙子也是孙子嘛。

二

尹雪梅成了成千上万在北京带娃的外地人中的一员。刚来的时候，女儿的新房子还没装修完，他们租住在西五环外的一个小区，环境挺好，宽敞，门前就是一大片空地，能抱着孩子溜达，晒太阳。不远处还有一个小花园，各类花花草草不少。尹雪梅喜欢花，在乡下时就摆弄，没好的花种，她就把山上的野花挖回来栽上。干一天农活回到家里，她不喂猪不喂鸡，先看看自己的花渴不渴、开没开。小区花园里一大片红红粉粉，看着就让人高兴，她得空就跑到小花园里去松松土、浇浇水，惹得好些人以为她是物业雇来的花匠呢。尹雪梅找嘟嘟用过的奶粉罐，移了五六棵花苗，摆在家里养，没多久，一棵棵都开花了，屋子里四季都有花香。嘟嘟睡午觉，她难得休息一会儿，就看着这些花，心里头想，踏雪寻梅，梅花寻不着，别的花也成。

嘟嘟一岁生日那天，也是他们搬进新房子的日子，双喜临门。尹雪梅千叮咛万嘱咐，搬家公司的小伙子还是摔了她两盆花，一盆是月季，一盆是牡丹。尹雪梅心里头难受坏了，可看着他们背着冰箱、柜子、床板楼上楼下跑，一脸汗，眼睛憋得跟嘟嘟的小拳头似的，也不忍心叫他们赔。等东西全搬上楼，还把嘟嘟的生日蛋糕拿出来几块给他们吃。她想着，到这边找地方再移几棵，几个月又能开起来。

新房子其实是老房子，还是八十年代建的，属于国家某部委的自建房。之前不允许上市销售，这两年才放开。老归老，位置好，就在三环边上，离地铁很近。只是这种自建房小区没什么规划，正式的大门都没有，地上到处是车，路边的板房开满各类理发店、小菜摊、小商店，还有卖猪头肉的，卖豆腐丝的，卖爆米花的，修裤脚的，像一个混杂的大市场。尹雪梅转了一圈，整个小区里别说花园，连树都没几棵。她攒下来的奶粉罐，就一直空在杂物间。

嘟嘟开始学走路，走得歪歪扭扭，可老想自己走。这时候的孩子最难看，不能背不能抱，得老母鸡一样奓着手在身后紧跟，一不留神孩子就摔个跟头。很快，尹雪梅才染了一个月的头发，又落了一层雪，洗头的时候，洗脸池里还漂着一大把。她心里一咯噔。不过让她高兴的是，新小区虽然闹腾、挤，也没有赏心悦目的花花草草，却比原来的小区热闹。她很快找到了一群朋友。说是朋友，其实就是另一些看孩子的老太太，大概有七八个。

一开始，尹雪梅带着嘟嘟下楼，到小广场上玩，发现有几个老太太总在一块儿，她上去搭话，她们嗯嗯呀呀地回答，臊眉耷眼的，不怎么热情。尹雪梅也不在意，碰见了还是热情地打招呼。有一天，她们商量着带孩子去附近的公园玩，尹雪梅就说，我能跟你们一起去吗？这儿我还不太熟，也不敢一个人带孩子出去。人家也不好拒绝，就随口说去就去呗，公园谁都能去，也没人拦着你。尹雪梅就乐呵呵地推着婴儿车跟着，一队老老小小，走出了浩浩荡荡的气势。玩了一会儿，孩子们有点儿饿，要吃零食，各家分别把自己带的吃食拿出来。尹雪梅从包里掏出一个乐扣饭盒，里面是她做的小面龙，小巧可爱，栩栩如生，连龙的眼睛都不含糊，是两颗亮晶晶的红小豆。小面龙一亮相，一群孩子眼睛都放光，自家的面包水果鱼肉肠都不吃了，张着小手，嘴里不清不楚地嚷：要，要。尹雪梅笑眯眯地给每个孩子发一个，孩子们捧在小手里，一开始舍不得吃，左看右看，过了一会儿又比着赛吃，各位姥姥奶奶赶紧把水壶递过去，怕噎着了。

吃完了，这群里领头的多多姥姥，在自己孙子嘴边捻了一点渣渣放嘴里尝了一下，问：你这哪儿买的呀，真好看，味也挺好。

我自己做的，尹雪梅说。一群人一惊，自己做的？尹雪梅拢拢头发，轻描淡写地说，是呀，这不算啥，我能用面捏十二生肖，哪天我给孩子们做，你属啥，我就给你捏个啥。老太太们都围过来，说：哎哟，你不会以前是饭店的白案厨子吧？尹雪梅说，啥饭店，我一辈子就是个家庭妇女，伺候老头儿女，伺候孙子孙女。

尹雪梅很快就融入这个小团伙了，在她的建议下，这个宝宝团还接受了两个新的成员，人数达到十个。尹雪梅说，咱们都是抛家舍业来看孩子的，都是一样的人，得互相帮助不是？再说咱们一群人互相照应着，有个大事小情也方便，又热闹又安全。大家都说，雪梅说得是。这个小团伙以前不这样，虽然松散，但是保守封闭，除了一起带孩子，其他方面几乎没交流。但尹雪梅一来，就不一样了，她有这个能耐，几句话就把气氛带得活泼热闹。尹雪梅做这些的时候，能让人感觉到她的真诚和热情，她说话是笑，不说话也是笑，而且提任何想法你听着都觉得她是真心的，都觉得要不这么办简直是罪过。尹雪梅也不是光有一腔热情，分寸掌握得也恰到好处，跟谁说什么样的话，她清楚得很。她早就看出来了，这一群里的领头是多多姥姥，老太太退休前是街道的干部，喜欢冒充个领导，其实没什么主见。尹雪梅不管说什么，最后都跟着一句，你说是吧多多姥姥？多多姥姥就点点头，说，可不是，我就这么想的。

时间再长一点，老太太们发现自己离不开尹雪梅了，一旦哪天尹雪梅不参与集体活动，她们就有点魂不守舍，互相问，雪梅呢？

“雪梅她们带孩子打预防针去了。”

“哎呀，我还想问问她上次那个面皮咋做的呢，我做了半袋子面，都成糨糊了。”

“是呢，我蒸的面龙，放锅里时还像模像样的，可一出锅就成面疙瘩了。”

孩子们更是离不开嘟嘟姥姥的各种小吃，就算是一样的东西，尹雪梅做的就比别人的精致，哪怕是切苹果，她也能多切出一个花来。尹雪梅还会唱二人转，调起得高，边唱边跳，如果刚好手头有块手绢，她一抖就转起来了，像模像样。大年初一头一天呀，家家团圆会呀，少的给老的拜年呀……孩子们玩得安静的时候，她经常来上一段，听着让人心里透亮、舒服。很快，老太太们的接触就从白天往黄昏延伸，看了一天孩子，儿子女儿回来，终于交班，她们就凑到小广场去跳广场舞。尹雪梅跳舞有天赋，不管什么动作，不管是上海传过来的广场舞还是西安传过来的广场舞，四五遍准学会了，她也就顺理成章地成了领舞。预备，开始，走，对，摆臂，然后转个弯，对对，你是我的小呀小苹果，怎么爱你都不嫌多……

尹雪梅又那么热心肠，那么敞亮，有时候，哪个老太太抱怨超市卖的馒头太难吃了，尹雪梅就说，别买呀，我给你蒸一锅。蒸起来就不是一锅，至少两锅三锅，大伙一人一塑料袋拎着回去当晚饭了。谁弄的十字绣出了点问题，尹雪梅说，拿来我看看。用不了多久，十字绣就挂在墙上了。时间一久，大家对尹雪梅的一切都已习以为常。不管尹雪梅做什么，也不会引来更多的惊叹和赞扬了，应该的嘛，反正尹雪梅什么都会做，什么都能做好。人人都离不开尹雪梅，人人都爱尹雪梅。

坏了，尹雪梅要回趟家，老太太们听了这个消息，简直有点手足无措。前一段，郝胜利打电话来，说让尹雪梅回去一趟。尹雪梅问啥事，郝胜利说你回来就知道了。尹雪梅跟女儿说得回趟家，晶晶很不乐意，小孙在非洲回不来，尹雪梅一走，她就得请假带孩子。尹雪梅说，你爸肯定有事，要不然不会让我回去的，他半个废人了，你得体谅。郝晶晶只好给她买票，说，家里没啥事就赶紧回来，我把你返程票也买了吧。尹雪梅张了张嘴，又把一句话咽到了肚子里。

尹雪梅一回家，宝宝团都快散了。大伙下楼，推着娃娃们去公园，路上就说，雪梅呢，咋还不回来？一个说，昨天才走的。又一个说，不会不回来了吧？大伙都沉默着，然后互相宽慰说，不能吧，嘟嘟还那么小。她要真不回来，怎么也得跟咱们正式告个别呀。

三天后尹雪梅就回来了，带着一大堆东北特产，每个老太太都有份。老郝叫她回去，是他们家那一片要拆迁，让尹雪梅回来签一个意向书。老郝暂时不想让儿女知道这事，否则哥几个可能就有想法，弄得鸡犬不宁。尹雪梅一边给他测血压，一边埋怨他，这事打个电话不就行了？老郝说，你个老娘们，真是在外面跑野了，让你回趟家咋这么磨叽？老郝的血压高压一百三，低压九十，还成。收血压计的时候，尹雪梅把自已胳膊也伸进去测了一下，高压一百四十五，低压一百。她吓了一跳，赶紧关上，没敢让老郝瞧见。她转头，发现老郝正盯着自己看，尹雪梅转念一想，非让自己回来，是老郝想自己了，又不好意思说。她心里一暖，说，回去咋跟晶晶说？咋说？老郝喊了一嗓子，就说她爹又犯病了，你卖给她了是咋的？尹雪梅说行行行，你有理，我给你包饺子去。尹雪梅出了里屋，听见老郝在身后喊，我要酸菜馅的，你给我多包点冻冰箱里。

不一会儿，尹雪梅当当当地剁开了酸菜馅。

尹雪梅回到北京，就跟女儿说，自己手机摔坏了，想换一个。郝晶晶说妈你想换啥样的。尹雪梅说，我就要那个智能机，就是能用微信、能上网啥的那个。尹雪梅原来用的是二儿子多年前退休的诺基亚，只能打电话发短信，还经常信号不好。女儿说妈你行呀，回去几天，都知道智能机了。尹雪梅坐火车的时候，看见邻座一个老太太用的智能机，小团伙里也有几个人用，简直是个百宝箱啊，能上网，能听歌，还能视频，她早就心痒痒了。

网上购买，手机第二天就送到了，女儿给她连上家里的无线，尹雪梅抱着手机一晚上没出卧室门。第二天吃早饭的时候，女儿看见她眼睛红红的，问是不是没睡好。尹雪梅兴奋地说，我就没睡，我研究了这个手机一宿，发现这东西太厉害了，啥都有。女儿说，你疯了啊妈，你还得跟嘟嘟折腾一白天呢，可不敢不睡觉。尹雪梅说没事，我们有组织呢。

这天组织开小会的时候，尹雪梅跟大伙提议，说咱们建一个微信群吧。多多姥姥一听，惊讶地说，嘟嘟姥姥，你够潮的呀。尹雪梅说，啥，你咋骂人呢。多多姥姥说，我这是夸你。尹雪梅笑了，在我们东北，潮是骂人的。我琢磨了，建一个群，咱们能随时打招呼，分享点啥好玩东西，再约着出来也方便，是不是？然后就建了群，群的名字叫宝宝天团。有几个没开上网功能和没用智能机的，都说回去就让儿子女儿弄，绝不能拖组织的后腿。尹雪梅说了句昨天晚上从手机上看到的话：咱们人老了，可是得使出最后一点劲儿，抓住这个时代的尾巴。“尾巴”这俩字，尹雪梅老是念成“已巴”，老太太们听了都笑。

三

自从用上了智能手机，尹雪梅的睡眠时间严重缩减了。她第一次发现，这个世界有那么多她不知道的事儿，朝鲜在鼓捣核武器，离东北老近了；有幼儿园老师竟然拿针扎孩子，这是得多缺德；原来韭菜也算是荤腥，跟吃肉一样；晚上是身体排毒的时间……尹雪梅从微信上读到了各种各样的东西，看到了稀奇古怪的视频，她转发也评论，对那些看不惯的破口大骂，为那些感人的泪流满面，给那些讲人生道理的“鸡汤”点赞。尹雪梅像是刚刚发现新大陆的拿破仑，一个全新的世界敞开在她面前，她一寸一寸地往前摸索着。

还有就是，她这次回老家，收拾东西翻箱倒柜时，把自己年轻时不多的十几张照片都找出来了。看着那时候的自己，有些旧事像田里的土一样，又被犁杖给翻到了阳光下。她把照片带到北京，用新手机翻拍，又用软件弄了一下，把自己的照片和两个孙女一个外孙子的照片拼到一张图上，做成了手机屏保。每次摁亮手机，看着三个小宝贝，她都会告诉自己，这一辈子受的累，也值。

尹雪梅最喜欢自己三十岁那年照的一张相：她蹲在秋天一望无际金色的稻田里，戴着草帽，手里拿着一把稻穗，笑着。她觉得自己真好看呀，那是她最饱满最成熟的时候。好看是次要的，她喜欢这张照片，主要是就在那一年，因为生活的压力，她曾经有过一个不大不小的梦想——这个词也是在微信上学来的，她不喜欢，她更愿意说自己当年一心要“干点啥”。她想开一家小吃店，几乎一切都准备好的时候，却发现意外怀上了晶晶。本来是超生，老郝要把孩子打掉，尹雪梅哭着喊着没让，缴了罚款才保住。晶晶很不省心，三天两头把她折腾到医院去，小吃店还没开张就关了门。后来的几十年岁月里，这个念头不时从心底浮上来，但杂七杂八的事很快把它又压了下去。

到现在，尹雪梅还能想起自己每天张罗着开店时候的情形。那时候她真有心气儿，觉得只要自己干，就一定能干成。老郝其实不支持她，家里的其他人也不支持，但尹雪梅就是想干，她喜欢小饭馆里那种热闹，那种热气腾腾人来人往，她觉得那些叫嚷喧闹是水，而自己是一条鱼，鱼在水里的时候才是最自在的。可惜，最后功亏一篑了。那一年，她请小镇上的照相师傅给自己照相，照了十几张，后来洗照片的时候底片出了问题，只有这一张洗出来了。如果能重新回到三十岁的话，尹雪梅一定会把小店开起来的，哪怕挺着大肚子切菜做饭，她也得把火点着了。

周末的时候，宝宝天团的团员们，约着一起去附近的大集买东西，据说那儿老年人的衣服特别多，还便宜。尹雪梅去了，挑了半天什么也没买，倒不是觉得贵，是觉得贵得不合算。小区附近也有高档商场，尹雪梅偶尔路过，看着橱窗里的衣服想，那件大衣如果我穿上，是不是能年轻十来岁？还有那件裙子，裙子上的白花据说就是梅花，挺像老家的杏花的……她只能想想，应该永远都不会走进去，就算她有这笔钱了，大半辈子养成的勤俭的生活习惯，还是不允许她对自己这么奢侈。

尹雪梅的想法是怎么一点点变的，她自己也没注意到。如果非要找一个起点的话，可能就是那次所谓的同学聚会闹的。中秋节之后，天一天比一天冷了，尹雪梅突然被人拉进了高中同学群，那些快四十年没有任何音信和联系的人，重新聚在了一起，每天怀念当年的青春岁月。尹雪梅被谈论得最多，好几个已经过了六十的老头说，尹雪梅呀，你是班花校花，当年我们都暗恋你。尹雪梅发了一连串惊讶的表情，说你们别瞎说，老不正经。接着就有人说，是真的，我能证明。虽然关着灯，尹雪梅感到自己脸竟然红了，原来当年那么多人喜欢我呀，她想。班长在群里说，今年过年都回当年读书的中学，咱们搞一个毕业四十周年大聚会，谁也不能请假。同意，同意，几乎所有人都举手同意，说，人生能有几个四十年？

班长说，尹雪梅你一定要来。

尹雪梅说，我一定来。

这成了尹雪梅心里最大的一件事。

尹雪梅跟女儿说，丫头，过年小孙会回国吧？郝晶晶说，应该回的，他去了四个月，回来能休一个月呢，带薪的。尹雪梅说，好，那我就回老家过年了。郝晶晶说，行，你先回去，等我放假，我们带孩子一起回去陪你和爸。尹雪梅想跟女儿说一下同学聚会的事，但想了半天没张嘴。

等到腊月，小孙突然在视频连线中说，自己过年回不去了，得年后。年后回去的话，不但可以多休息十天，还能多拿三万块钱。

郝晶晶说，那也行，年在哪儿都能过，钱可不是哪儿都能多拿的。但尹雪梅心里不痛快，小孙不回来，她就回不去老家。回不去老家，她就参加不了同学聚会。她可是答应了同学们，一定回去的，怎么跟女儿女婿说呢？她找不到合适的理由。

尹雪梅在同学群里说，我可能回不去了，群里立刻就炸了。班长说，尹雪梅我知道你现在在首都北京呢，北京人了，瞧不起我们。那几个号称暗恋过她的老头说，尹雪梅你是故意的吧？你伤害了四十年的同学感情你知道不？这次你不回来，咱们就只能下辈子见了。尹雪梅说，我真没办法，我在北京给女儿带孩子，走不开。班长说我号召大家每人一个大红包，捐钱找一个保姆替你，实在不行就让我老伴儿去北京帮你带孩子。没有尹雪梅，我们还聚个什么劲呢？我们还等着看你跳舞，听你给我们唱二人转呢。

尹雪梅心里十分难过，她甚至悄悄退了一次群，但又被班长拉了回去，同学们对这种行为一通批斗，直到她道歉，说自己一定想办法再争取争取，他们才饶了她。

宝宝天团这几天发现尹雪梅眼窝深陷，情绪低落，都关心地问是不是生病了。尹雪梅摇摇头，说我没事，就是有点累，有点烦。哎呀，你尹雪梅还有烦的时候，不能够。是人都有，我又不是神仙。烦什么说说呗，看大伙能不能帮你。尹雪梅摇头，不说话，可又想跟谁聊聊，终于忍不住了，扯开了话头。同学聚会的事第一次让宝宝天团分裂了，一派以多多姥姥为首，说这种同学聚会最没意思，就是一群退休的老头老太太，闲着没事，聚到一起，看似是交流多年的同学感情，其实是在交流多年的同学病情。你血压多少？一百八，我最高的时候都两百。啥，你心脏都支了两个架了？那算什么呀，我这起搏器都装上了，别惹我啊，惹我心脏骤停。四十几个病秧子，饭还没吃呢，先得让服务员倒白开水。干吗不喝茶？吃药啊，得白开水。

另一派是果果奶奶，说去，干吗不去。你不是为别人去的，你这是为自己去的。我告诉你嘟嘟姥姥，我们这一辈子人啊，最亏了，小时候穷，吃上顿没下顿，长大了呢都是为老公孩子活着，老了刚要清闲几天，又得看孩子，等孩子大一点，咱们一辈子也就交代了。啥时候为自己活过？没有，一天都没有，一个小时都没有。去见见老同学，不能整天都是家里孩子家里孩子，然后两眼一闭就完了？你能甘心？说着说着，果果奶奶眼圈都红了。

尹雪梅觉得脑仁疼，这两派似乎把她脑袋给切开了，听着都那么有道理，谁也说服不了谁。尹雪梅的头疼在这天晚上严重了，她拿脑袋直撞墙，结果把嘟嘟惊醒了，嘟嘟的哭声又吵醒了郝晶晶。女儿发现尹雪梅情况不太对劲，赶紧给她测血压，上两百了，直接打电话叫救护车。嘟嘟没人看，只能用被子裹了抱着一起去。

躺在救护车的小床上，尹雪梅想，我不会要死了吧？可千万别瘫了，死就死，瘫了怎么办呀？嘟嘟还那么小，老郝也照顾不了自己。救护车的笛声刺耳，但并不能缓解去医院路上的焦虑，郝晶晶在旁边啜泣着，紧紧抱着孩子。郝晶晶说，妈，你没事吧妈？血压啥时候这么高的啊，我就知道我爸高血压，你咋也高血压呢。妈你别吓唬我，你从来不生病的，这回是咋了？不一会儿，汽笛声和车的摇晃把嘟嘟也吵醒了，他开始大哭起来。尹雪梅心里充满了悲伤，这似乎是她从未有过的一种情绪，她想我绝对不能死，更不能成了一个半身不遂的人，我还有事要做呢。挺住，尹雪梅，你还得带孩子、照顾老郝，你还得去参加同学聚会呢，你还得……

救护车终于到了医院，几个穿白大褂的年轻人，帮着把尹雪梅用小床拉到急救室，各种仪器上来一通检测，还好就是血压高，没有脑出血或脑梗，不至于太危险。打上了点滴，或许是药里掺了点麻药，或许是累了，尹雪梅竟然沉沉地睡着了。她做了一个梦。在梦里，她回到了三十一岁。村子里刚刚单干没几年，二儿子已经会跑了，闺女郝晶晶在肚子里九个多月，她仍然扛着锄头去锄地。那时候的人们都这样，只要人能下地，就都得干活。她锄了一下午，太阳快落山了，只剩下半条垄，她想着一口气锄完，明天就不用再来。却突然感到肚子下坠，心想坏了，小三可能着急出来，就往回走。等她翻上一个小土坡的时候，已经来不及了，只能躺在草坡上。她把自己的褂子铺在身下，毕竟是第三个，经验已经很足，一个人花了二十几分钟就把孩子生下来了。这时候，夕阳刚好在西山顶上往下落，田野一片辉煌静谧。小三哇的一声哭出来，尹雪梅长长地呼出一口气，掰开孩子两条腿一看，是个女儿，笑了。村里有人从山里回来，赶着一辆马车，看见了尹雪梅，帮着把她和孩子抱上车，直接拉到了村西头的老中医那里。

就算在梦里，尹雪梅也觉得这段不像梦，像回忆。接下来，她想起有一年，她跟几个相好的姐妹坐着大卡车，去附近的矿山上打零工，半个月赚了五百多块钱。她们到集市上，每个人买了一件新衣服，欢天喜地地回去。她穿了衣服给老郝看，却被喝醉酒的老郝骂了一顿，说她抛家舍业不顾男人孩子，说她乱花钱，仨孩子的学费还没着落，她竟然给自己买了八十块钱的衣服。说前天老二在墙头上掉了下来，眼角划了一条手指长的疤瘌，差点瞎了一只眼。尹雪梅哭着把那件衣服压在了箱子的最底层，再也没穿过。

这梦怎么没完没了呢？尹雪梅想醒过来，可就是睁不开眼睛。她又梦见第一次到长春的时候，是去给老大看孩子的。从火车站出来，她有点吃惊。在尹雪梅的印象里，长春好歹也是吉林省会，是个大城市，街道怎么那么破旧啊，那儿的人说话，跟自己也差不多。她不是瞧不起长春，只是有些吃惊，吃惊的背后是自己有点不甘心：既然这样，我为啥就在村里过一辈子呢？我也可以到城市过日子。到了大城市，并没有过上城市的日子，她的日子只有孩子的尿布衣服奶粉，只有一日三餐洗洗涮涮，只有跟儿媳妇不撕破脸皮的互相争斗。然后是二儿子家，又是四五年。近十年下来，尹雪梅的头发白了，皱纹多了，背也驼了，整个人的精气神都泄掉了一半。在老二家时，她偶尔也跑到小区的广场跳跳广场舞，可不久她们被警察给驱散了，说有人报警投诉，扰民。再后来呢，尹雪梅就偷偷在家里跳，孩子睡的时候，她就到客厅，也没有音乐，她就自己哼唱自己跳，也挺开心。

这个梦可真长啊，好像把尹雪梅的大半生都打乱了，又重新拼凑了一遍。一些事接着另一些事，一些人覆盖了另一些人，一种情绪抵消了另一种情绪。

四

尹雪梅终于醒了过来，也许她根本不是睡着，只是陷入了杂乱的回忆中。

醒过来后，她觉得头脑清爽很多，一转头，看见嘟嘟睡在旁边，小手还紧紧地抓着自己的衣角。尹雪梅心头一酸，又一暖，轻轻摸了摸嘟嘟的脑袋。门开了，郝晶晶手里攥着一堆单子进来，看见她醒了，高兴地说，妈，头还疼吗？尹雪梅摇摇头，轻轻坐起来，说，三儿，妈没事了，咱们回去吧。

郝晶晶说，我刚跟大夫去问了，可能得拍个片子。尹雪梅说不用，我现在头不疼也不晕，眼睛也不花，我刚动了动手脚都没问题，妈的脑袋没事，没有脑出血。真的？郝晶晶说。真的，妈还能糊弄你。郝晶晶还是有点疑惑，说，那你下来动动我看看。尹雪梅从病床上下来，活动着胳膊腿，确实没事。郝晶晶说，行，那咱们回去吧，天都快亮了。尹雪梅要去抱嘟嘟，郝晶晶抢在前面说，还是我来吧，出门能打车。

这次生病之后，尹雪梅并未留下任何后遗症，但她的心思开始慢慢变了。第二天，宝宝天团再开会的时候，尹雪梅说，姐妹们，我决定了，回去参加同学会。大家伙说，想通了？尹雪梅点点头，说我那天差点一觉睡过去，想明白了，人这一辈子总得随自己的心意做两件事，总得干点啥。尹雪梅的话，不小心把每个人的心事给勾了出来，一个个开始诉说自己年轻时的……梦想，她们找不准怎么说，只能借用网上、电视上听来的这个词。多多姥姥说，她当年想当模特的，众人都说你就是个模特。老太太六十多岁了，还有近一米七的个头呢，而且据说在家天天练瑜伽，身材保持得很好。瓜瓜奶奶说，她倒没什么大梦想，就是想坐飞机，到现在也没坐过飞机，看看云彩。小雨姥姥说，她就想回到二十岁，然后谈一场轰轰烈烈的恋爱，如果那时候有《非诚勿扰》节目就好了，她肯定报名参加。大伙都笑，说你这不还是相亲嘛。小雨姥姥说，那不一样，在《非诚勿扰》上咱有选择权啊，亮灯，灭灯。你呢尹雪梅？多多姥姥问。我？尹雪梅引起的话题，到她这却有点心虚了，这么多年她从未认真想过这个问题。好像隐隐约约有过，我年轻时想过开个饭馆，这个算吗？我们说的是梦想，多多姥姥说，开饭馆不还是为了赚钱吗，不能算。那我没啥具体的想法，只是这些天我多少明白了，谁都不是生孩子做饭看孩子的机器人，除了这个，谁都能追求点别的东西。

问题是你到底想干啥事嘛？小雨姥姥说。

对呀，干啥？一时半会儿还想不出来。想不出来就不想，尹雪梅毕竟不是一个叽叽歪歪的人，她干脆利落，跟她干活一样。哎呀，该给孩子们吃水果了，尹雪梅的话音还没落在地上，手里已经打开了一盒火龙果。老太太们纷纷把自家准备的水果拿出来，瓜瓜的不用看就知道，肯定是苹果，他们家的水果永远是苹果。七八个孩子们坐在婴儿车里，红红绿绿的一排，一个个小脸红扑扑的，好看极了。老太太们一人端着一盒水果，手里拿着一个牙签，排着队从第一个孩子那儿喂过去，一人一块。每天每个孩子至少能吃到五种水果，营养丰富，富含维生素 ABCDE。孩子们吃得一嘴果汁，这个张着手要猕猴桃，哪个叫嚷着吃哈密瓜，老太太们比最繁忙的饭店的服务员还忙，刚才那些所谓的梦想，早就不知道哪里去了。水果吃完，各自掏出湿纸巾来擦手擦脸，临了忍不住在小脸蛋上亲了一口，有的使劲大了，小家伙不乐意，含混不清地说，奶奶你咬我。一阵嘻嘻哈哈，说咱们再转转吧，溜达一圈，就该回去做午饭了。

别人不知道，尹雪梅心里留了一件事：如果让我随便选，我到底该干点啥呢？

尹雪梅跟女儿吵了一架，准确地说是尹雪梅跟自己吵了一架。等嘟嘟睡了，尹雪梅说，晶晶，我跟你说点事。晶晶说，妈我开了一天会累得不行了，明天还要早起。尹雪梅说就几分钟。两人到了客厅，尹雪梅说，晶晶，你让小孙过年回来吧，我……想回去参加同学聚会。郝晶晶愣了一下，说，妈……这一下损失多少钱呀，你想想，就算这一个月咱们全家出去打工也赚不了这些钱。尹雪梅突然火了，说，郝晶晶，合着你们眼里就是钱是吧？算账是吧？那我跟你算一算，你别以为我不知道，现在北京随便找一个保姆就得七八千，好的一万多呢。我在这给你看孩子做饭洗衣服，你给我一分钱了吗？郝晶晶没想到母亲突然生气，更没想到她心里还有这么一笔账。话说回来，尹雪梅算得没错，就算你花一万块钱请保姆，哪个保姆能比孩子的姥姥更让人放心呢？但也没听说谁家给孩子姥姥或奶奶看孩子钱呀。

郝晶晶想起前几天母亲生病的事，千万不敢气着老太太，说妈你别生气，我明天就和小孙视频，让他过年回来。你放心，一定让你参加上同学会，你告诉我日期，我给你买回去的火车票。女儿同意了，可尹雪梅心里并没有十分痛快，她有点后悔说保姆和钱的事了，那不是她本意。她就是想说，你们考虑事情的时候不能光考虑自己，能不能想想我呢？我不是一个木头人，我也有我自己的想法呀。

尹雪梅的想法越来越多了。既然要参加同学会，总得有件像样的衣服吧，就算不给那几个当年暗恋自己的人看，也不能在女同学那里丢面子，她可是从北京回去的。她的衣服都是小摊上淘来的，郝晶晶带她去过几次商场，她都嫌贵，没买。其实她自己手里有一千多块钱，是大儿子二儿子女婿小孙过年过节发的红包，她都攒着，一分没花。现在，是这点钱派上用场的时候了。

周六，郝晶晶带嘟嘟去参加早教机构的亲子班，尹雪梅拒绝了宝宝天团老太太们逛大集的邀请，独自一人去了附近的商场。在三楼女装区转了一个多小时，相中了一件大衣，好家伙，一千二，还不打折。但是吧，她穿在身上往镜子前一站，就有点想哭。原来我尹雪梅没那么老，原来我尹雪梅还有点姿色呢，原来我缺的不是别的就是一件像样的衣服呀。左看右看，怎么看都好看，舍不得脱下来。卖衣服的说，阿姨您穿这件年轻二十岁。尹雪梅点点头，说，能不能便宜点？卖衣服的摇头说，真不行，这是新款，而且我们店里 L 号的就这一件了。尹雪梅始终下不了决心，一千二啊，大衣好是好，可平常根本没机会穿，就穿一天，怎么想都有点不合算。她恋恋不舍地脱了下来。

又去别的地方转，又试了几件，都不满意，心里还是惦记着那件大衣，只好回去那家店，又试了一遍，仍然下不了决心。尹雪梅心里老想着，有一年仨孩子一起开学，家里没学费了，就差两百块，交了这个就交不了那个，跑到一个有钱的亲戚家去借，人家给了她五十块钱打发了。她路上哭了一鼻子，刚好碰见一个收头发的，一狠心把自己养了几十年的大辫子剪了，卖了两百块钱。一米多长，油黑发亮的辫子。从此之后，她的头发就再也没留起来，后来就开始白，开始掉。她舍得一头秀发，可舍不得一千二。

尹雪梅夜不成寐，买还是不买，这个问题纠缠着她。早晨起来，脑袋有点疼，她心里一跳，想血压可别再上来。想起那次犯病，就觉得自己有点磨叽了，买，一辈子总得放纵一回。她又去那家店，尽管试过好几回了，还是忍不住又穿上试。这时候，商场人多，这家店还有三个人在试衣服。卖衣服的说阿姨你帮我瞅一眼，我去库房拿件衣服。尹雪梅说去吧去吧，我肯定帮你看好了。等店员回来，其他三个人都走了，就剩尹雪梅了。尹雪梅说姑娘我买了。店员却脸色大变，说阿姨我真没想到啊，我那么信任你，你竟然坑我。

咋了？尹雪梅不明白。

店员说，原来你跟他们是一伙的，骗子小偷。

尹雪梅说姑娘你可别瞎说，这话可是要负责的。

店员说，刚才那仨人呢？

尹雪梅说，他们说衣服不合适，走了。

店员说，那他们试的衣服呢？

尹雪梅脑袋嗡一下，说，衣服……衣服……

店员说，我看明白了，你就是他们的托儿。昨天你在这试衣服，我们就丢了一件，今天好家伙，丢了两件。我说呢，你老在这试就是不买，敢情是为了打掩护。

尹雪梅说姑娘你冤枉我了，真的，我跟他们不是一伙。

店员说你甭狡辩了，走，咱们去找保安，看监控。

监控室的录像显示，确实是在尹雪梅试衣服的时候，几个人拿着衣服跑了，走之前，那个女的还和尹雪梅打了个手势。尹雪梅以为就是打招呼呢，跟她笑了一下。尹雪梅一屁股坐在地上，她想自己真说不清了。

店员说，我也不为难你，赔我钱，要不然咱们就去派出所。

尹雪梅说，姑娘我真不是他们一伙，我怎么说你也不信，我想赔你，可我就一千多块钱。

后来监控室的人说，这事要说是一伙也行，要说不是也行，很难判断。店员说，行，一千二，就你试的衣服的价儿，我就当这两天白干了。

尹雪梅身无分文了，她最喜欢的那件大衣却没穿回去，她觉得自己这辈子也不会再买新衣服了。

五

小孙气冲冲回到北京，他搞不明白，为什么放着好几万块钱不要，非得把他叫回来。后来，他弄明白是岳母尹雪梅想回去参加高中毕业四十周年聚会，心里更是不满，但已经回来了，也不好再说什么。他从非洲给所有人都带了礼物，是一个少数族群的树根，被雕刻成非常厚重的工艺品。郝晶晶对此已经没什么感觉，每年回来都是这些东西，看着好，不堪用更不值钱。尹雪梅收到一个动物雕塑，是角马，她看《动物世界》的时候看到过，她非常喜欢这种动物，老觉得自己跟角马有点像。

小孙既然回来了，尹雪梅也没必要在北京待太久，很快就买票回家。回家前需要到长春大儿子和二儿子那里一趟，主要是看看两个孙女，半年没见了还挺想她们。

老二去长春站接她，两个人在车站外绕了一个小时，愣是没找见彼此。后来终于发现，他们一个在北广场，一个在南广场，而尹雪梅把南北搞混了。二儿子说，妈，你在晶晶那儿是不是太辛苦了，都把你累傻了。哪个孩子也不好看，都一样，尹雪梅说，你们家莉莉更闹人。在老二家住了一晚上，尹雪梅本想跟莉莉睡一个屋，亲热一会儿，可莉莉说她现在想自己睡。尹雪梅没办法，只能在沙发上将就了一宿。第二天一大早给他们烙了饼，做了羊肉汤，自己也没吃，就用保温饭盒装了一份坐公交车去老大家。

没想到老大三口人早就出门了，今天大孙女要去上美术课，上课的地方远，走得早。尹雪梅记得门前的垫子下，有一把备用钥匙，可找来找去也没找到，也不知道是丢了，还是她走之后他们就换了地方。

尹雪梅只能拎着烙饼羊肉汤在小区里溜达。她在这个小区住过好几年，挺熟悉的，但现在看起来，却又很陌生。她知道怎么回事，因为这里不是她的家。如果是自己家，就算过了十年回去，也一样不会感到陌生。她发现小区旁边有好几个早餐摊，卖什么的都有，就找了个看起来还干净的小摊坐下，要了一个馅饼，一碗鸡蛋汤。馅饼刚一下嘴她就后悔了，东西做得实在难吃，旁边的人吃得还挺来劲。鸡蛋汤更是清汤寡水，只能吃出味精味。这么难吃都有人吃，尹雪梅想，嘴上的钱可真好赚。等一结账，要七块钱，她吓一跳，啥时候早餐都这么贵了。要是我自己开个早餐店，就卖发面饼羊肉汤，肯定比这好吃，比这赚钱。这个念头一闪而过。

快中午了，老大一家才回来。这时候尹雪梅手里拎着一兜菜和保温饭盒，在门口睡着了。大孙女跑上来把她摇醒，奶奶，我想你了。尹雪梅差点掉下眼泪，还是有人惦记自己的。一通忙，快吃午饭的时候，老二一家也来了。一大家子人坐在屋子里吃饭，俩孩子闹腾，被赶到了里屋。饭吃到快结束的时候，尹雪梅咳嗽一声，没人注意，她又咳嗽了两声。大儿媳说，妈你是不是感冒了？没有，尹雪梅说，是有个事，想跟你们商量一下。

尹雪梅说，高中同学毕业四十周年聚会，我想参加一下。

好事，老大说。

好事，老二也说。

可……我就怕你爸不同意。尹雪梅说出了自己的担心。

二儿媳扑哧乐了，说我爸这么大岁数还爱吃醋啊。

不是不是，尹雪梅脸红了，她没想到自己竟然会脸红。那几个号称追过自己的男同学，她都记不清他们长什么样了，而且自己要参加同学会，其实跟他们没多少关系。她就是想去，让老同学们帮她回忆回忆，当年都发生过什么事。高中的事情，她现在还能清清楚楚记得的，已经不多了。她害怕忘掉，一旦忘掉，就好像自己没有年轻过一样。

你爸那人你们还不知道，他才不会吃醋，他就是会觉得我这是瞎折腾。让他说啊，什么同学，什么聚会，什么年轻，都既没用也没意思。这么多年，凡是我特别想做的事，他都不支持，都觉得那是我在胡闹呢。

没事，妈，我们支持你，儿子媳妇们说。你为了这个家忙了大半辈子，去参加个聚会有什么呀，是不是需要凑份子钱，我们给你出。

听儿子这么说，尹雪梅心情好起来，说，你们啥时候跟你爸爸也说说，也不用他支持我，就让他别因为这个跟我板着脸生气就行了。

第二天下午，老大开车送尹雪梅去的车站，她还得坐一个小时汽车才到家。

到车站附近，老大说妈我不下车了，你东西也不多，这儿不好停车。尹雪梅说，你把我放下就行。老大掏出五百块钱给尹雪梅，说妈你拿着。我有钱，尹雪梅说。你拿着，不是要同学聚会嘛，到时候得交点份子钱吧，不够再跟我说。尹雪梅笑了一下，说，那不用现金，你要给我就发红包吧。我们班长说了，收现金太麻烦了，都微信收钱了。老大有些吃惊，说你还会用微信。尹雪梅说别瞧不起你妈，你妈就是生错了时代，我要赶上好时候，我比你们强。

就是就是，老大敷衍着，条件允许，我妈能去联合国。

但最后，尹雪梅心心念念的同学聚会没去成，不是老伴儿不让她去，是她自己决定不去的。他们的聚会日期定在腊月二十三小年那天，之前好几天，她就心绪不宁。大儿子二儿子都给老郝打了电话，说了她要去参加聚会的事。老郝没说同意也没说不同意，就说知道了。后来尹雪梅又问他到底啥意见，他说你想去就去呗。尹雪梅说谢谢你老郝。老郝不说话，拖着一条腿走了出去，当啷一声，不知道碰掉了个啥东西。

到了腊月二十二晚上，尹雪梅失眠了，一晚上都在炕头烙饼，翻过来翻过去。她犹豫了，不怕见了面所有人都物是人非，也不怕没什么聊的，她主要是预感到了聚会之后，自己可能会陷入一种困境。她很担心这么个聚会，把自己年轻时有过的那点心气再给点着了。几十年的生儿育女，几十年伺候老郝，再加上这几年看孩子，尹雪梅当年的那点劲儿早就被消耗光了。不管干什么，她都风风火火，是一把好手，可只有她自己知道，这背后都是累，都是疲惫，全靠一股劲撑着呢。她已经认了。这辈子其实挺好的，老郝本本分分，没闹出什么出格的事，对她虽然冷眉冷眼，但真有事的时候也知道心疼人。儿子女儿也算有出息，孙子孙女都有了，自己的身体呢，也就是血压突然高起来，别的都还成，再说了，这年头没点病还叫人吗？她没啥不满意的，她已经是镇子里最让人羡慕的老太太了。

现在让她把顶了几十年的一口气撤了，换上年轻时那口气，她还能喘匀吗？她怕，怕辛苦了这么多年建立起来的生活和心理上的平衡被打破，怕年轻时那个自己又借着这口气活过来。再有就是老郝的那句话。老郝也不是第一次说这句话了，可在这个节骨眼上，这句话就不一样。班长在微信群里"艾特"所有人，说马上交份子钱，每人六百，包吃包住包唱歌。尹雪梅的手机零钱里，只有五百八，还差二十块钱。她就跟老郝说，我得让晶晶给我微信里转二十块钱。老郝弄明白了她要干吗，说了句：真行，一辈子不挣工资，花钱可挺大方。尹雪梅听了一愣，心里头特别不是滋味。除了在粮油公司那几年和跑出去打过两段短工，尹雪梅确实一辈子没拿过一分钱工资。她整天都是围着家里转，下地种田，回家做饭，伺候完公婆伺候老郝，顺带还得养大三个孩子，然后是孩子的孩子。这么多年，谁给她算过工作量、开过工钱呢？

尹雪梅就觉得这聚会挺没意思了，算了，不去了。

真不去了？老郝说，我就那么随口一说。

就因为是随口一说的，才是你的真实想法，老郝，你是不是特瞧不起我？是，你一辈子有工资，你退休了还有退休金，你们都有，全家就我一个吃白饭的。尹雪梅差点哭出来，可随即想到不能哭，一旦哭了，可能就收不住。老郝一准得笑话她。这人永远这样，永远体会不到女人的心思。

老了，尹雪梅想，容易多愁善感了。

尹雪梅年轻时候，可是不一样呢。

六

尹雪梅三十五岁的时候，老大郝春阳十岁，老二郝春辉七岁，老三郝晶晶马上五岁。那年夏天，尹雪梅失踪了。老郝找遍了镇子，问遍了亲朋好友，没人知道她去哪儿了。找了三天，老郝觉得她肯定被人贩子拐跑了，正要去派出所报案的时候，镇子中心台球厅老板胡二让他去接电话。那是镇子上唯一一部电话。

老郝到台球厅时，尹雪梅已经是第三遍打来了。电话通了，尹雪梅说老郝，孩子咋样？老郝已经快疯了，说尹雪梅你是不是被拐卖了？尹雪梅说老郝，我没被拐卖，我出来打工了。老郝对着电话咆哮：你有病吧？你是不是脑子有病啊，一声不响就跑了，扔下仨孩子。尹雪梅说我给你留了个纸条，你没看见啊？坏了，可能被老三给吃了，我放在老三衣服兜里，想着你晚上给孩子一脱衣服就能看见的。

尹雪梅你看你回来我不打断你的腿，老郝一激动，猛地扯电话线，把电话线扯断了。胡二的台球杆子甩了过来，就在快抽到老郝脑袋的瞬间停住了。操，看你是个被老婆甩了的人，这账不跟你算了。

尹雪梅是跟同村一个妇女跑出来的，她在沈阳。家里的日子不好过，仨孩子要吃要穿，公公婆婆那时都活着，每个月要吃药。大冬天的，婆婆还说，我口淡呀，我想吃黄桃罐头。老郝是个孝子，听妈这么说，就骑摩托车跑七八十里地去买，回来的时候刮大风，把腿给吹坏了，一变天就疼。我这腿里好像有一根大冰溜子，冻得我脊髓都疼。老郝哀号。尹雪梅来例假，连贵点的卫生巾都不舍得买，只能用一大叠厚厚的卫生纸垫着。她早就想出去了，也知道自己跟老郝说，老郝肯定不同意，还得发脾气。出去打工的事，尹雪梅提过不止一次，每一次老郝都气急败坏，说，尹雪梅你就是说我没能耐是吧？尹雪梅说，我不是这个意思，我就是想……你啥也别想，我不会让你出去的，老郝喊。

其实老郝冻坏的不只是腿，还有他作为男人的根本，从那次以后，他跟尹雪梅再也没有过亲热。孩子都好几个了，还亲热个什么劲？外头人不知道，尹雪梅从三十五岁就守活寡了。她那么年轻，也有自己的欲望，但尹雪梅不会离婚，更不会做出什么伤风败俗的事。她想的是，改变点什么，哪怕只是改变点家里的状况也好。

尹雪梅的打工生涯只进行了半个月，就带着一身伤回来了。村里的那个人搞的其实是传销，到那儿第二天，尹雪梅就觉出不对劲了，她热情，好说话，就跟组织上的人聊。话一多，人家就不对她设防，很快就搞明白怎么回事了。

尹雪梅还是机灵，半夜瞅着一个机会跑了出来，磕磕绊绊地摔了好多跤。

回到家的尹雪梅，抱着三个孩子哭了一通，老郝竟没为难她。那年冬天，领她去打工的那个同村妇女也回来了，不过回来的是尸体。她出殡那天，尹雪梅也去送行，葬礼现场被一群亲戚闹翻了天，骨灰盒都碎了，骨灰让风吹得到处都是。这个女人骗了几十个人，好多人把一辈子的辛苦钱都搭了进去，还有一个精神出问题，成了疯子。

打那以后，尹雪梅再也没出去过。

可是再往回倒十年的话，尹雪梅二十五岁，刚跟老郝结婚。两个人是自由恋爱，二十五岁的年纪结婚刚刚好，再过一年，就成老姑娘了，再年轻一点呢，又显得不成熟不稳重。尹雪梅十八岁高中毕业之后，就在镇上的粮油加工厂上班，工资不高，但还能过日子。五年后，粮油加工厂倒闭，尹雪梅失业在家。那时候，小镇根本没有发廊，只有一个很小的剃头铺。尹雪梅想开一个小发廊，她说干就干，到市里学了三个月，就回来开了一家发廊。发廊的地址，就是之前粮油加工厂的靠街的一间厂房。镇上开小发廊很简单，刷一下门脸，贴上“剪发”“烫发”几个美术字，门口再支一个架子，架子上随时搭着湿毛巾。有钱的，再放两只红红绿绿的灯箱。尹雪梅的发廊开业后，生意很一般，前一段是因为大家还不习惯花十五块钱去那儿剃个头，在剃头铺五块钱就解决了。等大家慢慢习惯起来的时候，发廊一下子冒出四五个来，还一个比一个装修豪华，不光能剪发，还能染发烫发，甚至有的都开始做 SPA 了。尹雪梅这个一个人的小作坊就不行了，只能关门大吉，彻底地成了农民。

在发廊刚开那年，老郝还是小郝，在汽配厂修车，是尹雪梅最稳定的顾客。每两个月肯定来一次，理发的要求也一直没变过：寸头，短点。小郝一直坚持到尹雪梅的发廊倒闭，他又去找她，说，你不开了，我以后想剃头怎么办？那么多理发店呢，尹雪梅说，哪儿不能剃啊。不行，我就找你剃，要不，你跟我结婚吧。尹雪梅一愣，说开玩笑。不开玩笑，小郝说，我喜欢你，要不我干吗老到你这里来剃头啊。他俩谈起了恋爱，一年左右就结婚了。然后就怀孕生孩子，再怀孕再生孩子，成了三十五岁的尹雪梅，成了现在的尹雪梅。

十五岁的尹雪梅刚上高中，学习成绩一般，可她活泼，会唱歌，也会跳舞，尽管唱得不一定在调上，跳得不一定在点儿上，可在那个普普通通的北方小镇中学，谁在乎这个呢？特别是每年的元旦晚会，是尹雪梅最风光的时刻，她是组织委员，要组织大家排练节目，要准备自己的歌舞，还要当主持人，那几乎是尹雪梅一个人的元旦晚会。她并不是多么享受被人鼓掌的虚荣感，她就是喜欢那种忙碌的热闹，要是按她的想法，就应该整天都办晚会。高中的时候，她在图书馆的角落里发现了一本外国书，封皮都没了，那里面写的俄国人，每天不是舞会就是舞会。过了几十年，她才从老二那里知道，那是本俄国人写的书，叫《安娜·卡列尼娜》。

好几个男生对尹雪梅有好感，还有的跟她表白过。尹雪梅心里头暗自高兴，但她不想谈恋爱，老师家长不允许不说，她主要是瞧不上那些男生一个个窝窝囊囊，没志向。如果说十五六岁的尹雪梅对谁都没动过心也不对，有一个，是插班生张灏。张灏是从另一个镇上转学来的，成绩中等，开班会第一天，他就说，我的梦想就是考清华，而且我一定能考上清华。一堂哄笑，他们学校还没有考到清华的。可是随着一次又一次的考试，人们渐渐发现这个张灏还真不是说说的，每次考试他的排名都往前走，不知不觉就成了班级第一、年级第一了。

尹雪梅觉得这样的人才是牛人，才是值得喜欢的人。当然，她更清楚这样的人不会喜欢自己，他为了考清华，绝不可能谈恋爱的。尹雪梅也不想去跟他表白，她只是觉得，自己的学校里能有这样一个男生，本身就是很幸运的事儿。她以为自己跟他其实挺像的，都是有想法的人，只不过张灏的想法很明确，而尹雪梅的想法不是很模糊，就是隔一段时间就变。

高中毕业，张灏真考上清华了，尹雪梅连地区的专科也没考上。看到学校张贴大红榜上打头的张灏，尹雪梅心里特别高兴，就跟自己考上了一样。对她来说，张灏是一个有力的证明，证明什么呢？证明就算是在这样一个小镇里，也有人能做出惊天动地的大事。这种可能性对尹雪梅来说多么重要，只要还存在，她就还有希望。

所以呢，二十三岁的那个小发廊，可能是她想干的事儿。三十五岁出去打工赚钱，也可能是她想干的事儿。结婚后，特别是生孩子之后，就忙了，只能勤勤恳恳地干必须干的事儿，一干就到了现在。

七

春天来了，护城河岸边的草一点一点地从泥土下往上绿，树叶一片一片地从芽苞里往外抽。尹雪梅扎了条花围巾，带着嘟嘟去跟宝宝天团汇合。过完年之后，好几个宝宝接连感冒，她们已经挺长时间没集体行动了。天气转暖，尹雪梅熬不住在群里吆喝，今天公园见，她用电饼铛烤了很多动物小饼干给孩子们。

宝宝天团人员没法齐了，有两个满三岁的，上了幼儿园，还有两个租的房子到期，搬到了其他小区，剩下的就五六个人。五六个也是一个组织，尹雪梅很珍惜这个组织。后来，有一个新成员加入进来，但相处得不太好。大家都觉得新来那个好像挺事儿，整天显摆自己的儿子媳妇在大公司工作，一个月挣四五万；要么就说，自家孩子的鞋几千块、衣服几千块，让别人很不舒服。她们就商量好，把她踢出群去，不带她玩。

五一假的时候，几个搬走的老太太约好了回来，要聚一聚。而且都各自安排好，一整天不需要带孩子，就她们一群老太太，先去逛逛街，然后去聚餐，再然后去看个电影，彻底放松地享受一天。

她们逛街的时候，又路过尹雪梅试衣服那家店了，她借故上厕所，没进去。尹雪梅有点难受，比那天还难受，那天主要是气愤。吃饭本来要AA的，后来多多姥姥出的钱，说咱们不学外国人，A什么A，又没多少钱。看电影的时候，是尹雪梅买的票。我会团购，电影票团购很便宜，还送爆米花。尹雪梅觉得自己挺厉害，用一百多块的电影票钱，起到了跟多多姥姥五百块钱的饭钱一样的效果。

吃饭的时候，小雨奶奶说，尹雪梅，我要是像你做饭那么好吃，我就开个小饭馆。尹雪梅说，在北京开饭馆，办手续老麻烦了。

小雨奶奶说，麻烦啥，我儿子就在工商局呢，办执照找他。多多姥姥说，开饭店事儿还是挺多的，你就跟人家卖鸡蛋饼的一样，开一个小摊就行。尹雪梅说，都是空想，我女儿女婿能让我干？那倒是，几个人又都点头。

晚上，嘟嘟在看动画片，尹雪梅在厨房里做晚饭。当那条鲤鱼滋啦一声滑进油锅时，小雨奶奶的话顺着油烟钻进了她脑袋里。开个饭馆？再不济支一个小摊？忘了是哪天了，尹雪梅在微信上看到过一条消息，说一个卖早餐的大妈，月入三万。三万是啥概念？比女儿女婿的工资还高呢。论手艺，尹雪梅自信比大街上的早餐摊好太多了。鱼在锅里颤抖着叫，渐渐变得金黄，尹雪梅暗笑自己可笑，多大岁数了，还想着下海创业？

马上要六一了，尹雪梅想给远在长春的两个孙女买点礼物寄过去。商场里的东西太贵了，她学着在网上购物，淘宝有很多便宜货。尹雪梅挑了两套裙子，就把微信里的钱花光了。她还想给她们再买一双小皮鞋，可没钱了。这天她去买菜，从餐厅的抽屉里拿零用钱。零用钱是郝晶晶或小孙放的，每次三百五百不等，没了就再放。小孙昨天结了一个项目，拿到了分成，多放了一些，差不多有一千块。尹雪梅也没数，拿着信封，挎着小包出门。

到了平常去的小菜摊，却发现关门了，不但关了，连门也没有了。墙上贴着一纸通告，说这种扒墙凿洞弄出来的小门脸，都是不合法的，近期都将整顿。尹雪梅茫然了半天，心里想，卖个菜都不行？来到这儿这一年多，几乎每天都在这里买菜，买水果，还有馒头豆沙包等。全没了，买根香菜都只能去商场的超市。

超市里人山人海。超市的菜价本来就贵，又趁机涨了一些，一把小白菜都得五块钱。但你也得吃呀，方圆几里地就这一个卖菜的地方。尹雪梅看排队的人实在太多，做饭也不着急，就忍不住又往服装部转过去了。商场里的裙子就是不一样，比淘宝上的好看，就是贵，贵好几倍。尹雪梅一边感叹一边走，不远处摆着甩卖的牌子，全是儿童鞋。尹雪梅大喜，赶紧冲过去。

尹雪梅花了四百块钱，买了两双小皮鞋。再回到超市，发现人少了一些，她挑了几样菜，一结账竟然要七八十。到家的时候，郝晶晶和嘟嘟回来了，嘟嘟正在吃火龙果，吃得满嘴粉嘟嘟的。尹雪梅刚把菜洗好，小孙就回来了，直接奔厨房，翻抽屉。

找啥？尹雪梅说。

零花钱呢？我刚打车回来的，身上没带钱，那个师傅也刷不了微信。

尹雪梅犹豫了一下，把信封从身上掏出来，递给小孙：我买菜拿走了。

小孙接过去，就下楼送车钱了。

这天晚上，尹雪梅就快睡着时，郝晶晶进她这屋里来。

咋了？她问。

没事，郝晶晶说，嘟嘟睡了，陪你待一会儿。

她们母女俩已经很久没有这样独处过了，最后一次两个人躺在一张床上，漫无目的地闲聊，还是郝晶晶怀孕不久，尹雪梅来看她的时候。那时候，她们说得最多的是孩子。现在呢，说得最多的还是孩子，只是感觉完全不一样。郝晶晶问尹雪梅，你们那个宝宝天团，最近好像活动少了呀。人不齐了，尹雪梅说。然后又说买菜不方便，得跑到超市去排队。不但是买菜，干洗个衣服，修个鞋，洗个照片，似乎干什么都不方便了。那些小门脸已经被统统堵死，刷了一层水泥，很难看。尹雪梅有点犯困了，但郝晶晶似乎有说不完的话。

晶晶，你是不是有啥事？尹雪梅心里头一凛，问。

郝晶晶沉默了一下，说，妈，你今天去超市，除了买菜，还买别的没？

别的？尹雪梅明白了，是零花钱的事。买了，我给嘟嘟的姐姐买了两双鞋，商场里在甩卖，打折的。

您回来咋不跟我说一声。郝晶晶有点埋怨道。

晶晶，我是正巧碰见，就用买菜的钱买了。钱赶明我还给你，是不是小孙说什么了？

没有没有，郝晶晶连忙否认，说哪儿是钱的事。我就是说，您跟我说一声，小孙问起来，我就能说明白，要不然稀里糊涂的，怕误会。

行了，我困了。尹雪梅明白过来，心里头一阵泛酸。

那我回去睡了妈，你别多想哈，真没事。

尹雪梅躺在床上翻来覆去，脑子里纠纠缠缠，既埋怨自己不该拿买菜的钱去买鞋，又觉得他们小题大做。讲真呢，小孙不是小气的人，经常跟郝晶晶说，晶晶，你带着妈去买件毛衣去，天冷了。但他喜欢一切都在自己的掌握之中，丁是丁卯是卯，他可以给你钱花，但你不能背着他拿钱花。

我就应该有自己的钱，尹雪梅最后得出这样一个结论，那样我想怎么花就怎么花。就是在这一会儿，尹雪梅突然又想干点什么了。心底那口气，终于缓缓地喘了上来。

再有半年，嘟嘟上幼儿园小班，她就能彻底脱身了。

八

尹雪梅失踪了。

尹雪梅回家一个多月后，郝晶晶和老郝及全家人才发现这件事。

九月的时候，嘟嘟上幼儿园小班，他适应得很快，一周左右就解决了分离焦虑问题。尹雪梅跟郝晶晶说，丫头，嘟嘟上幼儿园哩，今年你和小孙工作也没那么忙，我想回去。

郝晶晶说，妈，你再待一段时间吧。嘟嘟上学，白天没什么事，你也好歇歇。

妈是累了，妈想回家歇着。尹雪梅态度很坚决，郝晶晶只好同意。她能感觉出，自从那天她跟母亲夜谈了一次之后，尹雪梅开始跟她和小孙有所疏离。倒不是闹矛盾，而是尹雪梅变得客客气气，不像是孩子姥姥，倒像是请来的一个保姆。郝晶晶想可能是那次谈话伤到母亲的自尊了，但又不敢再提这事，怕越说越起反作用。她想尽办法对母亲好，给她零花钱，给她买吃的穿的，但尹雪梅什么都不需要。

她给母亲买了火车票，让小孙送她去火车站，尹雪梅死活不同意，说自己能去。他俩没办法，就给她打了一个车。四十分钟后，尹雪梅打来电话，说到车站了。又过了半个小时，说上车了，十分钟后发车。

母亲一走，郝晶晶才知道自己有多忙。早晨得准点起床，洗脸刷牙，然后叫嘟嘟起床，这个过程就得半个多小时。给嘟嘟穿好衣服，送到幼儿园去，就得赶紧坐地铁往单位去。下午呢，四点钟她必须下班，才能赶上接嘟嘟。过了半个月，郝晶晶眼睛就黑了一圈，她忍不住跟小孙念叨，妈这些年真是太辛苦了。

十一后，二哥来北京出差，跟郝晶晶见面。小孙请他吃饭。

到了饭店包间，菜快上齐了，老二问，妈呢?

妈？郝晶晶疑惑着，妈在家呢。

咋不叫妈过来一起吃饭?

小孙也愣了，说二哥，妈在老家呢，回去一个月了。

老二大惊，啥？不可能，我前天还给爸打电话，爸还问妈啥时候回去，要不要跟我一起呢。

郝晶晶和小孙面面相觑，赶紧掏出电话来打给尹雪梅，可始终无人接听。三个人也顾不上吃饭了，开始四处联络亲戚们，问最近有没有尹雪梅的消息。答案全是没有。

郝晶晶哇的一声哭出来，说，我把妈给弄丢了。

小孙说，不对啊，那天妈明明坐上了回家的火车啊，她发的消息还在呢。

他们想过了各种可能性，被绑架了，走丢了，甚至……出了大事。五点钟接了孩子，郝晶晶抱着嘟嘟，又忍不住哭出来，宝宝，姥姥找不见了。嘟嘟还不明白这句话的意思，说，妈妈你是不是想姥姥了呀。郝晶晶使劲抱嘟嘟，突然想起了什么，急匆匆冲出幼儿园，去找多多姥姥。她想，也许她们这个宝宝天团的人会知道点消息。

多多姥姥说，她们最近也没尹雪梅消息，还以为她回老家了呢。郝晶晶准备离开的时候，多多姥姥突然说，我想起个事情来，两个多月前，嘟嘟姥姥在她们群里问，哪儿能买小板车。

她买小板车干吗？郝晶晶不解。

多多姥姥说，我也不清楚，她就问了一句，大伙都不知道，也就没信儿了。我帮你在群里问问，看她还联系过谁。

郝晶晶点点头，说谢谢。

老二把回去的车票退了，老大也连夜坐车赶来，第二天一大早到北京。

兄妹三个人坐在麦当劳商量来商量去，最后决定，报警吧。郝晶晶已经拿出了手机，按完了11，就差0了。突然有一个电话打了进来，是多多姥姥。

多多姥姥说，晶晶，你看你妈的朋友圈了没？

朋友圈？我妈有朋友圈？

你看看能不能看，我刚在群里说了你妈的事，后来已经搬走的瓜瓜奶奶说，她前几天还看尹雪梅发朋友圈了。我手机里看不到，其他人也看不到，我估计是尹雪梅屏蔽人的时候，忘了瓜瓜奶奶了。

我妈发的啥，您能发给我吗？

你加我微信，多多姥姥说，微信号就是“宝贝多多”的拼音。

郝晶晶放下电话，老大老二都问说了什么。妈可能有消息了，郝晶晶说，然后赶紧加多多姥姥的微信。多多姥姥传过来一张截屏图，上面是一个早餐摊，写着几个字：只要手艺好，赚钱跑不了。多多姥姥说，瓜瓜奶奶之前看到，也没当回事，就以为是尹雪梅出去吃早餐，随便拍的呢。后来又一翻之前的朋友圈，好像没那么简单。接着，多多姥姥又发来几张截屏图。一张是看起来半新的平板车，一张是地下室阴暗的室内，还有一张是条大街。老大眼尖，在第三张图上看到了一个垃圾桶，垃圾桶上写着朝阳门外大街环卫。

在朝阳，妈在朝阳区。老大看了看表，说咱们马上赶过去。

妈会不会是……老二不太确定地说，摆了个早餐摊？可她为什么呀？

三个人打了一辆车，在朝阳门外大街四处转，寻找着尹雪梅。

尹雪梅并不难找，他们没用半个小时就找到了，因为在朝外大街的一个十字路口，排着长长的一队人。兄妹三个，远远地就看见了尹雪梅，天气还没那么冷，她穿着一件紫色的罩衣，正在给买早餐的人盛东西。尹雪梅满脸都是笑，眼睛里像夏天的泉水一样，叮叮咚咚地流淌着。今天羊汤免费，其他的全部半价。她高声喊着。最后一天了，明天你们可就吃不到这么好吃的早餐了。

三个人互相看了看，默默排在了队伍里，跟着往前挪。他们看见那些买了早餐的人，拿着油饼、包子和羊汤从身边走过，一边感慨着，太可惜了，这么好吃的早餐。另一个说，就是啊，这是我在北京路边吃过的最好吃的早餐，又干净又便宜。

一个穿着西装的人排到尹雪梅前面。尹雪梅说，还是老三样？西装男说，是，大妈，你是不是遇到什么困难了，咋不干了呢？

尹雪梅说，也不算啥困难，我租那个地下室，不让住了。我也犯不着去租个楼房住，一个月得多少钱。西装男说，阿姨，你要想做大，我给你投资，咱们合伙开一家店，咋样？尹雪梅笑了，说别瞎说，开店得多少钱呀。

西装男说，不开玩笑，我出钱，您出力，赚了钱对半分。

尹雪梅愣一下，说谢谢你，不过不用了。

西装男拿了自己的食物，放下一张名片，说您要改主意了给我打电话。

尹雪梅点点头。

尹雪梅看见老大老二和老三，没怎么吃惊，说，你们才来呀，还没吃早饭吧，先吃点东西。她给三个孩子各盛了一碗羊汤，三张发面饼，还有一碟自己腌的小咸菜，他们就坐在马路牙子上吃起来。一边吃，一边掉眼泪。

最后一点汤和最后一张饼都卖出去了，七八个没买到的年轻人依依不舍地离开。尹雪梅收拾东西。三个人上去帮助尹雪梅，他们心照不宣，谁也不问尹雪梅为什么在这卖早餐。然后推着平板车，进了附近的一个小区，找到地下室。尹雪梅已经把东西收拾好了，就一些做饭的家伙什，一床很简单的被褥。

尹雪梅说，都放这儿吧，收废品的老冯下午自己过来拿，我都给他了。

尹雪梅只拎了一个蓝色的塑料袋，说，走，回去。

四个人打车回到郝晶晶家里。尹雪梅把塑料袋打开，稀里哗啦倒了一通，全是钱。最后数完了，竟然将近两万块。

几个人都吃惊，妈，你卖早餐就赚这么多？

尹雪梅说，得刨出去两千的本钱。

那也够多了。

尹雪梅掏出两片药，就着水吃下去，说，老大，老二，老三，不好意思，妈让你们担心了。

郝晶晶眼圈又红了，说，妈，是我对不起你。

老大老二接着说，是我们不孝。

尹雪梅说，说啥不孝，你们都挺好的，是妈自己有点不甘心，想试试。我就怕我这一辈子，啥也没干成，就是个废人。试这一个月，妈满足了，妈也心安了。我尹雪梅不是个废人，要是给我机会，我能干成不小的事儿。只可惜，我年轻时没条件，现在想干，也没那么多力气了。

尹雪梅指着桌子上的钱，说，这点钱，我自己做主，行不？

三人连忙点头。

尹雪梅分成了四份，一份给老大，一份给老二，还有一份给老三，说，这是给仨孩子的。尹雪梅还剩下一份，大概有四千块钱。她说，晶晶，你跟妈出去一趟。

郝晶晶和尹雪梅到了商场，尹雪梅到那家服装店，看见那件衣服还在，这会儿已经半价了，六百。她让卖衣服的开票，还想解释一下自己当初真不是托，可卖衣服的换了人，她的冤情无处诉说了。又给老郝买了一块一千多的手表，剩下的钱，她要请宝宝天团的姐妹们去吃饭K歌。

饭吃得很热闹，歌也唱得很热闹。尹雪梅是焦点，老太太们都说，尹雪梅你太厉害了，你要是年轻五十岁，能当明星。尹雪梅说，那是。她们唱《二十年后再相会》，约好了只要还没死，每年都找机会聚一下。

来不及等待来不及沉醉
噢来不及沉醉
年轻的心迎着太阳
一同把那希望去追……

九

尹雪梅跟老大老二一起坐火车离开的北京。这次是真离开。虽然跟姐妹们有约定，但她已经想好，自己可能不会再来。也不一定，如果嘟嘟想她，她还会来的。

尹雪梅在火车上睡着了。

老大老二给她买了一个商务座，可以躺着的那种。尹雪梅看着车票上的八百多块钱，心疼地想，这得卖多少碗汤、多少张饼啊。在高铁的轻微晃动中，尹雪梅睡着了，这一回，什么梦都没做。

（原载《十月》2019 年第 3 期）

成人记

薛舒

一

她俯下身，亲了一口他肥白的腮帮，左侧，嘴唇触碰到他吹弹可破的白嫩肌肤。他抿了抿嘴角，圆胖脸上溢出一丝轻弱的笑。

他正酣睡，她喜欢看他睡的表情，平静，带一点点狡黠。她亲他，总是在他睡着的时候，她没有算过，十六年来她在他脸上亲过多少口。今日照旧，亲到他嘴角，感觉唇沿的绒毛比昨天更浓重了一些。

“个子日日高，胡子夜夜长”，不知哪里听来的顺口溜，喃喃念出来，觉得错了，应该是“头发夜夜长”。可是，十六岁的人，胡子不就是一夜间冒出来的？

脖子里的白丝巾不知道什么时候松了，自动脱落，忽悠悠飘落到地板上。她保持着弯腰的姿势，眼睛离他肥圆的脸庞十厘米之遥。她按他现在的模样，用想象替他褪去厚厚一层脂肪，鼻梁顿时挺拔起来，眼睛不大，单眼皮细长眼，鹅蛋脸形，白皙而光润，像某个韩剧明星。

她有些遗憾又有些疼惜地看着趴在床上的庞大躯体，想，养孩子就像做算术题，错不得一点点。倘若是错了某个数字，相当于少一只脚趾或者多一根手指。可他什么都不缺，样样都有，只是点错了小数点，于是和正确答案差之千里。

他是她做错的一道算术题，要是让老师批改，他的身后应该跟上一个大大的红叉，订正的机会都没有。可是哪怕他是她做错的一道题，她也把他写得工整干净、漂漂亮亮的，他还有一个堂堂的大名，叫郑舟，不细看，还真看不出他是错的。

她捡起飘落在地上的白丝巾，顺手围在自己细瘦的脖子里，满足地叹一口气，一万次地想，这么好的小团，这么好哦。她心头有一个疑问一直得不到答案，假如她没有点错那个小数点，郑明会和她离婚吗？

这话她从没问过他的亲生父亲，孩子六岁的时候他们分开了。每个月初，郑明会把抚养费如期打到她的账号，刚离婚时一千元，三年后涨到两千，又是三年后涨到三千，他在银行工作，普通职员，但薪水不低。可是第三个三年过去了，不算少的抚养费，还是不够花了。是不是要向他提一下，四千？

涨抚养费的话，想了半年多，终究没说出来。也有过找一份工作的念头，可是孩子谁管？不上班都已经累得不想动弹了。这才刚到八点，她瞄了一眼墙上的钟，和衣躺下，白丝巾还缠在脖子里，仿佛再抬一次手解开的力气都没有。下午趁郑舟睡着时，她去小区门口的药店买咳嗽糖浆。秋风乍起，有些冷，她给脖子里加了一条丝巾。也就二十分钟，买完药回来，郑舟已经醒了，折腾到现在，刚睡着。

他睡在她的内侧，四仰八叉，把靠墙摆的双人床占掉三分之二。两岁之前，她一直让他单独睡儿童床，育儿书上说的，要培养孩子的独立性。他睡相乖，不会乱翻乱滚，可是有一晚，还是把自己翻下了床。她是凌晨才发现的，小身躯仰卧着，胖胖的肚皮微微隆起，脑袋歪在地板上，像一只中弹的小熊。她吓坏了，抱起他大喊"宝宝"，几近呼救的音量，吵到楼下的邻居，上楼狂拍她的门。门被撞开，邻居看见的是一个脸上挂满泪水蓬头垢面的女人，脚底卧着个孩子，肤白唇红，鼻息均匀，睡得沉沉的。

邻居是住在她楼下的男人，接近中年。两层的老式房子，木地板阻隔不了她焦急到近乎狂躁的错乱脚步。她只知道他是"八点半冲凉男"，每天晚上，同一时间，弄堂里的水斗边，光着瘦削的上半身，整盆冷水兜头淋下，发出"嘘嘘呀呀"的大呼小叫。她熟悉他的声音，尖细的男声，像一把操作中的铁质锅铲，带一点点快口，简直要把听者的耳朵割伤。她从未和他打过交道，男人向来自管自，和邻居疏离。那以后，他们熟络起来，她叫他老费。

那天郑明恰巧出差，老费帮她把孩子抱起来，上上下下检查了一遍，连皮外伤都没有，任凭大人把他翻来覆去，始终睡得香香的。老费说，我看没啥，小囡跌跌掼掼正常，北方人有个词，叫"皮实"。

她破涕为笑，是的是的，"皮实"的小囡好养。可她还是不敢再让他独自睡，她把他移到双人床上，他靠墙，她在外侧，用自己并不壮大的身躯挡着他。

郑明出差回来，被她驱逐到儿童床上睡，最近孩子夜里多醒，和我一起睡方便照顾。儿童床也有两米长，就是窄了点，郑明没有异议，一睡就是四年，最后把两人彻底睡分开了。

是郑明先提起的，说舟舟快三岁了，还不会喊“妈妈”，要不要去医院看看?

其实她也发现了，她也想说，要不要去医院看看？可她不敢，并且一次次告诉自己，不会的，男孩子开口晚，正常的。她还到处打听别人家的孩子什么时候开始说话，早的不到一岁，晚的，五岁才开口，五岁啊！怕什么呢？我们宝宝才三岁。她安抚自己，耐心而又焦急地等待着孩子开口的那一天。直到郑明说要去医院检查，她顿觉耐心已到极点，再也等不下去了。

前后去了三家医院，医生问颅脑有没有受过伤，她说没有，毫不犹豫。孩子生产很顺利，没用产钳夹过脑袋。郑明不知道孩子从床上摔下地的事，那一摔，是在一岁八个月的时候，理应牙牙学语了，可他们的宝宝的确没说过话。也许是坏结果，他们不敢确定，也不愿意相信，直到第三家医院，一番全面深度检查，最后诊断出来了。中枢神经系统障碍，脑发育不全，智力低下，原因嘛，医生说，可能是先天的，也可能受过伤，不好说。通过治疗好一些的有，但不一定，要看缘分。

什么叫缘分？郑明暴怒，跳起来要和医生打架的样子。她拉住他，眼泪轰然涌出，内心尚存的一点点侥幸，像一只受伤的海鸥，在大海里挣扎了许久，终于被巨浪拍死。

那以后，她辞了原本公司文员的工作，开始专心照顾孩子。她像个机器人一样，陷入一场早已设置好结果的战争，上蹿下跳、左冲右突，一周五次带孩子去医院康复治疗，吃医院开的处方药，也吃道听途说的偏方，孩子却一如既往，不会认人，不会说话。很多次，她暗想，究竟是生出来就有问题，还是从床上跌下来闯的祸？两种可能，后一种被她隐瞒，作为父母的哀叹自责，郑明分担了一半。

即便是带着半份自责，男人也还是有勇气摆脱困境，去寻找另一份生活。而她的自责却是一份半，因为有了埋藏在心底的一份，那半份，她承担得远比郑明沉重而战战兢兢。

她隐约感觉到了他的脱离轨道，可她正陷在那场被动的战争里，和一个看不见的敌人，心力交瘁，却又不忍放弃，哪里顾得上站在悬崖边的男人。郑明提离婚的时候，她竟暗暗松了口气，紧绷的身心忽然如释重负。怎么会这样？她为自己奇怪的情绪惊讶极了。直到两人谈起离婚协议的具体内容，伤心才偷偷袭来。她有点想哭，也不是非常想哭，眼睛里的水影汪出来，只一点点，很快收干了。

她要下了孩子的抚养权，抱着赎罪般的决绝。那一年郑舟六岁，她确乎认定孩子是被自己摔坏的，秘密由她一个人保守，后果也将由她一个人承担。她还告诉自己，往后，这场战争要不要继续打下去，如何打下去，就不需要听取男人的意见了。没有督战的人，她就可以完全按自己的方式打，甚至有勇气想一想，要不要选择投降。这么一想，就连那一点点伤心都不再有。

一年后，她停下了孩子的康复治疗，她甘心了，投降了，从此开始专心养一个也许永远养不大的孩子。她用自己的身躯挡着他睡，一挡就是很多年。她睡觉很浅，他翻身、踢被子、梦里呓语，她一定会醒。于是眼圈长年发黑，眼袋浮肿，终年不消退。居然，孩子被她养得又高又胖，小熊渐渐变成大熊，忽然有一天，他就十六岁了，像模像样的，有了一具成年人的躯体。

真是奇怪啊！每一天都那么难熬，十年却一闪而过。

这么些年来，她最喜欢干的一件事，就是看睡着时的宝宝。那会儿，他闭上了呆滞的眼睛，放平了一脸此起彼伏的莫名表情，那会儿他是平静的，能保持平静的人，是需要智商的。看着睡眠中的庞大婴儿，她常常有这样的错觉。这错觉几乎成了她自慰的良药，于是千方百计哄他睡觉，亲他肥嫩的腮帮子，摆弄他的手脚，给他包成人尿布时拨弄一下小鸡鸡，这时候，做什么他都不会哭闹反抗……就这么看着他，越看越喜欢，越看越舍不得，她太爱这个睡着的宝宝了，这么乖、这么甜的団，爱得牙根痒痒，白白嫩嫩的一大团，恨不得一口吞了他。

有时候她会回忆起他一岁八个月从床上摔下地那次，倘若摔死了，她的生活会不会和现在不一样？老费说，那天我撞开门一看，吓我一跳，你简直哭成个泪人，眼睛里闪烁着亢奋的光芒……

老费是一家区级图书馆的管理员，也许是职业习惯，说话常带书面用语。“闪烁着亢奋的光芒”，是人话吗？又不是写作文，还亢奋？完全用词不当。只有老费会这么说，用的还是一嗓子又扁又尖的声音，她就更不以为然了。可猛不丁想起老费的话，还是会惊出一身冷汗。谁家的小孩子不是跌跌掼掼长大的？不就是从床上摔下来吗？还是木地板，孩子没哭，更没流血，何至于惊慌到哭成泪人？当时激烈的情绪反应，会不会是某种预兆？太大意了，应该立即去医院检查。可也是老费说的，我看没啥，北方人有个词，叫“皮实”。她就信了，真以为孩子是皮实的。她知道怨不得老费，可还是无法不生怨恨，这一日，倘若与老费在弄堂口相遇，她就会一脸冷淡，擦身而过。

可她又无法做到和他断交，相隔在一层木地板的上下两边，她跺跺脚，他就知道她有事相求。老费是一个稳重的人，做事不紧不慢，但只要听见她跺脚，老费一定会在五分钟内出现在她门口。

二

老费送来一盒海南芒果，单位发的。我高血糖，不可以吃太甜的水果，他说。芒果盒摆在地上，她谢过他，却堵在门口，没让他进屋。

半小时前她刚接了一个电话，是郑舟的姑妈，说快递了一些常用药和特产给她。前大姑子倒是常打电话来关心他们母子，会替自己的弟弟向她表示慰问。大姑子说，郑明好久没去看舟舟了吧？他忙，最近孩子病了，总跑医院。

宝宝没病啊！她理所当然地认为孩子就是她的宝宝。大姑子停顿两秒，郑明没和你讲？孩子是现在的……刚两岁，是儿子。

哦，两岁……她似乎不能完全领会意思，眼睛却看向席地而坐的郑舟。大熊正聚精会神地抠地板缝隙，脑袋耷拉到胸口，下巴底下的地上积了一小摊口水。她心口一颤，顿时明白，郑明有了新的儿子。

与大姑子通完话，心情就变坏了，心情一变坏，老费就只能站在门外说话了，严月，我认为，应该送他去特殊学校。

她垂着眼皮，冷冷道，我打电话咨询过，太贵，我们宝宝上不起。说完，忽然抬头问，老费，你说我们宝宝这个病，到底是不是摔坏的？

老费顺着严月的视线看向郑舟，不要总想这些，于事无补嘛！

郑舟依然坐在地板上，专心致志地对付装芒果的盒子，屁股贴地，灰色运动裤里的两条胖腿呈八字敞开，肥硕的背脊靠在门框上，包装盒已被他拆散，椭圆形绿球滚得满地都是。

她斜了他一眼，没说话，脑中想的是适才的电话。郑明又生了孩子，她早就想到会有这么一天，可听到消息，还是有点心酸。两岁！孩子两岁了，她才刚知道。仿佛遭受了背叛，却并不占理，吃暗亏的感觉。可大姑子说，孩子病了，总跑医院。感冒发烧不用总跑医院，应该是比较麻烦的病吧？

很多年前，她和郑明就是抱着两岁的郑舟，一次次跑医院，医院的门槛都要被他们踏破了……会不会，郑舟的病压根就不是摔下床闯的祸？会不会，是郑明的问题？他把一场灾难带给了她，现在把第二场灾难带给了另一个女人？严月越想越激动，眼睛都红了，恨不得立即打电话质问郑明，你的孩子，到底得了什么病？

不管是不是摔坏的，当务之急，是把他送去特殊学校，要不然恶性循环，你没法上班，他就更上不起特殊学校。老费的声音从门口传进，尖锐中带点毛糙，像个破嗓子的女人。严月的想象却停不下来，郑舟不是他唯一的儿子了，以后，抚养费，会不会出问题？可是，他的儿子到底得了什么病？会不会和宝宝一样……

老费忽然蹲下，夺走郑舟正塞进嘴里啃的一个芒果，试图搀起地板上棕熊般敦厚的人，你，起来，这么吃涩嘴的，叫你妈剥了皮再吃，起来。

老费从不肯随她一起唤他“宝宝”“舟舟”，可他偶尔会唤她一声“小月”，大多时候，他叫她“小严”，或者连名带姓地叫“严月”。

严月拿个塑料篮子蹲在地上拾芒果，老费俯视的目光停留在她的脖子部位。她还围着那条白丝巾，老费送的。五年前的事了，刚过完春节，老费上楼来，给她一个挺漂亮的纸盒，我们单位和一家丝绸公司有业务关系，人家的礼品，我留着没用。图书馆和丝绸公司有业务关系？鬼才相信，可严月还是收下了。晚上打开电视，新闻里说今夜的餐馆、咖啡座、舞厅，全都爆满，中国人学会了过外国的“情人节”，都在狂欢呢。严月没把这个不属于自己的节日和丝巾联系起来。丝巾倒是真丝的，轻盈的材质，有点娇贵，五年来，严月没用过几回，一用就皱，显脏显旧。有一回，被郑舟翻出来，玩抽丝了，她才开始经常用。

老费眼睛盯着严月的脖子，嘴里说，我觉得，你还是需要克服一下心理上的不舍，要让他上学校，费用不够的话，我先替你垫付。

又不说人话，什么叫“克服心理上的不舍”？舍不得就是舍不得，还分什么心理上的、生理上的？不过，他说费用他来垫付，倒是令她心头一暖。可是，垫付，不就是借吗？借钱是要还的，刚暖了一暖的心，又凉了一凉。

严月不置可否，继续蹲在地上捡芒果。郑舟不知道什么时候爬到了床上，头朝外，两只脚轮番往墙上踢，整栋房子都在共振，严月的脑袋里一片“嗡嗡”声。他愈发壮了，力气也大得惊人，那一片显然被他常年踢蹬的墙上早已没了墙皮，甚至出现一条开裂的缝。

这是他的工作，仰躺着朝墙上蹬腿，一蹬就是半小时。她会乘机锁了门，去一趟弄堂外面的迪亚天天超市，买日用品，交水电费，二十分钟就回。倘若出门时间长一些，她就要带上郑舟。七岁以前，她把他放在婴儿车里，她推着他走。后来，最大号的婴儿车也塞不下他了，她就牵着他的手走。他也会耍赖，就地一屁股坐下，她有她的办法，口袋里藏着一个蓝色益达口香糖瓶。他不认别的，就认这一样，捏着塑料瓶低头把玩，任凭她拎住他肩膀上的衣服，走多久都不反抗。她尝试过给他别的瓶子，雪碧瓶、可乐瓶，他全都不认，坚持坐在路边哭闹。孩子不会表达，母亲就要做个猜谜高手，她很快总结出他偏执的热爱。

那些年，他把玩着蓝瓶子被她牵着走在弄堂里的形象，成为街坊邻居眼里一道长年不变的风景。后来，他的体力、智力，终究是长进了，蓝色益达口香糖瓶已经不能满足他，她无法再牵着他做漫长的行走，并且，以他成年人的身量，耍起赖来，无论如何拖不动他了。

有一次，深秋初冬的交界时节，她拉着他出去买米、交水电费，又多跑了一趟社保中心领残疾人补贴，他就在回家路上闹起来。起先是两只脚钉牢在地上，石头墩子似的，她拉得猛了，他就一伸腰，整个人往下滑，她用力提住他的胳肢窝，想阻止他下滑。可是，那么壮大的一只，瘦小的她又怎么阻止得了？最后干脆躺倒在路沿边。她吓唬他，宝宝，再不起来，妈妈回家了，叫你被坏人拐去。

这样的话她每天要说好几遍，从不对他构成威胁，他不懂什么叫“拐”，她也知道没人愿意拐这样一个孩子。她对路边守自行车的人说，我去找人，你帮我看一下。

她没去找任何人，她找不到人的，老费上班去了，除了他，还能找谁呢？她独自走到街角，拐弯，站定。守自行车的人看不见她了，她想，等十分钟吧，就在这里。

这条街，是一条单向车道，不宽，却纵深，抬头朝东南方向看，东方明珠矗立在远处，模型似的，在云雾里飘忽。那可是上海的标志性建筑，她却从没去过，白白做个上海人。可是去东方明珠这样的事，算什么大事呢？她的大事，除了郑舟，还是郑舟。

有人喊，哎，不要挡门呀。

她没注意自己站在一家理发店门前，赶紧往边上挪了挪。玻璃门里面，一个中年女人在烫头，年轻的美发师背对街面，她看见他很瘦的背影，屁股都没有。她觉得他不健康，可她的宝宝那么壮实，也不健康，这真是不公平。她还看见玻璃上贴着“洗剪吹三十八元”“烫发一百五十八元”的标价，小区门口的店，最便宜的档次。她摸了摸自己的脑袋，也算留了长发，其实就是没时间修剪护理，常年用一根皮筋绑着，枯黄细瘦的一捆，自暴自弃地垂在脑后。她想不出什么时候能有时间来烫个头，并且，一百五十八元，不值。

很瘦的美发师在中年女人脑袋上娴熟地操作，理出一小缕头发，刷一层药水，垫一片油纸，把头发绕在一个塑料棍上，用橡皮筋勒住……她看得入迷，不知不觉过了二十分钟，中年女人的脑袋上已经顶满五颜六色的塑料棍。很瘦的美发师拖过一个反扣的“马桶”，罩住中年女人的脑袋，转身时，看了一眼玻璃外面的她。

于是，她与这个不健康的年轻人对视了一眼。这一眼，令她猛然想起，折角另一边的街沿上，还躺着她看起来那么健壮的宝宝呢。不可抑制地，心脏狂跳了几下，有种莫名的激动从胸腔里蹿到喉咙口，她鼻子一酸，眼泪几乎迸射而出。她不明白这算不算悲伤，但她感觉到了惶恐和焦虑，这种莫名的情绪阻止她立即拔腿，她站定在原地，四处张望，仿佛在等待预计中即将发生的什么事。

又挨过十分钟，她才回到自行车摊位前。什么事都没有发生，他照旧躺在地上，倒也不哭，只翻过身子，像坑道里侧身作业的矿工，双手上阵，正抠着行道地砖，指甲缝里嵌满了黑泥。看管自行车的人不在，她一点都没怪人家的心思，就地坐在街沿上，适才的莫名激动已经平息，心里也没有哀怨，只平静地坐着，等着他不知道什么时候自己想要站起来。

在马路边躺了许久，郑舟感冒了，回去就开始咳嗽。她喂他喝咳嗽糖浆，他喝了一口，居然抢过瓶子再不肯放，盯着瓶子看两秒，喝一口，再看瓶子，再喝一口，专情的目光。喝掉三分之一瓶时，他睡着了，歪在床脚边。她连拖带拽，把他抱到床上，这一觉，睡了十小时。

起初她不知道是咳嗽药中的镇静剂在起作用，只以为他是闹累了。她看着睡得“呼哧、呼哧”的人，熊一样肥大，竟是从自己肚子里钻出来的，可她这么瘦，一米六五的人才九十六斤，简直荒唐。然而，睡着的时候，这只熊真是惹人怜爱啊！不哭不闹，嘴角微微翘着，仿佛要笑，却又控制着，笑得轻弱。她忽然有些后怕，居然放他单独在街上躺了半小时，她想干什么，她在等什么？越想越后悔，心都要揪起来，这么好的小团，她怎么忍心？

像要补偿似的，她俯下身，整个把他抱在怀里，抱了好一会儿。又在他肥白的脸上亲了好几口，左脸蛋、右脸蛋、额头、耳垂……他闭着眼睛，抿着嘴角微笑，真是俊气啊！她又去摆弄他的手，抬起来，放在耳边，手掌摊开。“你好！”她替他说。又把右手放在左胸口，抚着心脏部位。“妈妈！”她替他喊。真是个好小囝，她被他感动了，眼眶里盈满泪水。

四个小时后，他还在睡，她开始慌张，摸他的脸，喊“宝宝，吃饭了”。他几乎不与人有任何交流，唯有听到“吃饭”二字时，眉毛会剧烈拧动。连“吃饭”都唤不醒他，她就真的急了，使劲摇晃他，按摩一般从上到下捏他的肌肉，直捏到大腿根，却见灰色棉毛裤裆口有一轮隆起，仿佛一顶被布套子兜头罩面的鸟笼，那只小鸟儿，不知道什么时候长大了，要扑腾起翅膀飞出来了。

心脏又一次疾跳起来，却不似白天在街上的莫名激动，而是，一点点紧张、害羞，一点点幸福、欣慰……都只有一点点，效果却是，原本平静的呼吸都变得急促起来。都说长大成人、长大成人，她把他一日日地养着，养得又高又胖，她总以为，她是看不见他长大成人的样子的。可是现在，他不就是蠢蠢欲动着想要长大成人吗？长不大的孩子，又怎么会顶起鸟笼子？

三

严月侍弄郑舟吃过晚饭，准备自己吃，老费来了。老费一脸严肃地站在门外，手里拎着一个“小绍兴”马夹袋。她没把他挡在门外，而是转身，回到饭桌边坐下，这是让他进屋的示意，老费抬脚跟了进去。严月顾自吃饭，就着一碗鱼丸汤。老费把马夹袋放在桌上，鱼丸都是面粉做的，应该吃新鲜的鱼。

严月说，鱼骨头怎么办？宝宝会哽的。

老费看了一眼仰躺在床上发呆的郑舟，我打听过了，包头路上有一家阳光学校……

床上的人忽然发出一声嘶叫，像小狗被火钳烫了皮发出的惨烈哀嚎。老费吓一跳，看郑舟，庞大的身躯侧躺着，正一把一把揪枕头，很安静。

老费皱了皱眉，那家阳光学校，政府补贴的，学费不贵……床上的郑舟换了平躺的姿势，开始踢墙。老街区的房子，砖木结构，踢一面墙，整个框架都在抖动。严月放下碗，走到床边，拍拍郑舟朝天的白胖脸，宝宝乖一点，妈妈和费伯伯讲话。

她明知道郑舟不会理她，却总是不厌其烦。老费继续说，阳光学校收智障儿，但对残障程度和年龄有要求……严月冲老费做了个“嘘”的手势，又指指床上的郑舟，怕巨大的婴儿把“智障儿”三个字听了去，伤了他自尊似的。那一边的工作却进行得愈发热烈，双腿踢蹬，竭尽全力，嘴里还发出“呼呼哈哈”的吼叫，仿佛武林高手，正和奄奄一息的墙进行殊死战斗。老费压低声音，他这是不让我讲话啊？

严月站起来，从抽屉里拿出一个褐色玻璃瓶，商标上写着“复方甘草咳嗽糖浆”。她走到床前，捏着瓶子在郑舟朝天的面孔前晃了晃，宝宝，喝糖浆啦！

二十分钟后，果然不再叫唤，也不再踢墙，郑舟睡着了，还打起了呼噜。幸好世上有咳嗽糖浆这种甜甜的药，要不真是一点办法都没有了。

严月端起碗喝鱼丸汤，老费站在桌前说话，你还是要想办法送他进学校。

严月垂着眼皮说，你坐一会儿。

老费严肃的表情松弛下来，半个屁股挨上凳子，朝桌子对面的严月轻声说，你，累不累？尖细的男声用轻柔的气息推出，仿佛牵出一根生锈的钢丝，尖锐而又破碎。

严月看了一眼他摆在桌上的“小绍兴”马夹袋，你吃饭了吗？

老费摇头，严月说，那吃点？

老费解开马夹袋，我买了一斤白斩鸡。

塑料袋敞开，露出一个一次性打包盒，还有一瓶石库门红标黄酒。严月知道，老费吃饭时间来找她，肯定会自带“口粮”，不是“小绍兴白斩鸡”，就是“上海大红肠”。严月站起来，去碗橱里拿来一个汤盅，一双筷子，熟练地捡起塑料袋里的调料包，拆开，把葱姜酱油蘸料倒进汤盅。

老费说，喝口黄酒吧，暖暖身子。

严月把一个空玻璃杯推到他面前，你喝。

老费拿起玻璃杯，照着日光灯看。严月斜了他一眼，洗干净的。

老费拧开瓶盖，倒了半杯酒，抿了一口，阳光学校收学生，要看智障的级别，至少要自己会吃饭，会大小便。

严月一脸正气，吃饭和大小便我们宝宝会的，我不是不想让他去，我是怕他受欺负。

老费说，去试试？试两天。

严月没说好，也没说不好。她夹起一块鸡腿肉，看了看，又去碗橱拿了一个空碗，从餐盒里挑出不带骨头的肉，一块块拣进碗里。这是留给郑舟的，不是第一次了，老费从不阻止她。接下去，两人就静静地吃，也不敢放开嗓子说话，怕吵醒床上的大熊。

老费肯定不是个有酒量的人，只喝了半杯脸就红了，红到脖子根。老费很轻很轻地说，严月你不喝，我一个人是喝不完一瓶的，你看，我们都认识十六年了，你还和我这么生分。

严月说，前六年，等于不认识。严月的意思是，她和郑明离婚之前，他们不算认识。

好吧，就算十年，你还这么见外？尖细的声音使老费的语气满含嗔怪。

严月吃到一块鸡屁股上的油脂，咀嚼了两下，吐在桌上，这也卖钞票？

老费说，不好吃你就不要吃嘛，你就扔掉嘛。

严月断然喝道，不好吃就不吃？就扔？你花钞票买回来做啥？声音不响，却凌厉，说完还赌气似的，把吐在桌上的一团淡黄油脂捡起来，塞进嘴里狠狠地嚼。老费要去抢，半个身躯扑过餐桌。严月却翻了翻眼珠，费劲吞了下去。老费绕过桌子走到严月面前，急得要跺脚，又不敢跺，双腿屈了一屈，躯体颠簸了一下，俯下身，轻声却用力地说，你做什么嘛！你这是做什么嘛！一着急，声音愈发尖细。

严月偏了偏脸，像是要躲他嘴里的酒气，又似是不忍听他锅铲剐蹭般的说话声，锁着眉头，接着啃一块鸡肋。也许是酒精的缘故，老费有些情绪化，又好像是被严月气着了，胸膛剧烈起伏了一阵，终于忍无可忍，忽然抬起手臂，张开手掌，像要对眼前的女人抡一巴掌，手掌落下去，却一把抓住她的前襟，用力一拖，竟把严月拖进了自己怀里。

严月怔住，愣了两秒，挣扎起来。老费本就站得重心不稳，半弯曲的身躯，一只脚在前，一只脚在后，支点没有落在任何一只脚上，并不健壮的身躯就有些摇摇欲坠。这会儿，他正用浑身散乱的力在支撑自己，经不起千钧一发的干扰，严月只挣扎了一小下，他就一屈腿，膝盖“咚”一声撞在木地板上，顿时将整个躯体反扑进了她怀里。

严月原位坐着，她看见自己的膝上伏着一颗花白的脑袋，脑袋下面被埋住的嘴脸正发出类似抽泣的呻吟，又似压抑的啸声。她拍拍他花白的脑袋，怎么了你?

花白脑袋往女人的怀里更深入地钻了钻，她感觉到了大腿根部的异样，一股股腾腾的热气隔着裤子吹到肌肤上，潮湿、酥麻。她依然是习惯性地挣扎，却在一只冷硬而又汗湿的手掌摸索着探进自己的裤腰口时，忽然僵住。

这样的机会，几年前似乎有过，老费没抓住。那时候郑舟还迷恋着蓝色益达口香糖瓶，有一回，他抱着一瓶未开封的口香糖玩，不知怎么弄的，竟打开了，糖粒塞了一嘴，又吐出来，抓在手里捏，就一小会儿，衣服上、脑袋上，粘满了饱含口水的白色胶状物，脑门上的头发结成了一大坨，理不开，还洗不掉。她抓住他，恨不得把他整个脑袋按进水盆。他挣扎，一掀身，盆翻了，水洒了一地。她尖叫一声，要死啊!

他好像明白自己闯祸了，率先号哭起来，还躺倒在地板上打滚。一腔怒火顿时蹿起来，她指着他恶狠狠地骂，“戆大”“只晓得吃白饭”，转身去抽屉里拿剪刀，给你剪掉，你等着，剃光头。拉开抽屉，没找到剪刀，却见角落里躺着一只一次性打火机和一根蜡烛，为防断电准备的。她一把抓起打火机，冲到郑舟跟前，不知怎么就按下了打火键，火苗“腾”一下飞上他的脑袋，遇到那坨凝结的头发，立即滋滋冒烟，蛋白质的焦煳味刹那间弥漫而开。她慌了，张开手掌狂拍他的脑袋，狠狠地拍，“啪、啪”声持续响彻。幸好头发是湿的，没有冒出明火，烟也很快被拍熄。他大概被拍疼了，额头一片绯红，哭声从豪壮变成凄厉，眼泪鼻涕淌了一面孔。她懊悔莫及，抚着他的脑袋，宝宝吓坏了吧？宝宝疼不疼？妈妈不好……然后，一屁股跌坐在水涸涸的地板上，跟着他哭起来。

老费被天花板缝隙里滴下的水惊动，上楼来看。只见潮湿的地板上，母子俩一个坐着抽泣，一个躺着大哭，双双泪眼模糊。老费踩着水踏进屋，怎么啦？出什么事了？她坐在地板上，待他走到跟前，脑袋一歪，一头撞在他的小腿上，像是受了天大委屈的孩子，抱住他的腿“嗷嗷”号啕。

老费真是个正经人，正经得几乎迂腐，这种时候，竟没有一点点“趁火打劫”的意思，只是蹲下来，拍拍她的肩，耐心地听她哭，在她哭到喘不过气来时在她背上轻捶几下。直到她哭完站起来，说，帮我把宝宝拖床上去吧，我要擦一下地板。

郑舟早已不哭，他侧躺在地板上，顾自抠着湿漉漉的脑门上炭焦的发梢，一脸煞有介事。

总是在紧要关头，老费就出现在了她面前，可严月从没认真想过，是不是要和他发展成男女朋友的关系。她的世界被郑舟占满了，宝宝长，宝宝短，全是她的宝宝，哪里容得下别人？再说，他是正经人，难道她就是随便的人？怎么可以是个男人都要？所以现在，她应该推开伏在膝头的男人，以及男人那只试图入侵的手。

正犹豫，还没动作，眼前忽然掠过一团绿色的球状物，一声闷响，绿球崩裂，老费的后脑勺顿时被爆了一头黄浆，严月惊得跳起来。郑舟站在床边，怒目斜吊，一手抓着一个还没射出的绿芒果，另一手舞蹈着，嘴里发出“哈——哈——”的嘶叫。

老费顶着一头屎样的糊状物离开严月家时，走得一瘸一拐，大概跪在地板上太久，腿发麻了。这一晚，老费在水槽边冲凉的动静格外大，呼叫声如火车鸣笛般锐长而躁迫，好像当头淋下的是一盆盆冰冻过的水，刺激过头了。

四

清晨，天还未亮透，郑舟醒了，“呜呜”叫唤。

近些日子，严月患上了失眠的毛病，整夜胡思乱想，不管什么想法，从哪里想起来的，最终都要汇到同一个问题：那个孩子，究竟得了什么病？为什么总跑医院？会不会和宝宝一样？只会长高长胖，不会长大成人……越想越睡不着，要耗到凌晨，才渐渐迷糊过去。

严月闭着眼睛，身侧庞大的躯体正辗转反侧、上下求索，耳畔全是他的呼吸，带着充沛的唾液，粗重而潮湿。严月睁不开眼，宝宝不要闹，好不好？

她唤他宝宝，唤了十六年，他却从不答复。她试图与他互动，可她对他说什么、做什么，他都不会回应。他迷恋过蓝色益达口香糖瓶子，后来改成甘草咳嗽糖浆，却从不依恋她，甚至，比不上那堵靠床的墙。他听得懂一句话——“宝宝，吃饭了”。“吃饭了”三个字会让他表情瞬间丰富，圆胖光润的面容在某种力量的支配下忽然千回百转。他以拧动、扭曲、折叠脸部肌肉的方式来表示欢快，看起来几乎是愤怒的表情，这是他在笑，严月认为。而他脸上当真堆出常人以为的笑容，那恰恰是他最悲伤的时候。严月试过，有一次，他正低头把玩益达口香糖瓶子，严月劈手夺走，他缓慢地抬起头来，一脸沉默的憨笑。她举起手里的蓝瓶子朝他晃，宝宝，瓶瓶，要不要？

他看着她，脸部肌肉依然是笑的走向。她又晃了晃瓶子，说要，快说要，说了就给。然后，她看见他的笑渐渐定格，眼神也凝固起来，整个人就像在极低温下被渐冻，一条漫长的涎水从口角淌下，也不断流，似也要冻结了。她觉得不对，慌忙把口香糖瓶子塞回他手里，宝宝，对不起，妈妈不抢你的瓶瓶了，还给你。

他缓慢地收起笑容，然后，平静地看着手里的瓶子，看了很久。

严月抹了一把夺眶而出的眼泪，确定自己了解他的喜怒哀乐。可是，世界上没有第二个人知道，这个忧伤的宝宝，是用笑来表达忧伤的。

其实，老费误解郑舟了，他硬说郑舟用芒果砸他的时候是一脸怒气的，只有严月知道，那不是怒气，那是兴奋，是玩嗨了的意思。可是老费不信，不信也没办法，老费毕竟不是孩子的父亲。严月想，倘若是郑明，会相信的吧？可又如何呢？郑明信与不信，不会改变一切。况且，现在他有了小儿子，心里怎么可能还有大儿子？这个大儿子，对郑明来说，就是三千元没有收益的月供。

这么想想，严月就会忍不住在肚皮里骂，只知道下种的东西，种猪啊！种马啊！牲畜都晓得护犊子……“护犊子”不是上海话，她是从电视里学来的，第一次听就喜欢上了，多好啊！就像在说她，她简直就是一头母猪，一匹母马，整日介地护着她的犊子。郑明却没有护犊子的心，他用三千元钱来打发他的儿子，尽管这是他们共同协商的方式，但每每郑舟出状况，把屎尿拉在裤子里，臭烘烘满屋打滚，她按不住他，顿时激起一腔怒火，就要“种猪、种马”地骂将出来。可是，收到他打来的钱时，她又意识到，相比而下，她宁愿只要三千元钱，也不要这个男人和她一起来“护犊子”。她就是不想和他“同舟共济”，好像，她那么轻易地同意离婚，就是为了早一点摆脱他，摆脱一份被他探知真相的风险，摆脱除了自责以外的另一份罪责。郑明只需知道，他有义务抚育儿子，哪怕养到八十岁。可是，一想到要养他到八十岁，她就会浑身一激灵。下一次忍不住骂“种猪、种马”的时候，就会在心里祈祷，祈祷郑明身体健康、工作顺利，甚至升官发财……毕竟，最重要的还是那笔抚养费，她对它还有上涨的期待。

就这样，严月心里那点陈旧的怨愤，一忽冒头，一忽降落。倘若郑舟这一天很乖，不吵闹，不折腾，她甚至会生出一丝感激。不知道感激谁，就长时间地看睡着的宝宝，那是他最“懂事”的时候，不忧伤激动，不号哭，不踢墙，她不用费力揣度他的性情，这么乖、这么甜的团，真是惹人怜爱啊！睡着的时候，分分钟都是岁月静好。可是只要他醒来，世界就变了样。

此刻，躺在内侧的郑舟已经醒了，弄出“窸窸窣窣”的声响，两条腿重复踢蹬，抓她的胳膊，咬她的肩膀，口水涂湿了她的棉布睡衣，肥大的手掌到处摸索。她任凭他晨醒后的打扰，很多次，他摸到她的胸口，她有一搭没一搭地从胸口拨掉他的手。他很有耐心，比懂事的人更执着。不过两岁幼儿的智商，身量却是个成年人，在成年人中亦算高壮。她把他养得太好了，只吃，不动脑筋，怎么能不胖？

他开始玩弄她的白丝巾，一整夜没解下来，松松垮垮地搭在肩胛窝处。她极度乏力，不想动弹，闭着眼睛随他玩。不知道怎么操作的，丝巾的两尾布角被缠了起来，她感觉到脖子里轻盈的纺织物渐渐紧致，并不阻碍呼吸，却有了窒息的预感。她摊手摊脚地躺着，任凭脖子里的丝巾越来越紧，倘若就这样被勒死，就不用养他到八十岁了，倒也一了百了……可是她若死了，他要怎样才能活到八十岁？或者，把丝巾缠在他脖子里，他会不会玩着玩着，就把自己的脖子给缠紧了、缠死了？然后，他不再动弹，再然后，她把丝巾从他十六岁永远安静下来的脖子里解开，再缠住自己？他不会活到八十岁了，他不再需要她，可以安心了……一阵烈痛突如其来，喉咙被猛噎了一下，闭着的眼睛顿时迸开，剧咳。与此同时她迅疾伸手，朝脖子处狠狠拍了一掌，“啪”一声怒响，打在他摸索的肥嫩手上。

她知道她会打得很准，她也准备好了耳边响起哗然的哭声。很多年前，哭声是柔嫩的童音，后来是男童女高音，再后来，变得喑哑，接近粗沉的男声。他对疼痛的感知还是准确的，只要打他，不管手心还是屁股，他一定会坦荡地号哭。他用近乎成年男人的声音哭得理直气壮，扯开嘴，鼻子眼睛却挤作一堆，眼泪鼻涕同时淌下，白嫩的肥脸涨成绛红色。她只好回头去哄他，那么大的身躯，抱不住了，反被他一扑，仰身倒在床上。常常是，腰椎间一抽搐，冷不丁的剧痛，她脱口“哎哟”，他就止了哭声，看住她，涣散的目光里流淌出那么一小点儿狡诈。

知道使坏了，她想，心里有些高兴。毕竟，使坏是需要智商的。

可是今天，比以往更重、更凶的一巴掌打到他手上，竟没有哭。她慌乱解开脖子里掐得紧紧的丝巾，眼前是一张凌空凑向她的白嫩的胖圆脸，下巴下面是第二个下巴，夹缝里求生存的眼睛，细成两条线，嘴角边挂着涎水结痂的白斑，上唇覆盖着一层黑金的绒毛。晨醒后的胖脸居然是严肃的，对着她，好像在生气。

宝宝怎么了？这么问的时候，她抚摸着余痛未消的喉咙口，震怒的情绪稍稍平息。

十六岁的宝宝沉默着，胸口的白背心一起一伏，鼻子里发出“哼哼”声，像某种犬类，正准备发怒。她支起半个困乏的身体，想去安抚他，转而想，他发怒的表情背后，应该是兴奋，便说，宝宝，什么事这么开心？

他忽然抬起平搁在床上的一条腿，横跨她的腹部，重重地砸在她的肚皮上。于是，她的整个身躯被他斜斜地骑住了，她几乎躺在了他敞开的胯下，一枚坚硬的隆起顶到她的腰。

她翻身坐起，直到天大亮，再没合眼。

五

老费联系的智障学校落实了，郑舟可以去上学了。严月还是有点舍不得，老费说，去试试，看他能不能适应，要是不行就回来。

严月同意了。

上学照理是好事，可严月没睡好，早上起来，脑袋昏昏沉沉，明明应该高兴的日子，没有一点高兴的脸色。

失眠的毛病，已经持续一个月了，每天都很累，每天都睡不踏实，心里一千遍地想着同一个问题：那个孩子得了什么病？是不是和宝宝一样？只会长高长胖，不会长大成人？倘若郑舟这道算术题不是她做错的，那她是不是要把作业本摔到郑明的脸上，冲他大声喊，我替你顶了十多年罪，你赔我，赔我青春，赔我婚姻，赔我生活，赔我儿子……每每都要想得眼眶热辣，几乎把自己想哭。可是，倘若那个孩子真的和郑舟一样，那她要怎么办？给自己平反昭雪？把郑舟推给郑明？叫他去养？她怎么舍得……可是，郑明的小儿子究竟得的什么病？是不是和宝宝一样？只会长高长胖，不会长大成人？想着想着，又想回去了。就这么反反复复，严月把自己想成了神经衰弱，一夜一夜地失眠，又不敢吃安眠药，怕睡死了，郑舟有什么动静她醒不过来。

早饭是牛奶、鸡蛋和馒头，馒头本来一个，今天要去上学，桌上放两个。倘若有更多，他会无休止地吃。他吃东西火速，从来都是，吃饭的时候她说得最多的话是：慢点吃，慢点吃。可他从来不会慢点吃，好像他之所以投胎做人，就是为了来抢食的。不过，在阳光学校吃午饭，他倒不会吃亏，她想。

阳光学校在包头路上，离家不过一千五百米，可以走着去。可老费昨晚提醒过她，打出租车比较保险，以防郑舟半路赖着不肯走。严月觉得有道理，第一天上学，保证到校是首要的。老费还问要不要他一起去，严月拒绝了，她不想让学校的老师觉得他们是一家人。

早饭吃完，严月带着郑舟出了门。这一天，郑舟煞是乖巧听话，也许是早饭多吃了一个馒头，超乎平常的满足感让他情绪很稳定。上车、下车，进学校大门，走入乌泱泱人头攒动的教室，坐上老师指定的座位，一路顺从，任凭摆布。

阳光学校就一个班，二十多个学生，一眼看去，大大小小，高高低低，发出吵吵嚷嚷的声音，如同普通学校的一间教室。可经不起细看，只要挨着脑袋一个个看过去，就看出破绽来了。有的一脸婴儿肥却已白了头，有的满面皱纹丛生却呆相毕露，有的目光里闪烁着囚禁动物般的警惕，有的自言自语滔滔不绝，还有的浑身紧缩，时刻处于惊惧状态。程度好一些的两三个，竟也凑拢着交谈，细听，却是鸡同鸭讲，不知所云。有个一眼看去还蛮“聪明”的胖女孩，忽然跑到严月跟前鞠了一躬，喊了声，老师好！严月慌张点头，却不知如何回答。女孩并不需要她回答，完成问候，立即转身跑回了自己座位，显然是被训练出来的。班主任是一位身材瘦高的女人，盘头，戴眼镜，她看着最聪明的女生的表演，眼光里流露出显然的笑意。一扭头，神色立即严峻起来，郑舟，他大小便会喊吗？

严月点点头。班主任看着她，镜片后面的两道目光聚拢成一道，直戳到她脸上，仿佛一眼看穿她在撒谎。严月赶紧又摇头，他，一般两小时一次小便，大便已经在家大过了……又拿出一个褐色瓶子，老师，要是他不听话，可以给他喝这个。

老师问都没问瓶子里是什么，立即拒绝，除了有处方的医嘱服用药，我们不给学生吃别的外带食物，午饭和点心我们都有严格的安排，你留下电话，有事我们联系你……

临走前，严月又看了一眼郑舟，一只正襟危坐的大熊，倘若打架，大约没人会赢他，只是，他是连招架的意识都没有的。这会儿，他正严肃而认真地看着他的同桌，一个正手舞足蹈的欢乐的唐氏综合征女孩。这是他这辈子的第一个同桌，严月想，他真的乖极了，比教室里的任何一个孩子都要听话懂事的样子。“这么好的囝”，严月在心里叹息了一声，转过身，心底涌起一股酸楚，跨出教室门，快步往外走，听见老师的说话声，我们鼓掌欢迎新同学郑舟……七零八落的掌声响起，严月再也控制不住，眼泪忽地涌出。

亏得老费，介绍了这家阳光学校。严月没料到会有这样的效果，她几乎每天都在目睹别的妈妈送孩子上学，自己却从来没有体会过。早上八点，小区外面总有一辆黄色的幼儿园校车停靠在路边，孩子们欢天喜地或者哭哭啼啼地被父母送上车，妈妈们站在路边挥手，孩子们在车窗里挥手，天天上演一遍，天天搞得交通堵塞；过三条横马路，有一所寄宿小学，星期天傍晚，会有很多高级小轿车开到校门口，轿车里下来的孩子穿着统一的苏格兰格子校服，好看得一塌糊涂，用英文和轿车里的父母说再见，好听得要命；隔壁二层阁的毛阿姨，孙女考上交大附中，报到那天，全家开着车去送，带了三口拉杆箱，简直像要出国；还有，街道主任的儿子，考上人民大学，主任夫妇俩送儿子到北京，顺便旅游了一个礼拜……严月一直认为，这些都和自己没有关系，虽然她也有孩子，她的孩子也在日日夜夜地长高、长胖，只是她的孩子长不大，她是看不见他长大的样子的。可是今天，她看见了，和别的家长一样，她感受到了孩子在长大。长大是什么样的？长大，就是离开家，离开父母，哪怕是被一所幼儿园接纳，或者，被阳光学校接纳，那就是长大。唉，真该好好谢谢老费……

从学校里出来，严月没回家，而是去了小区门口的理发店。郑舟都开始上学了，她也应该把自己收拾得像样一点。修一修吧，她对没有屁股的很瘦的美发师说，修得干净一点。烫头？不要不要，严月惶惶摇头，心想，一百五十八元呢，够买五包尿不湿，倘若宝宝乖一点，够用两个月……

两个小时后，严月看见镜子里的自己顶着满头短卷发，干净利索的样子，还蛮时髦。很瘦的美发师有着很强的鼓动力，她被说动了，剪短了枯黄的长发，还烫了头。她对自己的新形象挺满意，可是摸出一百五十八元的时候，还是感觉到了肉疼。不过，只是肉疼，心不疼，心还蛮爽朗。

严月决定再去一趟两公里外的家乐福超市，那里每天都有各种打折，她要买"包大人"成人尿不湿，还要买油盐酱醋、洗衣粉、84 消毒液、洗洁精……所有的折扣加起来，可以省不少钱。她已经很久没去家乐福了，其实两公里走走也就半小时，可郑舟在家的日子，她怎么能离开他半小时呢？二十分钟都是冒险。

从家乐福回来，严月满载而归，两大袋打折日用品使她的回家之路有些艰难，不过，好心情让一切变得不难。每经过有落地玻璃的店铺，她都要努力侧过身，看一眼镜中的自己。瘦精精的女人，身材比大多数擦身而过的中年女人好，新烫的头发使她显得精神，尽管拎着两个白色大购物袋的形象与时尚搭不上边，可是，这已经是这么多年来她见过的最好的自己了。没有任何拖累的行走，不急不赶，只听任自己的双腿，简直奢侈……走至离家不到一公里时，严月又看了一眼街边的玻璃橱窗，再次欣赏了一眼崭新的自己。这一眼，真是巧了，竟瞥见老费从她身后走过，深灰色夹克，瘦削，不高，一贯的姿势，低头疾走，不摆臂，一闪，进了一家店。

严月回头，却并未见到灰夹克男人，街对面是一家发廊，不是小区门口的那家。这里，是一连排的美容店和洗脚店，“曼丽发廊”“容颜趣”“仙露足浴”……刚才镜中瞥见的，是正对严月的这一家，叫“咪咪屋”，看不出是美发店还是洗脚店，塑料门帘晃动着，隐约看见里面有两个露着肩的小姐，一个坐在沙发上，另一个怀里抱着宠物站着说话，也不知道那毛茸茸的东西是猫还是狗，看样子，不像正规做生意的。

严月心里“咯噔”了一下，脱口骂了一句“不要面孔”。骂完又觉得不可能是老费，又不是牲畜，随便找个母的就能解决问题。去这种地方的人，是连种猪、种马都不如的，老费是个正经人，认识这么多年了，什么时候对她做过出格的事了？从来没有。不过，倒是有过一回动手动脚，被郑舟的芒果一砸，吓跑了，往后再没有。所以，还是个正经人。

肯定是看错了，刚才一路都在想晚上要不要请老费吃顿饭，她在家乐福里买了打折的卤牛肉和猪门腔，她要向老费表示一下感谢。脑子里总想着，很可能眼错。

六

郑舟在阳光学校待了三个半天，老师说，先送半天，适应后再开始送整天。第一天中午严月去接孩子，老师告诉她，郑舟很乖，两小时一次的小便没有，也没尿裤子。严月觉得那是侥幸，明天再看看情况吧，就带着郑舟离开了学校。回家一路也是乖得离谱，不吵不闹，走得利索。只是进入弄堂底部，一看见敞开的楼道前老费冲凉的水槽，立即冲过去，褪下裤子对着水槽撒起尿来，撒完也不提裤子，甩着胯间黑不溜秋的一团肉朝扶梯上快速爬去。下午时间，走廊里和楼梯口都没人，严月赶紧开水龙头，冲掉尿臊味，追着郑舟上楼，气喘吁吁的，心里却高兴。

以前有过几次，她带他外出，回来晚了，到了该撒尿的时间，她就让他站在走廊口的水槽跟前，果然及时，刚给他褪下裤子，就"哗哗"尿了。她没想到他能记住这个水槽，并且，还晓得褪裤子，这可是她训练了十几年的成果。但他还是不晓得提裤子遮羞，不过，已经不容易了，并且，看样子，他是认得家的，连个尿都要回家来撒。

第二天、第三天照旧，在学校里不撒尿，一回家，就对着水槽一泡烈尿撒得酣畅淋漓。状况不错，明天可以尝试送一整天了。只不过，上了三天学校，不如过去活泛了，回家后大多时间呆坐在地板上，什么声音都不发，只一脸沉静，想心事的样子。严月愿意认为他是在想心事，其实，她也不清楚他有没有心事可想。按照经验，安安静静的时候，也许正是他忧伤的时候。严月有些担心，是不是在学校里被欺负了？便撸起他的袖子，挽起他的裤腿，撩起他的衣襟，浑身上下检查了一遍，倒没有乌青、破皮、流血之类的痕迹。直到吃过晚饭，才恢复了一点元气，躺到床上，脑袋向外，脚心朝墙，开始踢起来。

明天就要送全天了，严月还是不放心，中午接郑舟的时候关照老师，尿不能憋过下午一点，饭后必须让他撒掉。老师说，我们会按规范训练他，好习惯是培养出来的，你要是不放心，就在家里自己带嘛。严月闭了嘴，没再说什么。

晚饭后，老费上来，问严月，郑舟是不是适应得不错？严月说是，眉梢带点温润的笑意，看上去心情挺好。老费说，那就好，能适应最好，那么明天，是不是要去一整天了？

严月点头，看了一眼躺在床上的郑舟，眉梢依然保留着笑意。郑舟在踢墙，频率不高，气力也不大，偶尔提起一条腿，朝着墙头蹬一脚，仿佛做了学生，学会了守纪律。老费咽了一口唾沫，要么，明天我调休一天，陪你去外面逛逛？

严月问，明天？你不上班啊？心里却闪过前天在美容一条街上瞥见的灰夹克。家乐福超市买的卤牛肉和猪舌头已经吃掉了，她没有请老费吃，理由是，不能随随便便打发人，既是表示感谢，就要隆重一些。这么想的时候，她是认真的，只是要等郑舟上学稳定了再说，也不知道哪一天有空，谁叫她这么忙碌呢？老费和她不一样，老费单身，没拖累，想做什么可以立即去做。比如去一趟“咪咪屋”，叫那个露肩膀抱宠物的发廊妹给他做个按摩，甚至享受某款比按摩更深入的服务。或者，约一个没什么钱也没什么姿色的女人出去逛逛，以显示他作为男人的派头……严月的想法有点醋味，可她打心眼里不认为灰夹克就是老费。十多年了，她还不了解他？可是老费这个人，也太正经了，照顾她们母子这么多年，怎么可能没有企图？竟从不明说。他不说清楚，她怎么能自投罗网？万一自作多情呢？万一他就是个热心人，就爱帮忙呢？当然，她严月更是个正经人，她还善良，她对老费的确有点依赖，且不说她是不是真的喜欢他，倘若真的要一起过日子，毕竟郑舟是累赘，她不能祸害老费。可是，郑明过上了新生活，以纠正他失败的旧生活；郑明生了第二个儿子，以弥补他第一个残障儿子的缺失……她却不可以。她一直以为一切都是自己的错，现在，她开始怀疑，到底是谁的过错？那个孩子，总跑医院，究竟得了什么病？会不会和郑舟一样？只会长高长胖，不会长大……

尖细的声音在耳边追问，好不好嘛，明天？出去逛逛？

严月猛醒，惊问，啊？逛什么？

你不是讲，没去过东方明珠，白白做个上海人吗？明天去一趟好不好？

床上的郑舟发出“哈”的一声，老费吓一跳，看一眼严月，没敢说下去。严月笑了，宝宝这是大喘气，你又不是没听见过，怕什么？

老费咳嗽了两声，说，我没怕。忽然放柔声音：对了，顺便讲一句，你的新发型，蛮好看的。

又细又软的声音，简直掐得出水来，任谁听了骨头都要酥掉。可老费说的时候是没有表情的，眼睛看着床上的郑舟，脸部肌肉僵硬。这让严月感觉有些假，夸一下她的发型有那么难吗？还“顺便讲一句”，又不说人话。严月撇撇嘴，头发烫了三天，前两天没听你讲嘛。

老费依然板着脸，前两天，还没习惯，今天觉得好看了。

床上的郑舟又“哈”了一声，老费点了点头，好吧，我不讲了，再讲他又要拿什么东西砸我了，明天上午我来叫你，去东方明珠。说着转身出门，郑舟在他身后发出一记长长的“哈——”，仿佛要与老费做一次口是心非的告别。

晚上八点半，老费开始洗冷水澡，一楼的走廊里，水槽边。严月在楼上听得清晰，老费每发出一声尖锐的呼啸，她就要轻轻打一个哆嗦，仿佛冷水是从自己的头上倾盆而下，毛孔全张开了。这一边，郑舟仰躺在床上，似是为配合楼下的老费，嘴里一记接一记发出“哈”“哈”的呼喊，双腿踢蹬墙壁，整栋房子发出“痛、痛、痛”的共鸣。

严月抚摸着郑舟肥嘟嘟的手臂，宝宝，妈妈明天要不要跟他去东方明珠？

墙壁发出两记“痛、痛”的回音。严月继续说，宝宝，明天你在学校里待一天，你要乖一点，放学回家妈妈给你烧好吃的小菜，你想吃什么？

墙壁再次回答：“痛、痛”。严月开菜单，妈妈给你买个沈大成的八宝饭要不要？

墙壁执着地回答：“痛”。严月继续报菜单，要不要给你买大肉包？乔家栅的……

墙壁没有回音，郑舟睡着了。楼下的声音也稀落下来，尖锐的呼啸声没了，满盆水冲下来的“哗啦”声也不再响起。老费洗完澡了，十多度的天，也不怕感冒，筋骨真是好，与他瘦削的身材和尖细的声音实在不般配。所以说，人不可貌相。严月心里这么想着，目光却落在郑舟身上。那么壮大的一只，闭着眼睛，粗重均匀的呼吸，嘴角微微上翘，似笑非笑的样子。她实在没法忍住，俯下身亲了亲他的脸蛋，喃喃道，要是给你生个弟弟，就有人陪你玩了，你是开心呢，还是不开心？宝宝？

这话她没说出口，她只是在心里问了问自己，问过就后悔了，捂住嘴，好像怕喉咙里的话飞出去，被他听去，也被楼下的男人听去。

这一晚，她睡得春梦连篇，一个男人压着她，脸埋在她肩头，她看不清是谁，气味像郑明，尖细的呻吟却分明是老费的。她久未负重的身体有些承受不住，可又不舍得推开，只努力撑着，深呼吸，深呼吸，浑身却火热，欲罢不能的躁动，因为没有弄清楚男人究竟是谁而放心不下，于是要挣扎，手脚却一丝气力都用不上……她是被自己的一声吼叫喊醒的，整个人果然被半拉庞大的身躯压着，郑舟的双腿正分跨在她腹部两侧，脑袋扑在她胸口。她气喘吁吁地搬开他的腿，用力在他的虎背熊腰上推了一把，半俯卧的身体顿时被推成仰躺的一大堆肉，叉开的双腿，棉布裤衩的裆部一摊潮湿。

严月脑袋"嗡"一下，血液上涌，脸也沸腾起来，一边去找干净的裤衩，一边在心里恶狠狠地骂，这不是牲畜了吗？戆大，面孔都不要……

她替他换内裤，他睡得沉沉的，任凭她摆弄。用力扒他的裤衩时，她还叨叨，这么大了还尿床，羞不羞？裤衩一褪下，那个犟头倔脑的家伙就支棱着跳出来，她看见了，一时半会儿还不肯偃旗息鼓。

叫你尿床，叫你尿床。她伸手在他屁股上打了两下，"啪、啪"的声音清脆而虚弱。好不容易把干净的裤衩拉到他的腰部，她大喘着坐在床沿，心里想，是不是应该和他分床睡了？一伸腰，还是在床外侧躺下了。

这一夜，严月再没睡着。郑舟上学这三天，她的失眠略有好转，可刚才那一出，搞得她又醒到天亮。脑子里各种想法，兜兜转转，最后转到同一个问题：郑明的小儿子，到底得了什么病？会不会和宝宝一样，只会长高长胖，不会长大成人？会不会不是我的错？可是，谁又说宝宝不会长大成人？刚才他还像牲畜一样……她忽然意识到，牲畜和长大成人，怎么能放在一起说呢？简直大逆不道。

七

老费带着严月坐上地铁三号线，又换二号线，陆家嘴出站，直到东方明珠底下，才发现人山人海，要排很长的队才能上到那几个莫名其妙的球。队伍拐了两个弯，起码有三五百人。看票价，进最高那个球要一百二十元，上下球都进一百六十元，要是再去太空舱，那就要二百二十元。严月说，这么多人，其实进去没多大意思的，站在底下看看就可以了。

老费说，很快的，你看队伍在移动，一个钟头应该能上。

人头济济的"东方明珠"脚下，两人随着队伍缓慢前进。严月穿一件半新休闲西装，枣红色，很多年前买的，为了参加同事的婚宴。那时候严月还在上班，郑舟还只是个六岁的小孩子，倘若带去吃喜酒，他是一点都不会吃亏的，他最出色的，就是吃，无休止地吃。不过她没带他去，要是在外面哭闹起来，就塌台了。还有，那时候郑明还没和她离婚，那时候，她身上还有些肉……现在穿这件衣服，显大了，不过配上脖子里的白丝巾，还是有少许靓丽的意思。

接近中午时分，太阳烈起来，严月解下丝巾，说，真是秋老虎，十一月了还这么热。她感觉老费的目光扫过她领口里袒露的脖子，一扭身，把一侧肩膀转到他眼前。老费愣了愣，一脸莫名，又站了一小会儿，说，今天游客真的有点多哦。

严月说，我早就讲不要上去了，两个人至少要二百四十块，二百四十块可以买十斤排骨了。

老费犹豫了，这个建设性意见可行。

又不说人话，还建设性意见，严月白了他一眼，不似往日那样不屑，倒有些娇嗔的意思。老费笑笑，少有的，习惯紧绷的脸皮像平静的湖面被薄风吹过，一阵荡漾。不知是天气热还是紧张，竟出了汗，有些波光粼粼。严月别过脸去，像是对老费那张难得开颜的脸不忍直视。

那我们去吃饭吧？老费率先从队伍里撤出来，严月紧随其后，两张油汗滴答的脸一致地朝向街对面的地铁站走去。重新坐上二号线，老费说，就一站路，我们去广东路上的老牌本帮饭店，德兴馆。

南京东路出站，过山东路口，车流密集，老费很自然地牵起严月的手。严月习惯性地想挣扎，却被他牢牢牵着。她被动地小碎步快走，一踉跄，踢到侧前方路人的脚后跟，慌忙说“对不起”，那人回头看了她一眼，叫道，咦？严月！

她一惊，定睛看，竟是郑明，身躯却被老费拖着快速往前。行人灯上的绿色小人儿飞快地划动手臂，仿佛在催促过斑马线的人“快走快走”。她回头看身后的男人，郑明推着一部婴儿车，随着人流也过了马路。

上到街沿，她甩脱老费的手，停下脚步。推着婴儿车的郑明尾随而来，微笑着打招呼，这么巧？说着向老费伸出手去，你好！

显然，郑明还记得老费，曾经的邻居。老费惊愕地瞪着眼睛，却也快速伸手。接下去，两个男人就站在街上寒暄起来。郑明说，你们，出来办事啊！目光里流露出心知肚明的领会。严月不答腔，低头看婴儿车。一个两三岁的孩子，胖乎乎的，皮肤白嫩得掐得出水来，大脑袋，圆脸蛋，脸庞宽阔，双目细小。严月心里一颤，长得和宝宝真像啊！宝宝这么大的时候，几乎和这个孩子一模一样……

严月强忍着没问出那句令她失眠的话，心脏却跳得越来越急促。

老费指了指婴儿车，问郑明，你的？小孩？

郑明咧嘴笑笑，有点尴尬，是。说完看了严月一眼。

这是带孩子出去玩？老费比平时活泛多了，仿佛与女人共同出现在她的前夫面前，他就有责任替代女人完成必要的礼尚往来。这问题，也是问到了严月的心坎里，她也很想知道，郑明为什么带着孩子在外面，上班日啊，又不是周末。

郑明说，带他去医院……

严月的心要蹿出喉咙口了，脸憋得通红。郑明的脸色却并无异样。

哦？我看这孩子胖乎乎的，挺好啊，为啥去医院？老费简直成了严月肚皮里的蛔虫，她想什么，他就替她问出来了。

胖有什么用？抵抗力特别差，前段时间肺炎，住了几天医院，上礼拜天去儿童乐园，玩得太疯，晚上就发烧了，还有三天针要打……郑明抚了抚婴儿车里孩子的脑袋，那孩子忽然伸出胖手，指着严月，一张嘴，发出一声“麻——麻”。郑明笑了笑说，他看见女人都喊妈妈。说着仿佛要证明两岁的孩子已达到应有的智商，指了指老费，冲婴儿车里的孩子说，宝宝，这个人，你喊啥？

孩子小眯眼看着老费，掀开嘴，喊了一声“巴——巴”。老费一脸严肃地回答，哎哎！你好，小朋友。

严月心脏揪了起来，眼圈也红了。郑明怎么能把这个孩子叫宝宝？哪怕世上的父母都把自己的孩子叫宝宝，他也不能把第二个儿子也叫宝宝啊！严月脸色严峻，却忍不住蹲下来，伸出手，在孩子的胖脸蛋上轻轻抚了一下。那孩子冲着她一笑，托开手臂，又是一声“麻——麻——”，像是要她抱的样子。

严月鼻子一酸，眼泪刹那间涌满眼眶。十六岁的郑舟，从未唤过她一声“妈妈”，从小到大，郑舟也从未冲着她做过张开双臂要她抱的动作。严月实在没法忍住，情不自禁地，脑袋凑上去，嘴唇贴到孩子脸蛋上，狠狠地亲了一下，亲完，突然意识到自己失态了，赶紧收了收眼泪，站起来，说，这个小囝，长得蛮好。

郑明垂着眼皮，似不敢看她，自嘲道，好什么呀，像我，小眼睛。接着，好像怕他们继续找话题，抢先说，那你们忙，我带孩子去打针。说着冲婴儿车说，宝宝，和大伯伯、大妈妈说拜拜！

孩子咧开嘴，奶声奶气地喊“拜拜”，露出两粒小门牙，还伸出胖手捏了捏，表示再见。

没等严月说话，郑明推起婴儿车，掉头。转身的刹那间，严月看见他眼尾密集的皱纹，以及花白的鬓角，鼻子又酸了一酸。老费尖细的嗓音掠过耳边，没毛病，这孩子没毛病。哎对了，他住黄浦区吗？难得出来一趟还遇到，也太巧了……

呼之欲出的眼泪在老费的絮叨声中迅速收干，“突突”急跳的心脏平息下来，她剜了他一眼，还吃不吃饭？快走吧。

重新开步时，她忍不住又回头看了一眼。郑明的背影，以及婴儿车，早已消失在远处“仁济医院”大门内的人群中。

老费兴致不错，不停地指着路边的建筑介绍，书城你进去过吧？没进去过？上海最大的书店，下次我带你去。

看，格致中学，老牌的重点高中，我当年就差五分没考进……

严月一言不发，那些让她失眠的蠢蠢欲动的念头，如同飘忽的肥皂泡遭遇一阵不算太大的风，统统破灭了。人家孩子只是抵抗力差，并没有痴呆；人家孩子只是偶尔患个肺炎发个烧，并没有智障；人家孩子刚两岁，已经会区分女人和男人，会喊“妈妈”和“爸爸”，会说“拜拜”，会张开双臂要大人抱。真是和宝宝一个模子里刻出来的，那么像，简直就是两岁的郑舟，只不过，郑舟永远停留在两岁，郑舟是长不大的。人家孩子长着长着，终有一天会长大……

老费导游般的讲解还在继续，你看这一家，老正兴菜馆，也是老牌本帮菜，不过不如德兴馆。我和你讲噢，老正兴呢，一道葱烤鲫鱼是当家菜，别的都很一般。德兴馆更好，菜式全，价格还不贵……老费有点兴奋，话说个不停，尖锐的声音持续剐蹭着严月的耳膜。她侧脸看他，严肃的瘦脸，汗津津的，即便成了话痨，表情还保持着一贯的郑重其事。

严月打断他，老费，你属什么？

老费指着自己的胸口，我？属牛，你不晓得吗？对哦，我好像没说过我几岁。

严月迅速算出老费今年四十五岁，其实不老，四十五岁的男人，要是想要孩子，完全可以。她属蛇，比他小四岁，再养一个孩子，也不是不可以……刚想了个开头，就强行打住自己，她没那么贱，男人不挑明，难不成要她倒追他？不可能的。

不过，严月还是松了松脸皮，把面部表情尽量放柔和，说话的语气也软了几许，属牛，会不会辛苦？

老费很难得地“扑哧”笑出来，我是四月的牛，草长莺飞的季节，不会饿肚子的，命不要太好噢。尖嗓子带着笑，瞬间爆破，严月的耳膜都要被剐伤了。她不自觉地皱了皱眉头，又强行让自己展开眉头。

十五分钟后，两人进入德兴馆，二楼，老式八仙桌，折角落座。老费拿起菜单，熟门熟路地点了三道菜，四喜烤麸、响油鳝丝、香菇菜心，又说，还应该点一道汤，德兴馆的腌笃鲜是招牌，不过现在不是春天，竹笋不是新鲜的，所以，就点一道连汤带水的甜点吧，酒酿小圆子……严月扭着脖子看菜单，老费点一个菜，她就在心里加一个数，最后结出总价，两百三十八元，没有超过两张东方明珠最低门票价，看来两百四十元是他今天请客的底线。严月捏了捏扭得发酸的脖子，忽然张口说，我们，吃一条鱼吧？

老费愣了一下，很快恢复自然，好啊，你看，吃什么鱼？葱烤鲫鱼如何？

严月刚才瞥过菜单，葱烤鲫鱼三十八元，清蒸鳜鱼九十八元。她说，葱烤鲫鱼不是老正兴的当家菜吗？以后去老正兴吃好了，我们吃清蒸鳜鱼吧？

老费又愣了一下，这回恢复得慢，一时没有应答。严月有些气恼，说话却保持温和，其实，这顿饭，我想好了，我请你，我本来就想谢你，我们宝宝的事，你费心了……

老费急了，声音高了两个音阶，诶诶，这怎么可以？你一个女人，没工作，没收入，怎么能叫你请客？我是想，清蒸鱼必须要新鲜的，最好叫后厨把活鱼拿出来看一看。可是看完了，他们拿去做了，你又怎么晓得，最后上桌的那条鱼，就是我们看过的那一条呢？所以，吃清蒸鱼是顶容易被斩的……

严月没说话，心里的恼火偃息了一点点。老费放低嗓音，几乎用气声说，小月，你要吃鱼，下次我们去菜场买活鱼，我做给你吃。

严月点了点头，却还是不能肯定这算不算他的表白。这个男人，声音是真的不好听，可是，过日子倒认真，不挥霍，不奢靡，其实更实惠……还是只想了一个开头就被自己打住，话却说得暖热了好几度，清蒸鱼，我也做得蛮好的，下次你尝尝我做的。

最后，葱烤鲫鱼抑或清蒸鳜鱼都没机会上他们的餐桌。第一道菜来了，四喜烤麸，老费拿起筷子，轻声说，小月，吃啊！

严月微笑，抽出筷子。服务员端上第二道菜的时候，手机来电音乐响起，严月放下筷子接听，一边听一边站起来，挂下电话时，脸已经白了，宝宝从学校逃出去了。说着转身朝饭店外面跑，老费冲着她背影喊，等等，我和你一道去。她哪里顾得上，早就一头从玻璃门里蹿了出去。

严月小跑着穿过大街，踏上对面街沿时，回头朝饭店大门看了一眼。老费没有追出来，老费动作没这么快，菜只上了两道，也不可能这么快就结完账跑出来。再说，郑舟是她的儿子，不是老费的。对啊，第二道上桌的是什么菜？响油鳝丝？她都没来得及看一眼就跑出了饭店，连一道好菜都要与她擦肩而过，她可真是个没福分的女人！

这么想的时候，严月忽然感觉身陷子夜般的黑暗，但她并不觉得焦急和恐惧，她早就无数次想象过这样的时刻，黑暗迟早会来临，她一直等待着，现在终于来了。严月竟放慢了脚步，广东路上一长溜小杂货店在她身侧移动，浙江路上的新疆餐馆飘出一股股羊肉孜然味儿的风，南京东路步行街上的人流与她逆向而行，地铁口就在前面，她快走几步，一脚跨进黑暗的洞口。热辣的太阳立即不见了，黑洞里灯火通明，黑洞里有很多条长蛇，它们每天在黑暗中奔驰，可它们的目的地不是更黑暗的深处，而是黑暗尽头灯火辉煌的站台……严月抓着地铁车厢里的吊环，脑中各种莫名其妙的想法跳来跳去，到站时，她才惊觉自己在这么紧张的时刻，竟没有想想郑舟可能去哪里，好像，她也并没有为郑舟丢了而着急，为什么会这样？她究竟要干什么……严月惊恐地发现，自己就像一列在黑洞中飞驰的地铁。地铁开得那么快，不是因为着急，地铁是注定了要奔向灯火通明的站台的。

八

直到跑进学校大门，严月才重新焦急起来，发自肺腑的焦急。班主任一脸严峻，上午活动课，都在篮球场上玩，回教室数人头，不见了。我们已经四处找了一圈，没找到，家长更了解自己的小孩，你也快去找吧。

没找到你们就不找了？严月脱口而出。

班主任的眼睛里立即冒出锋利的光芒，我们三个老师都在外面找，总不能丢下一个班，所有人都去找两个孩子吧？

两个孩子？

不是郑舟一个人，还有毛桔，毛桔也不见了。

毛桔是谁？

郑舟的同桌，唐氏儿，班主任说。严月立即想起第一天送郑舟来时看见的那张欢天喜地的肥圆大脸，嘴角下撇，双眼几乎扯到耳腮，额头上嵌着三五道深刻而又粗壮的皱纹……虽然唐氏儿长得都一样，可还是一眼就能分辨出毛桔是女孩。严月的心脏快要跳出嗓子了，连说，我去找、我去找，枣红色身躯一百八十度旋转，朝学校大门外跑去。

严月马不停蹄地在学校与家之间的几条马路间奔走，但凡带郑舟去过的地方，油酱店、便利店、药店、社保中心、街道医院，连弄堂外面巴掌大的简易厕所都没放过，几乎每一处犄角旮旯她都找了，自然是没有。学校也没给她打电话，肯定也是没找到。

她想到了郑明，要不要打电话给他，他知道儿子丢了会不会着急？会不会跑来和她一起找？不不，不可能，他已经有了第二个孩子，虽然这个孩子抵抗力差，患过肺炎，这两天还在发烧，但这个孩子已经会喊爸爸妈妈，会说拜拜，这个孩子还会张开手臂要大人抱，这个孩子不是郑舟，郑舟不会喊妈妈，也不会主动要她抱……

她想到老费，这个像救世主一样出现在她生活里的男人，一个半小时前，他们还坐在一张餐桌上准备共进午餐，三个小时前他们还试图一起参观上海的标志性建筑东方明珠。虽然他们没有进东方明珠，他们连饭都没吃完，第二道上桌的菜是响油鳝丝、香菇菜心，还是酒酿小圆子？她都没来得及看清，他们就散了。可她还是摸出手机，开始拨打老费的电话。这种时候，她能找的人只有老费了。她甚至觉得，事情变成这样，老费是有过错的。倘若他不鼓动她把郑舟送去阳光学校，倘若是她自己在家照顾，郑舟能丢吗？还有，这么多年来，郑舟从床上摔下来这件事，除了她，只有老费知道。她不找老费，还能找谁？

严月拨了很多遍老费的号码，始终是无人接听的提示语言，反反复复。已是将近三点的下午，严月第三次扫雷般过了一遍周边街道，再没有迈步的力气，她确乎认定要放弃了，便果真一步都跨不出去，就这么孤零零地站在街上，眼泪“哗”一下涌出来。

严月不敢回学校，她害怕和不相干的人一起承受这个过程，她心里已经绝望，却还要和别人一样表现出积极的样子，她做不到了。两岁以后的宝宝，她一向对他抱着消极的心态，她只想着，把他养大，只要养大就好了。她伺候他，给他吃，给他喝，给他洗澡，给他换干净的衣服……她把他照顾得很好，他也从不介意她的消极态度，渐渐把自己长成了一个十六岁胖大的人。医生说，照顾得好，痴呆儿的寿命和正常人差不多，甚至比正常人还活得久。这真是一个好消息，可也是噩耗。她把他照顾得再好，他也是个永远医不好的病人，所以，把他越养越大，她就越来越想着，无论如何，她要比他多活一天。要是她死在他前面，他就会变成一个凄惨的傻瓜，他会饿死、病死、流浪而死。所以，把他越养越大，她就越来越看不到黑暗的尽头。把他养大，一点儿都不好！

严月站在街边落了一通眼泪，终于还是拖着脚步，朝更远的家乐福方向走去。无论能不能找到郑舟，她都不可以回家，也不可以回学校，要不老师会怎么说？别人都在满世界找人，你却回来了？你到底想干什么？

严月经常会这么问自己，你到底想干什么？她养了他十六年，有多少次想过，要用五瓶咳嗽糖浆让他睡着，然后再也醒不过来；有多少次想过，他玩她的白丝巾的时候，把自己的脖子缠上了，越缠越紧，最后，死死地勒住脖子，脖子下面的胸腔里，心脏渐渐停下了跳动；有多少次想过，趁他睡着的时候出门买东西，二十分钟，很快的，煤气灶上小火炖的排骨汤不用撤掉。而她一出街，就被一辆自行车撞了，对，不是汽车，是自行车，她流血了，被送去医院，没事没事，皮外伤而已，包扎一下，可以回家了。接下去的一幕，是在家里，煤气灶火被溢出来的汤扑灭了，满屋异味，地板中央，庞大的身躯扑倒在地，像一头中弹的大熊……可是这些事，一件都没发生过，她几乎把所有危险隔离在他伸手可及的范围之外，开水、煤气、药瓶、玻璃杯……她小心翼翼、如履薄冰，每一秒钟都保持警惕，睡觉都不敢闭眼睛，她对他所有的悉心照顾，结果却是奔着她所希望的相反方向去，也许，他真的会比她活得更长。可这难道不是她希望的？她是真心的，要把他养大，养得又高又胖，养到他迈开腿，就能找到回家的路……

回家的路！严月一闪念，直觉掠过脑际。有电话打进来，是阳光学校的班主任，郑舟妈妈，还没找到吗？你带上郑舟的身份证，去派出所报案，我们让毛桔家长也去报案。

班主任看不见严月在电话这边点头，班主任只能听见严月带着哭腔说，好，我去报案。

挂下电话，折身往回，身侧的玻璃墙内，一轮瘦削的深灰色夹克闪过，个子不高的男人，一贯的姿势，低头，夹紧双臂。灰夹克一佝身，闪进了街边一家店铺，外墙玻璃的招牌上，写着“咪咪屋”。

严月这才发现，自己已经走在一公里外的美容街上，去家乐福超市的必经之路，前前后后，更多美容足浴店静静地坐落在这条街上，“曼丽发廊”“容颜趣”“仙水足浴”……严月没有看清灰夹克究竟是不是老费，但她还是自言自语了一句：“不要面孔。”这回，她没有在心里强调老费是个正经人，十多年了，他从没对她做过出格的事，认识老费那么久，她还不了解他？又不是牲畜，随便找个母的就能解决问题……这些她都没有想，更没有要进“咪咪屋”去看个究竟的冲动，她只在心里骂了第二遍“不要面孔”，并且狠狠地想，宝宝丢了，我要去报案，我没时间，等以后——没有以后了！

严月心底里升起一股英雄主义的悲情和决绝，这么多年来，她守着一个摔坏的宝宝，独自承受着上天对她的惩罚，她什么时候有过侥幸的奢望了？倘若郑舟真的出事，不追究学校责任，不怪老费，不怪郑明，不怪任何人，只怪我自己！

这么想着，严月很理智、很果断地向回家方向迈开了脚步。

九

弄堂里几乎没有人，上班的还没下班，上学的还没放学，下午四点不到，是一天中最寂静的时刻，再过一个小时，这寂静就会被涌动的人声击破，就会变得嘈杂混乱。严月穿过弄堂，偶尔听见某扇窗户里传出麻将牌碰擦的声音，还有头顶上的电线杆子发出的“嗡嗡”声，也许是电流，也许只是风。一米宽的窄弄，纵横交错的黑色电话线、网线趿拉悬挂在夹沟上端，像没打扫干净的蛛网。严月走得轻手轻脚，并不急促的小碎步，她自告不能走得太慢，可又不能太急，慢了她心里过不去，快了，快了就会……某种无法预测的可能性在她的意识之外早已生成，开步的节奏变得战战兢兢。她怕遇见熟人，怕那人擦肩而过时顺口问她：舟舟呢？怎么不带儿子？

她不想回答郑舟丢了，不管郑舟有没有丢，她都要为满足邻居的好奇心而解释，那是最烦人的事。她只想悄无声息地回到家里，上楼梯，进屋，身份证就在床头柜抽屉里，拿出来，放进口袋，再悄无声息地出门，去派出所……也许，不需要这道程序，不用去派出所，不用报案……严月不自觉地放慢走路的速度，离家越来越近，情绪越来越稳定，惊惶感渐渐消退，随之出现的，是一种有备而来的无可奈何，以及准备迎接最坏的结果的平静，不，是比最坏还要坏的结果，是一切安好，而又一切照旧。

那栋老式居民楼就在十米开外的前方，老费每晚八点洗冷水澡的水池，正方敦敦地站在弄堂底端的楼道里，很是憨厚老实的样子。严月看着水池暗骂，假正经！然后，挨过最后十米，闻着一股熟悉的尿臊味儿，进到楼梯口，并未犹豫，抬脚朝二楼拾级而上。走至楼梯拐角，严月抬头仰望，家门直挺挺敞开着。

神奇的预感应验了，心脏狂跳起来，力气却似用尽，心里想着快一点、快一点，上楼的速度却愈发慢下来。楼梯并不陡峭，严月几乎手脚并用，气喘吁吁爬到门口，惊喜突如其来，她在心里喊，宝宝在家，宝宝自己回家了……但她究竟没有发出任何声音，她按捺住狂跳的心，同时，一种坐实了的绝望，伴随着刚刚冒头的惊喜，兜头兜面地罩下来，把她罩进了一个没有一丝光亮的黑洞。

严月止步在家门口，她听见来自屋内墙角的声音，看不见，却能听出来，是断断续续的、低沉的呼啸："哈——哈——"不止一个声音，还有一个，似笑非笑，似哭非哭，像遭受了创痛的呜咽，又像品尝了美味的叹息，还掺杂着一两下震动，还有那堵饱经沧桑的墙壁被踢蹬之后"痛、痛"的唏嘘。她不知道她视线无法抵达的地方正在发生什么，她能看见的，就是一张正对家门的饭桌，以及饭桌边散落的几件衣服。

严月没有进屋，她甚至没有往门里探脑袋，只是伸出手，抓住门把，快速地、轻捷地，带上了敞开的家门。她把自己关在家门外，她像一个给儿子娶上媳妇的婆婆，新婚之夜，把所有可能的干扰关在了洞房之外。她并没有看见屋内的情形，可她能听见呜呜咽咽、呼呼哈哈的声音隐约传出，此起彼伏。她还感觉到了脚底的震动，那么胖大的人，每一次踢蹬墙壁，整栋房子都忍不住要抖三抖的……她站在门口，像一个为某场秘密会议望风的守门人，却不是一个胸有成竹的守门人，因为紧张，额角冒出汗珠，想脱掉身上的枣红色小西装，可又莫名地不舍得脱，脑子里竟冒出荒唐的想法：穿这身衣裳，真的很像要去参加谁的婚宴呢。

她还有更多的问题要问郑舟：

宝宝，你是怎么进家门的？早上送你去上学，我记得是锁了门的呀！

宝宝，你从来不会喊一声妈妈，可你怎么就晓得寻女人呢？

宝宝，你把毛桔带回家了？毛桔算个女人吗？这不是和牲畜一样了吗？她父母要是找我算账，我怎么办？

宝宝，我以为你只会长高长胖，不会长大成人，是我想错了？可是，长大成人了，就不该和牲畜一样了，不是吗？

……

所有的问题，她的儿子都不可能给她解答。

严月叹了口气，在狭窄的楼梯台阶上坐下来，她解下白丝巾，擦了擦脖子里沁出的汗，眼睛一热，泪水怦然涌出。她又用擦过汗的白丝巾擦了擦眼角，那种死心塌地、问心无愧的绝望感再一次洪水般冲撞而来。她想，做个人，到底不是地铁，地铁在黑洞里飞驰，方向是灯火通明的站台，人却不是。

半小时后，屋里变得安静了，墙壁的“痛、痛”声没有了，两个“哼哼哈哈”的人声也有一搭没一搭地稀落下来，大概是玩着玩着，玩累了，就睡着了。

严月捏着皱巴巴的丝巾，撑住膝盖站起来，准备推门进屋。犹豫了一下，摸出手机。应该先给班主任打个电话，告诉学校，孩子找到了，两个，都在。手指头触碰到手机屏幕，点下的却是老费的号码。

严月有些心虚，她不敢独自面对阳光学校的老师和毛桔的家长，她需要有个“自己人”站在身边。她能找的人，或者说，她愿意找的人，只有老费。尽管她不止一次在心里骂过那个疑似老费的灰夹克“不要面孔”，尽管她还暗想过和他“没有以后”了，但此刻，严月的头脑却异常清醒和冷静。她想，这么多年过去了，郑舟从床上摔下来这件事，除了她，只有老费知道。

（原载《长江文艺》2019 年第 1 期）

画魂

计文君

十几年前，我在开封读书的时候，认识了老丁。他当时写小说，写得还算不错——出于社交礼仪和某些尚存实体的出版物证据姑且这么表述吧。

我毕业之后分到一家文学杂志当编辑，同时开启了自己的文学批评道路。老丁是我当时的主要批评对象。最初他瞪着眼睛，艰难地试图听懂我满是学术“黑话”的意见，很快就放弃了，说听不懂我在说什么——“你就直接说好不好吧？”

我说不好。

老丁说你放屁。

我很快发现，批评家和作家之间对话的基本模板，即是如此。

几年后，我离开了那家杂志，去北京读博了，毕业后留在了北京一家学术刊物。我的文学批评对象里，再也没有出现老丁这样似是而非的作家。不知道为什么，心里还会惦记老丁的小说，只是在出版物上再也没有见过。

老丁办了内退，开始倒腾古玩收藏。我也趋时，附庸风雅地弄些木头串儿在手上，和老丁时不时还有联系，问及小说，他说忙，没时间写了。

他的古玩店生意红火过一阵子，虽然那个“古”字实在可疑。这几年偶尔在微信朋友圈里看他兜售一些真伪难辨的存货。今年我去郑州开会，顺便回开封，去了他的店里，看到店门口添了个卖饮料的冰柜。

我记得他卖过扇骨，就问他，还有吗？老丁从一个积尘的纸箱子里扒拉出了三把十一档的扇骨，在T恤上蹭干净了，递给我。我想问多少钱，他打着哈哈——“自己兄弟，什么钱不钱的……”老丁媳妇在柜台后面用一台电脑在看画面俗艳的古装剧，进门时抬了一下头，这会儿又抬了一下头。

我颇有眼力地刹住话头，没话找话地问老丁还有没有写小说。老丁说没那心气儿了。如今他的日子，早上去桥头喝羊汤，然后泡澡下棋，中午几个小菜一碗捞面半斤酒晕乎乎睡到下午三四点，从澡堂出来，夜市鸡血汤黄焖鱼再次醉饱回家睡觉。他不经常来店里，平时都是老婆看店——说着推着我到了店门外，点了支烟，问我要了一千块钱。

老丁，也不比我老多少，刚刚五十。

我拿着扇骨回到北京，给了一位书法家朋友——他要给我写幅扇面。那位书法家看了扇骨，问了价钱，就说老丁手里要是还有，有多少他要多少。

老丁寄来了五把玉竹的，三把油竹的，还有两把湘妃竹的坤扇扇骨，没说价钱，让书法家随便给——朋友的朋友，也是朋友。我不会处理这样的事，就把老丁的微信推给书法家，让他们直接联系了。

老丁后来告诉我，书法家从他手里买了两万块钱的东西——他在电话里顿了一下，又说，我把手里的东西，都换成了钱。

我听不出他的声音是悲是喜，接着他说——我最后写的那篇小说，编辑让我改，我没改，发给你看——你说我瞎编。我跟你说，前两天网上的新闻，《东京梦华录》最后那幅画，找着了！

我愣了。《东京梦华录》那十二幅画在汴绣、团扇、笔筒甚至白酒包装上早就为人熟识，很多卖旅游纪念品的店里，很容易见到用这些极富装饰感的工笔画设计的产品。每次看见，我脑子里就会浮现出某些来源不明的情节片段——原来是老丁的虚构。

我立刻说，你把小说发我，我再看一遍。

老丁说小说稿子他已经没有了，电脑里倒来倒去，不知道怎么就没了。如今他连电脑都不用了，只看手机。

我挂了电话，想想，打开电脑。我从来不清理电子邮箱，于是，我从邮箱里搜出了老丁发我的那篇小说。

一 《东京梦华录》和丁

没什么事，会无缘无故地发生。

那天电视里播了一条新闻。

“……此次拍卖会上，国画大师柴扉法师的一件作品首次在公众面前露面，并以七百五十万欧元的价格拍出……”

室内呼噜呼噜吃面声停止了，门外嘈杂的人声也消失了，新闻主播的声音更加清晰、冷静，甚至有点漠然。

“……有专家提出，这件作品极有可能是柴扉法师于上世纪初创作的著名系列画作《东京梦华录》中佚失的一幅。柴扉法师绘画艺术研究会主席、著名国画家吕梦启先生在接受记者采访时对这一意见持保留态度，但他说，这件作品充分展示了柴扉法师炉火纯青的工笔画技艺……”

丁原本埋在巨大烩面碗上的脸有点费力地仰着，一动不动盯着电视屏幕。这条新闻很快结束了，接下去说的是国际羽毛球公开赛。他垂下眼皮，浮在烩面汤上的红色油花围着他拄在碗里的筷子转，仿佛在催促丁。丁机械地用筷子捞起一根海带塞进嘴里咀嚼着。

他同时也在咀嚼自己的念头。脑子里的念头也像嘴里的海带一样柔韧、光滑，坚硬的牙齿也无法很快粉碎它。

丁把那根没嚼烂的海带吞了下去，那个念头跟着扎进了心里。

丁端起巨大的白瓷碗咕咚咚连稀带稠灌下去，站起来的同时，从裤兜里摸出烟来叼在嘴里，抓起面碗走出房门，点烟的同时咣当用脚带上了门。

丁用力嘬了口烟，咕咚一声把那口浓稠的烟雾咽了下去。在门外停顿的瞬间，其实是他犹豫的时间。很短，短得他自己都没意识到自己在犹豫。他以为自己是毫不犹豫地开始了行动。

楼下羊肉馆招牌上的灯刚亮起来，丁在门口招呼了声，把手里的面碗丢在空桌子上，老板应声的时候丁已经走出十几步去。

再走十几步，就是那家叫“地球村”的网吧，丁进去，找了把橘红的软垫椅子坐下来。

右手边的座位上，一个穿灰白运动衣的男孩趴在电脑前睡觉，后脑勺上头发很短，屏幕的光让丁能看见那黑黑发茬下的头皮。等自己面前的电脑启动时，丁忍不住又去看那孩子的后脑勺，温和的弧度，向下就是纤瘦的脖颈——和小梵一模一样……

丁在搜索框里敲下了“东京梦华录”几个字。

那个叫作小梵的男孩，让他和《东京梦华录》产生了联系——在今天晚上之前，在丁听到那则新闻之前，他还不知道这联系对自己的意义。

七百五十万欧元，将近八千万人民币。——丁的生命里，要有大事情发生了。

东方书库，《东京梦华录》，宋，孟元老著……原来还有本书也叫《东京梦华录》……当当网上书店，《东京梦华录》，宋……丁找的不是书，是画。丁又返回到搜索页，在“东京梦华录”后面加上了“柴扉法师”四个字。

柴扉法师，一九二五年在杭州灵隐寺圆寂的国画大师……柴扉法师和他的《东京梦华录》……丁点上烟，耐心而细致地开始了在成千上万条相关信息间的寻找。

三个小时之后，丁抽完了带来的烟，起身，活动僵硬的腿脚，一扭头，趴着睡觉的男孩子不知道什么时候离开了。

丁心里一抽，他立刻勒住了瞎跑的念头，走到网吧门口，从老板那儿买了一盒烟和一瓶矿泉水，又回到了座位上，继续研究刚才找到的资料。

电脑屏幕上是《东京梦华录》系列画作的第一幅“朱雀门外”。

那画面密密麻麻花团锦簇，画面的上方是中间开着花的街道。

把那一块拉大，可以看见花的细部，上面横斜的开在树枝上白色的花正在飘落，街道的中心有水沟，沟里是荷叶，荷花只是花苞，碧绿的叶子和茎上是粉白的花苞，粉白的花苞顶上是一点鲜红……

这条开花的街上并没有人，一座标了“看街亭”字样的带顶的过街天桥般的建筑下面就是普通的街巷，人群如织，楼馆林立，门外有幡幌，有招牌，招牌上的字放大都可以看到，“熟药惠民南局”“清风楼酒店”“南熏馆”……

有寺庙的一角红墙和飞檐入画，庙前有高举香烛弓腰行礼的人，其中一个人的衣襟被个小孩扯着，孩子扭着头，笑得狡黠，却还是孩子的狡黠。他是画面中间唯一被仔细正面描画神情的人物。

画面的右下角出现了柳树，遮蔽了街道的衔接处。最有意思的地方也在画的下部，那里出现了猪群，让人感觉是从画的外面被赶进画里来的，挤挤扛扛的猪群里有一个抱着鞭子戴着草帽的赶猪人。

丁的手指轻点鼠标，向后翻页。那被总称为《东京梦华录》的一幅幅画在屏幕上逐个闪过。丁以为这些画和同样到处可见的《清明上河图》一样，是千年前古人留下的，原来还不到百年。

柴扉法师出家后，用十五年的时间完成了十二幅——这是一种说法，另一种说法是十三幅——老和尚画这样的画……他给自己建了一座充满鲜花、美人、美食和欢乐的繁华城市……那座城市在丁的脚底下。

繁华如梦的东京在黑沉沉的地下，地上是破落的开封。丁租住在破落的开封城的边上，一座郊区农民自己搭建的摇摇欲坠的违章建筑里。他的邻居都是些让人不放心的人，当然，丁也不认为自己就是一个让人放心的人。

丁租下这里的时候，有一份工作，在附近公园里推销治疗阳痿和风湿痛的药，也会穿起白大褂在小区里冒充大夫给老头儿老太太们量血压测血糖，卖给他们能治疗一切心脑血管病的治疗仪。后来雇他的人消失了，丁一时也没再去找工作，他待在出租屋里开着电视想事情，或者应该说，思考。

那台旧电视是这屋里最为奢华的配置，房东以此为由不让丁就房租讲价，丁接受了。丁并不喜欢看电视，尤其不看电视剧，可他在屋里待着就整天开着电视，他想让房子里有点人声，同时抵御屋外猝不及防的人声，电视里的人声来得方便且安全。

有时候丁也看两眼电视。丁看电视是反过来看的，如果电视上说哪里好，一定是得了哪里的钱，而哪里肯定就不怎么样；电视上说做什么样的人光荣，其实做那种人一定会被人耻笑；电视说少吃肉能预防高血压，丁的奶奶一辈子不沾荤腥，凉拌菜连香油都不能放，以前是因为没的吃，后来有的吃了她的味觉却不能接受这种强刺激了，可她死于高血压引起的脑出血……总之，把电视上的判断加以否定和批判，丁觉得才能获得世界的真相。

这种批判能力让丁觉得自己独特、深刻而高明。

更多的时候，丁只是让电视在背后白白地响着，自己躺着思考。

他躺在一张床垫上，房东提供的床一翻身就吱嘎作响，影响他思考，他索性把床垫拖到了地上。他有一床薄被子，夏天盖起来太热，而如今这样的天气后半夜竟又觉得冷了，一年中他的被子让他觉得舒适的时间很短。

丁几乎是躺在地上，他视野中的两面墙壁和天花板显得格外高远，高远的墙壁和天花板上有大大小小的圈圈点点，那是污渍潮斑和剥落的灰皮留下的痕迹，他神色凝重地用目光追逐着那些斑点和线条。

他很喜欢对面墙角，一道粗大虬曲的污痕，有阳光的时候能看到斑驳的苍绿和姜黄，灯光下却是黑色的，在墙缝里蜿蜒了一半斜伸出去，连着对面墙上方和天花板上深黑的潮斑和浅一色的灰皮剥落的痕迹，丁觉得那是棵早春二月结满榆钱的老榆树。

丁看这棵榆树的时候，通常带点儿惆怅，老榆树关乎童年、故乡和母亲，因为都逝去了，所以完整地保存在丁的记忆里，并且经过记忆的过滤成为纯净温和的诗意印象。丁带着他关于老榆树的记忆，像旅行者带着质量很好的旅游水壶，累且渴的时候，能从里面倒出热腾腾香喷喷在家就沏好的茶，啜一口，茶味依旧。

在屋顶的正中，可能以前装过吊灯，现在剥落了一大块接近圆形的灰皮，不是圆，如果仔细看，那是两个交叠衔接的大半圆，中间微微凹进去一点儿，有点儿像没有心尖儿的心，或者是没有把的苹果。终于有一天，丁看清楚了，那是个女人的屁股，丰腴的健康的结实有力的美丽的屁股，女人一生中最好时候的屁股……

丁并不总是盯着看看自己头顶的“女人屁股”。丁不放纵自己，像所有志向远大的人物一样。

后面一条街，有间足疗店，推销治疗仪那段日子，他去过几次，半个小时或者四十分钟后从里面出来，那感觉很像舒舒服服泡了回澡堂子——最近，他戒绝了这种消磨斗志的恶习。

出狱两年了。

有时候焦急一阵袭来，丁像被电到了，会一下子从床垫跃起，起得太猛会头晕，丁在晕眩中感到恐慌。他哆嗦着连着抽几支烟，告诉自己沉住气，沉住气，一定会有机会的。丁觉得自己缺少的只是机会，他拥有成功所必需的能量、勇气和想象力，他还有着惊人的记忆力和敏锐的观察力，他只缺机会。

机会就在这个晚上从天而降，遥远欧洲一场拍卖会的新闻，带来了丁苦苦等待的机会。想到这儿，丁的手又开始哆嗦了，不是因为恐慌，恰恰相反，是因为跃跃欲试的渴望。

三四个小时的搜索和寻找，那是丁在大胆假设之后开始的小心求证。他在众多的、关于柴扉法师和《东京梦华录》的资料记载、趣闻逸事中推敲着关于那幅画的故事。

二　第十三幅画的故事

桂花落的时候，树下石桌上满是粟米样的黄色花粒，空气里的甜香让人不安，太美好的东西总是让人不安，譬如柴扉法师刚刚完成的画。

浙江省立师范的女学生们小心地展开画，轻微地发出些声息，像是赞叹，又像是惊慌，她们看到了画里的自己，在柴扉法师说的名为《金明池开》和《上元节夜》的画里。

《金明池开》画的是皇家园林琼林苑向官宦和百姓开放的情形，她们在里面是游春的雍容贵妇和俏朗小家女，而在《上元节夜》里，她们是装饰了鹅儿雪柳黄金缕、半醉归家的佳人。但她们没有说话，而是看向老师——她们的老师是柴扉法师的好友，是老师荐她们来给柴扉法师做模特的。

老师看着她们，让她们先说说看画的感觉。

四五个女生互相看了看，一个怯生生地说，很奇怪，觉得画里的自己是真的，而真的自己倒像个影子似的，看一眼画，人都觉得轻了。

老师笑着说，画到勾魂摄魄的境地，怕人呀！

柴扉法师疲倦的脸上浮出层笑，那笑浅而薄，像池水上的微波，但并不是出于礼貌的敷衍。软心肠的女生看到法师眼睛里的眷恋和哀愁都不觉心酸起来。法师起身给她们行了个礼，说，一年来，频繁往返，辛苦，多谢了。

老师让女生们收起了画，那些女孩子也像被解了咒语一般活泼起来。

老师和柴扉法师起身去了禅房。穿过庭院时，老师说，从第一幅《朱雀门外》动笔到第十二幅《上元节夜》完工，十二年，《东京梦华录》总算是画完了。

柴扉法师说，还没有，还有一幅，这幅画要是不画，前面那十二幅就白画了。

老师看着柴扉法师，法师没再说下去，老师也就不问了。

一年过后，老师又问起第十三幅画，柴扉法师摇摇头，说还没动笔。

到了夏天，老师每年暑假照例在寺里待上十天半月的，他还没看到柴扉法师画那最后一幅画。柴扉法师的身体更加消瘦了，他还持着律宗的戒，过午不食。老师想，柴扉恐怕没有气力再画那第十三幅画了。

当他离开寺院回学校去时，柴扉法师送他到山门。山门外，他们遇到一个女子，穿着素净的竹布旗袍，手里握着香烛，低着头一步一阶地走过来。走到他们近前的时候，她抬眼看了看他们。

虽然她穿着素净的竹布旗袍，饱经世事的老师还是看得出，这是个一身红尘的女子。一身红尘来佛前祈求的女子，太多了。老师辞别柴扉法师，离开了。

后来，那女子就在寺里住了下来，柴扉法师也开始画《东京梦华录》的第十三幅画。

一年半过去了，一天黄昏，寺里的一个小沙弥跑到学校来找老师，说柴扉法师请他即刻去。老师冒着冬日的寒雨赶到寺里，寺里正在做道场，小沙弥说是超度那个女子，她前天在寺里死去了。

老师在柴扉法师的画上又见到了她，老师觉得，她不是死了，而是活进了画里——前面那十二幅锦绣一样洋溢着喜乐和美的画都是红尘，而第十三幅画，画的一双在红尘里仰望的眼睛……

对画良久，老师有了迎风而立襟发飘扬摇摇晃晃几乎站立不稳的恍惚，他折起了画，耳边呼呼的风声也停止了。

他一言不发看着柴扉法师，法师的脸庞在灯下泛着奇异的光，他把那幅画赠给了老师。以前的十二幅，也被他这样送掉，花落云散地不知道流到哪里去了。老师走下山门前的台阶。

入夜，雨凝成雪珠，飒飒瑟瑟地落在树上，地上。寺里的云板突然敲响了，四下，老师知道，柴扉法师圆寂了。

上面那个女子活进了第十三幅画的故事，是小梵告诉丁的。

有记载说，柴扉法师并没创作传说中的第十三幅画。但南社诗人柳十湘为柴扉法师画册所写的著名跋记《情僧录》中记载，他最后一次拜谒柴扉法师，法师正呕心作第十三幅画，他说要用这幅画来“破梦”。柳十湘不曾得见画稿，究竟如何破梦也无从猜度，至于画是否完成，又流落谁手更无从查考了。

只有一篇文章提到了可能是第十三幅画的画作的内容，那是开封文艺网上“文博勾沉”里的一篇文章，写的是建国后一件馆藏文物被毁的案子。

文章中说，柴扉法师把《东京梦华录》中的一幅赠给了一位挚友，那位老先生后来辗转回到故乡在河南大学教书，一九四九年在开封去世。他的后人建国后把画捐给了博物馆。

据捐赠者说，曾听先辈说此画就是“梦华录”里的第十三幅画。可这幅无名的画因为从内容到形式都和前面广为人知的十二幅有着很大的差异，故在认定时存在争议，甚至是真迹还是摹本都有人提出异议。博物馆最终还是以市级文物的标准收藏了此画，文章的作者为这幅旷世之作被委屈深感不平。写到后来，作者的语调痛心疾首起来，“文革”后虽然由国内数位专家鉴定，确为柴扉法师真迹，定为国家一级文物，但因保存不当，稍有霉损。

一九九三年十二月十五日，在请专家修补将近完工的时候，被犯罪分子盗窃毁损。

文章并未附有那幅画的照片，但文章作者的描述却印证了丁的推想。

那个“犯罪分子”就是小梵。

丁嘘了口气，裹挟出些许烟雾，那声息就被这烟雾赋予了形体和颜色，幽蓝幽蓝的在丁的头顶缭绕。

丁存着一丝烟雾样的思绪又朝身边的电脑旁看了一眼，座位是空的，那像小梵的孩子真的走了。

小梵讲给丁的那个故事，是从他舅姥爷那里听来的。他的舅姥爷，就是那个修补此画的专家，他有一家书画店叫苦斋，小梵说他总是称自己是苦斋主人。他在画修到一半的时候，给小梵讲了这个故事。

博物馆给他们专门腾出了一间屋子来修画，小梵从八岁就跟着舅姥爷，他是舅姥爷的助手。那间屋子里只有一张巨大的案子，很冷，一个煤炉子远远地放在墙角，也暖和不到哪儿去。每天他们来，然后由博物馆的工作人员把画交给他们，到吃饭的时候，会有工作人员来收画。

舅姥爷是修补工笔画的高手，还有人从北京、上海、香港跑来找他修补残损的画，舅姥爷自己的字和画也都很好，但舅姥爷是个随和谦虚爱说笑的人。小梵的工作只是跑腿递东西或研磨少许的颜料，舅姥爷进度很慢，他长久地对着画揣摩，以前他修补画的时候也是这样，只是这次更加慎重。舅姥爷沉思的时候，小梵会踱到廊下去。

那时候，博物馆的院墙下有三五株蜡梅刚开花，暗红色的墙皮衬着褐色泛青白的疏枝繁丫和一点一点金黄的花，很像画。

小梵想着那画中的女子，哀愁得食不下咽魂梦颠倒。他几次听见那画里的女子在唤“救我”。他在屋子里看着画的时候听见过，在廊下看蜡梅花的时候还能听见，那声音和蜡梅清冽浓郁的香气一样真实，和照着他的冬天的阳光一样真实。

他问舅姥爷听见没有，舅姥爷笑他听故事着了魔。

小梵决定救那个女子，他们再干一天就要完工了，舅姥爷那天开工前这样说。小梵知道他以后可能再也没机会摸到这画了，所以，舅姥爷出去到廊下抽烟的时候，小梵抓起案子上的画，投进了炉火里。他释放了那个画里女子的魂魄，她自由了，不用永生永世那么哀伤地站在那儿了。

小梵告诉丁，女子在画里站的地方，是很荒凉很悲惨的河岸。小梵说，她可以到对岸去了，对岸很好。

丁现在还能记得小梵的语气，平静得让人战抖。

对岸很好。小梵说。

三　小梵

也不知道哪儿来的光，也许是眼睛在黑暗里久了，也能看见东西。人的眼睛真奇怪，丁大哥，我妈就能看见别人看不见的东西……

小梵讲完自己烧画的故事，又接着说。丁一直没有应声。

丁大哥，你渴睡了？

丁不渴睡，他倒愿意听小梵说这些离奇古怪的话，至少可以不让他再瞎想明天开庭的事。但他不想说话。丁伸手摸了摸小梵的后脑勺，算是回答。

看守所很冷，这间屋里只有他和小梵。小梵的后脑勺在他的手掌里毛茸茸暖乎乎的，像他小时候养的兔子。

小梵得到了鼓励，吸了一下鼻子，接着说下去。

我妈能看见别人看不见的东西了。

那时候我们还在洛阳，妈的厂子是生产拖拉机的，巨大的鲜红的拖拉机，妈带我到厂子里去的时候我觉得很害怕，随便一个拖拉机都能把我碾成碎片。

妈带我去厂子里洗澡，很多次都没事，后来有一次，看澡堂的不让我进，说我太大了，不能进女澡堂。我妈不听她的，她就成了肉做的拖拉机朝妈碾过来，妈倒在地上，我哭了，妈站起来，很奇怪地笑了笑，拉着我走了很远，才低低地告诉我说，别哭，妈摔倒的时候看见那胖女人脖颈上有条红虫子在吸她的血，吸得饱饱的，肚皮胀得都透明了，她疼急了才对妈不好，她是可怜人。

我并没有看见那红虫子，但我心里不难受了，那胖女人是可怜人。

后来妈也不去厂子里了，我和妈搬到了姥家，是在乡下。姥家人很多，大舅妗子小姨、表哥表姐表弟一大堆，姥要给所有人做饭，姥的个儿很矮很矮，还有一双很小很小的脚，却能跑得飞快举着大马勺追着敲我的脑袋。

说到这儿，小梵发出很轻的一声笑，想必回想起那情形很有趣。

姥也是可怜人。因为不能去洗澡了，妈和我变得越来越脏，村里的小孩子还朝妈和我的身上扔脏东西。

妈和我白天就不待在村子里。妈领我走一段路，然后爬上一座小山，山下面有一条很清的河，河水的颜色总是不大一样，有时候蓝一点儿，还有白色的云彩在里面漂，有时候绿得很，有时候还会变成红红黄黄的颜色，像胭脂调着藤黄倒进了河里。

河的对面也是山，山上都是洞，洞里有佛像。大的小的很多。妈说你看那些佛的表情多难过，因为世上都是可怜人。

我看不大清楚小佛像的脸，可我觉得那个大佛的眼梢嘴角都翘翘的，好像是在笑。妈说佛难过的时候会笑，人难过的时候才哭。

我问妈我是不是可怜人，妈说我不是。

有一次，妈说村口石碾上有神仙结婚，我跟妈去看，我什么也看不见，妈说神仙结婚是在晚上，现在是他们的丫鬟仆人在准备新房。我看到有很多蚂蚁在石碾上来来回回地跑，我想这些蚂蚁就是丫鬟和仆人了。

没到晚上就下起了雨，姥把我和妈都骂回了家。

第二天，家里来了个拿黑皮包穿灰色双排扣翻领褂子的女人，姥和大舅对她都很害怕的样子，她拉着妈的手，冲着姥和大舅大声说话。

我还惦记着村头的石碾，悄悄问妈什么时候去看神仙结婚。妈朝我笑笑，低声说神仙结过婚就走了，不过也许会留点什么东西，让我自己去看。

这次，我看见了神仙留下的东西……很漂亮的黄黄绿绿的东西，薄薄的一层，毛茸茸的，我抠下来一块儿小心地捧回去给妈看，妈说那是神仙新房里用的地毯，他们忘记收起来了……

那是妈跟我说的最后一句话。

我又跑去拿神仙留下的地毯，回来找不见妈了。那个拿黑皮包的女人也不见了。我哭了很久，后来发现姥看我的眼神很奇怪，我有些害怕，就不哭了。

有一天，舅姥爷来了，姥显得很欢喜，给他打了一大碗鸡蛋茶，舅姥爷那时候比我大舅还年轻，穿得干净漂亮，笑眯眯的，可是大舅和姥也有些怕他，像怕那个拿黑皮包的女人一样。舅姥爷把我领到了开封。

小梵脸偏向一边，慢慢地低了下去，几乎要把脸放在肩膀上了，丁看不到他的表情，只能看到他的头、脖子和肩膀的轮廓，丁的心被那伶仃的线条弄得有些酸，可他没有说话，也没有动，不知道为什么，丁很怕自己流露出这点儿让他羞耻的心酸。

过了好几年，大舅来开封，我问他我妈在哪儿，他说我妈又走了一家，不要我了，让我好好跟着舅姥爷。

小梵的头昂起来一点，喉头在黑暗中的剪影一上一下地滚动。

我想妈可能到她喜欢的地方去了……妈也不是可怜人……她要能带我一起去多好……不过，要是我跟妈一起走了，我就遇不到那画，也救不了她……没什么事会无缘无故发生，我留下可能就是为了救她……

丁裹着被子，但后背一直靠在墙上，丁觉得自己的背多半和墙冻在了一起。丁艰难地动了一下，拉了拉被子，把自己凉冰冰的膝盖抱在了怀里。

小梵说，丁大哥，舅姥爷给我找了律师，律师说要证明我有病……我是有病，可是我的病和这件事没关系……我不想骗人……

人都骗人，丁很珍惜自己嘴巴里的热气，从牙缝里挤出了句话，你没骗过人？

小梵噎了一下，半天才说，丁大哥，有一件事，就是……那个画里的女子给我写了一封信，写在一块赭石色的绢上。舅姥爷问我那封信在哪儿？我说烧了，那女子在信里嘱托我烧掉——我没烧，我想留着……

丁心里一动。虽然他不习惯在和自己无关的事情上浪费精力，可看在小梵帮自己消磨了这个冰冷焦虑的审判前夜的分上，丁决定还是说一句。他说你想过没有，那封信是证据，有了证据人们就相信你的话了。

小梵说舅姥爷也是这么说的。可是，相信就是相信，没有证据也能相信，为什么一定要有了证据才能相信呢？……那封信，是她给我的，只给我，只有我能听到她的声音，不能给别人看……

丁觉得证明这孩子有病比寻找似是而非的证据更容易，就又沉默了。小梵说，要是渴睡就睡吧。丁“嗯”了一声，小梵的声音又从黑暗中传过来。

丁大哥，除了我妈，从来没有人，听我说这么多话……

丁听着小梵的声音竟迷糊起来，后来小梵睡着了，丁却一下子清醒了，但他一直没有动，直到天光大亮。

丁感觉小梵起来了，他还没动。他不着急起来，开庭的结果，他心里大概是有数的。又躺了一会儿，小梵过来推了推丁，丁坐了起来，看见小梵在水泥地上用一块白灰皮画了些字。

丁说，你不是说没上过学，还会写字？

小梵很开心地笑了。舅姥爷说我上辈子肯定是个读书人，过奈何桥的时候迷魂汤喝得比别人少，所以还记得一些。丁大哥，你看这些字排在一起多好看！

丁愕然看着地上俊逸飘洒的字：“人间韶华太匆匆，月未残时镜已空。自是神仙沦小谪，何须惆怅忆旧容。”

丁因诈骗罪被判了十年，从法庭直接被押送到服刑的监狱，他再也没有见过小梵。离开前，小梵以为丁要到外面去了，求他帮忙把那封藏匿的信烧掉。丁不想跟个傻孩子解释，就应了。两年以后，正在服刑的丁从新进来人那里辗转听说，小梵没能出了看守所，癫痫发作时出了意外。

四　到苦斋后院去

第一次听小梵讲他烧画的事，丁就闻到了一股他熟悉的味道，骗子对骗局总是敏感的。

骗子这个词从来没让丁感到过羞耻，他认为欺骗是门高深的学问，也是艺术。在丁犀利而独到的眼光里，这个世界就是由大大小小或高明或拙劣或平庸或勇敢或怯懦或幸运或倒霉的骗子组成的，是人都骗人。再大一点说，历史书就是骗局的百科全书，成功的骗局会成为丰功伟绩，不成功的骗局才会成为犯罪记录。耻辱来自骗局的失败，而不来自骗局本身。

丁感慨地想，小梵遭遇的是一个近乎完美的骗局。

丁在牢里的时候，因为无聊，曾把小梵讲的一些细节在脑子里反复琢磨过，他大致有了这个骗局的轮廓，但一切都是他的推想。也许他想太多，真实的情形很简单，就是一个思维异常的孩子在幻觉下犯的错误。

丁出狱后最初的那段日子里，他还真的去找过苦斋。苦斋在开封城里有四家店了，最大的门面在御街上，而小梵说的那家老铺在河大南门对面。丁甚至绕到后院院墙外看了看——他想证实自己的推想，但也没想到去跳墙的地步。

现在，丁的推想，间接被证实了。

撇开那些迷雾一样关于勾魂摄魄的叙述，剩下的就是简陋无趣的事实：小梵听到女子呼救，小梵收到写在绢上的信，小梵烧毁了一幅很值钱的画……呼救声、信和画，是可以设计安排的。当然，小梵烧毁的绝不是柴扉法师的真迹，不然它就不会在十二年后又出现在欧洲的拍卖会上。——小梵烧掉的是幅假画，有人让他做了火中取栗的替罪羊，而那幅真迹，落在了骗局设计者的手里。

这个骗局设计者，不会是别人，只能是小梵的那位舅姥爷，苦斋主人。

这寒冷的秋夜竟像暮春似的燥热起来，丁踢开了被角，把微微出汗的脚伸出去，然后慢慢睡着了。

行动那日的白天，显得有些漫长。

上午的时光，丁是在苦斋后面那条街上度过的。

开封城里不知道有多少这样的老街巷，里面密密麻麻住着虫蚁一样的百姓。这些虫蚁一样的百姓个个可是了不起的人物，他们的窝除了决堤的黄河水，其余的谁想动，你试试？所以，开封城就这样傲慢地破落下去了。

这样的街道空气沉滞慵怠，沿街摆的各种摊位占了大半的道面，摊主都是能说会道的。一个卖处理不锈钢制品的男人，讲着原本出售这些高档货色的商场倒闭的故事，进而发表对经济形势和治安状况的高超见解，一个佝偻腰的老人从不锈钢锅的标签上辨认出厂址，他压着摊主的声音大声说，年轻的时候他到过那个地方，广东顺德，穷得很……丁也凑过去，一把锅铲伸到他的面前，摊主说，这东西能用一代人，一代人也用不坏……只要五块钱……

这里不是丁该在的地方。丁的世界应该是魔方一样变幻不定暴雨一样落下金钱的都市，他可以在那里大显身手，丁也觉得他在这里迟滞了脚步是件奇怪的事。

也许冥冥中有什么让他等在这里吧，或许是十年的囚禁多少消耗了他的胆气，他在这里蛰伏——蛰伏，多好的词！像虫子一样等着让自己僵硬的冬天过去，春天就要来了！

丁警惕地收敛了激荡的心性，他必须冷静。

丁踱到了苦斋后院的墙下，那墙不高，探手就能够着墙头，墙头的砖缝里长着瓦松和枯萎的细草。

能看到这段墙的有三家不大的店铺，丁必须等他们关门后才能行动。苦斋的前面还在营业，后院估计也会住人，丁要耐心、耐心地等下去。

丁在充分而隐秘地观察了苦斋后院的院墙和周围的情形之后，走到墙边，漫不经心地朝墙里丢了块路边捡来的石子，等了一下，没有丝毫的动静，确认没有养狗，他满意地离开了。

丁来到了苦斋前面，一个女人低头盯着镜子恶狠狠地拔自己的眉毛，丁进去的时候她眼皮也没抬，进这样店的人，看的多买的少，丁倒多看她了两眼。——低领羊毛衫里露出雪白的胸口，那上面的一颗黑痣跟着她拔眉毛的频率一跳一跳的。

丁返回住处，把晚上的装备准备好，睡了一个长长的午觉，不慌不忙地到了距离苦斋不远处的一个街口。夜市卖小吃的车密匝匝摆了一排，丁随便找了一家坐下，点了涮肚和啤酒，慢慢地等着深夜降临。

翻墙进院，比预想的还要顺利。

苦斋后院有两间后厢房，小梵说他住的是东边的厢房。后院的墙下有些破箱子，还好，不用挪动太多，只需把东墙角的一个破坛子拎开就行了。丁挨个儿晃动着砖头——找到了，抽出活动的半块砖，伸手进去，摸到了冰凉的金属盒子，丁迅速抓了出来。

这时候，东厢房里传来一阵手机的乐铃声，寂静深夜听来格外惊心。丁把盒子塞进怀里，屏息不动。很快，东厢房的灯亮了，门开了，女人的身影出现了，她伸手开了院子里的灯，丁在灯光亮起的时候藏到了刚才放坛子的角落。

女人趿拉着鞋去开院门，丁犹豫了一下，他也许该从藏身的地方出来，翻墙逃走，可他又怕女人突然回来被抓个正着，丁的身手离敏捷还有一段距离。果然，丁的谨慎又一次正确了，女人的声音响了起来，呀……别……

还有男人的声音，丁从他们俩发出的声息判断，他们应该很快进屋到床上去。丁不可能永远正确，他们没有进去——冷！女人低声抗议着，但那男人还是把她身上的睡衣给剥掉了，掐着她的腰把她放在院子中间的石头桌子上。

雪亮的灯光照在她身上，丁认出了她胸口上的那颗黑痣。那男人慢慢拨动女人的身体，女人在石桌上像八音盒里跳舞的小人儿一样轻轻转动，她很熟练，跟男人的手配合得很默契……

丰腴的健康的结实有力的美丽的屁股……丁闭上了眼睛，在黑暗中用力握住怀里的铁皮盒子，盒子上附着的细小而坚硬的砖屑或是沙砾嵌进了他的皮肤。

女人发出一声压抑的疼痛的叫声，丁睁开眼睛，女人拉起自己的睡衣逃进屋子，男人也跟了进去，门关上了。

丁又等了一会儿，男人和女人在说话，男人竟然跟女人突然说起了账目的事情，好像很不满，女人解释得有些心虚，丁从对话中知道了那男人的身份。不愉快的对话停顿了一会儿，然后他听到了女人有节奏的叫声。

丁决定合理地冒一次险，他站了起来，活动一下腿脚，把那只坛子拉过来，放在墙边踏上去试了试，他踩着坛子几乎没弄出多大声响就跳到了墙外。

五　一期一会

丁特意洗了澡理过发，穿了身青灰色的西装，精神抖擞地走进了苦斋的店门。那个胸口有痣的女人正冲着大门呆着脸，突然大大地打了个喷嚏。

丁忍不住笑了，女人响亮地擤了下鼻涕，恼怒地翻了丁一眼。这女子的脸连好看都说不上，腮上鼓鼓的两疙瘩肉，隐隐带着股恶俗的狰狞。丁不禁摇起头来，女人终于擤干净了鼻涕，冲丁眉毛一立，你摇头扑闪尾巴干球哩？！

丁倒不介意被如此不恭敬地对待，就像他不介意自己这身颇有些潦倒意味的行头一样。丁从墙上的一面镜子里看到了自己，西服上明显的折痕和软嗒嗒的衬衣领子加上小店里新理的头发突兀生硬的形状，本来也让人对他恭敬不起来。骗局的成功一半要取决于行头，可丁今天是反串，他所扮演的角色不是设计骗局的人，而是揭穿骗局的人，行头就无所谓了。

丁满不在乎地笑了一下，他趴在柜台上，女人厌恶地向后躲了一下。丁说，告诉你们老板，就是那个苦斋主人，我是小梵的朋友，小梵留给我了件东西，我想给他看看。让他打这个电话给我。

丁说着丢下一张写着自己姓氏和电话号码的纸条。

你谁……女人刚吼了一半，就被丁低声说出的话给噎住了。

你长了一脸横肉，可身子真的很美……丁临走的时候还颇为滑稽地模仿一下她旋转的样子。

在女人惊恐的尖声叫骂中，丁大笑着出了店门。

他觉得很痛快，就到附近找了家小店，进去喝两杯。不知道怎的，喝了几杯白酒后，丁的心绪竟然开始向下沉，那女人站在石桌上的样子开始在丁的眼前晃……她在哆嗦……夜里多冷啊……也是可怜人！

丁的脑子里突然出现了小梵的声音，他甩掉那声音，猛地把酒灌了下去。

丁喝多了，这个时候他不该喝多，但他喝多了。

那个苦斋主人并没有打电话过来，丁回到住处，愤怒地把电话扔在床垫上，叫骂了一阵，然后一头栽倒在床垫上睡着了。

丁在半夜渴醒了，他起身开了灯，从水瓶里倒出带水垢的半碗微温的开水，小心地用嘴唇篦着水垢喝下去。丁很懊悔喝这么多酒，他抓起手机看了看，没有未接来电。丁又躺下了，再没有一点儿睡意。

丁的心里涌起阵凄凉，那凉在他的肺腑间蔓延，肚皮也冰凉冰凉的，丁的手摩挲着自己的肚皮，手指也是凉而硬的，只有手心里一点热，可捂到肚子上，又能感到冷腻腻的手汗。丁突然觉得累，孤单，委屈……都是那点儿凄凉闹的……丁的目光投向对面墙缝里的“榆树”，也许记忆能氤氲出春天的暖和芬芳……

早春二月结满榆钱的老榆树，他爬在上面捋榆钱，妈和大娘就在树底下吵架。妈和大娘的声音都亢奋而有活力，丁的大娘拿了丁家垛在墙头的一把麦秸引火，妈不愿意了，说越是有钱越爱占便宜，越占便宜越有钱。丁的大娘说拿你的麦秸是看得起你，看不起你给我我也不拿……

吵架的声音丝毫没带给丁不安，他习惯了这声息，这生息让他觉得日子过得热闹有趣，他甚至还吹起了口哨。

爸下地回来了，一脚把妈踹倒了，因为她还没烧好早饭，大娘也赶快进自己家烧早饭去了。丁兜着榆钱溜下树，进灶火屋把榆钱倒在笸箩里，妈一边烧着火一边抹眼泪，妈对丁说你把你大娘家秫秸秆抱一捆回来。丁说我不去。妈起身就进堂屋去了。

丁闻见稀饭煳锅的味道，扯着嗓子叫妈，妈……没人应声。

爸喂完牲口进来，闻见煳味拿草料袋子抽得丁青蛙似的跳，妈还是没出来。那锅煳稀饭最后也没人喝，丁跟着爸送喝了农药的妈去卫生院。

妈死在了卫生院里。

丁打了个寒战。

妈为一把被人拿走的麦秸秆和一捆他不肯抱回来的秫秸秆死了。

爸很快给丁找了个后妈——丁人生设计的第一个骗局应该是针对后妈的。

他厚颜无耻地跟后妈亲热，遭到冷遇后依然百折不挠，后妈并没完全上当，可有时候也会被一个孩子的讨好和亲热弄得有几分高兴，更何况丁还卖力地自觉充当了她镇压其他前房子女的爪牙。

丁奴颜婢膝地度过了少年时代，为自己赢得了读书的机会。如果不是这样，丁的人生会怎么样呢？丁想他可能很小就会辍学，然后出去打工，在城市里漂着……现在呢？转了一大圈，忍受了那么多，结果却一样……

也许，他曾经有过别的选择，比如在大学里，比如刚到单位的时候，再比如……丁问自己，后悔了？

丁对自己摇摇头，没有，他根本没有别的选择。如果不冒险，他痛苦的少年时代将再延长十年二十年甚至一生，用卑微的拙劣的骗术谄媚一个又一个的“后妈”，丁不愿意！

不愿意。他在枕头上坚定摇着头，碰到被自己的涎水浸湿的一块，也是冰凉的，丁真想要一点温暖的东西，可这四壁徒立的房间里除了他身上有口热气，其余的都是冷冰冰的。这让丁想起小梵帮他消磨掉的那个冰冷焦虑的审判前夜，想起抚摸小梵后脑勺时手掌心里的暖……

丁猛地坐了起来，几乎是慌乱地打开了电视，电视就在床垫后面，放在一只木凳子上。丁的手半天都没离开电视机的后壳，慢慢地，他感到了股温热的气流，虽然微弱，可那是实实在在的一点温热。

他痉挛的手放松了，轻轻地舒展地放在电视机壳上。

天亮以后，丁睡着了，他是被电话铃声弄醒的。丁愣了一下，关掉电视，看着手机，是个本市的固定电话。丁沉着地接起了电话，果然，是那个苦斋主人，他的声音很平静，没有寒暄，简单明了地问丁是什么人，什么事。丁说他手里有一封信，写在绢上，小梵留给他的，你想要吗？

电话那端好像顿了一下，名人书札呀——是大家吗？你知道那信的价值吗？丁说至少应该值十万吧。

对方很快说你把东西带来看一下吧。丁说他必须见到钱才能拿出真迹。对方笑了一下，说放心，然后告诉了他下午两点到龙吟茶坊去。

他还笑！丁想了一下，按刚才那个号码打回去，始终没有人接。丁挂了电话，在心里冷笑了一声，还是心虚！丁起身，脱下身上的西服用力抖了抖，然后穿上，用手朝怀里的口袋摸了摸，那封写在绢上的信，装在塑料密封袋里，现在依然妥帖地待在那儿。丁整了整衬衣领子，感觉自己是一个整装待发的战士。

龙吟茶坊的门面临街，但穿过前厅，茶室都隐在园林花木的深处。园子很大，得走上半天，夹道的树正飘落着眼睛形状的黑红色叶子。一辆小车在丁身后催促地按着喇叭，丁闪到路边，车贴着他过去了，落下的车窗里一个穿火红袈裟的和尚朝他点头微笑了一下，车可以直接开到每间茶室外。

岔路口有一架用瀑布般的小朵黄花搭建的菊花屏风，旁边是指示牌，上面标着各个茶室的名字和位置，丁熟悉了一下，然后找个地方去吃午饭了。

一点三刻，苦斋主人打来电话，又换了个陌生的固定电话，他说让丁到“镜花水月”来找他，他已经到了。

丁很快回到了龙吟茶坊，看了指示牌，又走了十几分钟，一片竹林掩映着座宝塔顶四面垂着帘子的玻璃小屋，屋前栽着木牌，上写“镜花水月”。

丁以前和人“谈事儿”，选的都是这种看似敞开、实则私密的地方。久违了，他不免有些感慨。

感慨的同时丁还是打量了一下四周，苦斋主人没等他敲门，就开了门。

丁先生——是吧？苦斋主人把丁引进去后，笑容可掬地说，这里有点儿乱，我和朋友们小聚了一下，三点钟我还有个活动要参加，咱们开门见山吧。

丁在一张巨大而舒适的藤椅上硬着后背坐下，看着茶室一边的案子上，那上面有铺开的宣纸、搁在砚台上的毛笔，旁边的红木餐桌上杯盘狼藉。

丁努力用威慑的目光盯着面前的男人，他蜷曲的头发两鬓略显霜色，后面的也多半都灰了，可是他并不因此而显得衰老，甚至连他的皱纹都显得生机勃勃的，丁没想到魁梧的苦斋主人竟生着如此清秀的五官，狭长的眼睛眯着，眼角扬起的鱼尾纹带着笑，薄薄的嘴唇也含着得体的笑。——他这么镇定？

苦斋主人坐在同样巨大的藤椅里显得很妥帖，丁硬挺着还是觉得自己几乎消失在那椅子里了。苦斋主人烧热了电磁炉上的水，给丁沏茶。丁故作悠闲地啜了口茶，丝毫没响应苦斋主人开门见山的号召，丁说茶不错。

苦斋主人毫不掩饰嘲讽地笑起来，像看着小孩装大人。苦斋主人开口，你带来了吗？

丁同样毫不掩饰嘲讽地笑起来，说你急什么？

苦斋主人呵呵地笑出了声，听你说值十万，谁的字？小梵还背着我藏东西……说着起身去案子上拿眼镜，带掉了一本册子，他捡起来，顺手扔在了丁和他之间的茶几上。

丁扫了一眼那册子上的字迹，觉得眼熟。丁这两天一直在看那封信，那些字闭上眼睛就在他眼前晃。这些字和绢上的字一样，那样的勾折，柳叶一样飘出去的撇和捺……

苦斋主人的声音响起来，怎么，喜欢这字？俊逸诡谲，很有灵气啊！若再假以时日，说不定能成点气候，可惜……

丁愣了一下，问这谁的字？

苦斋主人说这是小梵的字，你不认识？你们不是好朋友吗？

丁一瞬间糊涂了，小梵的字，绢上是小梵的字！

苦斋主人的眼睛盯着他，丁觉得自己煞费苦心构建的大厦瞬间土崩瓦解，小梵，小梵在幻觉的驱使下自己写了信，然后又……丁想自己一定显出了沮丧的神色，苦斋主人似乎舒了口气……

突然，丁冷静了下来，他的脑子像淋了雪水一样清醒。丁看着苦斋主人，对方神色泰然，有些不解地看着丁，怎么了？小梵给你什么价值连城的宝贝，连看都不能看……

丁在心里冷笑了一下，他在给我设局——看似无意带掉又顺手一扔，他分明是要我看这册子……小梵的字？哼！

丁决定发起进攻，他指着那册子说不用看了，绢上的字和这册子上的字一模一样。

苦斋主人镇定地微笑着说，哦，小梵的字可值不了那么多钱……我说他有灵气，喜欢他的字，那都是鼓励孩子的话。

丁站起来说，你不准备要这封信……

苦斋主人笑着说，当然，你要是想出售，我可以当成亲人的遗物收下来，一千两千无所谓……

丁也笑了，这次他笑得很舒心，你可真大方。丁笑着坐下，拿起那册子，念了句“春眠不觉晓……”，然后笑着看苦斋主人，你猜小梵写了些什么？

苦斋主人叹了口气，说来话就长了，想必你也知道小梵的事，我猜这就是造成他不幸的东西。平常这孩子就有些魔怔，没想到一个故事竟让他产生了幻觉……你知道，小梵从小患有癫痫，就是俗话说的羊角风，这让他……

丁很耐心地听完苦斋主人的自圆其说，然后丁说，也让我来猜猜看——我猜那故事是你编的，我猜这些字是你写的，我猜那女人的呼救声是你用录音机放出来的，我猜小梵烧掉的那幅画是你画的……

丁发现苦斋主人的笑有点僵硬了，眼睛也睁大了，丁很兴奋地又向前逼了一步，我猜你把那幅画卖了，不过我猜不出你卖了多少钱，那幅画现在值七八千万，我希望你没卖亏了——我猜不会，因为你是行家。

苦斋主人没有说话，丁也不再说话。

真安静啊，刚才在外面能听见穿竹的风声和啁啾鸟鸣，进了茶室什么声音都听不见了……密封的玻璃“罐子”里，安静，暖和，焚烧的香让人昏沉……丁开始不安，咳了一下，努力让自己镇定下来。

苦斋主人重重地叹了口气，说你们这些孩子呀……他拿修长白皙的手指顶着自己的太阳穴，想太多会把脑子想坏的！

丁嘿嘿笑了起来，他满不在乎地抓着茶几上的烟抽了起来。丁喷出口烟说，你给我十万块钱，我就什么也不想了，我的脑子就不会坏了……

苦斋主人的眼睛又眯了起来，薄薄的嘴唇抿出道冰冷阴沉的线条。

这是关键时刻。丁毫不退让地迎着他的目光，拿烟的手碰到嘴唇，才发现自己在哆嗦，心底甚至生出起身逃走的念头，他摁住了那巨大的不安，等着……苦斋主人突然站了起来，从放在案子后面的皮包里抓出一捆钱，扔给丁，丁伸手抓住了。

沉甸甸结结实实的一捆，带着银行盖章的封签，但一只手很轻松就能抓得牢牢的。丁抓着那捆钱，浑身都微微战栗起来，这是喜悦的战栗……

丁摁灭了烟，把钱塞进了西服里，夹在腋下，伸手从怀里掏出装有那信的塑料袋，丁抬头，奇怪地发现苦斋主人并不在他的视野里了。

丁的脑袋上挨了沉重的一击，倒在巨大的藤椅里。

六　在河上

丁死了。

丁的意识砰的一下被击出了丁的身体，像被大力抽打出去的乒乓球，急速旋转着落在了一片蓝灰色的羊绒织物上。他看见自己的身体歪在那巨大的藤椅里，脑袋上有一个很小的凹进去的伤口，微微地渗出少量的血。

丁确定自己已经离开身体，但意识依然存在，这种怪异的情形让他完全接受还需要时间。他听见苦斋主人在对着他的身体……或者应该叫尸体……咳啐般地吐出两个字，蠢货！

他从案子下面的包里抽出薄薄的一片塑料薄膜，抻开，用力一抖，成了一个黑色的大袋子，他把丁的尸体严严实实地给裹了起来。接着，一只大号行李箱出现了。

苦斋主人装箱完毕，掀起帘子的一角看了看，打开了一扇落地的玻璃窗，窗外的道边停着辆白色轿车，苦斋主人把行李箱放进车的后备厢，又回到了茶室内。

丁的意识——或许就是所谓的魂魄，在那片羊绒织物上哆嗦起来，他早就准备好杀掉他了……他根本就是要杀掉丁的！

丁想向苦斋主人扑过去，可是他根本动不了，他感觉自己大概是个小小的透明的球体，一只肉眼看不见的软乎乎不能滚动的乒乓球，而丁栖身的地方，是苦斋主人的羊绒外套。

作为凶器的那把狭长的铁狮镇纸，苦斋主人小心地冲洗擦拭了打了丁脑袋的那端，然后很爱惜地把它和那捆钱一起塞进了皮包，红油耳片的汤汁遮掩了地上不多的血迹，最后，他抽出丁带来的那张薄薄的绢，点上支烟，端详了一会儿，用打火机点着了……丁的魂魄和苦斋主人一起看着它灰飞烟灭了。

丁的魂魄突然想到，他答应过小梵，把这封信烧了……

苦斋主人穿起了外套，带着丁的魂魄一起离开了那间茶室。

成了魂魄的丁不知道自己是不是永远要和这个杀了自己的人在一起，对于魂魄的存在法则，他还一无所知。

丁身不由己地跟着苦斋主人走了。

苦斋主人并没有立刻开车离开。他穿过竹林，在那架菊花屏风前面，碰上四五个衣冠楚楚的人，就说起话来。他们在安排什么事情。

这时丁又看见了那个穿火红袈裟的和尚，身后还跟着一个穿黄色僧袍的年轻和尚，年轻和尚的头并不光亮，而是有一层很短的黑发。

老和尚与苦斋主人说着告辞的话，苦斋主人双手合十跟老和尚行礼。然后有人送老和尚出去。年轻和尚留了下来，有些腼腆地笑着。一个拿闪光漆皮包的女人走过来，杀伐决断地分派谁跟谁一辆车，苦斋主人打断她的话说先去接某某某，顺手在一朵纤弱的菊花上摁熄烟蒂，转身返回自己车那里。他从后面小路直接开出了茶坊，开到了街上。

秋日午后阳光明媚，街上人也很多，店铺门前摆着成排的各色菊花，丁却成了魂魄，待在杀了自己的人的左前胸上，拉着自己的尸体，不知道去哪里。

车出了城，速度越来越快。丁又猜对了，他们到了黄河浮桥上。

浮桥下面是些铁船，上面铺着铁板，车轮碾过那些铁板衔接处的时候，那声音像闷闷的鼓声，响在天之下、黄河之上的巨大的铁皮鼓。

汽车在浮桥中间停了下来，苦斋主人下了车，四顾看了看，远远的对岸好像有人声被风刮过来，是些出来郊游的年轻学生在遥遥呼唤，可是离得很远，也看不见他们的影子。苦斋主人打开后备厢的时候，又四顾看了看，然后拖出那个箱子，顺着铁船的间隙丢了下去。

箱子落到黄河里的时候连个浪花都没有溅出来，那凝重的黄色河水打着旋无声无息毫无间断地流淌着。

丁尖声叫起来，当然，他再用力也发不出声音。

苦斋主人关上了后备厢，他站着抽烟，浮桥上风很大，烟灰扑了他一身，可是他没有在意。

天空几乎没有颜色，白白的全是光，河滩上有些芦苇，迎着光的雪白，逆光的是肮脏的灰……苦斋主人并不急着离开，他在等什么？

丁的魂魄悲伤又迷惑，加上仇恨和愤怒，他几乎要爆开了，可他不能动弹分毫——他被迫跟着一起等待。

终于，黄河上的"铁皮鼓"接连不断地响了起来，那是桥上来了车队，小车远远就陆续停下了，三辆大车一直开到桥中间。从小车里下来的人除了茶室里的人又多了一些女人和老人，三辆大车停下来，有穿胶鞋皮裤的工人跳到车上，车厢里全是水，丁看到车身上挂的横幅，天佑佛学会信众放生车。

丁怒极竟大笑起来，如果能打滚他一定打着滚笑。苦斋主人是来放生的。那个年轻的和尚脖子里围了条明黄的围巾一样的东西，开始领着众人念经，念经的声音倒有些音乐的味道。

工人在车上哗啦啦拿着水管在浇水，能听见鱼跃起的噼啪声。

那经文如此冗长。天空里渐渐积了云层，那云层也像芦苇一样，有的雪白有的灰暗，风更大了，刮得和尚脖子的绸带兜在了脸上，他一只手拿着经书，一只手拿着只铙钹一样的东西，隔几句还要敲一下，和尚有些狼狈地把那绸带夹在腋下，继续敲着念下去。

丁的魂魄盼着风再大些再大些，那风竟像听了他的话似的越刮越大，念经的老太太一只手要抓住浮桥的栏杆才能摇晃着站稳。

苦斋主人被灰眯了眼，他低头看着自己的胸前，用力拍打下去，把附着在上面的烟灰拍干净。也许那烟灰还让他联想到了别的什么，在抑扬的诵经声里，他的眉头皱起来，嫌恶地用力拍着，把自己的胸膛擂得咚咚响。

丁的魂魄跟着那些烟灰一起离开了苦斋主人的前胸，他被风托着向前，碰到浮桥的栏杆，落了下去，在铁板上弹了一下，落到铁船的船头，又不能动了。

这种极端无助的境遇，此刻让他有种索性放弃的解脱感。丁在铁船的船头看着浮桥栏杆内在风里努力念着经的人。

不知道是风大得让他们不能呼吸了，还是所有必需的经文终于都诵完了，人都开始向后撤，三辆大车早有粗大的水管垂到了河面，汩汩的水流出来，无数被释放的灰黑色的鲤鱼脊背在白水里一闪就落进了黄河里。

三大车鱼也着实得放些时候，一些人没等到鱼放完就回到了小车上，苦斋主人却一直在栏杆那里站着，看着河面。

终于结束了，和尚过来跟苦斋主人说话，两个人互相合十行礼，和尚上了苦斋主人的车，然后车队依次离开了。

车队看不见了，丁低头看了看混沌的河面，他的尸体在水下面，那些鲤鱼游得深了也许会碰到他，虽然那个死人已经不是丁了，可丁依然为他感到悲伤而迷惑……他怎么就死了呢?

没有什么事，会无缘无故发生……

铁船船头，丁的魂魄，放弃了思考前因后果，也不知该向什么力量求救。

一轮正圆的红日坠在河的上游方向，像小孩子的画。

那日头的红涂得不够深，不是水粉，更不是油彩，是彩色铅笔的效果，淡淡的没有润色没有光泽，但很仔细地均匀地涂满了那个圆。河的线条画得也太直太粗糙了，稚气得很，还是小孩子的手笔。

他想起了小梵，小梵的魂魄会在什么样的地方呢？

一时半会儿，想不出答案。

不过没关系，有的是时间。

死之前，时间是有限的，因为死亡在后面追着。而死之后，时间无边无垠地涌过来，慢慢地想，不着急。

夕阳落下去了，对岸看不清楚了，小梵说对岸很好，也许真的很好，和想的一样好，或许，更好……

老丁给我的邮件，是转发的，下面还带着当年编辑给他的意见："丁老师，您的小说《画魂》目前已进入二审阶段，我们认为，《画魂》的语言、技巧、结构都完全没问题，而且小说讲述的故事也很好，曲折离奇，充满了想象力，非常动人。但是，小说结尾处，丁的鬼魂出场，撑不住这个华丽的故事，整个故事的力量被这个结尾削弱了。所以丁老师，我们建议您重新评估并修改这个结尾，为这篇小说画上一个圆满的句号。"

我也看到了自己当初回复老丁的话：故事编造痕迹太重，喻意含混不清——倒是最后关于魂魄的想象，还有点儿意思。

老丁这次，连"你放屁"都懒得对我说了。

我有些惶恐地想，是不是自己一镇纸抽死了老丁的虚构热情？随即又觉得有些自作多情。本来是要把找到的小说稿件，发回给老丁，想起他说那幅画最近竟然现世，忍不住先去搜索新闻了……

二〇一八年十一月十四日于枫舍

（原载《江南》2019年第2期）

下降流

禹风

一

从塔比拉兰机场去阿罗娜海滩，过桥时候，莫滔望着蓝色潟湖陷入了冥想。他忍不住怀念十二年前在澳洲大堡礁浮潜时追过的那条大青衣。

青衣，对很多人来说，是宴席上一道佳味，对莫滔，却是跨越物种的奇恋。那天也奇怪，特别奇怪的一天啊。烟草公司在全球的政府关系人员都到了道格拉斯港，大老板把雪茄从嘴里拿开，咧嘴一笑：“先潜天，再潜海！”

所有人，不管会不会，都练练胆量。

上午，直升机啪啪啪响，人好比在陀螺里往上旋，一下子宾馆变成了小积木。与莫滔同机的泰妹保持着曼谷式甜笑，手却下意识捏紧了莫滔的胳膊。

还好并不要求自己一个人跳，是挂在职业老手胸口一起跳。往机舱外蹦的时候，莫滔觉得心脏收缩成一枚核桃，汗水从腋窝涌出来，远处泰妹的尖叫类同鸽哨……他缓过气后，觉得迎面扑来的大地锦绣缤纷……

下午，所有人都变得大胆莽撞，上船时候，一个接一个开鲨鱼玩笑。

气垫船足足往外海行驶了两个小时，在一片浩瀚碧色中停泊。澳大利亚船员指着不远处一片翠绿，那是深潜的人和浮潜的人共同的目的地。

那会儿，莫滔还不能说会潜水，他只在北京极限俱乐部的玻璃缸里接受了初步训练，拿过一张中法合办的初级证书，却没下过海。至于没下过海何以拿到证书，只有天晓得了。不必对老外解释，永远解释不清。

莫滔是有头脑的人，他选择了让自己显得资浅却更有把握对付的浮潜。

呼吸管咬在嘴里，戴好了潜水面镜，大堡礁的海水清凉宜人，涛声温柔得像儿歌。莫滔脸往水里一浸，嗨，海中央的珊瑚礁是歌里草原，是书里林海，是妖精出没的游记……

就那个瞬间，莫滔看见了大青衣。

一道绿光滑过珊瑚的平原，猫大一条青衣刹那浮近莫滔，它屏息静气，腹鳍张开，定身在海波里；莫滔惊奇地在面镜后睁大眼睛，往下一个猛子，朝斑斓的一片绿扎去……青衣真是绿色的代言鱼啊，浑身深深浅浅明明暗暗的绿斑，中间嵌五色灿烂线条，赛过一圈圈的等高线地图。它等莫滔向它伸手过去，一个滑翔式涌动，游离他指尖，又在下一朵珊瑚上等他……

莫滔抬起头，看同在珊瑚礁上浮游的同事：欧洲人和美国人的皮肤晒得黝黑，亚洲人一个个白生生的。

他埋头澄澈海水，继续寻找那条青衣。青衣耐心地在一米之外等他，它鼓鼓的眼睛没有笑容，却充满好奇。莫滔吞吐着呼吸管输送的海面清新空气，沉入了午后之梦……

青衣且逃且驻，那一身斑斑点点流线型的绿，令莫滔产生熟悉又陌生的生理冲动：很多年没忘情追逐女孩子，这追而不得的感觉太可贵了，要哭了……午后天气晴朗无云，阳光透过海水，操纵层层光线涟漪，好比春天毛毛雨，沾湿了硬珊瑚。莫滔发现一种舒服的节律，人顺着这节律游动，腰肢起伏，足以想象自己是海豚。

莫滔想，我是一条海豚，追求一条美不可言的青衣，这是一个属于大海的恋爱故事。那青衣，仿佛享受被追逐的快乐，如十六岁少女，不停逃开，不停回头凝视莫滔……

莫滔终于累了。他抬起头，踩着水，把潜水面镜推到额头上，抹掉眼皮上海水，四处张望。心，骤然急跳，咚咚咚，一声高一声，他眼前发黑，真要昏过去：公司雇的船不见了！不但船不见了，刚才还周游身边的同事，一个也不见了！

这种事在澳洲不是没发生过。今天接待蜂拥而来的公司客，船潜公司破了常规，谁能好好清点上船人数？烟草公司的人马早晨刚跳过伞，中午兴许偷偷喝了点酒，晃来滑去，在船上移动，谁又能记得住谁？

莫滔感到四肢发软，一阵阵心慌电波般在胸口发动。他看看天，太阳高挂，他看看海面，波平浪小，珊瑚礁深蓝淡绿，视野里三百六十度海天一色……

完了！

腿肚子上被什么轻轻碰了一下，莫滔吓一跳。他把面镜戴回，面镜在海面蒸出了细密雾气。他用力把面镜脱下，放到海水里漂洗，再努力戴回去的时候，绝望地焦虑起来，简直想哭。他低头往水下看，正看见那条大青衣温柔地往他腿肚子上又蹭了一下，好比陆地上的一只猫……

要节省体力，不能绝望！

说说简单，谈何容易？

莫滔终于浮在水面上，拍动脚蹼，用呼吸管呼吸，这样最节省能量。他看不清珊瑚，也看不清那条青衣；他看见黄昏，看见夜晚降临，看见漫天寒冷星斗，他看见从海底浮起黑色鲨鱼……

莫滔吓得从水里跳起上半身，啊啊呼喊着环顾四方，还是什么也没有，只波平浪静的广袤大洋，阳光灿烂……腿肚子上，青衣不依不饶地轻轻蹭他，他伏下脸看那水中绿色的大鱼，它是传说里的死神吗？

莫滔神经麻木了，他浮在珊瑚最靠近水面处的海水上。实在无力的时候，也许可以踩在珊瑚上喘一口气。大青衣漂亮地打了个回旋，浮到莫滔面镜底下，叫莫滔真真地看清了它：一条被红色金色线曲折分区的墨绿和亮绿交织的典型咸水鱼，海是它的家，它想留住莫滔，如人从水里钓出它的同类……阳光刺透浅浅水，照亮了青衣，如一条魔鬼，它浑身绚丽得耀眼生光……它的眼睛调皮地打量着落单的人……

莫滔本以为出租车会行驶在阿罗娜海滩和大批宾馆餐厅游乐场之间，让他到达潜水俱乐部之前饱览美色，可出租车一直在稀疏的热带树林里行进，周围是椰树和简单的农家棚屋。一问司机，才知道没什么海滨公路；海滩在左边树林的那一头，车要拐进树林，首先抵达潜水俱乐部和宾馆的背面，然后，先生您提上您的行李，走下海滩去，才看得见薄荷岛的大海！

原来如此，莫滔明白了。车拐进一条破破烂烂羊肠小道，如开往野外一个农家，停在一栋老房子背后。

他从车上跳下来，不急着拿行李，迟迟疑疑看几个黝黑的本地女人。一位菲律宾大婶问司机："客人去哪里？"司机说："潜水！"

莫滔忽然看见救星——有辆自行车载着个西方人驶近来，四十来岁的瘦男人从车上跳下，司机拦住他："先生，有人找潜水俱乐部！"

莫滔不等白人发问，恳切地伸出手说："先生，请问附近有 PADI 潜水俱乐部吗？我第一次来。"

瘦男人别别扭扭笑了，举起自行车下台阶："PADI？我那家似乎是呢！"

莫滔就此认识了大鲸潜店老板西班牙人蒂亚戈，认识了蒂亚戈，才会认识他妻子。

二

找旅店住可不能随便。对一个单身来潜水的人，旅店将是他的大本营，或者成为他的麻烦窝。

大鲸潜店背后就有旅馆，不过莫滔观之却步，倒还不如说这是家看不见旅客的大宅。他把行李扔在蒂亚戈店堂里，往热闹的东边走。没几步，海边就又有旅馆，再走百米，好好儿有家像样的宾馆，外面对着海的半露天餐厅里坐着很多西方客，也有亚洲脸。进去看房，房价正优惠促销，他下意识摸摸口袋，松了口气。拉开窗帘，房间玻璃窗是固定死的，外头一个长满野草的院角。Wi-Fi 信号试了，极好。衣橱里还有个不小的保险箱。

既然找好了住处，不急着去拿行李，天色尚早，差不多下午四点。莫滔半身汗，关起门冲个凉，拿起背包，到宾馆门口喝一杯。

景色如画，比画浩荡。如果有人拿着饮料站起来，往前十步就是下海滩的石阶，海滩很短，马上就到白沙清水。

坐在桌边望海，海既不深蓝，也不天蓝，是正点的海蓝。白色螃蟹船停在岸边，远处也有。有人在近岸浮潜，看得见他们的面镜和呼吸管。莫滔目光回到宾馆门口几棵大王椰上，看见它们，人才确认这是热带。圆脸的菲律宾女郎把他要的椰子送来了，椰子上的刀口是斜着往下砍的，砍出小碗大口子，白椰肉衬起淡甜水……

半夜航班一路劳累被椰汁甜润了一下，莫滔看见右手前雅座上两个男的一齐痴望着一个女生，女生背对莫滔，正咯咯笑。

莫滔猜这三个说中文，听了听，原来和莫滔自己一样，都讲上海话。他看不见女生的脸，只看见齐肩黑发和丰满的背影。一个男生长得不错，眼窝深陷，眼睛发亮，笑容含蓄，二十多岁；另一个男生年纪相仿，方脸黑皮，三角眼，满脸胡楂，咧嘴大笑。

喝完椰汁，莫滔站起来签单，背着包走宾馆和沙滩间泥土小路，往西去蒂亚戈的大鲸潜店。他走了几步，忍不住回头一望，正望见坐两个男生之间那女生的白脸，她眉毛粗黑，嘴唇肉嘟嘟，看着比男伴们年轻些，别有一番韵致。

大鲸潜店分成一线铺开、面向大海的三个部分。第一部分是露天游泳池，周围放一圈白色躺椅，红鸡蛋花树盛开。中间部分是潜店店堂，分成前台和教室。前台坐一个深肤色的菲律宾女秘书，负责记录和收费。前台旁有一排不起眼的储物柜，上头放免费茶包、洗净的杯子和热水，供客人自助。教室有会议桌、椅子、黑板，也有投影仪。店堂再西边那部分，是潜店清洗潜水装备的水池和储物间。

潜店离开沙滩有一大段距离，靠潜店玻璃墙放着几张咖啡圆桌。往外还有晾潜衣的几排衣架，衣架边亮堂堂明晃晃堆放着十几个用过的气瓶。一个大而长的厚木桌横放着，供人出水下船后先搁下背后气瓶。载客出海的螃蟹船泊在视野里的沙滩边……

蒂亚戈颇有些人马为他打理生意。门口一张小圆桌上围坐几个土著小工，小声吃点心聊天；中间小圆桌上坐了两个说法语的老头，边喝热茶边聊潜点；东边小圆桌坐着英国人路易斯，蒂亚戈在或不在，都是他接待客人。

莫滔走过去，路易斯慌忙站起来，笑着同莫滔点头。莫滔笑笑，开门见山："我总得挑一个潜店，现在就得做决定。你们的价格怎样？"

其实他了解阿罗娜海滩潜店的平均价格，潜店之间不可能有大的区别，他想谈的别有其他。听路易斯一一道来，莫滔就问："你们的潜水向导什么国籍？”

路易斯自己是潜导，英国人；另有一个法国人加斯东和一个德国人汉斯；再有就是本地菲律宾潜导了。

莫滔说：“我准备在这里潜一阵子的。我要做一次复习潜，还要一对一潜导，行不？”

“一对一潜导每次加收五百披索。”路易斯点头。

“有什么优惠呢？一般潜店都有优惠吧？”莫滔已经在往外掏潜水员资历证了。

“潜十次送一次。”路易斯冷静地说。

他走到店里去付定金，看见土著秘书身边原来还坐着个欧洲女人，金褐色头发，三十多岁年纪。她同莫滔笑笑，说自己是莎拉。菲律宾秘书笑着挤挤眼，莫滔恍然道：“哦，老板娘吧？”夫妻老婆店，蒂亚戈神龙见首不见尾，一会儿没影子了，莎拉暗暗坐镇。

他付过定金，把自己潜水计划跟莎拉大约说了一遍，听起来比别的客人想潜的次数要多，是个好客人啊，也不讨价还价。

说好了第二天就安排复习潜，然后在近岸无流海域加潜一次。一日两潜，中规中矩。莎拉和路易斯手指摸着墙头白板一起排班，次日潜导只有加斯东和菲律宾人。讲定要加斯东当潜伴，莫滔告辞，第二天一早八点半再来潜店。

天气热，坐了一夜飞机，在马尼拉机场又等到下午才转飞薄荷岛，莫滔疲乏上来了。走回宾馆，又在门口餐厅坐下，要了瓶本地啤酒，冰镇沫子冲着喉咙。他瞥一眼风景，看那两男一女还在原来位子上，说着莫滔听来一清二楚的上海话。

匪里匪气那个男的说：“你不用担心，游泳池里培训一上午，下午就能下海，我在你边上，你怕啥？”

女生尖叫了一声：“我怕的，我最怕水。你还是跟张琪一起潜吧！”

名叫张琪的那个漂亮男生笑笑：“我也要先培训呀，我俩一起培训多好。”

粗豪那个又笑了：“他陪你培训，我王气瓶陪你潜水。你培训完了就归我。”

女生粉拳打过去：“你们俩去培训潜水，老娘自己一个人玩薄荷岛！”

“我不放心。”张琪说，笑吟吟的。

“我实在不放心！”自称王气瓶的那个笑说，“这里菲律宾男人个个同我一般健美，你可能会看昏头。”

“放心！”女生抬起头，黑头发飞一个旋风，“我有定力，我坚决不下水！”

三

空调很足很凉，睡眠却断断续续。

梦来得突然，人是在浅浅海水里，离开海面差不多只有五六米，就是潜水归来做五分钟安全停留那深度。莫滔在水里捏住鼻子，做空腔平衡，耳朵有点痛。

父亲学校院子里的池塘漂着翠绿细密的浮萍，荷花零星开放于浮萍之上，有一种钢蓝色的豆娘在荷叶上浮动，它们举起透明羽翼休息，露珠在荷叶上滑行……父亲讲课声轰鸣着从教学楼三楼涌出来，汇入夏日的市声。

莫滔大概只有十来岁，刚跟着父母搬家，从市中心搬到城西。他形容不出搬家的感觉，他感到气闷，感到肚子胀气，已经好些天没好好大便；他别扭，觉得大便时附近有莫名其妙的眼睛偷看他；他从马桶上立起，气恼地跑走。父亲忙着备课，母亲忙着采购和整理，他们只摸摸他头，扯扯他耳垂，亲昵一两记，没关心他的便溺。

莫滔跟父亲来他学校，在他办公室喝学校给老师们预备的冷饮水，自己和自己下飞行棋。父亲上课去了，他跑池塘边看荷花，看见了豆娘。

豆娘是小蜻蜓吗？蜻蜓把翅膀摊开，豆娘却把翅膀举起。莫滔伸手，小心翼翼想捏豆娘翅膀，豆娘往前一溜，又停在荷叶上。莫滔努力一够，成了！他捏住了豆娘的薄翅，手指间有一种细微的质感，像捏着有纹路的玻璃纸。这时候，脚下干泥松塌了，莫滔莫名其妙看见自己眼前浮萍多了起来，越来越近，噗一声，他进了池塘，脸越过了浮萍，到了水底下……

空腔平衡做了好一会儿，终于莫滔低头看见了在脚底下又七八米深处等他的潜伴；他放弃了直立姿势，低下头竭力朝海下扎猛子，耳朵疼得受不了；他又浮起一两米，直立在那里再次做平衡。他明白自己的配重轻了些，现在回去加没可能，只好再次埋下头，往深处扎猛子……

浮萍底下光线黯淡，像一个人突然从阳光下钻入一个密室，莫滔看见每株荷花底下都有泛着青苔的老坛子；阳光从被他撞开的浮萍缝隙刺进来，如密集的几束灯光；小小游鱼疾速拐弯，鱼脸上显大的眼珠呆呆看着沉下来的莫滔；浮萍在合拢，“灯光”慢慢灭了……

莫滔觉得自己耳压平衡没做好，不过，他还是潜到了十二米深度，赶上了潜伴。他的耳朵不太刺痛了，可耳朵深处留着难受的感觉。他想看清楚自己的潜伴是谁，可就是看不清，那个人一个劲儿急急往下钻，像海下有什么目标。莫滔环顾四周，能见度不怎么好，蓝色海体里有很多漂浮物，像天空飞满了灰尘……

小孩子浑身都沉到了池塘底下，他一直憋着气，现在姿势成了仰躺，眼睛看见浮萍变成白色云彩，微微透出叶面另一侧的绿。云彩遮蔽了莫滔，消除了一个儿童落水的痕迹……

他吐出一串气泡，转过头看见了池塘里那只有名的老王八。老王八惊恐地瞪着眼睛，伸直褶皱头颈，从一只倒扣的破瓦罐后面偷看莫滔；莫滔憋得受不住，嘴巴不知道怎么了一下，猛喝了一大口池塘底下的臭水……

空调突然发出咔咔咔声音，像一个人的手卷进了复印机，莫滔一下子睁开眼睛，怔怔看着房间里的暗。他想起来了，他在菲律宾。刚刚到达，是来潜水。

打开门，他像吃了感冒药一样，昏昏沉沉往明亮地方走。才不过夜里十一点，晚餐是收过了，地球上各个角落来的人还在夜色里坐着，喝酒闲聊。

他要了一杯莫喜多，从朗姆酒和糖水里把薄荷挑出来放在桌上，几口就喝尽了。一股冰凉化成暖流，物理上暖了他心头。他坐着打开自己的潜水日志，翻到空白页上，一笔一描，想画出脑子里飞舞的豆娘……

他一瞥，又瞥见了下午的那个上海姑娘，现在她面对他这方向坐着了，没在笑。男生不是两个，只剩下了一个，背对莫滔。男生说：“要么是他，要么是我，你早做决定，我虽然同他是兄弟，也不能同他分你！”

“你不要逼我。”女生的嘴嘟起来，眼睛看着夜色，没看男生。

“唉！”男生长叹了一声，仿佛叹息里藏着深的灼热，“小珠子，你想想我们的马拉松也够长啦！我俩中学坐在你背后，我俩看着你变啊变，我和他变成连体婴儿啦！再这么下去，你都快成了我俩的娘了吧？现在，我已经准备好：快刀劈下来，连体婴儿一分为二，你挑一个，另一个自奔前程。”

莫滔听得出神，打响指又要了一杯“自由古巴”，朗姆酒在可乐里，好比猫在夜色里，太有活气了！他喝着，听那女生回答。

女生说：“你俩约了我来，不是来玩？我上当了，你要逼我做我不想做的事！”

她越过男生肩头，戒备地瞟了莫滔一眼；莫滔和她目光接了一接，转过脸望着余烬未灭的烧烤摊，用英语大声喊服务生结账。那女生不再看莫滔，她伸出手，在那长相和脑子同样费劲的男生头发上撸了撸：“回去睡觉，别闹了！”

莫滔站起来回房间再睡，一路自言自语：“真说得不错，有点像娘和傻儿子啦！”

早晨闹钟鸣响前五分钟，莫滔自然醒。他按掉闹铃，把脚蹼、潜水靴、潜水袜、连体两毫米潜服、面镜、一级头、二级头、潜水电脑表小心翼翼放进帆布包，一级头用毛巾裹着。他还往这包里放了浴巾、牙膏和眼镜盒，眼镜盒里放了近视镜和零钱。墨镜戴脸上，其他重要东西放进不带走的背包，背包直接锁进了房间的保险箱。

宾馆门口坐下来吃早饭：美式香肠煎蛋加咖啡。身体得了热气，近来一直发僵的胃舒缓下来，他呆望蔚蓝天空和同色海面。

见到加斯东，莫滔愣一愣，他本以为加斯东是个小伙，原来竟是瘦瘦小老头，大概五十五岁往上，头发都开始秃了。加斯东问：“现在就开始复习？”

莫滔跟他走进教室，加斯东开始写黑板，帮他回顾每下潜十米增加一个大气压之类的常识，莫滔笑嘻嘻点头，抢着把知识点说出来。加斯东走完一套，说：“下泳池吧！”

莫滔发现自己忘记如何把气瓶和其他装备组装起来，等弄明白，从泳池浅水慢慢往下游到深水去，他还是熟稔的。加斯东让他把呼吸器二级头从嘴里拿开，放回去；把二级头扔掉，用手找回来；水下解掉配重，戴回去；面镜排水；脱掉面镜戴回去……加斯东把一块配重铅块掏出来放在池底，慢慢吐气，沉下脸去吻铅块，让莫滔照做。莫滔吐出胸中气，缓缓沉下嘴来，也碰一下铅块。加斯东往浅水游，回头细看莫滔打蹼，点了点头……

出了水，加斯东说：“喝杯咖啡，我们下海吧。”

四

很多人喜欢到东南亚潜水，这里服侍人到位。莫滔和加斯东坐着喝咖啡，潜店的小工忙着把气瓶和一级头连接好，固定到BC

上去，最后检查余量表，指针指在“200巴”。

加斯东介绍说：“现在去的潜点叫大屋礁，我先让你找到中性浮力，然后你跟着我。不用担心。”

莫滔问：“有流没流，大不大？”

加斯东做个苦瓜脸：“没什么好害怕的，潜水本身的意义就是放松。那里没有流，平静如水族馆。”

莎拉满面春风走出店来，高高兴兴发音勉强地中文招呼一声“莫”：“去湿一湿，唵，湿一湿吧！”

“哦，你嫌弃我们太干了！”加斯东看着她，若有所思说。

“去你的，老不正经。”莎拉挥挥手，带个孤单的印度姑娘往泳池去找人。莫滔瞄着莎拉的腰身，好番体态！

加斯东背上重重气瓶和装备，朝沙滩走去。莫滔放下咖啡杯，央求小工帮他将装备上肩：“重了点，我怕扭了腰。”

他小心翼翼跟上加斯东，螃蟹船在浅滩上下起伏，一个黑三角脸的菲律宾船工阴郁地站在船头，看他们吃力跨上船去。海面多么美丽，淡绿中隐隐约约看见摇动的珊瑚影子，群鱼在船舷边忽隐忽现。船工示意莫滔和加斯东面对面坐，保持船体完美的平衡。他发动了雅马哈，船朝海的宽处疾驶……

到潜点，加斯东做个OK手势，问莫滔可不可以下水。莫滔尴尬地把涂了牙膏防雾的面镜递给三角脸：“谢谢，帮个忙！”三角脸一笑，接过去，俯下身子拿海水洗面镜，洗净牙膏，交还莫滔。

跟着加斯东跨步入海，俩人在海面上浮了三十秒，莫滔检查自己的面镜和呼吸器，加斯东什么也不做，看着莫滔。然后，俩人双双举起低压管，排出BC余气，一下子，人浸到清澈海水里。

加斯东像块石头那样沉到了海底沙滩上，莫滔很久没潜水，他不停吞咽着，想平衡耳压，有几次痛楚来临，又悄悄减弱，大概折腾了半分钟；他觉得面镜死死扣在鼻子上，叫他头晕，于是他用力掰松了面镜，水没进去，人一下子松快了，耳朵也立马不疼。他吐出长长的气，觉得自己降落下去，看见加斯东就在眼前。加斯东朝他点点头，领他往下潜。

他们降落到了一道海底峭壁前，峭壁是黑色的，仔细看，上面长满了纯黑色的软珊瑚，大大小小五色缤纷的热带鱼类在珊瑚上打转。加斯东回头看莫滔，莫滔觉得自己很舒服，对他做OK手势。加斯东加力往下潜，莫滔头冲下跟着扎猛子，抬起手腕看潜水电脑表，深度一个劲儿增加，已经到了水下二十六米。

加斯东开始平游，手里叮叮棒指给莫滔看稀罕的鱼；一条绿色笛子鱼漂过，没音乐，只有海水轻轻的咕咕声。加斯东用棒子挑开海葵和毛头星，叫莫滔看里面躲着的红身白点虾……往峭壁外侧看，但凡你有开阔空间恐惧症，就会心跳加速了：浩瀚的大洋无边无际，人像小鱼浸在巨大蓝色水体里，依赖背上那只储藏空气的钢瓶。若空气耗尽没有救援，一个人顶多拥有三十秒钟清醒时间，然后就是焦虑和意识模糊，终至于失去知觉……

莫滔想其实这是最省事的解脱方式，快得让人费解，连回顾最珍惜的往事也来不及。

盘底不久，慢慢上浮途中，加斯东继续当一个卖力导游。两条柠檬黄的蝴蝶鱼好奇地环绕着加斯东，他看上去像个戴花在鬓角的老头；加斯东在离海面十米的地方掏出红象拔，拿备用二级头往里充气。俩人在五米深处做安全停留，莫滔感到不由自主的浮力，他竭力往下扎猛子，把肺里空气一个劲儿吐出来，还是不奏效。加斯东伸手扯住他，一直等五分钟的安全停留满时。

浮出水面，莫滔鼻子里流出橙色液体，不是血，是某种有内容物的体液，他厌恶地把橙色东西往海水里抹。加斯东说："我觉得你的配重轻了，应该要十二磅。"

回到大鲸潜店，加斯东飞快地卸下装备和气瓶，跑泳池去了。莫滔慢慢把气瓶搁到室外大木桌上，一道道解开快捷扣和搭扣，表演缩身术般把手臂从BC里往外抽出来。只见那莎拉走着曲线从泳池边过来，脸上全是笑，好看得很。她直接跑到莫滔身边，叽叽呱呱说："那边两个日本客人可真是滑稽透了！他们听不懂英语也说'哈依、哈依'？路易斯在教他们潜水，结果那个日本人一'哈依'，面镜还在额头上就潜下去了，喝了好一口水！"

莫滔觉得莎拉靠得很近，他笑道："哎呀，那泳池的水可没海水好喝！"

莎拉笑睨他一眼，似嗔似喜："我们天天换水的。"

"那你还不亏钱？"莫滔说，"老板娘你不太会做生意！"

离第二潜隔一顿午饭，人要在水平面上待够休息时间。加斯东让莫滔吃了午饭随便什么时间来，来了再叫船。莫滔蹭进潜店，走到前台问莎拉："旁边那家泰国餐馆的午饭好不好？那个老太婆拦住我好几次呢！"

"哪个老太婆？"莎拉问。

莫滔拿手比画了个翘翘的曲线，拍拍屁股。莎拉笑："哦！她的饭菜可以的，你去吧！"

莫滔想问莎拉在哪里午饭，莎拉见他发愣，扑哧笑了，也拿手比画了个翘臀。

阿罗娜海滩，人来了就知道，绝对是个小地方。游客都像海底礁石上的鱼，住在哪里就在半径五百米范围里吃喝拉撒混潜店。

莫滔和餐馆老太婆打了招呼，刚选个位置坐好拿菜单来看，就见那两男一女同乡人东张西望走过来，站在门口看菜牌。翘屁股老太婆像条海鳗从自己洞里射出去迎客。

他们坐下来时看了莫滔一眼，莫滔大大方方用英文问了声日安。女孩子甜甜回他一声好；两个男的，一个腼腼腆腆对莫滔一笑；粗豪的那个没笑，用上海话说："这个日本人我们天天碰到，也蛮会吃的！"

又旁听他们三个对话。原来两个男生在东边那家华人开的潜店交了钱。英俊的初学，下午要下泳池；满脸胡髭的有潜水证，等那个学完，准备一起去潜。女孩子拿定主意不下海，打算一个人参加旅行团，薄荷岛一日游，看眼镜猴子和巧克力山。那巧克力山，是《哈利·波特》女巫骑扫帚高来高去的取景点。

"还是我陪你去吧！"方脸男生觍着脸，"张琪培训又用不到我，自有教练嘛！我总不见得在房里睡觉。我同你去，帮你背着包包。"

张琪笑道："今天我培训，明天我休息一天。要不，我们还是三个一起去？我也想看看眼镜猴子，别的地方看不到。"

女生嗲道："讨厌！一点机会也不给我，岛上这么多帅哥，白的黑的。你们太可恶，简直是老娘的拖油瓶！"

两个男生哧哧笑："我们俩，你选！一个当你老公，出局那个，只好叫你老娘！”

莫滔这年龄，看男孩子比较透明了。他闻言看看张琪，又看看那个“王气瓶”。就他眼光而言，张琪看上去比较有心计，他掩饰着自己；“王气瓶”其实一直在生气，不太快活。女孩子喜欢哪个？还说不好。很可能一个都不要！

五

下午潜水地点是 PPB，名字的意思是“绝佳中性浮力”。

加斯东很早就跑到船上等莫滔，莫滔却磨磨蹭蹭，在潜店门口反复琢磨自己的装备。中午他吃了只龙虾，加斯东只翻开自己包包，摸出个三明治。老头身上的装备是他自己的，有点旧了，不过还不至于破。他回答莫滔的询问说：“不，我一个人在菲律宾过。”他说法语，其实又不是法国人，他说自己是意大利人。

这次俩人是背式入水，往后一仰身，气瓶首先入水，然后是头部。由于 BC 充了气，人就像跌入水井，身上一凉，眼前天海翻转，升上水面，晶莹剔透，很是舒服。

莫滔略作努力，特意松了松面镜，鼻压马上平衡了，直直降落在加斯东身边。水下是个白沙缓坡，潜水者顺坡而下，心情特别容易放松。水面上路易斯带着一对日本小夫妻和一个中国姑娘，看去都是初学，空腔平衡做不好，一个下去，两个上来，像在锅里下饺子。加斯东恐怕是想帮一把，伏在沙地上，一直往上看。莫滔看看余量表，还是“200 巴”。加斯东漂开一点，拿叮叮棒拨开水草，叫莫滔看。一只绿色海马，尾巴卷住水草，悠然在浅滩午睡；黑色的龙鱼漂过，像个迷路的贵妇人。

路易斯筋疲力尽，终于放弃了，他带着三个顾客向水面浮起。加斯东和莫滔转身向深处潜去。

什么是伊甸园？莫滔睁大眼睛从一簇簇花团锦绣上方漂过，千形百态的鱼虾海葵，都在动作。阳光灿烂，海下是光的舞场。远处，海龟在朦胧光影里上下。暗处，海鳝涌动……

加斯东带着路，他不是个多事的人，只安安分分带路。莫滔出神了，眼下他嘴里有一口气，气瓶好好儿地供着他，无忧无虑。岸上的事，命运的好歹，远在天外，丝毫不能来占据他。多日以来，第一次如此忘怀。一条金枪鱼从外海游来，加斯东指指，莫滔茫然看着。这里是大洋，无论金枪鱼也好，海龟也好，千秋万世，和他莫滔也就是金风玉露一相逢。过去不曾有缘，今后无由再见。海里没有人的同类，人潜下来，只是看看，只是看看，什么关系也不会发生，没有恨也没有爱。

什么是伊甸园？假如我们潜水般经历人世，抱持看看态度，没欲望占有什么，没欲望触摸美丽如触摸珊瑚，那是不是就是伊甸？

来到了二十二米深处，加斯东在岩礁间寻找着什么。莫滔腕子上吊着新买的水下手电，这是中国制造、特地向俄罗斯出口的水下手电，功力强大。加斯东向他招手，示意他伏低到白沙地上，加斯东打亮他的手电，莫滔也第一次拧亮手电，两束白光向阴暗的珊瑚礁底下射去，汇聚在一条鲨鱼头部，照亮了它木呆呆的眼睛和钩形的嘴。鲨鱼的背鳍露出来，是白鳍鲨。传说中噬人的鲨鱼被他俩搅扰了午睡，烦恼地晃动尾巴，只等无聊人类兴尽而返。

莫滔觉得自己有一瞬间和顺宁静地等待着鲨鱼，等待着可能的疼痛，希望那撕扯可以爽快些暴力些，希望一切很快就可以过去……

加斯东带领的上升悠然缓慢，因为这里是缓坡，的确感到浮力容易把控。等接近水面约七八米处，加斯东从口袋里摸出一块包着扣带的铅，扣进莫滔的配重带。浅水增加的浮力被抵消，莫滔立刻感到悠然，稳稳停留在安全停留深度，看加斯东给象拔充气，用线绳放飞到海面。如果潜水员不想被来往船只撞到，象拔是唯一的浮标。

下午的海滩上阳光有点凶，游人大多躲在空调房里，或去了附近按摩店。加斯东脱掉潜衣，和莫滔击掌，致意今日同潜。萍水相逢的潜伴就是如此，在海里互相拜托，到了岸上，一切安好，还可以友善告别。

“下面几天我来潜，还同你去？”莫滔问。

“问莎拉吧。”加斯东点起一支烟，“我不知道啊！”

莎拉在店里。午后的潜店，连土著秘书都回家睡午觉了，空空静静，难得安详。

莫滔招呼一声莎拉，自己去储物柜上拿茶包泡茶。莎拉问：“你要不要咖啡？”莫滔拿着茶包犹豫，莎拉说：“我有古巴咖啡。”

莫滔等着看莎拉的古巴咖啡，莎拉打开前台底柜，拿出一大袋子深红色包装的 SERRANO，她笑看莫滔一眼：“等着，马上就有！”她跑出前台，往教室里去。

莫滔走到阳光灿烂的潜店门外，加斯东杳无踪影，海和天浑然一体，一只瘦猫在大木桌下横杠上耸起肩骨，固执地闻着一摊积水。

莎拉拿来煮咖啡的壶，把咖啡粉倒在滤袋里，壶开始咕嘟咕嘟地蒸馏。莫滔靠在前台上，问莎拉："你和蒂亚戈在这里待了多久啦？"

"五年。"莎拉说。

"生意好吗？能挣钱？"

"还好。八月份和圣诞节欧洲客，十月份和二月份中国客，平时美国人、日本人和韩国人也不少。"

"菲律宾怎样？难道这里的官儿……"莫滔大拇指和食指相擦。

"哦，你说贿赂，"莎拉摇摇头，"当然他们要贿赂。"

咖啡滴漏在玻璃壶里，悠远的香味，令一切苏醒。闻到这股香味，莫滔忽然走神，他想起自己跌落在父亲学校的池塘里，喝了池塘里的水，感到窒息。浮萍如雨滴，却不落下，遮住了他的天空。他觉得那时有一种力量，要把自己带走，去往令他战栗之处……

"给你。"莎拉递过滚热的黑咖啡，莫滔抿了一口，馥郁！

莎拉坐在前台里侧，莫滔靠在吧台上。阳光反射出细尘，尘土卷着咖啡的清香。谁也不说话，只有咖啡。

莫滔偷偷看了莎拉一眼，莎拉凝视着远处的海。

"上海？听说人比这里的鱼还多？"莎拉笑道。

"怎么说呢？"莫滔酝酿了一下，"我们市中心有个广场，那里有地铁交换站。你在高峰时刻下地铁去看，就像到墨宝潜水看沙丁鱼风暴！”

莎拉开心地笑起来：“沙丁鱼风暴？在地铁里旋转？无法想象！”

“你们呢？住在马德里还是巴塞罗那？”莫滔问。

“我们是阿利坎特人。你大概不知道这地方。”

“我去过。”莫滔笑了，“我去过那里看大理石矿。吃过一种粉红色的贝类，柠檬汁浇上去，贝肉就收缩成一团。”

“啊，是的！我们爱吃这个！”莎拉眉飞色舞。

“太奇妙了，时空！”莫滔说，“你可以从一个跑开，进入另一个。”

“你明天还来潜？”莎拉问。

“我还来。我想去一次巴里卡萨，听说要预约？”

“好的。我今天约。巴里卡萨一定要去的，这是薄荷岛潜水的精华！”

“听说流很大？”莫滔关心地问，“我不想同很多人一起潜，我想要一对一潜导。”

“这个季节，我们潜导不多。我看看能否找一个。”莎拉出神地望着前台一侧墙上的排班白板，“你知道，潜店的戏法，只有到出发上船，才万事俱备！”

“我必须要一对一潜导。”莫滔认真地强调。

“你不用！”莎拉笑了，“别担心！我问过加斯东，他说你很棒！”

莫滔扯动脸颊肌肉笑了一笑：“我有自知之明。”

六

吃了点国内带来的饼干和牛肉干，莫滔冲个凉，在房间里睡了两个小时。潜水是个累人的活儿，尤其对他这不尴不尬年龄。然而，醒来还是白天，想看海上火烧云都还没到点，天际尚镶着冷色圈。

莫滔到吧台要了杯智利红酒，慢慢喝着看微信。朋友圈好比一个小小银河系，没他参与其中，照旧浩浩荡荡顺时针旋转。

看见那张琪从宾馆东面华人潜水店走回来，头发湿漉漉，脸上挂着高兴的笑。女孩子从隔壁小杂货店蹦出来，两个人手拉着手，跑下沙滩去。叫“王气瓶”的老兄杳然无踪不在现场。莫滔一笑，知道自己成了半被动的窥视狂。

半被动的窥视里也有主动的好奇，莫滔想：“逻辑上推理，现在只一个结果了。女生喜欢了两个里的一个，另一个退出便是时间问题。不过，以什么样子退出是看点。”

想起印象中那个“王气瓶”，莫滔猜测他的身份职业：可能是个体育教练？或者是个……城管？而拼命掩饰自己的张琪却不叫人好奇，他可以是任何职业，一个普普通通上海男人。他在朋友面前装，朋友一转身，他很自在地搂住了那个对方还在同他竞争的女生……

喝过红酒，吃晚饭还早。莫滔决定往东面繁华地走一走，看除了潜水，阿罗娜海滩还能干些什么。

路是泥路，坑坑洼洼。右手边海天生辉，妙不可言，左手边旅馆、餐厅、潜水店、水果摊、小超市鳞次排开，人间气象，只中间路难行。

这就是菲律宾岛屿：人需要的都有了，还顾不上雕琢细节。

莫滔走到一个分岔路口，要么往左手走上坡，要么沿海滩继续走泥路。他选择了走左手上坡路。甫一转身，正看见那蔫头耷脑的“王气瓶”从一家按摩店闪身出来，满脸心满意足看起来愚蠢的笑，差点和莫滔撞个满怀。

莫滔停了停，让过了“王气瓶”，看清眼前是家旅行社，并非什么电话亭。这小小旅行社只一个柜面，柜面外头放一张长沙发，三个土著女孩在柜台里头坐着。

莫滔问岛上的旅游项目，无非看那些圈养在树林里的小小眼镜猴子，不过得花一天时间，因为散客凑成一车，大家你要看东我看西，谁也不能早回。除了那猴，那巧克力山，还看什么蝴蝶与当地动物，价格出奇便宜。若要吃午饭，另外自愿。

莫滔付了钱，却不确定何日去，旅行社也随意，只要他提早三小时通知即可。这里是小地方，小地方的好处是自由度大！

旅行社出来再往前探，就都是些吃的地方。当地人爱好烧烤，炉子早已吱吱响，烤鱼、烤鸡、烤牛肉，乌烟瘴气。不过，侦察散步是有用的，莫滔发现了一家中国餐馆，里面坐满游客，清一色中国面孔。等胃不肯再敷衍当地餐品，中餐馆的存在实在有益健康。

走回头路，下到秀丽海滩徘徊。很多黑黑的菲律宾土著在水里扑腾，手里推一只浮动网篮，像捞什么海产品。海滩边有男女放着红白塑料桶卖海胆，只要你敢吃，他们就撬开带刺外壳，让你吮吸那美味的土黄色。华人潜店的大船非常漂亮，浮在海边，上面空无一人，遗下一排钢瓶……海上的云变红了，该吃晚饭啦！

其实，潜水本身没什么可怕，只怕一样东西，就是突发的海流。莫滔被加斯东看出一直在害怕，他害怕的正是海流。每逢潜水，他总要问流大不大。

今天他很有收获，快一年没机会下水，今天下了两次海。现在，他心里已经不想是否遗忘技术细节，那实证过了，时时当心即可。有样东西靠当心没用的：变幻不定的流。

莫滔晚上俭省，在自己宾馆门口坐下，点了份烤鸡饭配当地啤酒。等鸡饭时候，他有大把时间想流的事。

他没学潜水就听闻流的可怕。他知道古都金陵有个女潜水员在加拉帕戈斯群岛失踪，怕是碰上了人见人怕的下降流。莫滔尝试过放流潜水，那是在印尼，船把你载到洋流的上方，下饺子般把人下到洋流里。像风吹蒲公英种子，潜水员们顺流而下，好比坐上了顺风车，不需要自己打蹼。周围珊瑚如宽银幕电影扑面而来，好一番美景。到了气瓶快耗尽，大家一起升水，船已在等你，它是跟着你们漂下来的。那是愉快的体验。

他也尝到过不那么愉快的：考 PADI 高阶证书需要夜潜，其实就在巴厘岛东岸，潜的是图蓝本的美军自由号运输舰残骸。夜色里莫滔跟着女教练潜，周围上下到处是夜潜人的手电光，简直跟逛海底夜市似的。不过，升水途中碰到了难得的流，流从东南往西北，沿着岸冲下来，女教练在水下急得像只野猫，等奋力逆流浮出水面，已经不由自主被冲出二三百米，如若船骸不是紧靠岸边（这船是被历史上的火山岩浆带下海的，并非自然沉没），很难说当天晚上会不会遭罪。

送上来的烤鸡出乎意料地好吃，菲律宾人用了神秘的作料，叫鸡肉产生植物的芳香。莫滔想起那晚从图蓝本的海水里冒出来，水凉得很，腿肚子因为用力打蹼抽筋了。教练带着去“安全停留”土餐厅吃晚餐，他点了“马伊马伊”，就是鲯鳅鱼，中国人叫“鬼头刀”，也就是《少年 Pi 的奇幻漂流》里 Pi 靠着吃它们活下来的那种鱼。这鱼是色彩变幻的大家伙，在图蓝本卖得很便宜，鱼肉好吃极了，满满一大盘，嫩嫩地跟随冰啤酒顺流而下，进了莫滔肚子。

要猛地来上升流，休闲潜水潜得不深，拼命吐气扎猛子吧，情形再坏，也就是进高压氧舱，还能捡回命；怕只怕一个突如其来的下降流把你压到七八十米深度去，那就太复杂难料了。上升过快是个死，升不上来也是死。

马上就要去巴里卡萨，巴里卡萨绝非什么疗养胜地，那里常常发生危险的流，其中不乏下降流。哪怕下降流不一招致命，对于没经验的人来说，应对失措也是致命的。

莫滔想到莫测的大流，不由得一挥手，又要了一份烤鱿鱼，爱吃就多吃点吧。这顿晚饭利于冥想，他第一次没在饭桌边看见那二男一女。

七

又一个早晨他自然醒，醒在闹钟鸣响之前。

阳光比前一天更灿烂，大鲸潜店里没什么人，前台坐着那秘书。秘书对莫滔微笑，其他人不见踪影。

“今天谁带我去潜呢？”莫滔微笑问。

“汉斯。”菲律宾女人回答，“他马上就来。”

“莫先生，你的BC和气瓶我还没装，”一个黑黑胖胖的小工走过来，“你的呼吸器是好牌子呀，我怕放在门口被人踩到。你下海前我再帮你装。”

“好呀，谢谢！”莫滔拍拍小工肩膀，琢磨什么时候给他小费合适。

来了个眼珠子蓝蓝、眼袋松得有点往下挂的西人老头，还有点佝偻腰。莫滔朝他点点头，正准备走开，老汉说：“是莫先生？我是汉斯！”

“汉斯？”莫滔迟疑了一下，“您带我潜水？”

“是啊！”汉斯毫不迟疑地回答，“我在这海滩上带人下海潜水已经二十五年，每天平均下水三次！”

莫滔肃然起敬：“您家也在菲律宾？”

“我一个人过日子。”汉斯说，“喏，就在前头海滩边上，住在朋友海边别墅里。”

“今天你准备带我潜哪里？”莫滔指指店里海图上密密麻麻不知如何挑选的潜点。

“潜哪里？”汉斯露出一个苍老的微笑，“去看沉船吧。那船不大，就叫作‘大鲸潜店沉船’，怎么样？我喜欢那个地方！”

“好！”莫滔不知道为什么，有点喜欢这德国老头，他潜了二十五年，恐怕有资格对这里所有潜点如数家珍。

上了船，太阳烤得人不耐烦，清澈海水如同微笑的妇人，诱惑人靠近。

汉斯和驾船的三角脸土人打招呼：“里铎，往沉船去，那里今天很平静吧？”

里铎古怪地笑了笑，说了句土话，汉斯露出羞涩笑容，笑容很老年。

到了地方，船熄了火，里铎主动伸手接过莫滔潜镜，俯身船舷，在海水里洗去牙膏。汉斯先下水，莫滔交叉小腿，脚蹼跷起，也背式入水，享受海浪对他的吞咽。戴着潜镜一低头，好家伙，汉斯已沉到十来米深处等着，他看也不往上看，凝在水里，像沉思者。

莫滔觉得自己也算一个好汉了，没怎么做空腔平衡，人就沉了下去。也许得感谢加斯东替他找到了正确配重，今天腰里正好十二磅铅块，大约相当于五公斤半。找到中性浮力是潜水快乐的前提，好比知道自己酒量，恰恰喝到那个点，停下来不喝。

汉斯像等了莫滔半辈子似的，一看到他稳定的眼神，彼此做个 OK 手势，就举起低压管，一边连续排气，一边石头般直坠下海洋深处去。莫滔照做，把肺里空气连续排空，人往下坠，海水越来越蓝，耳边越来越寂静，他看看潜水电脑表，深度好比股市不断报出的上升股价，短短两分钟竟然就下潜了近三十米！莫滔知道如何形容这深度，他做过对比：这就像陆地上一个人在十一楼小高层建筑顶上，两分钟内俯冲到地面。

蓦然见到了那沉船！船就在他们身下不远处，颓然卧于海底白沙上，船身笼层轻烟似的，围满大小游鱼。

汉斯像只蜻蜓，朝沉船飞下去。莫滔有点晕，他看看电脑表，三十二米了！

大海如一只巨大无比的蓝色染缸，呈现没阳光直射的蓝空间，凝止的、无声的、眼睛望不穿的暗蓝……莫滔觉得自己是琥珀里那小虫子。

他跟着汉斯头冲下刺向那不大的沉船，五色的鱼在眼睛里越来越大，突然他感到一种异样，从未有过的一种感觉，仿佛人大白天跑步，突然跑进了梦里。这不是晕厥，轻轻的、淡然的，额头像被情人的手拍了一掌，有了昏厥的快感（如果昏厥能有快感的话）。

他有点惊慌，怕接着来什么剧烈的生理反应，不过，他已到了沉船边，看见了船栏上的铁锈和铁锈上开出的繁花，那清晰的五色的纹理叫他精神一振。

他发现自己浑身没有一丝浮力，在水里能像在床上般随意翻身，竟比床上翻身更容易更滑润，约等于宇航员在宇宙飞船外的失重状态。声音已离他远去，这里只有寂静，还有一艘长眠海底的船……

汉斯看看莫滔，莫滔做个 OK 手势，汉斯就继续低下头伏在白沙上，像一只垂垂老矣的犬。莫滔也朝白沙潜去，看看电脑表，海下三十五米！电脑提醒最多逗留十一分钟，否则要进入额外减压程序。

一条 Nemo（橘色和白色条纹的小丑鱼）好奇地游到莫滔潜镜前，像 3D 动画般前后游动，忽大忽小，允许他近视的眼睛看到纤毫毕现。莫滔欣喜地朝小丑鱼伸出手指，小丑鱼围绕他手指上下翻飞，像一个人手指上变出只花蝴蝶……

那种白日做梦的感觉加深了，如同喝到自己酒量的人又加码喝了一大杯，小丑鱼发出了嘻嘻笑声，变成一个小小孩子对巨人莫滔施以魅惑。莫滔不由自主对小丑鱼说："你跟电影里一模一样，甩尾巴好帅！”说完，他心里一惊，想到了氮醉。这一定是氮醉！

他往上浮起两三米，脑子骤然清醒，正如从梦里醒来。

汉斯还在船边，他安详地呆呆望着沉船，像看着他的某段记忆，享受氮气制造的醉意。莫滔看看电脑表，还有滞底时间，他再次一个猛子扎到三十五米，游到船的另一侧，氮醉立马又回来了，他又觉得自己成了宇航员，在蓝色的空间飘飞……他仔细看沉船船体，看见一条硕大的海鲈鱼卧在船中央，老太婆式的嘴一鼓一瘪，让人觉得回到外婆家……

汉斯招招手，带头上浮，这里深，来的人少，珊瑚大而鲜艳，珊瑚上的鱼比浅海里那些更好奇，巨蚊般绕着莫滔不肯游开，莫滔几乎可以抚摸那些手掌大小的鱼，它们是海里的宠物……

汉斯上升起来有点快，比加斯东放肆。因为在深处逗留好一会儿，莫滔耗气比往常快了许多，下海不过半小时，气瓶剩下的气就接近50巴了。汉斯放出象拔，俩人做完五分钟安全停留，浮出水去。

船呢？船不见了！

莫滔喊道：“船呢？”

汉斯尴尬地回看他，摇摇头。

船再次不见了，记忆如同一个拦路大汉横着跳出来，莫滔一瞬间不知道自己在澳大利亚边的太平洋里还是在亚洲的太平洋里，为什么总被船抛弃？

远远地来了一艘船，莫滔呆呆望着，看见那船泊在了水上，有个黑黑的船工呆坐不动，仿佛进入午睡。汉斯摇摇头：“那不是我们的船。”

“我们的船”如蒸汽般消失，太阳火辣辣射下亮光，人的脸很快就干了。莫滔开始忧虑了，他看看余量表，里面还有“40巴”，他往BC里多充了些气，让自己浮得更高些。他竭力躺在自己的气瓶上，节省力气。可是这时候脚蹼却往下扯，让他躺得不舒服。

他想：这个海域没听说有鲨鱼，也没听说有大流。上帝保佑，希望这两个不会恰巧经过！若是恰巧来了，只求上帝让一切都快些结束，别让人太受罪。

再看汉斯，老头无奈地抱着红色象拔，眼袋几乎垂挂下来，特别无助……

八

旅行社门边站了几个散客，观光车迟到了。早到的莫滔在旅行社长沙发上占到一个位子，房里有空调，早八点就热辣的阳光奈何不了他。

车子不大，是辆中巴。门口骄阳里晒着的人首先上了车，莫滔慢慢走出来，上车，主动钻进车厢去，坐后座角落里。

司机戴着墨镜在车外张望。莫滔前面空着一个位子，左边不空的位子上坐了个美国老头，头上缠星条旗当头巾。莫滔身边，还空两个座位。

等得大家都不耐烦，已经比集合时间晚了十五分钟，司机犹豫要不要出发。正那当口，两男一女飞奔而来冲上中巴，正是那三个！

女生说：“去，你们两个坐到后面去！”她往莫滔前座坐下时，看见了莫滔，脱口而出："你好！"

莫滔还是用英语对她说早上好。只听身边落座的"王气瓶"说："咦，怎么老碰上这个小日本？"张琪笑道："日本人本来就是邻居。"

莫滔想："难道我注定旁观这三个？要我旁观什么呢？"

第一站便去看眼镜猴。司机宣布中巴要行驶四十分钟。车子出了阿罗娜海滩，马上进入了丛林窄路，颠颠摇摇。

"王气瓶"坐在莫滔边上，伸手扯扯前面女孩子头发："喂喂，你怎么又坐到我俩前面？上学时还没坐够？"

女生甩甩头发，不响。张琪轻轻说："扯一下头发，罚款一千人民币！"

大概车上只有两个人懂他。一个是那女生，一个是莫滔。莫滔想：事情到了这一步，这张琪忍得辛苦！

"一千？""王气瓶"笑道，"我付一万怎样？"

女生不说话，好像没听到。张琪咕哝说："说什么大话？人家付你王建一万两万我见过，你就算只付一千，我也没见过呢！"

原来这个粗人叫王建。张琪点了他的名，他伸出胳膊，卡住了张琪脖子。下手很重，卡得张琪憋红脸，一挣脱就咳嗽起来。女生坐在前面，没看见。

莫滔转过脸，关心地看看张琪。张琪舌头伸在嘴巴外，咳得差点流下口水，他气愤愤说："难道我说错了？你当巡警那会儿，路边卖外烟炒外汇的黄牛哪个不供着你？"

王建笑："放屁，我警风端正，从不捞外快！"

前头女孩不回头，突然说："后头那位，你警风端不端正我不知道，上中学那会儿，你学风我知道！"

张琪笑："那个谁，考试不肯给'王气瓶'看考卷，王兄等他上厕所，就把人家书包扔到老楼屋顶上去了！哈哈！"

"放屁！不是我扔的。你小子扔的！"王建打个哈哈，黑的方脸上笑得得意。

"张琪你也不是好东西！"女孩还是不回脸，前头座位上悠悠地说，"跟在王老大屁股后面当跑腿儿的。"

"哪里哪里，""王气瓶"高兴了，"他何止跑腿儿？我去巡街，他假装买外烟，先把卖外烟的扯住，我上去便能罚到款！那钱，他才没少用！"

"啊？"女生回过头，瞪了这哥儿俩一眼，"你们把罚款吞没了？"

姓王的和姓张的都尴尬地笑起来。

"两个都是小混混。"莫滔鼻子里轻轻出一声气，闭眼打起了瞌睡。年纪不饶人，何况昨天又被船撇下，在凉水里泡久了。

亏得那艘其他潜店的船看见莫滔求救手势驶过来，问了明白，疾驶回去通知大鲸潜店，三角脸里铎才阴着一张脸驾船来，让莫滔松了口气。莫滔一边谦让汉斯老人家先上船，一边准备回去投诉这里铎。

莎拉正好在店里，她没看出发生什么不愉快，笑嘻嘻招呼了莫滔一下："去看沉船了？爽？"

莫滔把气瓶卸下，潜衣也不脱，就跟进店来对莎拉说："上了水面船不见了，我们在海上漂了半小时！太过分啦！"

莎拉挥挥手："没事没事！我们这里到处是船，实在不行，别家的船也会接你们回来。又没有流！”

莫滔说：“莎拉，这可不是理由。”

“哦！”莎拉看出了他的失望，“好啦，别生气。这边所有潜店都一样呀，我们的船，还要接送其他潜水的客人嘛！”

莫滔无话可说，恨恨道：“希望不会再有下一次！”

莎拉耸耸肩，不理他，手指在墙边白板上查，查到了：“巴里卡萨明天名额满了，后天也满了，只有大后天。大后天去的是大船，会跟着你们不走，放心！”

莫滔想了想：“明天我去看眼镜猴子，不潜了。后天，后天……”

“莫，你是个男子汉哟！”莎拉眼神毛毛地看他，“怕什么哟！后天你来，我当你的潜导！”

眼镜猴子们被围在一个树林里，土人在树林前头卖参观票，在出口处卖纪念品，纪念品基本是长毛绒的眼镜猴子和木头雕的眼镜猴子。

一车人晃晃悠悠买了票进门。领大家看猴子的有两个导游，男的带几个西方人；女的把二男一女、莫滔和一个孤单的韩国男人归在一起往里带，一边走，一边严肃地说：“保持安静，不要靠眼镜猴子太近，不要用手摸猴子！”

“王气瓶”听了女生翻译，笑道：“什么猴子这么宝贝？我出钱，买一只回去让张琪给我养着！”

导游把大家带到一棵散尾葵下，指指枝杈间，但见一只拳头大的猴儿，指节细翘，爪子紧紧搂着枝干，头埋树叶里，不看人。“王气瓶”伸手去推那猴儿，女导游生气地嘘了一声，英语说：“不要碰！”“王气瓶”理也不理，在猴儿腰身上点了一点，眼镜猴子吃惊地抬起脸，两只玻璃珠子似的大眼睛简直占满整张脸，跟《指环王》里“咕噜”似的，惊恐地瞪着人……

女导游气得七窍生烟：“中国人，别碰我们的眼镜猴子！”“王气瓶”听懂了，他翻起一对儿白眼，对女导游说：“是我碰猴子，跟中国有啥关系？”

女导游喊来了管理员，管理员解释说：“眼镜猴子是野生的，我们尽可能不要去打扰它们……”“王气瓶”哼一声：“不打扰它们？可以啊，别圈起来卖票让人看哪！你们打扰它们挣钱，我付了钱，不能摸一摸？废话少说，这只我摸过了，你们开个价，我买下来！”

张琪笑得几次三番要噎住，女生说：“难为情死了，你们这两个赤佬！老出洋相！”

看巧克力山的时候，两个男生，一左一右拱卫着女孩，轮流和她合影，还请莫滔替他们三个按快门。莫滔看他们三个站成一排，两个男生都搂着女生小腰，女生虚假地欢笑，张琪有点气呼呼，倒是王建笑得大方，牙白生生龇着……

中午在一艘平底船上吃自助餐，船溯河而上，两边有椰子树和开满红花的凤凰树，男女两个歌手唱美国歌和邓丽君的《甜蜜蜜》……顺流回来路上经过岸边一个平台，土著们已盛装等在那里。先载歌载舞，后来跳起了竹杠舞，邀请船上人下船一起跳。

满船人腼腆，“王气瓶”一跃而出，粗壮的身子灵活非常。起先竹杠还慢，后来越敲越快，“王气瓶”腾挪得当，一下也没被夹住，赢了满堂彩；张琪笑着看，等喝彩一停，他也跳出去，和“王气瓶”来了个双人竹杠，他长得俊美，满脸笑容，不比“王气瓶”像个易装军阀，他赢得了女人的彩声……

下午回程车上，二男一女一直兴奋地聊竹杠舞。女生在他们跳得起劲时，往土著表演队手里塞了不少小费。王建得意扬扬地说：“小意思，以前我们在中学足球队踢球，身子可比现在灵敏！”

“你不是灵敏，你是一尊土炮，听说一球把足球网踢破了！”女生笑他。

“你问张琪，他射门的每个球是谁传给他的？外行看热闹，内行看门道！”王建拍拍张琪脖子。

张琪推开他手，承认说：“这个倒是事实，传球的比射门的更灵巧！”

“王气瓶”仰天一个哈哈：“算你张琪说话还有点良心！”

九

莎拉对莫滔说：“你不是害怕海流吗？走，我带你去放流潜！”

她没笑，她那样子看莫滔，像是他长辈。

莫滔眼神躲了一躲：“流大吗？”

“流大的地方才看得到东西，否则只是看珊瑚，跟浮潜没啥两样！”莎拉神色怪怪的，像要伸手推莫滔，把他推到船上去，“我带着你，你不需要担心。”

蒂亚戈终于出现了，他出现在莫滔背后，扑哧笑一声：“莫，莎拉是个好教练，你今天幸运了。”

莫滔这时候有了豁出去的心态，他回头看看蒂亚戈，转头对莎拉笑：“走！走！潜去！”

莎拉说："你配重太多，不需要十二磅，拿掉一块！我教你怎么做空腔平衡，怎么快速下潜。"

莫滔捂住配重带："不不不！我需要十二磅，否则上来时浮力太大，辛苦！"

莎拉伸出右手，食指在莫滔面前晃："听我的。我会让你知道怎么做。"

船出海滩，他们碰到了华人潜店的大船。大船上密密麻麻坐了二十来个人。莫滔看过去，看见两个熟人，自然是"王气瓶"和张琪。

莎拉朝大船招招手，对莫滔说："你看见了？他们也是先在一个潜点放人下水，然后去下一个潜点放另外的人。我们比他们谨慎，他们还拿这船去放流潜呢！"

莫滔张大嘴巴："这太过分了吧！他放流，船必须跟着，其他潜点人出水，碰上有问题，没船搭救！"

莎拉耸耸肩："我们的船其实不远，马上会来。至于他们，我就不评论了。"

果不其然，华人潜船往两个潜点放了人下去，不多久，又跟上来，朝莎拉准备放流潜的区域驶去。

莫滔吐出舌头，对莎拉说："不得了，他们没规矩！你看，那个人刚学潜水，初级潜证可能还没拿到，他们就允许他放流？"

莎拉看看他指着的张琪，张琪穿了潜衣，脸色发白，呆呆坐船舷边咬手指。王建光着上半身走来走去，同潜导有说有笑。莎拉说："我不知道。"

华人店的大船和莎拉的螃蟹船停在同一个礁石区。莎拉对莫滔说："你记住，下水后跟着我尽快下潜，把肺里空气持续吐出来，吸一小口气，继续再吐，空腔平衡连续做。到水下十米跟我会合。然后我怎么做你就怎么做！"

莫滔为难："我的配重轻了。"

"配重不是问题，吐气才是关键！把气吐完，吐到肺部没浮力。"莎拉说，"来吧，莫，潜水就是彻头彻尾放松，紧张不是潜水词汇。"

她按着面镜，另一只手拢着腹部配重带，跨步出去，扑通到了海里。

莫滔下意识又试了试呼吸器，然后也跨步下水。

他们同时举起低压管开始放空 BC 的气，莫滔在水下看见莎拉做手势叫他吐气，他使劲儿吐气，吐到胸口发痛，人并没下沉多少。莎拉又示意他把腿交叉起来，没想到这样一下子就沉下去……

在十米深地方两个人脸对脸看了看，一切顺利。莎拉对他挤挤眼睛，转身在前领路。莫滔眼里有晶莹剔透的大海和曲线玲珑一个女人……

流不很大，轻轻把人往前推；人好比浮在半空里慢慢掠过"大地"，"大地"上是一簇簇珊瑚和列成队形游泳的鱼。莎拉第一次逆流打蹼停下，是指给莫滔一条长尾鲨。长尾鲨体形不大，一米多长，孤独地在十五六米深度环游。他们视野里看见了四个潜水员，两个是潜导，一个是"王气瓶"，另一个自然是新手张琪。张琪手忙脚乱，在浅水里上下折腾半天才下来，大串气泡溢出呼吸器，证明他呼吸急促心态慌张……

莎拉第二次逆流打蹼，莫滔已同时看见了外海方向悠然游过来的“拿破仑”，中国人叫它苏眉鱼，这是条如同戴着拿破仑军帽的大头鱼，体形有陆地上中等野猪大，嘟着厚厚嘴唇，洋洋洒洒游了过去……水流突然加速，莫滔看见莎拉飞向前方，她双手交叉，脚蹼跷起，安安稳稳回头观察莫滔，莫滔也照样交叉了双手，跟着她飞……莎拉松开手，指指左后方，莫滔看去，似乎张琪面镜进了水，不知道怎么排水，正呼噜呼噜在水里大耗真气。两个潜导围住了他，“王气瓶”打着手势，样子很着急……

莎拉第三次逆流停下，是捡起珊瑚礁下谁丢失的一只水下相机，相机的吊绳断了，她操作了一下，看见了里面相片，她笑着让凑上来的莫滔看相片：海龟和鲷鱼群……

就在气瓶余气接近“70 巴”的时候，一群五条魔鬼鱼从大洋深处浮上来。黑色的大蝙蝠啊，细长的鱼尾如鞭子，森森然编队掠过潜水员头顶，白色肚腹上阴郁的小眼睛透出戒备之色……莎拉抓住莫滔的手，让他在流里停留，观看魔鬼鱼；莫滔拉着莎拉的手，一种久违的柔软情绪从心里泛起，好比乌贼鱼释放出一股浓雾……

五米深度安全停留，莫滔又控制不住往上浮，莎拉示意他长长吐气，他再怎么吐也浮，只好无奈地一次次扎猛子，狼狈不堪。莎拉放象拔，两人出水，船就在眼前，莫滔有点脱力，莎拉帮他拔下脚蹼，让他先拉住放下的木梯，上船……

那边大船上，潜导已先把张琪弄上去。小伙子大概吃了好些海水，一个劲儿趴在船舷上干呕。

莎拉看着那边大船，说：“计算得很精确呀，这里放流潜结束得快，船驶回去接那两拨人，大概正好！”

她笑着看莫滔：“不错呀，莫，潜得可以！配重我还是让你加回去吧，你好像很容易浮起。”

十

夕阳下去后，天和海真的无法分辨，都是布料模仿不了的灰蓝色。若没那些趴在水面的螃蟹船，海平面很难用肉眼找到。

网络上有许多回顾巴里卡萨潜水的文章，众多老手也认定幻流很难对付。潜水者难免会想到意外、担心意外。万一一去不返，总得事先留下些交代。莫滔出门已在家里留了书面交代，此刻他拨通电话，不温不火和妻子聊了一会儿天，什么敏感话题都没碰。

晚餐点了一条有点贵的石斑鱼和一条鱿鱼，都烤得金黄，饱食一顿。记过账，莫滔拿起一瓶冰镇嘉士伯，去海滩散步。海浪轻轻拍沙滩，他仔细看，这里没太多可以捡拾的贝壳，论起贝壳，还是他从前去过的塞班岛和智利海岸丰足。

他靠在海边椰子树树干上，轻轻哼起遥远年代爱唱的歌《外婆的澎湖湾》，他让啤酒的细沫冲着喉咙，觉得往昔时代已彻底寿终正寝，也许，往昔都躲到海底珊瑚礁底去了……

走几步，莫滔在一条望海的石凳上坐下，闭起眼睛听海涛。

“先生，你好！”有个女人对着他说英语。莫滔勉强自己从遐思里回来，睁开眼睛。他愣了一下，才回过神：是那个上海姑娘。

“也许我打扰你了，先生。”姑娘打个手势，这种手势只有上海女人才有，优雅，但不太自信，“我不知道可不可以同你说几句？”

“当然，欢迎。”莫滔用英语回答她。

“我在这里没熟人，除了和我一起来的两个朋友。”她柔声说，“我想和年长的人说说话，有些事我还是缺少经验。”

“明白。”莫滔点点头，“我比你年长，也许可以为你效劳。”

“可是，先生，你是做什么的呀？你看上去很有知识。”她认真看他，眼光有点狐疑。

“是吗？这么说吧，”莫滔没透露自己什么也不是，只是个寓公的真相，“我研究哲学。”

“哲学？太好了，简直正好！”女生粲然一笑，“你可以叫我小珠。先生，哲学上来说，什么是选择？”

“什么是选择？”莫滔想起张琪和王建，想起那两张生动的脸，“选择，就其本身来说，就是解决问题。是的，解决掉问题而已。”

“解决问题？有意思。”姑娘面对莫滔站着，她的白裙子在风中飘，莫滔喜欢她的青莲色衬衣，她身材丰满，但眼神骨感，身上时不时飘出一股薄荷香气。

“问题不那么容易就解决，”她耸耸肩，“也许可以不选择？”

“选择的意义是结束难以忍受的现状。”莫滔脱口而出，不知道自己这么说是为什么。

女孩子吃惊地看着他，回头远望海天，她望了好一会儿，对莫滔说：“是的，先生你说得真好！”

莫滔坐着不动，上身僵硬，他不想站起来，也不敢请女孩子坐下，生怕会吓跑她。他被动等待着，等待她再问其他。

终于，女孩子在他身边坐下了，问他：“你有烟吗？”

莫滔带着白万宝路和白色 Zippo 打火机，通常不抽。他递过烟盒，姑娘抽了一支，他为她点上火。

她吸了一口，吐出轻雾："选择会付代价。这让人恐惧。难道你总是勇于选择？"

莫滔自己也点上一支白万，他控制着自己思绪，不让自己思绪万千。他谨慎地说："其实不是我们自己选择，是上帝。"

女孩子说："先生，你相信上帝？我是信佛的。"

她身上又传来那淡雅的香水味道，清洁而文雅。莫滔说："今天我去潜水，海底下碰到你的朋友了。"

"是吗？"女孩子惊讶极了，"这么说我真的该同你聊天！我的直觉好准！你和他俩一起在海底？"

"是的。放流潜水。有一位小朋友似乎不该去，他才刚刚学，放流比较危险。"莫滔说。

女生把烟蒂放到脚底下碾过，捡起来包在餐巾纸里，手心里捏住。她转过身，鲜润的脸盘对着莫滔："先生，如果我问一个疯狂的问题，你不要见怪！"

"什么？"莫滔被她的年轻美艳一震，往后缩了一寸，他觉得她确实有点疯劲儿了。

"我如果从他们两个当中选择一个，那另外一个会不会……会不会……报复？"

"报复？"莫滔重复一声她的英文用词，她用了一个强烈的词语，通常会引发生命危险。这是她问题的原意吗？还是她的英语不够好，只有有限的词汇呢？

"你不可能知道，你不可能。"他安慰她，"谁能猜测呢？

按照我的看法，做事不能瞻前顾后，随他去好了！”

“是吗，先生？也许只有如此！”女生站起来，以日本式的态度朝他鞠了一躬。莫滔无奈也站起来，假装成日本人欠身还礼。

“谢谢先生，感谢你听我胡说八道。沙扬娜拉！”她转身跑走了。

莫滔呆呆站在原地。这三位的故事快要进入转折点了。牌就要摊开，面具都快撕掉，伤心总是免不掉！

他想起那个方脸的粗鲁汉子，并不为他感到可惜或怜悯，也许他的确应该出局，以失败者的身份体面地离开。

夜晚很热闹，人到了海边度假就会变成夜行性动物。

他走到东面交叉路口去。走过那中餐馆，看见张琪和王建正和华人潜店那几个潜导在室外座上斗酒。张琪笑得很俊俏，王建粗豪地站立着，好比一个石杵杵在地上：“喝光！一口闷！五十二度的小糊涂仙，好酒！”他挡住两个歪歪倒倒的潜导，“不，小张不能喝了，他酒量小，他的酒我代！”

酒瓶歪下来往王建杯子里倒双份的，王建看也不看酒瓶，只推开潜导乱挥的手：“我双份的，看见了？要喝一起喝，谁也别蒙人，喝光，我陪你，底朝天！”

“好了，好了，”张琪站起来拉，“明天还潜水，不要喝多了！”

“我们都是把白酒带到水底下喝的人！”潜导哈哈笑，“记得那个让·雷诺演的电影，拍潜水的那个？水下喝，才是真爽快！”

“水下喝就水下喝，怕你，我不叫‘王气瓶’！”王建边拉扯人边好笑，“我看你们已经喝到下不了水啦！”

莫滔不由自主摇摇头，快步走过中餐馆，进了潜水装备店。

十一

巴里卡萨岛就在前方。大螃蟹船稳稳前进，蒂亚戈和莎拉夫妻俩满意地看着一船潜水客。

本来的计划是两对南美夫妻，年轻的一对带来了一方的父母，他们归蒂亚戈导潜；莎拉是陪着莫滔来的，莫滔非要一对一潜导不可。可大早上的又来了两个散客，一个是马来西亚印度裔女人，另一个是中国内地来的小伙子，不会说英语，直到见了莫滔才决定一起去潜。

莎拉多了两个潜客，宽慰莫滔说："我们还有霍华德，他是菲律宾潜导，常驻巴里卡萨，让他带这两个客，只麻烦你给这中国人当一当翻译。"

莫滔满口答应，做生意本来是这么回事，岂有把客人赶走的道理？昨天临离开潜店，蒂亚戈气呼呼回来，告诉莎拉有一单生意黄了。他们不知从哪里接来三辆露营的车，本来安排到海边自己的小营地，哪知道其中一辆车的菲律宾客人挑剔营地离海太近，说海雾会弄坏他的好车，一语不合带着三辆车全走了。莎拉脾气算好的，没大呼小叫，只责怪蒂亚戈不会交际，心疼那没赚到的钱。今天平白多出两个客人，正好替莎拉冲冲晦气。

船上放了果酱面包和几串香蕉，也有茶包和三个热水瓶。蒂亚戈陪着南美客人说西班牙语，莎拉笑嘻嘻跟莫滔坐在一起，回答印度女人和中国小伙子的提问。海鸥绕着船飞，湿润的海风滋润着呼吸。每个人都端起了茶水……

船直接开到巴里卡萨岛的沙滩附近，第一个潜点就在岛的紧边上。

莫滔惊讶："怎么离开岸边这么近？"

"是一个峭壁。"莎拉说，"直插深不可测的海底！"

这峭壁被潜水客尊称作"大教堂"，想来必有大景观。莎拉让莫滔第一个装备起来，把印度女人和中国小伙子交给了从小螃蟹船上跳过来的霍华德，一个晒得暗沉的结结实实的菲律宾汉子。

他俩带头跨步入水，莎拉说："你记得把腿交叉起来，就不会下意识踢脚蹼，下水就快。"莫滔打个OK手势，照做，一下子浸入了有点幽蓝的海水。

水下六米停留了十来秒，莫滔跟着莎拉向斜下方潜下去。峭壁出现在左手边，阔大绵延，远看极壮观。脚下没什么海底，像跳伞的人看不见地面……

蒂亚戈带着两对夫妻跟了下来，那两对夫妻潜技娴熟，飘飘然就从他们身边游过去了。蒂亚戈向莫滔打了个招呼，伸手过去，在莎拉手里接一只手电。莎拉慢慢向峭壁靠近，叮叮棒在海葵和珊瑚间翻找什么，突然，她向身后莫滔招手，让他看海葵和软珊瑚间一个暗洞，一条海鳗正张开有牙齿的嘴威吓他们……

莫滔的眼神掠过莎拉曼妙的腰肢，她比海鳗更有诱惑力……

忽然看见吐出的气泡不是直直上升，而是向前方斜着飞。莫滔感到了那股突如其来的海流，海流温和地将他推向前方。

莎拉拿着小巧的相机在拍摄峭壁上的蓝花海兔，她回头看了看，向莫滔招招手，莫滔顶流向她游近，凑过去看她拍摄的相片。

他们一起顺着流往前漂，莎拉举起低压管，继续下降深度，莫滔等她停止下潜开始平漂，看了看自己手腕上电脑表：二十八米深。莎拉笃定地叉手在胸前，回身以坐姿看着莫滔，莫滔也交叉起双手，故作潇洒地朝她一笑……他们看见了海龟和大石斑鱼，看见海扇和蛇形海鞭，看见一队别人家的潜水客互相拉着手潜……

等莎拉和莫滔慢慢上浮到二十米时候，海流加强了。身在水里，除了看见峭壁上的各色珊瑚像火车窗外树木飞驰，不能感受海流速度。莎拉俯身向峭壁潜去，用手招呼莫滔靠拢；这时候，莫滔也瞥见蒂亚戈带着那两对夫妻靠紧了峭壁，伸手抓住硬礁石。

莫滔向莎拉游去，拍动脚蹼却仍在原地，他奋力猛拍脚蹼，莎拉抓住了礁石，伸出自己大腿，把她的脚蹼送到莫滔面前。

莫滔抓住莎拉脚蹼，又一把抓住她小腿，才顶住了海流的力量，他伸手过去和莎拉相握，莎拉拉他贴近峭壁，他也一手抓紧了一块礁石……

等了一会儿，莎拉放开莫滔手；流小下去，各路人马都浮起来，两夫妻带着客人继续观赏峭壁，慢慢上浮。

天气晴转成阴，阳光收敛起来，大海呈现完全不同的脾性，如今是阴沉沉的了，透着不可捉摸的机心，叫人不敢朝底下广大的阴暗里张望。

蒂亚戈的人马不见了，霍华德带着两个新手在靠上的峭壁边，不太游动。莎拉在莫滔前头往上游。他一眼看她，只看见曼妙的大腿和高翘的臀部，潜水衣把人的身材勾勒得淋漓尽致……莎拉忽然停在那里，手向后招呼莫滔，莫滔浮过去，莎拉指指前头：但见一条黑白环纹的海蛇，下半身打着旋，向海面游去。莎拉做一个非常激烈的手势，表示这种蛇是会给人添麻烦的。

莫滔知道环纹海蛇，据说被它咬到，人挨不过几分钟。可是，傍着莎拉，他感到一种奇特的安全感……

别家潜店那队人浮了上来，离他俩越来越近。莫滔认出了张琪和王建。王建比较老练，手里拿着照相机；张琪慌慌张张，一直把手按在面镜鼻尖上，不停在做面镜排水。

莎拉伸手到珊瑚下，拎起一条死掉的豚鱼，莫滔看那鱼，显然是被捕食者咬掉了腹部，空空地成了一张鱼面具……

离海面不过十来米了，气瓶气还足，不急着上去，莎拉带莫滔去看一只瓮形的大海绵，海绵是蓝色的，瓮里住着一对小丑鱼，转动眼珠看人……

这时候，莎拉和莫滔都看到了王建，王建如一个贼般溜到张琪背后，伸出手去，摸向他的气瓶，一下子拧紧了气瓶开关。

张琪本来在面镜排水，他停顿了一小会儿，抬起头，困惑地四处望了一圈，突然对着潜导做割颈动作，眼睛在面镜里睁得圆圆的。

潜导靠近他，试图弄懂他的意思，张琪发昏了，也不伸手去拿潜导的备用呼吸器……正忙乱，莎拉一个蛙游，靠拢去，打开了张琪的气瓶开关，她指指王建，做了一个警告手势。

张琪呼吸到了空气，潜导拎着他，慢慢上浮去海面。王建若无其事地凑到珊瑚上看海马……

出水时候，大鲸潜店的船就在身边，莎拉拿掉面镜，笑嘻嘻让莫滔靠拢她，她脸庞凑过来，脸贴着莫滔，拍了几张合影，背景碧海白船……

上得船来，蒂亚戈和他的客人还在海下，霍华德和印度女人在船上坐着，中国小伙子跳到海里游泳去了。莎拉倒了两杯热茶，递给莫滔一杯，莫滔觉得她眼光里的糖分增加了……

十二

当天第二个潜点是“皇家花园”。下水时候，接近正午的天空云层散开，红日高挂，海域映得透亮，一扫上午海下的阴沉。

第一潜到了海下二十八米，第二潜按理就不应当超越这个深度。

下到十来米深处，大鲸的潜客遭遇海龟群，同海龟玩得不亦乐乎，纷纷合影。等看见华人潜店的潜水客也次第下水，他们才把海龟留给后者，向前探寻……

莎拉还是慢慢浮在珊瑚上拍微观照，蒂亚戈和霍华德的人马都漂出了莫滔视野。她向他一招手，两人一起慢慢观赏着，逐渐降落到十七八米深处，大海岂不就是一颗蓝宝石？蓝宝石里，岂不只有你我两个潜客？

突如其来，没做任何动作，莎拉和莫滔就向海洋深处插下去。看那手腕上电脑表，二十五米、三十米、三十五米……

正如晴天一个无声霹雳，他们真遇上了传说里的下降流！

莎拉一把扯住莫滔的气瓶阀门，示意他往BC里充气。BC不停地鼓了起来，可深度却还在增加，竟然已到了水下四十二米深处！莫滔几乎能听见自己肺部的轰鸣，他惊恐地去看余量表，气瓶余量一下子已降到“120巴”！

莎拉环顾四周，看见有两个人，不是大鲸的人，是早上那两个中国人。莫滔没看见张琪和王建，他惊恐不已，脑里空白。

莎拉观察气泡，气泡是往下的，下降流非常强，把他们压住了。现在落到四十五米深度，他们顶住了，不再往下降，但也浮不上去。莎拉一手扯住莫滔，一手放在低压管上，仔细盯着电脑表上的深度，而电脑表提示的四十五米深度安全停留时间只剩下五分钟……

忙里偷闲，她扭头看了看那两个中国人，他们往下落到五十米左右深处，在那里试图往上打蹼……莎拉一看见电脑安全停留时间接近完毕，就四十五度斜着往上打蹼，莫滔学她样子，奋力折腾，终于一起上浮到海下三十九米。

三十九米有了稍多安全停留时间，可是，这依然是耗气的深度。莎拉察看莫滔的余气，竟然只剩下“80 巴”！她非常忧虑地凑近他面镜，看着他眼睛，用手示意他慢慢深呼吸，不要喘气。莫滔点点头，冷静下来，照做了。

他和莎拉一样，看见了离开他们十来米深度的张琪和王建。王建拉着张琪，一直在直直向上打蹼。莎拉向王建做了几次手势，让他往斜刺里用力，呈四十五度上浮，不过王建根本没朝她看。莎拉停留了五分钟，又和莫滔斜着上浮到海下三十三米。

莫滔知道自己氮醉得很厉害，恍然梦中，渐渐忘了下降流的凶险，只觉得莫名其妙的开心。莎拉是谁呢？好亲切，又非常聪明，仿如人间没有的仙女，这会儿正在一个奇怪的地方照料他，叫他觉得周身轻飘飘。他看见王建查看张琪的气瓶余量，张琪露出一种微笑，吐出的气泡和王建的气泡相比，简直是浓烟，都缓慢向下沉……

莎拉把莫滔扯到二十八米深度，他的氮醉顿时解除了，一下子意识到周身凶险：他的气瓶余量已到达了理论上该马上上浮水面的“50 巴”，然而他还在二十八米深度！莎拉和他的 BC 都充足了气，却一点不见浮力，这下降流持续了很久，没有减弱迹象。

莎拉看了看深度提示，低头去望王建和张琪。张琪已经把自己的呼吸器二级头甩掉了，拉着王建的备用二级头吸气。两个人一起呼吸王建的气瓶，人都还在三十五六米深度！

莎拉感到下降流松了一些，她试着直线上浮，还是吃力，改成四十五度上浮，两人到达了二十三米深处。她看看莫滔的气量，只有“30 巴”了。莫滔小心翼翼吸着气，憋得昏昏沉沉……脚底下那两个，仿佛找到了上浮窍门，也斜刺里浮到二十五六米深度，离开莫滔只一箭之遥。张琪醒悟过来，惊恐地大口呼吸，气泡乱冒，大珠小珠蒙着他脸……

莫滔吸不到气了，他没向莎拉示意，该来的时辰终于来了，最好别在女人面前孬种。他闭起眼开始想这辈子最美的那些瞬间……

莎拉警惕地看看他越来越细微的气泡，把备用二级头递过来；他摇摇头，对莎拉笑了笑，想甩开她，独个儿往海深处坠落下去……莎拉啪地在水里打了莫滔一个耳光，把备用二级头塞进他嘴里，一手拎住了他的气瓶头……他俩也开始共同呼吸莎拉的气瓶，莎拉还有“30 巴”余量。现在深度十八米。每上一段距离，就要奋力打蹼，快速耗气。

只有赌上一赌了，莎拉示意莫滔把小腿盘起来，不要打脚蹼，降低呼吸量，她一个人打蹼，把他带上去。莫滔明白她意思，他们一下子又上了不少。莎拉的气瓶余量接近了“25 巴”！

他们不约而同低头寻找王建和张琪，这两个也上来了不少，不过他们的气瓶恐怕撑不住了！莫滔想起上午王建潜到张琪背后关掉他的气瓶……当然，常常都有人这么恶作剧，开同伴玩笑而已……

莎拉是行家，他看见张琪已经吐不出大珠小珠，气泡越来越小，在他伏低的头颅周围萤火虫光般绕着。

这时候发生了一件奇怪的事：王建伸手在张琪的头顶上抚摩，他扯掉自己嘴里的呼吸器二级头，往海里一扔，奋力斜刺里打蹼，打个不停。下降流减弱，两个人瞬间接近了莎拉和莫滔的深度……

莫滔看见王建扯掉了自己的面镜，露出一个粗野而用力的笑容，他的嘴里冒出一小串气泡，脸慢慢凑到低压管口想去吸 BC 里的余气，突然身体就僵在蓝色水里不动了。张琪抬起头，他还在呼吸，他看见王建的脸，他凝视那张僵掉的脸，忘记了踢动脚蹼……

下降流瞬间就消失了，莎拉一看见表上深度跳动，立刻抓过莫滔的低压管一起放气，不让自己快速上升，张琪却被充满气的 BC 一下子放火箭般冲到水面去了……莎拉踢动脚蹼，见气瓶余量还有，不由得在海水里就喊了一声“感谢上帝”……

隔着薄薄海面看见扭曲的天空，池塘里那老王八绿豆大的目光从莫滔记忆深处浮起：老王八不想吃掉落水的孩子，老王八惊恐不已，老王八划动脚蹼升上池塘水面，它吸引了听见水声想过来看看能否捞王八下酒的门卫，门卫奔来伸木棍撩王八……小莫滔见浮萍分开，天上一个高大人影，他伸出手去，一把捏住了蛇般入水的棍子……门卫没逮到王八，却捞出了活小孩……

后来，黄昏海里，他在大青衣不舍的缠绕中分辨出那天边黑点是驶回来找他的澳洲潜水船，他喜极而泣，他不能不信了天上有一对眼睛，那眼睛的主人照看着自己……

若不是莎拉，这些年以来，他差点忘记了天上的眼睛……

第二天上午，莫滔走来大鲸潜店告别莎拉和蒂亚戈。蒂亚戈在泳池里教两个新到的日本客，他必须为前一天自己的客人全部脱险感谢莎拉和霍华德，他们是他潜店生意成功的秘诀。

莫滔结清了款项，不过他不知道如何对莎拉说他的感觉，那感觉像许多不同的东西缠绕一起，无法先说什么后说什么。莎拉看看他，笑了笑，叹了口气。

他们一起浮到水面，看着华人潜店的船工打捞王建和张琪，张琪脸上不知道是鼻血还是吐出的血，反正非常可怕，不过他还在喘气……莫滔在水面握住莎拉的手："你为什么把自己的空气给我？我差点就害了你了！"莎拉搂住他呜咽了一下："下降流太强了，我从来没见过，你的忧虑是对的！"莫滔也搂住她："谢谢你救了我！"莎拉放开他，看见蒂亚戈他们纷纷出水，她笑了："谢什么？你是我的客人，我要保住自己饭碗！"

"我该怎么感谢你呢？"莫滔叹了口气，望着潜店外一望无际的蓝色海水和天上白云。莎拉不知道她偶然间驱走了他心里长久的魔鬼。

莎拉敲敲桌面："我说，你昨天该付我双份的一对一导潜费嘛！"

莫滔依言付了钱，他说："我还会再来！"

他拥抱了莎拉；莎拉说很高兴和莫你一起潜水。他向泳池边的蒂亚戈挥别，蒂亚戈高喊道："你和莎拉潜水很开心嘛！"

他走进自己宾馆拿行李，正看见殡仪馆的菲律宾人从华人潜店里抬王建尸体出来。那女孩哭着跑在担架后面，只不见张琪的影子……

莫滔深吸一口气，分辨出这口气里不再有死亡，生命喧嚷骚动。

（原载《人民文学》2019 年第 2 期）

双河

班宇

一

半夜十一点，李闯给我打来电话，那边声音很吵，成分复杂，有说话声、碰杯的声音，还有隐约的歌声，彼此相距遥远，混成一片空荡的背景，他大概尚未意识到电话已经接通，还在与别人交谈，语气惊叹，但具体在讲什么却听不清，其间又夹着许多刻意的笑声。我接起来后，也没有说话，待到那边声音稍微降低一些，我听见李闯在喊，喂，喂，操，喂。我说，在呢。李闯说，没睡觉吧。我说，没。李闯说，我一合计你就没睡。我说，啥事儿。李闯问，你妈最近身体咋样。我说，在我妹家，其他方面还可以，就是腿脚不太方便，上下楼费劲。这时，那边的声音又小了一些，不再那么嘈杂，他好像从包间里走出来，但信号又变得很差，时断时续，我费了很大力气才听清楚，他是在问我周五有什么安排。我想了想说，继续改改小说，暂无其他事宜。李闯说，还写呢啊。我不知道该怎么回答。然后他马上又接一句，早上跟我去爬山，聚一聚，在山上住一宿。我本能地想要拒绝，说出一句不了吧，但接下来，由于还没想好借口，便卡在这里。李闯说，不啥啊不。我说，啊。李闯说，出去转一转，还有周亮，三人行。我说，周亮也去啊。李闯说，去啊，你也得去，那边我有客户安排。我说，啊。李闯说，到时我开车去接你。我说，我再想想。李闯说，不用想，定准了，我回去继续喝酒。我说，行吧，我需要带啥不。李闯说，啥也不用，你把自己带好就行。

放下电话后，我又继续写了一会儿小说。然后躺在椅子上回忆，我从北京回来之后，基本没上过班，与外界几无交集，所以这些年来，也很少有机会郊游。我之前在北京一家出版公司任职，干编辑，做过几本养生书，市场反响颇佳，但回沈阳就不太行，完全没有这个行业，也去保健品公司写过几天文案，给电台节目宣传用，属于低级行骗，夸大疗效，良心不安，另外报酬也可怜，索性就守在家里写小说，偶尔也接些媒体评论稿件，自己对付着过，好在母亲身体尚可，家里没太大负担。我能想起来的上一次郊游，还是在北京时，跟同事去的怀柔，好山好水，吊桥摇晃，虫鸣如波涛，在天地之间回荡，令人出神，夜间每家饭店都在烤鳟鱼，当地特色，将鱼剖成两半，再铺展开，吃的时候，我总能想起一部美国小说里的描述，说它们接近于一种珍贵而又聪明的金属。

想着想着，就又睡着了，睁开眼睛时，已是半夜两点，外面风声很大，我起身洗漱，准备回床上睡觉，随手翻看手机，发现十二点多的时候，赵昭给我发过信息，让我去看望女儿。我想了想，没有回，事实上，我始终不太愿意面对这个事情，负担较重，我跟女儿已经数年未见，必然有些生疏，再加上生活费最近也没有给过，赵昭虽然不提，但总归有些过意不去，多年以来，我认为自己没有尽到做父亲的责任。

我与前妻赵昭于二〇一一年和平分手，当时女儿言言只有五岁，离婚之后，她带着女儿去上海生活，投奔其兄，寄人篱下，刚开始时，过得十分不易，艰辛尝遍，我那阵也竭力相助，内心焦急，掏出全部积蓄，甚至想过卖掉房子，但被赵昭拦住，说再忍一忍，离都离了，总这样也不合适。后来她逐渐步入正轨，工作认真、勤奋（其性格所致），不久后便可独当一面。她在一家外资公司任职，待遇尚可，几年前我去看过她们一次，当时是跟一家影视公司谈剧本改编，结果也没有成，赵昭那时十分忙碌，终日加班，跟我电话沟通，只闻其声，不见其人，但却工作生活两不耽误，开始筹划在苏州买房，以解决言言的上学问题。

如今，言言已经小学毕业，再开学就要读初中，样貌变化也很大，偶尔思索，便不得不慨叹时光流逝之迅疾。离婚后，我有段时间过得胆战心惊，三十几岁的单身生活，再加上旁人危言耸听，夜晚被孤寂重新包围之类，我的确有些恐惧，但几个月后，便放松一些，甚至十分适应，这种不以激情与责任作为向导的生活，仿佛更符合我的观念，不仅不觉时间漫长，反而相当紧促，每日行程安排得十分满（并非刻意，但确实每天都有事情要处理），写作事业谈不上突飞猛进，但也常有新作问世。这时，我逐渐确认，事实上，我是一个非常自律的人，对于许多事情都有规划，也沉得住气，能去推进，日拱一卒，不期速成。最开始发现这点时，我简直不敢相信，但许多年过去后，我真的就这样坚持下来，这让我有时不得不回忆起跟赵昭在一起生活的那段时间，到底是怎么回事呢，一切仿佛都搅在一起，生活混杂无序，几近无解，不可调和，问题出在哪里，是我的还是她的，但又都不像，因为在平日里，我们是朋友们公认的好人，遇事冷静，处理得当，谦卑而理智，所以就更令人费解。至于离婚后赵昭的个人生活，我很少寻问，她也从不主动跟我讲，不过通过我们共同的朋友，也就是周亮，我得知她换过几任男友，目前这位相处稳定，是她从前公司的重要客户，上海本地人，比她大近十岁，风度翩翩，条件中上，有过婚史，子女在海外，两人相处已有一年多的时间，我衷心愿她幸福，生活美满。甚至默默许诺，在她得到幸福之前，我是不会先迈出那一步的。

二

没睡几个小时，我便醒来，随着年龄增长，睡眠越来越差，起床之后，我简单吃一口早饭，然后去楼下的市场买菜，这些年来，我逐渐养成自己做饭的习惯，今天准备多买一些，给我妹送去，我母亲退休之后，一直由她照顾，任劳任怨，我心存感激，帮不上太多忙，只能偶尔尽绵薄之力。在摊位前挑排骨的时候，有人碰我的胳膊，我转头一看，刘菲朝着我笑，我有点不好意思，说，也来买菜？刘菲说，嗯。我说，肋扇不错，颜色好，新鲜。刘菲说，现在挺会挑啊你。我说，没办法，与时俱进。刘菲说，你妈身体咋样。一时间我又有点恍惚，不知为何最近好像所有人都在关心我母亲的身体情况，只好又回答一遍，在我妹家，其他方面还可以，就是腿脚不太方便，上下楼费劲。刘菲说，那还行，把你解放出来了。我说，谈不上，一会儿准备过去看看。刘菲说，帮我向老太太问好。我说，行。买好排骨后，我跟着她一起出门，点了支烟，也给她递去一支，她问我，赵昭最近回来没有。我说，很久都没回来了，据说在上海过得不错。刘菲说，混上海滩，浪奔浪流，滔滔江水永不休，有出息。我说，比我肯定是强。刘菲说，这有啥可比的，你还没上班呢。我说，没有，十周年整，没上过班。刘菲笑着看我，说道，也是个劲儿啊。我说，实在没法出去，啥也不会。刘菲说，都说人不能待着，容易待废，但我看你还行啊。我说，是，我能待住，不然呢，没法出去又待不住，那就只有死路一条了。刘菲说，吓唬我呢。我说，没，你儿子回来了啊。刘菲说，没，还在他爸那里。我说，那你买这么多菜。刘菲说，今天请客，在商场上班的朋友都来聚会，我们轮着招待，你也过来呗。我说，不了，不了，你们好好喝。

与刘菲告别之后，我直奔我妹家。敲了几下门，我妈帮我开的，家里只有她一人在，我问妹妹去哪里了。我母亲说，也不知道，很早就出门了。我挽起袖子，将排骨剁好小块，菜也洗净分类，归放在冰箱里，眼看要到中午，我妹还没回来，我妈提议煮面条吃，我便又切菜炝锅，排油烟机不太好使，声音很大，嗡嗡直响，但又吸不走烟，屋内都是炸葱花的味道，很久不散。

吃饭时，我跟我妈说，刚才见到刘菲了，跟你问好呢。我妈说，她怎么样啊。我说，气色不错，还在商场里卖货。我妈说，见出息啊，咋没跳舞去呢。我说，妈，多大岁数了都，早就不跳了吧。我妈说，就看不上她，跟她爸一样，没正形儿。我说，她爸都没多少年了，你还老提啥。我妈说，一九九〇年，她爸第一批，申请停薪留职，说要去开发海南岛，消失两年半，媳妇孩子扔家里，结果呢。我说，结果又咋的了。我妈说，去佳木斯跟人搞破鞋。我说，你别乱讲。我妈说，证据确凿，后来有段时间，还偷摸把刘菲带过去了，她妈急了，喊来俩哥哥，大王二王，配件六厂的，听说前因后果，提着刀连夜去佳木斯，吓得他尿一炕，扔下女儿跳窗户跑掉，听说后来追到三江口，江风浩荡，他纵身一跃，岸上的人都傻了，大王二王无可奈何，掉头返回，但不大一会儿，他又在远处冒出头来，游至对岸，老王八犊子，命还挺大，人品归人品，能力归能力，她爸水性是好，这没的说，家以前住大伙房水库附近。我说，你咋不说他是龙王三太子呢。我妈说，别他妈放屁。我说，都是传言，也没人亲见，提它有啥意思。我妈说，刘菲的命也不好，从小折腾到大，婚姻事业，都让人发愁。我说，你愁啥，跟你有啥关系。我妈说，说到点子上了，我就怕跟我有关系呢，听老院儿的邻居说，她离了之后，你俩还有过一段儿啊。我说，你可别听人胡扯，听啥就是啥，这毛病能不能改一改。我妈说，有则改之，无则加勉。我说，退休多少年了，在家别当干部，行不，再教育我，以后不过来了。我妈顿了一顿，又问，言言最近有消息吗？我低着头说，没有。我妈叹了口气。

饭后，我洗毕碗筷，我妈回屋午睡，我提着自己的菜，下楼往家里走。路上想着我妈说的话，我跟刘菲确实有过比较暧昧的时期，但也是很久之前，刚离婚不久时，有一段接触比较频繁，主要原因是住得比较近，都在变压器厂家属院里，年龄相仿，从小父母就认识，抬头不见低头见。那阵子有人要跟她合伙在学校门口开书店，向我咨询建议，我劝她说，一没经验二没渠道，很难做成，而且这行利薄，押款厉害，见不到钱。刘菲转而投资服装，从那之后，我们偶尔一起吃饭喝酒，她的酒量不错，比我要好，几次酒后我也有过一些冲动，但始终没有更进一步的接触，对于处理这种关系，我并不擅长，甚至还会觉得疲惫，无力应对那些情感纠缠。每每克制住欲望后，我都会暗自庆幸一番，好不容易维持住目前的状态，如非不得已，我是不太愿意打破的。刘菲有一阵子比较上心，还来家里给我做过饭，饭后谈心事，但看我态度冷淡，无意回应，便也作罢。

之后没过多久，我便看见刘菲跟另一位壮年男子出双入对。皮肤黑，比我高大，行动矫健，总骑着摩托车驮她，车身很旧，常年被泥水覆盖，噪声也大，突突突突，像机关枪。他们经常半夜回来，噪声响彻楼宇，邻居们有些非议。我对此倒没什么看法，刘菲有跟任何人交往的自由，我无权干涉，况且我们从未正式在一起，所以也谈不上失去。只是那辆摩托车，我在家里都能听出来，刚打着火时，排气管声音异常，随后发动机温度升高，声音也有不规律的变调，我很想提醒他们，一定要记得去检查气门间隙，这种情况一般是间隙过大，若时间一长，导致气门松动，造成缸顶变形，那就不太好处理了。我爸刚下岗那几年，在家开过摩托车维修店，这方面我还是有一些常识的。但还没来得及说，那位男子便又消失不见了，只剩刘菲独自一人，来来回回，行色匆匆。我知道她在东湖市场有个摊位，售卖童装，生意不错，有一次她还问我女儿多高，想送件衣服，我想了半天，横起手掌，在半空中切割出一个位置，对她说，也许这么高。她撇撇嘴，转身走掉，只剩我一人坐下来，目光平视，望着那个虚拟的高度，感觉过往时间忽至眼前，正在凝成一道未知的深渊。

三

回到家后，我烧水沏茶，躺在椅子上看书，没翻几页，便昏昏沉沉地睡过去。下午三点半，电话铃声将我吵醒，我闭着眼睛接起来，对面是赵昭的声音，干脆，坚定，不带任何情绪，她跟我说，给你发信息，你没回。我说，啊，没看见。赵昭说，明天十一点，去接言言。我说，啥。赵昭说，别装没听见，我要出国，我哥也没在上海，言言正好假期，回沈阳跟你待几天。我一下子精神了，翻身站到地上，说，咋不提前说呢。赵昭说，提前说了，你没回，你有事是咋的，协调一下。我想了想说，倒也没。赵昭说，那你陪好言言，一个多礼拜，到时给我送回来，原封不动。我说，好，好。挂掉电话，我愣在原地数分钟，内心紧张，想准备一下，却不知从何做起。

多年以来，我一直住在父母当年分的宿舍里，套间，五十多平方，一大一小两间屋子，我平时住在小屋里，大屋用来当书房，比较乱，报刊书籍越堆越多，全部整理一遍，肯定是来不及的。我在心中默默规划，先将小屋的床单、被罩和窗帘等放到洗衣机里，清洗一番，从柜底找到一套全新的，还是卡通图案，拆开铺好，准备给言言住。又在大屋里辟出一块地方，摆开折叠沙发，放好台灯，从今晚起，我便睡在这里。另外，衣物碗碟等也需整理，我本以为自己过得井井有条，收拾时才发现，到处都是一层灰，死角无数，我累得满头大汗。全部做好后，已经是晚上九点多，饭还没来得及吃，我便打算下楼喝瓶啤酒，另外顺路再去买些零食和生活用品。

刚在饭店坐稳，便听见隔壁包间动静很大，相互劝酒，还有争吵声，我本无意关注，只想赶紧吃完回去休息，但啤酒刚喝一半，忽然看见刘菲从包间里跑出来，一闪而过，进入洗手间，回来时脚步放慢，眯着眼睛向我这边看。我跟她打声招呼，她发现后，一屁股坐到我对面，又起开一瓶啤酒，然后跟我说，几个菜啊，自己喝。我说，随便吃一口，懒得做饭，你们又续一顿。刘菲说，是，家里没酒了，非得出来接着喝。我说，挺有量，第几瓶了。刘菲低着头，没有说话，眼神发直。我说，别喝太多，不好，物极必反。刘菲还是没说话。我接着说，你去劝劝他们，差不多就行了，都早点回去休息。刘菲凝望着我，眼神迷离，开口说道，在家喝了二两白的、四瓶啤的，出来之后，又买一瓶红的，分了半杯，刚才是第三瓶啤酒，现在还没喝完。我说，厉害，海量。刘菲笑着摆摆手，然后忽然抬眼，对我说道，你吃完没，走，不管他们，爱喝喝去吧，你送我先回家。

我将刘菲送到楼下，一路上，她的话很多，但毫无头绪，我听不懂，提到的人也都不认识，没想到，服装市场的人际关系还挺复杂。在楼门口，我咳嗽一声，感应灯亮起来，我看她迈步不成问题，便告别说，明天女儿要回来，得去再买点东西。刘菲很惊讶，说道，白天没听你说啊。我说，我也是下午得到的消息，措手不及。刘菲推了我一把，说，高兴坏了吧。我说，那谈不上，倒是挺紧张，很多年没当过爸了，怕当不好。刘菲又拍拍我说，那有啥当不好的，你看看我儿子他爸，或者我爸，那是咋当咋有理，我看你怎么也比他们强啊。

四

我提前很长时间来到机场，出出进进，心绪不宁，在外面抽去小半盒烟，心里总在推测接下来几天可能出现的种种状况，以及应对方式。言言拖着箱子出现在面前时，我手里的烟还没掐灭，风一吹，弹出去的烟灰又落回到衣服上，有点狼狈。她比我想象之中要高一些，背双肩包，梳着短发，衣服上有浪花的图案，下身则是一条棕色背带裤，脸上挂着一点生硬的笑容，但很快便又收回去。她没说话，静静地等我掸掉灰尘，然后问我，啥时候走。我说，再等一下，于是连忙又去窗口，买回两张机场大巴的车票。车很快就要开动，我替她提着背包，又将她的拉杆箱放到底下，跟她上车并排而坐，这一路上，她一直没说话，我更紧张，手心出汗，不知说啥好。大巴车从高速下来后，我的情绪稍微缓和，问她，早上几点出发，那边天气如何，家到机场多久，乘坐何种交通工具前往，是否吃过早饭，旅程共计几个小时，午饭想吃什么。她一一作答，但绝不多说一句。到后来，我又不知该说点什么，便问她，背包是在哪里买的，质量很结实。她转过头来看着我，不解地问，你真的关心这个吗。

按照计划，我们先回家放一下东西，晚上去我妹家吃饭。言言到家之后，皱着眉头巡视一圈，指着小屋内的床，跟我说，我是睡这里吗？我不太明白她是什么意思，但还是点了点头。言言说，我今年多大，你还记得吧。我略有迟疑地说，记得。言言说，这床单上有只熊，你知道吧。我说，知道。言言说，那没事了。我退出房间，又倚在门口，说，实在不喜欢，我再给你买一套，或者也可以陪你住宾馆。言言说，我只想确认一下，你知道这件事，仅此而已，没有进一步要求，明白了吗？

我们之间遭遇的第一个问题是称呼，这点我事先有所考虑。让言言管我叫爸，估计很难说出口，我也听不惯，但也不能老以语气词称呼，显得没有礼貌。去我妈家的路上，我们主动提出并试图化解掉这个问题，我说，想来想去，觉得你可以管我叫老班。她听我陈述半天缘由，只回应了一个字，哦。

我妈见到言言非常高兴，她一直很想念孙女，但为了照顾我的情绪，平时也很少提。言言一改冷漠态度，与奶奶十分亲近，抱着脖子说话，家长里短，聊了半天，毫无生疏之感。我妈前几年旅游，行至上海时，她们曾见过一次，双方又谈起上次见面时的情景，以及之后的各种变化。我妹在厨房里做饭，我去打下手，煎炒烹炸，忙活半天。晚餐极为丰盛，满桌硬菜，但言言并未吃几口，只是不停地喝饮料，席间，她绘声绘色讲述在学校的一些经历，逗得大家都很开心。饭后，我们聚在一起看电视吃水果，大概八点左右，我觉得时间差不多了，便带着言言离开，刚一出门，她的脸色立马沉下来，变得很快，与我无话可讲。天气不错，我提议走路回家，言言嘴上没有反驳，但却在行动上体现出来，拒过马路，自己站在路旁打车，我走到路中央，只好又退回来，站在她身边，等待出租车的到来。我们默默站在路边，向前伸出手去，等了几分钟，远远有空车灯在闪，我松了口气，想起以前读过的一首诗的名字：出租车总在绝望时开来。这一次我的体会很深刻。

到家之后，言言没有直接回卧室，而是在书房转了几圈，上下浏览，然后指着沙发问我说，你睡这里啊。我说，对。言言撇撇嘴，没说话，又从书架上抽出两本书，向我举手示意，要带回房间去看，我没看清是什么书，但仍点点头，然后问她，这几天有什么想去的地方吗？言言说，没有。我说，那有什么想吃的吗？言言说，也没有。我还想继续问，言言却说，你就当我不存在，可以吗？不用这么麻烦，我待几天就走。

五

李闯第一遍给我打电话时，我没有接到，正在厨房里忙着给裹好淀粉的茄子过油，满头冒汗，很担心失手。菜端上桌后，言言尝了两口，好像还挺满意，我也放松下来，开了一罐啤酒，边喝边看电视，午间在放一部译制片，机器人当管家，会聊天，还会做家务，长得跟垃圾桶有点像。演到一半时，言言忽然跟我说，刚才好像有个你的电话。我打开手机一看，是李闯打来的，立即给他拨回去，李闯大概在办公室里，说话声音很小，跟我说，明天礼拜五了啊。我一头雾水，回复他说，对啊，今天礼拜四，明天礼拜五。李闯说，没忘吧，早上去接你。我这才想起来他说的事情，连忙说，我不去了，言言回来了。李闯说，谁。我说，我女儿回来了。李闯说，孩子又归你了啊。我说，没有，假期来玩几天。李闯说，那行，正好，明天一起去，欣赏风景。我说，那等我问问她的想法。李闯说，定了，明天早上，七点半到你家楼下，收拾好等我。

挂掉电话后，我问言言，明天一起去爬山，有兴趣吗？言言说，什么山？我说，不知道叫什么山。言言说，不太想去。我说，去吧，好不容易回来一次，不能成天在家待着。我本来没抱很大希望，觉得很难劝动，回来的这两天里，她始终不太愿意跟我沟通，每天不是玩手机，就是躲在屋里看书，除了跟我去过一次超市外，没再出过门。出乎意料的是，她想了想后，竟然答应了，说去也行，省得她妈回去问每天都做啥时，答不上来。我听后很高兴，放下筷子，立刻规划起来，定闹表，准备出行物品，问她都需要什么，下午我好去买。言言则毫无回应，目不转睛地看电影，我一边收拾东西，一边陪她看，别的印象没有，故事情节好像挺俗，机器人渴望拥有情感，进而成为人类的一员，这点我就十分不解，它到底有什么想不开的呢。

言言起得比我还要早，行李收拾得也很快，动作麻利，我们提前下楼，等了十几分钟，李闯才驾车赶到，车里放着二十年前流行的老歌，他跟着哼唱，爱你越久我越被动，有点跑调，却很投入。周亮坐在副驾驶的位置，我和言言坐在后排，打过招呼后，周亮问我们是否吃过早饭，然后递来点心与牛奶，言言没接，我也不想吃，便放在座椅后面，伴着歌声，我们一行四人向着山峰进发。言言昨晚大概没睡好，在车上补觉，周亮则不住地回头看，边看边低声对我说，她跟赵昭，还是有几分相似啊，眉眼之间。我说，跟我不像吗？周亮又回头看一眼，然后摇摇头，说，不太像，比你强。

我们在服务区休整两次，到达山脚下时，已近中午，我们简单吃些快餐，便准备开始登山。虽然这里尚未开发完备，游客却也不少，李闯和周亮走在前面，背着大包，看着相当专业，精神抖擞，步伐有力，我和言言跟在后面，阳光刺眼，新铺的石阶似乎还留有粉末的印迹。在两侧的树荫之下，到处都是合影的人们，林中还有空白的石碑，倒伏在地上，像是要为此景题词。

大概一个多小时后，我们停下来歇息，李闯开始打电话联系朋友，他之前提过，有位客户在山间造了一间庭院，吃喝玩乐，一应俱全，目前是试营业阶段，今天晚上我们将会住在那里。我和言言靠在栏杆上，向山下望，葱绿之间，有一道灰白的印迹，仿佛被雷电劈开的伤痕，那是我们行过的路径，如一段阶梯，开拓盘旋，不断向上，也像一道溪流，倾泻奔腾，不断向下。言言在我身边，我却想起彼时的赵昭，那时我们刚结婚不久，有一次同去海边，风吹万物，浪花北游，其余记忆却是混沌一片，旋绕于墨色的天空，但在这里，一切却十分清晰，山势平缓，如同空白之页，云是凝聚，人像大地或者植被，随风而去，向四方笔直伸展，淹没在所有事物的起点里。

言言拿出相机拍照片，我在她的背后，看着风景一点一点缩进屏幕里，变得不再真切。周亮走过来，搂住我的肩膀，跟言言说，来，给我俩合个影。我有点不自然，想推脱开，周亮却已经摆好姿势，笑容自信，言言转过身来，调整位置，按下快门，然后盯着屏幕，点了点头，像是在宣告这场游戏的终结。李闯挂掉电话，迎着山风，对我们喊，还以为还有多远呢，再往上爬，最多二十分钟，到达目的地。

李闯朋友的庭院相当别致，木制结构，仿古造型，整体格局较为接近古装影视剧里的后院，荷叶占据池塘，环境清幽，只是油漆味道有些重。我们被安排到各不相邻的三间屋内，我与言言住在南面的一间，我们进入室内，发现里面的装饰又很现代，各类电器一应俱全，十分便捷。言言忙着充电，整理照片，我放下东西后，走回院中，连抽两支烟，天空飘起小雨来，风很凉，我有点后悔没有提醒言言多带一件衣服来。

休息过后，已近黄昏，李闯朋友喊我们去吃饭，餐厅已经摆上一桌好菜，我们推门进入时，发现桌边除了李闯的朋友之外，还有三位陌生的女性，呈三角形分列，跟我们挥手打招呼，态度热情。我觉得这种场景很不合适，便拽了一下李闯的胳膊，李闯反应机敏，马上跑到朋友那边，一番耳语过后，两位女性借故离开，只剩一位。李闯的朋友介绍说，这位是苗苗，目前这边的负责人，今天来陪大家喝一杯，欢迎诸位来访，请多提宝贵意见。

李闯对周亮与我进行一番介绍，苗苗忽然对我的职业很感兴趣，我解释说自己没写过什么像样的作品，但她好像根本没听我的话，只是自顾自地说着，她自己也写过一些，诗歌和散文之类，登过校报，有一定反响。我不知道该说什么好，只好敷衍地说，不错，加油，继续努力。我能感受到言言在一边盯着我，但我不敢扭头去看她的表情。

那天的酒喝得很快，一杯又一杯，李闯朋友与苗苗都很会劝，场面话很足，我不太适应，总想借机溜走，却三番五次被拦下来，苗苗仍然就着文学话题不依不饶，不断地向我阐述她看过的某本书，以及对作者的一些主观感受。遗憾的是，她读过的那些书，我都没看过，也不了解，跟我完全不属于一个写作领域，但几杯酒下肚后，评判却是十分轻易的，我越坐越沉稳，精神亢奋，声音激动，开始逐一拆解那些改头换面的文字把戏，并无数次重申自己的文学观点，灯光半明半暗，我甚至觉得自己飞起来一点点，滞在半空，俯视着晚餐以及桌旁的人们。李闯不住地向他的朋友夸赞我，周亮也在一旁附和。苗苗的一句话，重新将我拉回地面，她说，班老师，谈了这么多，能给我们讲讲你的作品吗？

六

所有人都望向我，我定了定神，觉得诧异，不知大家从何时开始如此关注文学。我又喝下一杯酒说，那我就随便讲一讲，目前正在写的这个中篇小说，暂定名为双河。苗苗插嘴说，“霜冷长河”，是不是，余秋雨的一本书，我高中时看过。我说，不是，单双的双。苗苗说，那你直接说两条河不就完了。我不知道该怎么解释。周亮皱起眉头，在一旁说，你先听他讲完。

我说，故事大概分成三个章节，各自分部叙述。第一部分，主角是我自己，姓班，但要年轻一些，故事发生在上世纪九十年代末的冬天。开篇是我去接崔大勇出拘留所，崔大勇骑摩托车肇事被拘，此人无家无业，留的是我的联系方式，崔大勇比我大十几岁，是我父亲在工厂里的徒弟，我父亲走后，多年以来，对我家一直帮助很多，其条件并不富裕，也未成家，勉强维持生活，但为人热忱，坦率，实心实意，此前他去外地打工，消失过一段时间，被释后无处可去，我便说可暂住我家里。

次日，刘菲的姑姑忽然来找我，说侄女联系不上，报案只管登记，没有下文，央求我帮着去找一找。我与刘菲是多年同学，家住前后楼，平日关系较好，她对外宣称是在家具城卖货，其实主要靠跳舞为生，在亚洲宾馆的黑灯区，十元两曲。我与崔大勇去其工作场所等地寻找，皆无所获。我忽然想起上一次见到刘菲，是在菜市场里，她买完菜后，又要去旁边的教堂，还邀我一起，我并无兴趣，将其拒绝，刘菲看起来有些失望。圣诞节这天，我与崔大勇来到教堂里，此处正在举办汇演，歌曲舞蹈，纷沓而至，我坐在后排，听得极为困倦，直到深夜里的最后一曲，有人弹起风琴，悠扬而伤感，我恍惚看见刘菲戴着毛线帽子，踮着脚尖，在人群里唱歌。演出结束之后，我和崔大勇出门去追刘菲，见她与弹风琴的中年人并行，打了个出租车离去，我跟崔大勇骑着摩托跟在后面，那天的雪很大，几乎看不清前路。

大概开了半个多小时，我发现他们的终点是火车站，两人下车后迅速进入，并消失在候车室里，我们没买票，进不去站台。我跟崔大勇说，我先去买两张最近的车次，混进去看看，问问刘菲到底什么情况。崔大勇同意。我买票回来后，却没找到崔大勇。我只身进入站台，火车已经驶来，只有刘菲一人在此等候。我上前喊她，她转过头来，扫过一眼，便继续往车上走，火车开动，眼看着一节节车厢逐渐远去，消失在黑暗的前方。我有些失落，从车站走出来，发现崔大勇和摩托车都不在了，只好独自往家走。大雪掩埋掉我的足迹。

众人听得都很认真，屋内安静，我反而有些不适应。我缓了缓，继续讲道，这是第一章的大致内容，当然还会有一些细节，会交代一点背景之类，总体来说，故事线索大致就是这样。苗苗说，感觉其中有很多谜团。我说，对，往后会一点一点解开。苗苗问，刘菲去的是哪里呢？我说，佳木斯。苗苗说，佳木斯有什么故事呢。我说，那是第二章的内容。

我继续往下讲，这一部分，叙述人是刘菲，她不是沈阳人，老家是黑龙江鹤岗，读小学的时候，跟父亲搬来沈阳，投奔姑姑，她的母亲死于某次事故，刚来沈阳后的一段时间，她很不习惯，一切都不熟悉，也总被欺负，少有同学帮助，但我是其中之一，也就是第一章的主角，他们同读一所小学，初中之后，二人分道扬镳，但仍住在同一楼区，变压器厂宿舍，在刘菲姑姑的安排之下，她的父亲刘宁作为技术员，在变压器厂上班，勤劳规矩，为人热忱，口碑相当不错。小学毕业那年，出了一件事情，我的父亲在刘宁家中死去，这件事情对于我和刘菲的打击都很大，当时有一种传言，说是我的母亲与刘宁有情感纠葛，被父亲得知，上门讨问说法，结果被害，但当时警察的判定是自杀，刘宁从此消失。刘菲跟姑姑一起生活，初中毕业后，便进入社会工作，自力更生，不给姑姑增加负担，但又无其他技能，开始在家具城卖货，但性格又比较倔，不太顺利，后来去做舞女，两个月前，她在舞厅遇见消失数年的父亲刘宁，刘宁变化很大，他服刑数年，目前在教堂工作，想要弥补过失，请求刘菲随他离开此处，去往佳木斯，重新开始生活，刘菲犹豫很久，最终决意跟随父亲回归北方。圣诞汇演结束后，二人来到车站，准备离开沈阳，其间刘宁说要去上厕所，但一去未归，火车驶来，刘菲独自离开，旅程空空荡荡。她在佳木斯过完整个冬天，不能说过得多好，但也不坏，唯一的遗憾是，佳木斯人不爱跳舞。

我越往后讲，越没有气力，故事往往就是这样，讲起来平淡，写出来反而会好一些，我看见李闯已经在打起哈欠，但又迅速地捂住嘴，起早开车，抵达后又爬山，疲劳程度可想而知。周亮的眉头仍未舒展，面容严峻，仿佛有所思。言言坐在我身边，无比安静，我叙述的某些时刻，甚至感觉不到她的存在。讲完这部分后，我说道，没什么意思，大概就是这么个情节，后面还没有想好。李闯说，挺好，佳木斯我去过两次，很快乐的城市。周亮提了一杯，说，我一听，感觉这故事的背后还有故事啊。我与其干杯，然后说，瞎设计的情节，还没动几笔。苗苗转向我，问道，班老师，讲了半天，你这篇小说也只有一条河啊，不够数，名字不好，前后不对应。我说，那你取个名字。她撩撩头发，然后对我说，可以叫：佳木斯，今夜请将我遗忘。

七

晚上九点，李闯洗了一下脸，回来后精神重新振奋起来，话极多，我说时间不早了，先带言言回房休息，周亮也说今天比较疲惫，想早点睡。酒局行将结束，李闯朋友拉着我们去打牌，并让苗苗作陪，我与周亮先后拒绝，唯有李闯不好推托，跟着前往另一间房。我拎着两瓶水，跟言言往房间里走，从饭厅回到住处，需要经过一道长廊，下午到这里时，我并未多加留意，这里大多是人造景观，比较造作，没什么意趣，但夜间在此经过，又是另一番感受，庭院两侧立着许多水缸，仿佛用以承接雨水，青苔掩映其间，沉潜而悠远。院内潮湿，步行经过，居然有身处水畔的感觉，风将雨的气息吹到半空里，四周幽深，空旷之处有回声荡漾，言言走在前面，我侧身在后，默默观察。这几天我一直在进行回忆与对比，看言言的哪些行为习惯跟我接近，哪些又比较像赵昭，但却一无所获，我几乎不能在她身上看见我们的痕迹，然后我又想将她与同龄者做比，却发现在我的近期生活经验里，与这个年龄层并未有过接触，不知其所思所想，更是无从对比。

言言说，像。我说，什么？言言说，好像左边有一条河，右边也有一条。我说，是吧。言言说，后来呢。我说，什么。言言说，你那个小说不是有三个章节嘛。我说，第三部分还没想好。言言说，大概讲讲。我说，不讲了，到点儿了，回去睡觉。言言说，能睡着吗？我没有回答。言言说，你的小说都是这样吗，没有结局。我有点惊讶，如同反射一般，连忙说道，第一我不想跟你谈故事情节或者结尾，我知道的已经都写出来，没写明白的地方，那就是我也不清楚，第二我也不想跟你谈文学技法，那些术语都是写完再往上套的，生拉硬拽，没什么价值。言言站住，侧着脑袋跟我说，你紧张啥。我松了口气，也觉出自己反应过度，便不再说话。言言抬手指了一下长廊的台阶，跟我说，坐一会儿，好不容易。我虽然不明白她说的不容易确切指的是什么，但仍跟在她身边坐下来，吹着晚风，抬头凝望，我看见天空在向远处展开，仿佛有无尽的寂静呼之欲出，要将我们围拢。

言言说，讲个大概，第三部分。我想了想，问她，你说主角是谁呢。言言说，想不出来，也许是第一章里主角的父母，或者刘菲她爸，叫什么来着，刘宁。我说，你这么一说，我还要再想想，本来这部分的主角是崔大勇，他十八岁入厂，成为父亲的徒弟，车工，手也挺巧，不久便出徒，一九九七年，厂内提倡减员增效，领导说，你们师徒二人，只能留一个，另外一个必须下岗，自己看着办，父亲考虑到崔大勇的家庭条件，有生病卧床的母亲，便主动提出下岗，让厂里将崔大勇留下。

父亲下岗之后，在楼下开一间摩托车修理店，维持生计，也兼配钥匙，干点零活，没有电动机器，父亲便用锉刀一点一点磨，方法原始。崔大勇仍在变压器厂上班，感念恩情，时常来看望师傅。这几年里，父亲性格有所变化，与母亲的关系变得很差，并开始嗜酒，以罐头瓶子打来散白酒，下酒菜是螺丝钉，蘸着红梅酱油，一嗦一下午，醉酒成为常态，日日狼狈昏沉，睁不开眼，像在大雨之中。有一次，崔大勇前来看望，父亲从抽屉里拿出几张图纸，让崔大勇去车几个零件，崔大勇看了半天，展开几遍又再合上，吞吞吐吐。父亲见其犹豫，便直说，要做一把钢珠枪，用途不用你管，你不用怕，牵扯不到你，我没求过你什么事情，就这一件，最近务必做好，做不出来，以后也不用来了。崔大勇回家之后，辗转反侧，不能入眠，前思后想，下定决心，利用加班时间，在后半夜里车出数个零件，他将这些零件放在铝饭盒里，驮在自行车后座上带出工厂。几日之后，却传来师傅的死讯，他前来送丧，内心大恸。

崔大勇早先在教堂里，一眼便认出技术员刘宁，路上紧随其后，我去买票时，他缩紧身体，低头混入站台，不断向刘宁靠近。他们等待火车的到来，雪将光线遮蔽，黑夜降临，刘宁半眯着眼，觉出被东西毙住，半侧过身，扫去一眼，不见脸庞，只见一道道呼出的白气，急促而朦胧，又迅速消散。他低声说道，兄弟，不是地方。崔大勇说，跟我走，我有地方。刘宁上前几步，贴着刘菲的耳朵说，去个厕所，忽然想方便一下。刘菲转过身去，见他跟着崔大勇从站台往外走，雪花像帷幕一般，在刘菲的眼前缓缓下降。他们一直走到外面，摩托停在路边，崔大勇拉刘宁上车，在雪里行进半个小时，将他拉到浑河岸边。

几处浮冰在河上，落雪不化，有鸟夜行，一白一黑。二人站在河边，望向对岸。崔大勇说，认识我不。刘宁摇头。崔大勇说，再想想。刘宁说，想不起来，但能猜个大概，我在沈阳，总共就那么点事儿。崔大勇说，给你提个醒，我师傅是在你家死的。刘宁说，你是他徒弟。崔大勇说，对，枪你见过吧，我帮他做的，他要去崩你，本来我要去帮他，但那天慢了一步，这些年每次想起来，都挺后悔，枪当时做了两把，我的藏在修理部仓库，前天我又找出来，今天终于跟你见面，晚了十几年，这都是命，该认就得认。

刘宁说，照着脑袋来，要是瞄不准，我帮你指挥。崔大勇说，嘴挺硬。刘宁说，但话要说清楚，你师父当天喝醉，过来找我，说话前言不接后语，毫无逻辑，装的，想讹一笔钱，当时他病了，挺重，但家里谁也没有讲。崔大勇说，这我知道，我跟着去医院查的。刘宁说，我反复解释，你师傅后来说，本来也没想要我命，但是我运气好，他运气不好，我说，理解，要钱没有，但酒管够，我下楼买酒，上来跟他一起喝，俩人一斤半，一滴没剩，我说，哥，今天差不多了，回家睡觉，明天早上起来，你要是想不开，我还陪你。他扑通一跪，跟我讲，不愿意醒，就想死，不给任何人增加负担。然后扔过来一串钥匙，跟我说，今天你让我死，那是功德一件，我要是死不了，刘宁，你现在去我的修理部瞅一眼，进门左边角柜，最短的那把，开第二个抽屉，里面都是钥匙，各家各户的，你数数，一共多少把，我没说话，他继续说，谁来配钥匙，其实我都挫出来两把，手心暗藏一把，自已留着，几门几户，都标得清清楚楚，另外我还有别的东西，别忘了我是干啥的，刘宁，你是外来户，这个事情你来做，合适，我的这个病长在脑子里，恶化之后，怕控制不了自己。我跟他说，这忙我帮不了，算是犯罪，你也冷静一下，我出去换两瓶啤酒，咱们漱一漱口，你在这等我，对了，哥，屋里有我自制的颈椎治疗仪，我脖子不好，以前落下的毛病，每天都得用一会儿，调节一下，但最近有时用，不太方便，时松时紧，你手巧，帮我看看，怎么改造为好。

崔大勇说，那你去修理部没有。刘宁说，我出门时，顺手把他扔过来的钥匙揣在兜里，连跑带颠，去了趟修理部，拉开抽屉，情况属实，钥匙一排一排串起来，规整有序，像部队，柄上绑着白胶带，几楼几号，是谁家，记得一清二楚，我推上抽屉，出了门，下午喝酒是真难受，风还大，我坐在道边，有点想吐，抽了几支烟缓缓，清醒一些，又拎着啤酒回家，打开门后，发现他吊死在里屋，治疗仪帮了点忙，我心里有准备，但还是怕，坐在地上，直冒冷汗，自己喝了半瓶酒，然后我翻了翻兜，发现了你做的东西，工艺挺糙，但粗中有细，拎着有点分量，不错，让人觉得可靠。我洗了把脸，清醒清醒，将它夹在一摞衣服里，收好行李揣上钱，连夜坐车回到鹤岗，办点我自己的事情，具体是什么，你不用多问，本来之前我也要回去，但有了这东西，仿佛帮我下了个决心，虽然后来没用上，但也挺好，不然今天还出不来。崔大勇说，故事编得挺好，我差点就要信了。刘宁说，信不信在于你，我不干涉，说多也没用，我就最后几句，后来我在凌源二监，刚开始受不了，处处委屈，也想过死，后来就不想了，有位同住的狱友，会背圣经，从早到晚，都能讲下来半本，头头是道，声若洪钟，开始我很反感，听不进去，后来有时听听，觉得也有几分道理。有一次，我问他，像我们这样的，神还能管吗，他说，一管到底，神自有选择，有些事情他让鸽子去做，有时他也差遣乌鸦去做，乌鸦贪婪，叼着食物不放，神就让它去叼回饼和肉，这说明神不仅使用洁净的人，也将使用我们这些不洁净的人。这话以前不懂，但总能梦见自己在河边，飞鸟行过，河水上涨，影子下沉，刚才你骑着摩托载我至此，我下来一看，心里就亮堂了，原来今天就是神使用我的日子。

八

我从卫生间出来后，发现言言仍未入睡，捧本旧书迎着台灯看，光线昏暗，读起来想必也很吃力，我缓缓将书从她的手里抽离，示意让她睡觉，她闭上眼睛，翻了个身背对着我，我将台灯关掉，躺在床上，酒精的作用正逐步衰减，头脑愈发清醒。山间无光，黑暗极为沉重，覆盖在我们的上方。

我的心绪颇为不宁。一方面是因为刚才叙述的这篇小说，其实我已经想了很久，但依照以往经验，我心中大致有数，既然故事讲述得如此清晰，那么往往也就不必再写了，几乎是不可能写好的，我从来都不是一位缜密规划再逐步实施类型的作者，将写作这种玄妙的智力活动当作项目施工进行分解，于我而言，多少会丧失一些趣味，所以整个故事到今晚为止，言言也许是唯一的读者，这没有什么了不起，我也能接受，并不觉遗憾，所有关于它的疑问可以告一段落。我也放松一些，不必为填补其中的一个缺陷，再去完善说辞、牵引线索、编造情节，而这些混搅在一起，盘根错节，相互浸没，又会构成新的缺陷，最终落入往复的黑洞之中。今夜的讲述使我避免了这样的遭遇。

另一方面，在这样一个普通的山中夜晚，我竟然非常想念刘菲，当然，并不是小说里的虚构角色，而是我的那位朋友，不可否认的是，二者的形象在某一时刻是重合的，交错之后，又逐渐分离，互为映象，在时间里游荡，在讲述的过程中，有时我竟也十分恍惚，将对于这位虚构角色的情感转移到我的那位朋友身上，这是十分隐秘的经验，难以启齿，也没办法解释，我极力想要将二者分开，但却无济于事。我睡着之后，这种情绪在梦中仍然缠绕着我，如同刚刚洗净的果实，不小心掉落在地上，无人再去拾起，唯有声声叹息，但尘土与水，却会将其抚养，它以光的速度重新生长，并再次来到我的面前。

第二天早上，外面的流水声将我唤醒，言言比我起来得要早，并且已经漱洗完毕，说要出去透口气，在院里等我。我躺在床上，抽了支烟，又将东西收拾好，出去与她会合。周亮正跟言言聊天，我打过招呼，然后问言言，睡得如何。言言说，不怎么好，打雷下雨，早上还有鸟儿叫。我说，我怎么没听见。周亮偷笑着说，你能听见啥啊，从来睡得都很死。我看看言言，言言朝着我点点头，证明情况属实，我更加困惑，不过地面上确实是湿的，缸里的水位仿佛也略有升高。

我与言言、周亮共同吃过早饭，李闯还未起床，他昨天应该睡得比较晚。我提议在山中随便走走，雨后空气清新，言言说没睡好，要继续回房休息，于是我跟周亮二人出门，从后面出去，走上一条小路，继续向上攀登。

不到半个小时，便走到尽头，虽然距山顶还有一段路程，但已无台阶，向上只有一条土路，曲折隐藏在树丛之间，愈发狭窄，一眼望不到深处，淡蓝色的雾气笼罩其间。周亮问我，还走吗。我说，去看一看，时间还早。周亮点点头，我们继续向前进发，但没走几步，便又被巨石拦住，我们推测，这些巨石应是后来搬运至此，要做成某个景观。周亮坐在石头上，对我说，时间太快了，很多年就这么过去了。我说，什么意思。周亮说，还记得吗？高中毕业之后，你、我和赵昭，也爬过一次山。我想了想，说，印象不深。周亮说，北镇附近的一座山，当时也没有完全开发好，但奇峰怪石无数，景色不错，山很难爬，相当陡峭，有的地方几乎是直上直下，必须相互携扶，手脚并用。我说，二十多年前的事情，完全记不得了，我们爬上去了吗？周亮停顿了一下，然后对我说，你只爬到一半，在瀑布对面等我们，看管行李，我和赵昭轻装上阵，最终爬到山顶。

这时，我的电话响了起来，是李闯打过来的，问过我们的情况后，他告诉我，自己已经醒来，并且马上要去吃早饭，让我们回去收拾一下，准备下山回家。挂掉电话后，我对周亮说，李闯起床了，喊我们回去呢。周亮站起身来，拍拍裤子，对我说，你真的什么都不记得了吗？

九

郊游归来后，我与言言的相处向前迈进一大步，彼此逐渐熟悉，交流愈发平顺。短暂的几天时间里，我们甚至结成一个小小的同盟，她偶尔会跟我抱怨赵昭对她的管理，从学习到生活，各个层面，无微不至，表面上开明，思想前卫，态度豁达，但也令她时有窒息之感。最开始只是简短几句，听不出情绪，仿佛是在对我进行试探，得知我也持相似态度，并曾深受其苦后，她虽然没有明确表示同情，但与我之间的隔阂却一点一点消失了。

每天饭后（基本是我做饭，她虽在南方长大，但好像更习惯于北方饮食），我们一起去附近散步，从院门出发，向东步行约十五分钟，会到达工人村之腹地，此处曾是一派欣欣向荣的景象，如今略显失色，我给她指着几个昔日的雕塑，两只梅花鹿，其中一只已经非常残破，我说，在你小的时候，我们曾在这里合影，照片我还留着，其中一张是我抱着你，另一张是你骑在鹿的背上，向我招手。言言没有说话，走过去仔细端详那两只鹿，我站在她的身后，看她踏上台阶，趁她不注意，想再拍几张照片。她抚着鹿角，猛然回望，我只好收起手机，若无其事地向旁边走去，买回两根雪糕，在天黑之前，我们迅速将其吃完，手里拎着雪糕棍儿走了很远。

向西步行约十五分钟，便是一道铁路，我跟言言说，从前它是作为分界线存在，每次经过火车，道口放下栏杆，两侧的车都要停下来，等待很久，有时是十几分钟，警报声一直在响，到后来却忽然停止，栏杆重新抬起，并没有火车过去，所有人便都很失望，有首歌里唱过类似情绪，长长的站台，漫长的等待，只有出发的爱，没有我归来的爱。此时，我们贴着侧面的护栏站立，等待火车的经过，已经驶过两趟，非常长，车厢难以计数，天色将晚，壮阔的深蓝光芒投向我们，不断迫近，我提议回家，言言说想要再等一趟。很快，警报声便又响起来。我贴过头去，小声问她，你有男朋友吗？她目视前方，反问我一句，你和我妈为啥离的婚呢，然后顿了一下，转过头来，又补充一句，你是不是也想说，情况很复杂，说来话长啊。我说，你妈是这么说的吧。她说，对。我说，那我不能这么说了。她说，也不是。我说，你想得到什么样的答案呢。她说，其实你也不是非得讲，这些事情我并没有那么关心，就好像刚才你问我的一样，你也没那么关心。我说，那好，就先不讲。她说，我之所以要问，就是怀疑你也根本不知道为啥离的，就像当年也不知道为啥要结婚。我一时语塞，不知如何解释。言言叹了口气，如同安慰一般，又对我说，唉，但是放心吧，我没有要怪你们的意思。

我不知道她或者同龄者，对类似问题到底有何种程度的思考（这几天的接触，将我固有概念完全打破，我发现自己远不能将她作为晚辈来相处，她对待部分事物的态度虽不能算是成熟，但却总在我的意料之外）。从我的角度来讲，我和赵昭之间，要说一点留恋都没有，厌恶透顶，那倒是真不至于，毕竟我们性格都没有那么强硬，但正是这种相互的妥协与软弱，造成这种无法挽回的局面。回想起共同生活那几年，我如身在泥河，污淖重重，四下无人，晦暗而孤独，外物不能使我有任何亲近之感，妻女也不行。赵昭想必也是如此，尤其是在女儿出生之后。我们很少发生争吵，但彼此冷漠，视若不见，这便更令人绝望，争吵意味着我们还在拼搏，奋力拯救彼此，但那时我们真是无话可说，这种分裂持续了很长时间。有段日子里，我脑子里始终盘旋着格雷厄姆·格林的那句名言，一个人出生以后唯一要考虑的问题就是如何比降临人世更干净、更利落地离开人世。我并非是要践行，而是单纯地对这句话进行推演，在不可知的内心深处沉思，循环往复。直至有天清晨，醒来之后，我们在床上又躺了很长时间，言言在一边哭得很凶，而我们谁都没有去管。我半闭着眼睛，在哭声里，却感受到窗外季节的行进，它掠过灰暗的天空侧翼，发出隆隆巨响，扑面袭来，仿佛要吞噬掉光线、房间与我；远处的河流在融化，浮冰被运至瀑布的尽头，从高处下落，激荡山谷。在噪声与回声之间，我听见赵昭说，我有点事情，想跟你商量。我说，什么都不用讲，什么都不用，不需要的，赵昭，我们不需要的。

十

有必要说一下我和刘菲的事情。我将言言送走之后，生活恢复常态。随后一段时间里，为了摆脱之前的某种想法，我开始与刘菲频繁联系，我认为她或许是突围的关键人物。我邀她共同饮酒，她起先觉得莫名其妙，后来也接纳了，其时，她也来过我家数次，我做几道不错的菜，吃得相当愉快，关系进展较为顺利。甚至在她去外地进货时，我还在商场帮她守过几天摊位，虽然并不太擅长，市场嘈杂，人流密集，令人厌烦，但我劝说自己，也要去逐渐适应，总要有所付出。

这一段的交往也使我发现，我对刘菲并不十分了解，在我从前的印象里，她颇有几分风情，来者不拒，开朗乐观，不拘小节。但实际接触时，我发现她的内在性格跟外表差别很大，经常会露出小动物一样的警惕眼神，其心思缜密，对他人情感的细枝末节也能照顾得到，反应迅速且得体，她在经营童装生意的同时，还有几项其他投资，对于未来很有规划，这些都令我感到意外，相比之下，我过得简直是浑浑噩噩，一塌糊涂。

我努力向她所期望看到的方向转变，振作精神，每日固定时间写作，颇有规律地进行阅读和锻炼身体，深秋时节，我还带着她去爬过一次山，经过我在夏天时曾住的院落，发现里面好像已经无人打理，山门紧闭，灰尘遍布，如同一座破败的寺庙，日落风起时，我们沿原路返回。

登山过后几日，我正式向刘菲提出，想要开始这段关系，她却将我拒绝，我很不解，追问原因，她也没有说清，大致意思是，要是放在几年之前，也许有机会，是可以在一起的，但现在不行了，那段时间过去了，既无法追回，也不能重现。我对此十分不解，到底是怎么过去的呢？过去的又是些什么呢？到底是什么主宰着我与刘菲之间的关系？想不明白。被拒之后，我非常失落，偶尔街上与刘菲碰见，她对我客气得不像话，像是对待那些来买衣服的顾客，仿佛在我们之间，从未有过那些亲密的时刻，无论是写作还是生活，有很长一段时间，我都处于停滞状态。

一次酒后，冲动之下，我给赵昭打去电话，告诉她说，我想去南方生活一段时间，准备多陪陪言言，以弥补逝去的时光。赵昭在电话那边笑了起来，说道，你是不是还想说，她走之后，你的心里仿佛像漏了一个大洞，呼呼灌着西北风啊。我没有说话。只一瞬间，赵昭便收起她的嘲讽语气，面庞严肃，语调冷淡，对我说，这些事情你没必要跟我讲，自己决定，如果当我是朋友，来咨询意见，那么我的建议是，你不要来。我还是没有说话。赵昭说，对了，言言对你的印象还不错，回来后提过你两次，如果我这么说，你能好过一些的话。

我仍准备动身前往南方，临走之前，约李闯和周亮来为我饯行。我们在一家烧烤店吃到很晚，每个人都喝了十几瓶啤酒（不太寻常，通常是我和李闯喝得较多，周亮对酒极为克制），酒后，李闯提议去洗浴中心，连洗带住宿，享受最后的好时光。于是我们打了一辆出租车，李闯坐在前面指路，我和周亮坐在后排，其间，周亮并没有说话，但将他那一侧的车窗完全摇了下来，风猛烈地灌入，噪声很大，我一下子精神起来，紧抱双臂，挺直身躯。周亮转头望向我，一字一句地对我说，我离婚了。

十一

李闯与我是初中好友，他成绩一般，没读高中，毕业后去技校待了两年，然后买了个专科文凭，在社会上摸爬滚打，从事过许多行业，为人义气，能有今日小小成就，全凭昔日友人协助，此外，他也娶到一位家境不错的妻子。周亮则是我介绍给李闯认识的。我与周亮、赵昭是高中同学，他们二人同桌，我坐在后面，平日交谈较多，关系不错，时常一起出行，进而结成同盟。周亮在高中时，对赵昭颇有些好感，举止显著，心思外露。赵昭虽不接受，但也没有拒绝，态度暧昧，我当时对赵昭没有任何想法，但她却很依赖我，大概是由于我的存在是对二者关系的一种制衡。高考之后，周亮发挥失常，去南方读书，学习法律，进入另一片天地，而我和赵昭则考入北京院校，从此来往较为密切。

有一年寒假里，周亮来我爸的修理部找我，言辞激烈，如同拷问，想知道我与赵昭的关系进展到什么地步，我不是很愿意讲，因为其实还什么都没做，只是牵手吃饭而已，没有实质性接触。周亮打听出来之后，仿佛吃下一颗定心丸，大度地告诉我，不要着急，这种事情，或早或晚嘛。然后摇晃着离开，志得意满，与来时判若两人，我对这一幕印象很深。

这些年里，周亮总有机会出差去上海，并且常与赵昭见面。要是说我对他与赵昭之间的关系没产生过怀疑，对不起，那是不可能的。多年以来，周亮始终充当知心好友的角色，甚至可以说，他对我们二人的秘密了如指掌，而以我对他的了解，只要有乘虚而入的机会，他也一定是不会放过的。

每隔一段时间，周亮都会向我通报赵昭的境况，我既很想知道她的这些消息（必须要说明的是，我对赵昭已经没有任何感情了，这种关切完全出自一位普通朋友的友爱之心，以及作为小说作者天然的好奇），但同时并不想从周亮的口中听到，所以内心十分矛盾。这次出行后，我得到的信息是，周亮虽然经常与赵昭见面，但言言却不知道这个事情，他与言言也没见过面，从无接触，这仿佛也在印证着另一些事情的存在。

我对周亮的态度也很复杂，一方面来说，结识几十年来，他没有做过任何伤害过我的事情（至少我没有证据去证明），反而关爱有加，嘘寒问暖，在我最需要帮助的时候，也的确伸过手来；另一方面，在这几十年里，我却被他造成的这种温暖的阴影所笼罩，无论在读书时，还是在毕业之后，结婚又离婚，失业或者写作，这种阴影始终逼迫着我，有时我甚至会想要躲起来，却又无处藏身。这点说出来的话，许多人恐怕都不太能理解，但我也没法进一步解释了。

上面提到，我与言言回家之后，相处得比较愉快，在一起也探讨许多事情，彼此竟然产生一些父女之间的亲密感，这让我很意外。她要离开时，我竟十分不舍，决定买张机票，将她护送回去，以便能跟她多待一段时间。我回顾从前，对于她在幼年时的那次离别，我已毫无印象，完全不记得是在何种场景之下将她们送走的。

出发之前，我给言言和赵昭买了一些礼物，同时也有给赵昭男友的，按照我的预想，礼物会经由赵昭之手转交，说是言言帮忙带回来的，这样也许会留下一些好印象。言言盯着行李箱里面成堆的礼物，跟我说，老班，适可而止。我说，啥意思。她说，过犹不及。我说，我发现你这毛病好几天了，四个字儿的话能不能少说一些，显得特别装，不好。言言说，但你小说里的人物都是这么说话的，我是跟你学的啊。听到这里，我忽然鼻子一酸，险些落下眼泪，不知说什么好。恰好此时，飞机开始在跑道上滑行，巨大的轰鸣声代替我进行回应。在几万米的高空里，光芒刺眼，言言坐在靠窗的位置睡着了，我看着她熟睡的脸庞，真切地感受到了这些年里失去的那些时间。

在此时，我本来应该做一个小小的决定，但那个念头只是一闪，便立即被我打消了。取而代之，反复盘旋在我脑中的，则是另一个可怕的想法，刚才也提过一点。那便是，我忽然意识到，多年以来，我所了解的关于赵昭的私人生活，可能完全是周亮编造出来的（我在与言言偶尔聊天时，发现有些事件对不上，她毫不知情，并且也从未听说母亲结交过男友），换句话说，我怀疑周亮在我的世界里重新塑造出来一个远方的赵昭。而这个形象，与现实中的赵昭，并不完全相符。进而，我联想到的是，这些年来，我个人史上的许多重大时刻，诸如学业、工作或者婚姻等，在关键节点上，好像周亮都有参与，他的声音尖锐、激昂并且坚定，支持也好，反对也罢，总是有办法使我屈从于他的选择。也就是说，我仿佛一直在被周亮挟持着去生活，他或许才是我人生的隐秘驱力，想到这里，我有些不寒而栗，不敢再继续往下想了。

十二

当天，我和赵昭从民政局办完离婚手续出来，共进一顿午餐，啤酒冰凉，我喝得畅快，一杯又一杯，看得出来，赵昭的心情也不坏，胃口不错。这顿饭我们吃了很久，仿佛只要不结账，就还不算是彻底分别。喝到后来，我有些醉，问她，当时是哪一个瞬间，让你决定要嫁给我。赵昭反问我，你觉得呢。我说，应该是有一次醉酒，你带我回到住处，半夜口渴，醒来喝水，然后你也一直没睡着，那间屋子没拉窗帘，映着外面的星星，我们做了一次。赵昭说，你说话小声一点。我说，做完之后，我半闭着眼睛，给你背了首我写的诗。赵昭说，事情记得，但不是这个瞬间。我说，那是哪个呢？赵昭想了想，说，记不起来了。我说，也许根本没有那样的一刻。赵昭说，那首诗，怎么说的来着，我还想再听一遍。我把烟掐灭，眼睛望向窗外，午后的阳光如漫溢出来的时间，缓缓流经我们两人，我忽然觉得自由无比，像从前的无数次那样，熟练地背诵出来。

不能失去我
海里的一粒谷
十二柄鲸在餐桌上轮流看守

不能失去我
冰里的一滴火
十二轮象在词典里巡回搜索

不能失去我
比针还细的钥匙
一枚针孔就能闯入一头飓风

不能失去我
有人念起名字
像念着所有语言里唯一的诗

而我不能写诗
心里填满干粮
生活是一场蝗灾

不能失去啊，不能失去我
轻轻勾住天空的
玻璃耳朵

（原载《青年作家》2019 年第 1 期）

橡皮擦

范稳

一

正午之后，阳光弥漫着慵懒的倦意，湖之梦高档别墅小区便也渐渐陷入饭饱神虚般的昏昏欲睡。花园里的鸟儿不叫了，树上那几只调皮的松鼠，贼亮的眼睛也迷蒙起来，各自蜷缩在绿茵深处打盹儿。A 区 18 幢有只二货哈士奇，是它们的玩伴儿。它们在树枝上跳跃嬉戏时，那二货便会在树下狂吠，松鼠像逗一个两岁的孩子，常常溜到树干离地面两三米处，让哈士奇觉得只要轻轻一跃，就可够得着它。这条被主人叫作二哈的家伙常常被逗得从这棵树转到那棵树，捕获猎物的梦想让它垂涎三尺、乐此不疲。此刻，哈士奇也躺在自己的窝里做口叼松鼠的美梦。明晃晃的阳光下，世界宁静而混沌。哈士奇的老主人洪玉林打开了院子铁门，在车道上步履蹒跚地走了几步，茫然看着阳光下空荡荡的小区，大约是在想：我这是要去哪里呢？我要做什么呢？他是一个身材高大的老人，尽管筋骨已经萎缩，肌肉也已然松弛，可背不驼眼不花，腰也不弯。谈不上仙风道骨，但也不是风一吹就要倒。老人踌躇片刻，回头喊，二哈，出来撒尿。那货在窝里头都不抬，只翻了翻眼皮，仿佛告诉老主人，一个小时前你才遛过我了嘛。老人这时看见了放在铁门边的一个黑色垃圾袋，刚才为了开铁门，顺手就把垃圾袋放地上了。哦，我是出来丢垃圾的。他提起了垃圾袋，感觉到沉，便想找自己的手杖，但手杖又不知躲哪里去了。这个世界上看不到的事物，还有那些过往的人和事，都是成功越狱的逃犯，永远消失在一个老人的记忆中。真是可恨。

垃圾桶离这幢独栋别墅约三十来米，洪玉林走到一半时，有两步台阶，老人没有看见，一步迈出去就摔倒了。

当天晚上，湖之梦小区物业公司安保部门的人调出了这天中午 A 区 7 号段的监控录像，人们看到老人跌坐在地上，半天都没爬起来，看上去孤独而无助。接下来发生的故事就让人们回味再三，连最聪明的警察也没法判断，最公正的法官也举锤不定。

这个高档小区本来入住率还不到三分之一，别墅之间又疏朗开阔，花园、草坪、树林、亭阁、水面等，营造出一片静谧宽阔的世界。所谓高档住宅区，就是让您能够拥有更多的私人空间。这是当初开发商的宣传主题词。但是他们和住户大约都忽略了，一个老人的私人空间越大，就越孤独，也常常充满危险。

二

刮灰工白金华最近遇到一个社会性的难题：如何让一个民工

三代考入七彩中学——这个连城里的孩子也趋之若鹜的私立名校，进去了就好比一只脚跨进了大学校门，也意味着一个民工的孩子将来会找到一份体面的工作，并最终成为一个城里人。这半年来他比自己当年高考落榜还要焦虑。作为一名外来务工者，他比许多城里人更熟悉这座城市，他爱它繁华的商场超市，爱它整洁宽阔的大街，爱它地铁的喧嚣与便捷，爱它风光片一般的公园。他在一家装修公司工作，是一名技术娴熟的工人。无数个家庭的墙面屋顶，内墙外墙，经他的手之后，平整了，光洁了，像宫殿一样有了档次。有时他也会悬在半空中，为城市的高楼大厦装饰打扮，白色、黄色、红色、灰色以及种种与天地间相融洽的颜色，都在他的铲铲刮刮、磨磨刷刷中描绘出来了。你是一个真正的行为艺术家。一个画家曾经这样赞美过他，另一个诗人说，你是生活的装扮者。这些他服务过的城里人其实都是些站着说话腰不疼的家伙，他认为。我们不过是生活的敲门者，来城市里讨生活的人。进哪扇门都要看你的身份证、暂住证、施工证、准入证等等各种能证明你身份的东西，还要忍受别人审贼一样的目光。“形迹可疑”，是白金华在小学时学会的一个成语，他现在总感到自己在城市里就是“形迹可疑”的那一类人。而人家城里人有一张身份证、一张卡甚至一部手机就可以走遍世界了。诗人和画家，以及种种的家，上小学时哪个不想？一个农村孩子的理想是不断被现实修正并一步步往下拉的。行为艺术家是干什么的白金华不明白，但这座城市是如何一天天在他这样的人手中长高长壮，他大体清楚；当他在某幢高楼上施工，远眺天地之间，城市高低起伏、丰富多彩的天际线，都可以默数出去哪幢楼做过外墙，去哪个楼盘搞过装修，哪个小区几栋几单元几号的女主人漂亮非凡但很傲慢，哪个高档小区又大都住的是有钱有权的高端人士。这座在外貌上壮观无比的城市，既火热又冷漠的栖身之地，就像它每一户家庭都有的那道防盗门，隔开了多少伪善和真诚，苛刻和包容，轻蔑和尊重，虚情假意和坦诚相待。一个城市的打工者，是在用体力和汗水敲它厚重的城门。比如：请让我们的孩子到你们的学校读书吧。

城市的回答直截了当，交钱来！

过去在外省打工时，白金华的女儿白布舒的学籍转来转去的非常麻烦。现在城里的公立学校对外来务工者子女大门是敞开的，你只要有暂住证，有合法稳定的收入，从小学到初中，政府规定的九年义务教育让每一个学龄孩子都有学上。但到了高中以后，白布舒就必须回原籍上学，这样才有考大学的资格。白金华怎能不知道家乡高中的教育质量？自己就是毁在那所山沟沟里的高中的！白金华从不认为自己不如人，更不相信自己的宝贝女儿会输在起跑线上。女儿一出生他就给孩子取名“不输”，他对媳妇小琴说我们虽然输给了出身，但不能输给生活。城里人的孩子宝贝得不行，乡下人的孩子就不是心头肉了？只是女儿大了后，觉得这个名字太不雅，自己改名为“布舒”，听上去蛮有城里人的感觉。白金华最为欣慰的是，在校门口接女儿时，看着身穿校服的白布舒和她的同学一拥而出，谁能看得出来她是个民工的孩子？无论是学习成绩还是外貌扮相，我的女儿一点也不比城里人的孩子差。当然了，不能比的只是你的起点在金沙江大峡谷的深山里，从那里跑进大学学堂，得要两代人的努力。

女儿布舒中考预考成绩非常好，老师说只要正常发挥，上七彩中学应该没有多大问题。只是因为白金华是持暂住证的“准城里人”，想进七彩中学这样的私立名校就要比别人多交一笔“择校费”，当然还不算住校费、补课费、每月的生活费、学习资料辅导费等等杂费了。作为技术娴熟的刮灰工，白金华每天能挣到三四百元钱，除去周六周日休息和没有工做的日子，一月收入总在六七千上下，加上媳妇打工三四千的收入，夫妻俩月入一万左右，日子还是过得紧巴巴的。媳妇小琴说：一万块钱在老家可是大钱了，在这城里，房租水电吃喝拉撒，扣七扣八的，钱就是抓在手里的沙子啊。夫妻俩刚贷款在城里买了一套三居室的二手房，每月六千多块钱的还贷压力相当大。但这并不能使白金华放弃要让自己的女儿上名校的梦想。再穷不能穷教育不是？白金华经常说：等我们家布舒考上大学，毕业后再考个公务员，当上国家干部，我们从此就是正经八百的城里人了。小琴对老公的梦想总是信心不足，她会嘀咕说：再多的牛粪也堆不成高山。白金华的回答是：那些体体面面的城里人，三代以前还不都是农民？他们能做到的，我们又不笨也不懒，为什么就不能呢？你再看看我们村的王多贵，人家两代就换身份了，还当了区人大代表哩。城里人都在为他打工，围着他转。

城市就是个滋生梦想的温床，哪怕你生活在城市的边缘，身份低微而暧昧，你的梦也是五光十色的，是那越升越高的五彩气球。与大山深处宁静的村庄相比，城市的呼吸是急促的，城里的楼房比地里的庄稼长得还要快，它催促着你挣钱的脚步，让你连过年都不想回自己日益冷清的村庄。

与白金华想法迥异的是他的弟弟白银华，这是个与城市有些格格不入的家伙。他从十八岁就跟着哥哥满世界讨生活，到过广东，闯过海南，最远还去过新疆，现在落脚在故乡的省会城市，多少有在家门口干活的感觉，至少，离他梦中的媳妇更近了一点。

白银华已经二十八岁了，去年春节回家相上了邻村里的一个姑娘，互相留了电话、加了微信。半年多交流下来，那姑娘说：明年过年你来提亲吧，你得让我爹相信你的实力。白银华明白那话里的意思，过去峡谷里提亲，男方家提一串茶叶饼、两块红糖就可以了。女方家如果认可这门亲事，便会留下礼物，再回赠两块用芭蕉叶包上的新春糯米粑粑。但这是白金华白银华爷爷一辈的习俗，去年白银华的一个哥儿们也是去这个村庄提亲，带了两万扎得整整齐齐的人民币，还是被赶了出来。白银华不像他哥是个基本上守规矩过日子的人。他好打麻将，每次回到家乡，一年辛劳积攒下来的那几万块钱，差不多有一半要输在牌桌上，剩下的钱就随心所欲地吃了、喝了、花了。父亲早几年不在了，母亲也管不了他，只有哥哥的话还偶尔听一下。两兄弟一起在外打工，他是帮手，也是徒弟。哥哥的手艺他从不上心学，他帮人刮灰，棱角线经常刮不直，墙面要么起泡要么开裂，还得他哥帮他补。他总是嫌这活儿脏，成天蓬头垢面，衣服上满是灰浆，且没有多少技术含量。但离了这点技艺，他在城里讨到生活也难。苦再多的钱，你以为就能成为城里人了吗？你看起来像个城里人，骨子里还是个农村人；老家人认为你进了城，城里人看你眼皮都懒得抬一下。城里人生活在天上，我们生活在地上，一个是天一个是地，你是提着自己的头发想升天。

白银华是打工阶层中的愤青，二愣子，在街上开车也要骂骂咧咧，骂交警，骂那些不断超越他们的豪车。欺负老子的车破吗，你撞上来嘛！老子奉陪你一条命。有次和雇主吵架，操起刮灰刀就要朝人砍去，要不是白金华及时按住他，那祸就闯大了。这个兄弟几天不在他眼皮子底下，他都不知道该不该去派出所寻人。白金华也不明白他为什么会有那样多的怨气，也许从他一出生就与社会结怨了吧。白银华是家中老三，那时算超生，家里实在交不出罚款了，乡政府和计生办的人就来拉走了猪圈里的一头肥猪。白银华长大后经常在嘴角挂着冷冷的笑意说："我的命值一头肥猪，谁有本事把老子拉去杀了？"

现在这个愣头青给他哥哥又出了个难题。他上周六和几个老乡打麻将，一个晚上输了一万六。白金华听完兄弟的诉苦，当即就给了他一巴掌。你是吃着屎了？脑袋被门板夹住了？人家出老千坑你难道不晓得？今年不是还要回去提亲吗？打甩手就能把媳妇娶回家嗦？白银华不当多大个事样说，血战到底嘛，出不了老千的。这点钱反正提亲也不够。我们这样的人，不搏一把，永远出不了头。

白金华差点没背过气去。真是民工的后代还是民工，赌徒的儿子一定是赌徒。白金华的父亲是上世纪八十年代第一批走出山村的打工者，每逢过年的时候用一个蛇皮袋藏着一捆捆十元的钞票回乡，风光得不得了。但他也好打麻将，除了年夜饭那天在家，其余时间都在镇上的茶馆里打麻将。白银华小时候最熟悉的声音，恐怕就是洗麻将牌的哗啦声。这样的家庭环境怎么能教育得好下一代？多年以后白金华常常反思父辈的荒唐。他高中毕业参加高考，自认为成绩还可以，考个警校应该没问题，白金华从小喜欢看侦探小说，一直想当警察。但白金华没有继承到父亲的那点好运，民工二代的名分倒是顺理成章地继承下来了。虽然他现在比父亲那一辈人混得好，可谁会认为这是好运？

白银华说：别气啦，还有更让人气不过的。我听工程队刘队长说，咱们公司今年有几笔工程款结不了账，公司要裁人了。到处都差钱啊，我只是差点运气。

白金华恨得咬了咬牙，人走背运，差的是命。发不出工资算多大个事。前年白金华经不住身边的老乡怂恿，把十万块钱交给了同村的王多贵，百分之三十的年利率。第一年下来王多贵认账，十万变成十三万。双方重新签协议，继续将钱放王多贵那里鸡生蛋蛋生鸡，都是一条大峡谷里出来讨生活的老乡，还有什么不信任的呢。这笔老本钱是为白布舒上大学准备的。但就在上个月，白金华找王多贵说女儿要上高中了，需要一笔钱，能不能把去年的利息先付给我。王多贵请白金华去高档餐厅吃饭、喝茶，然后两手一摊说：兄弟，别人也欠我的钱啊，眼下真的没有钱给你。我正在找人追杀那个欠我钱的王八蛋，不还老子钱，就先砍他一条胳膊。白金华不敢砍人胳膊，更不敢把这个消息告诉家人，怕影响女儿中考。女儿曾经跟他说起过，随便上个公立学校算了，花钱也少。为什么非要去跟那些城里人比呢？我们跟他们不一样。白金华记得自己的回答是：我和你妈辛苦一辈子，不图别的，就是要你和他们一样。

那个晚上两兄弟在白金华家喝下两斤多家乡带来的苞谷酒，喝得白银华血脉偾张，喝得白金华眼冒泪花。白银华临走前撂下一句话：哥，富贵险中求，血战要到底。

三

白金华兄弟一个月前在湖之梦A区18幢对面的32幢别墅干过一段时间的装修，有一天下午，一个打扮得珠光宝气的女人开着一辆保时捷越野车，停在18幢的外面。刚好白金华兄弟买材料回来，那女人对他们说：小兄弟，麻烦帮个忙好吗？她让白金华兄弟从保时捷后备厢里抬下一箱茅台、一箱水果。然后她按18幢的门铃，一个保姆来开的门。女人指挥白金华兄弟扛着箱子穿过客厅，来到紧邻客厅的一间藏酒间，那里面有很多白银华叫不出名字的好酒。女人对扛着茅台箱子的白银华说，请先放在这里。然后她又带着白金华穿过一条走道，再经过一间保姆房，又走过一间摆放了各种古董的房间，来到餐厅，说你先放在这里吧。本来白金华兄弟放下东西就该走了，但不知从哪个房间钻出一个走路巍巍颤颤的老人来，女人一见他就说老领导，来看看您。老人很高兴的样子，先是把白金华兄弟当成跟女人一起来的，非要大家坐下来喝茶，不让他们走，热情得不得了。直到那女人反复解释说，他们是她请来搬箱子的，老人才释怀，顺手从茶几上抓起两包新版大重九塞给他们。白银华出来后问：哥你知道这烟多少钱一包吗？这家人好阔。

自从白银华在醉眼迷离中喊出“富贵险中求，血战要到底”后，这些天他们凭一张过期的施工准入证混进湖之梦小区，随时关注18幢的情况。他们在32幢搞装修的时候，已大体知道一些对面18幢的情况。白银华还和18幢的保姆以姐弟相称，在姐长弟短中，白银华还得到一个重要的信息：18幢平常家里只有他这个新认的姐和那个老人，老人有些糊涂了，生活基本不能自理。周六或周日其他家人才会回来。

湖之梦小区树上的松鼠也在打盹儿，白金华和白银华正蜷缩在自己的微型面包车里吃方便面。他们目睹了18幢的老人跌倒，白银华把方便面碗一扔说，哥，机会！

这几天里，他们脑海中对这幢别墅里将要发生的事情，反反复复地推演到睡不着觉的地步。这家的保姆每天上午会去外面的小超市买菜，有时也会带上老人，费时一小时左右。而下午三点前后，保姆会带着午休过后的老人在小区里散步遛弯，和难得遇见的几个邻居聊天，五点左右才会慢慢摇回家。18幢有院子门和防盗门，院子带刺围栏有两米高。客厅窗户是大落地窗，侧面一间屋子（保姆房）有一扇带纱窗的气窗，保姆经常会把窗户打开透气，只有纱窗是合上的。如果有人要从那里翻进去，只需轻轻一跃。——当然，还得考虑那些贴着每一扇窗户安装的红外线报警探测器。没有谁知道在白天或者主人出门时，这些探测器是否是在工作状态。

好运的大门不攻自开。他们从车里跑出来，自然而然地扮演起见义勇为的好人。他们搀扶着老人进屋，先关上别墅的院子门，再关上厚重的屋门，白银华还悄悄把门背面的保险锁锁死。

大爹，你没有摔着哪里吧？白金华问。

面对两个进到家里的陌生人，洪玉林显得有些张皇失措，他张了张嘴，不知道该说什么。这时二哈开始狂吠。二哈，不要叫。老人终于说。坐嘛，坐下来喝茶。

白金华判定，老人认不出他们来了，但他装着好像认识他们的样子，表现出友善，这是好运打开了它的第二扇门。大爹，你不认识我们了吗？白金华笑眯眯地问。

刚才他们将老人扶起来后，老人突兀地说：你们回来了？

白金华顺口应道：回来了，回来了。他推测老人把他们当成家里的某个成员了。白金华在老家的奶奶也活成了个老糊涂，在小小的村子里也找不到回家的路，积攒了一辈子的零花钱也不知藏到哪里去了，连她从小带大的白金华白银华兄弟也认不出来了。白金华现在需要弄清楚的是：面前这个老人糊涂到哪种地步了。

认得的嘛。认得的嘛。老人脸上现出困难的笑容。很像你在某个场合被人热情地打招呼，你绞尽脑汁、搜索枯肠也想不起对方是谁，但你还得虚情假意地掩饰自己的尴尬和难堪。洪玉林眼下的困难还在于：他不知道该把两个年轻人往哪里带。过去家里来了客人，都有人招呼；很多情况下，他从不用起身迎送前来拜访的客人，能抽出时间见客人一面都是给人莫大的面子。家里人都说他老了，不想多见任何人了，喜欢一个人活在自己漫长的回忆里。他们这样说得越轻率，老人就越如大河中的一根枯草，和外面的世界漂得越远。只有洪玉林自己知道，他活在一个多么孤独无助的世界，就像现在面对他想不起的客人，既有些手足无措，又仿佛守候了一万年，终于等到了乘着阳光的翅膀回家的晚辈。

回来了好，好，坐嘛，坐！坐！老人拉着白金华的胳膊，脸上现出解决了难题的笑意，深刻的皱纹乱成一团麻。

那只二货哈士奇，又叫了几声，但看到主人对客人那么热情，便回到自己窝里打盹儿去了。

白金华嘘了一口气，问：大爹，你家的保姆呢？

郝妈啊？缴医保……老人茫然四顾，好像在找他的保姆。

难怪守了半天不见保姆出来。好运的第三扇门也打开了。白金华兄弟曾经认真讨论了如何对付这家保姆的问题。她很壮实、手脚利落。这种农村妇人，力气大得可以摔倒一个小伙子。每年白金华白银华都要回老家缴医保，还要按手印画押，不然就无效。今天好像是农村人站在了农村人一边。

白金华继续问：大爹，家里没有其他人呀？

有个鬼！老人的语气忽然严厉起来，让白金华心跳了跳。这么大的房子，有个鬼。来喝茶嘛。工作忙哦，脱不开身哦。喝茶嘛。在美国远哦。来嘛，喝茶嘛。老人好像总算想起来了，客人进屋，应该喝茶。

白银华本来揣了一把小刀在身上，但刚才在车上时，他哥让他把刀交给自己来保管。白金华说，做这样的事情，最好不要伤到人，那样警察会把你往死里追。在这种大户人家里，能神不知鬼不觉地顺走几样东西就足够救我们的急了。但眼下的情形，让白银华觉得是个千载难逢的机会。不就是个糊涂的老人嘛，你当他面搬空这个家他都不会有反应。他用眼神告诉白金华，该动手了。

我讲个笑话给我听。老人忽然说。

白金华一愣，问：大爹，你……

我讲个笑话给我听。云根，云根，我讲个笑话给我听……老人喃喃地说，后面的话听不清楚了。

你自己讲笑话给自己听？白银华笑了。

白金华盯了他兄弟一眼，笑容可掬地对老人说：大爹，你先坐好。我来泡茶，我们再慢慢来听你老人家讲笑话。茶在哪里呢大爹？

后花园喝。茶室里喝。老人边说边往里走。白金华记得这幢别墅有前后花园，后院还有个加盖的茶室，面对一个鱼池。老人在前面走得摇摇晃晃的，他们紧随着老人来到餐厅，餐厅对面的门通向后花园，但是走到餐厅时，老人忽然说：吃饭嘛。

餐桌上凌乱不堪，有半碗吃剩下的面条，半盘香肠，一小碗花生米，一碟泡菜，东一堆西一片的骨头，嚼不烂的菜茎，还有一瓶茅台，白银华的目光粘在了茅台上。那天帮人家搬了那箱茅台进这个家门后，白银华问了他好几次：哥，你喝过茅台吗？

喝酒。来，喝酒嘛。老人忽然声音洪亮地说，眼睛也亮了起来。这让白金华心里一惊，老人好尖的眼睛，难道他还能看透人的心思？而白银华则像被人逮住了伸出去的手，慌忙说：不喝不喝。我们就喝茶，喝茶就是了。

老人却麻利地拧开了茅台酒瓶盖。再好的酒，一个人喝，也叫寡酒。杯子呢？他四处张望，没有人伺候的饭桌让他有些手足无措。餐桌上并没有酒杯，白金华不明白摆一瓶茅台是什么意思。

去找酒杯。白金华对白银华一努嘴。白银华转身往藏酒室走，白金华拉了一下他，手悄悄往楼上指了一下。他早已观察到了餐厅里的食品柜，那里有一排排的玻璃杯子，而老人的注意力在那瓶茅台上，他把酒瓶凑近鼻子，脸上现出一个嘴馋孩子般的陶醉。

酒杯摆上来了，桌上只有一个老人的残羹剩饭。洪玉林笑呵呵地和对面的年轻人喝下了第一杯酒，脑子虽然更加凌乱，但看上去他是真心高兴，这栋大房子里要有人晃动，有人说话，才叫家嘛！平常除了天天陪着他的保姆，以及二儿子汉国时不时回家看看，老人觉着再不会有人踏进这个家门了。从前单位上的人还经常过来看望他，先是那些受他提拔的下属，以及渴望得到他美言的后生，再后来就只有中秋过年前老干处的人来了，他们不过是完成节前慰问的工作任务，还没有等他过问清楚单位上的事，人家的后脚已经在门外。气人的是这帮小狗日的今年中秋都没有来！他感到自己已经没有了组织，一个干了一辈子革命工作的人，忽然失去了组织，生命的意义就没有了，只是等死，等得每一天都比一百年还长。更不要说等到个节日见到组织的人！外面的世界正无情地将他抛弃，像一辆越驶越远的乡村公共汽车，把他孤零零地扔在荒野里。他既找不到组织，也找不到回家的路，或者说，回家的路有很多条，错乱无序地在他的眼前铺展，而他明明感觉得到家就在眼前，一抬腿就可推门而入。他看得见老家的那间土坯房，看得见在火塘前忙碌的母亲，还看得见火塘上方悬挂的腊肉，被烟火熏得红亮红亮的，七八岁时的洪玉林偷偷地伸长脖子去舔腊肉上渗出的油珠。香啊，真香。这香味如此真实，好像味道还藏在舌头下面。但洪玉林却推不开时间源头那扇遥远的家门。

白银华神色诡异地从楼上下来，悄悄向他哥低语道：楼上有个保险柜。那时白金华已经和老人喝到第三杯了，他开始想象那个保险柜，它肯定有密码，如何才能让这个老人说出密码呢？

你还认得回家的路啊？来来来，喝酒……老人忽然高声喊，他的眼睛明亮异常，猛地站起来向白银华迎去，刚跨出一步腿就绊在凳子脚上，他倒了，手徒劳地在空中抓了一把，把两个碗一个酒杯带到了地上。几声脆响后，老人已经跌坐在地上了。

白金华首先看到了一股血从老人额角处流淌下来，黑红黑红的，大约是在椅子角上刮破的。他上前去搀扶起洪玉林，让他重新坐在椅子上。大爹，今天你都摔了两跤了。你头上出血了，我帮你擦一下。不要动哈。

白金华从餐桌上抓过几张餐巾纸，又对白银华说：去找找看有没有创可贴。大爹，你的药柜在哪里？老人这时高声叫唤起来：哎哟，我痛。白金华用餐巾纸压住伤口，说一会儿就好了大爹。老人说：我手痛。白金华拉着老人的手甩了几下，说手没有摔着啊大爹。老人又说：我脚痛。白金华说那你起来走两步。他扶着老人走了几步，没有发现有什么不对劲。

白金华现在感到了害怕，今天要是整出人命来，他们兄弟就惨了。老年人的事，说倒就倒了，说走就走了。白银华原来说他一个人来就可以把事情办了，他说哥你有家有口的，我一人做事一人当。但白金华怕他毛手毛脚的，将事情闹到不可收拾的地步。他珍惜自己的家庭，但他也只有这一个兄弟。

白银华开始无所顾忌地游走在各个房间，老人并没有什么反应，只是默默地看着餐桌上那几团浸染了斑斑血迹的餐巾纸，忽然反常地哼起歌来——

如果是这样，你不要悲哀，共和国的旗帜上……

白金华有些莫名其妙，他不知道这是什么歌，更不知道是唱给谁的歌。这个神神叨叨的老人，大约只有外星人才能跟他对话。你碰到一个外星人，可能会得到世界上最珍贵的宝贝，也可能被外星人掠走，一去不回。白金华眼里的外星人，既有某些从不正眼看他的人，也有那些钱多得不可思议的富豪。虽说都生活在同一座城市，但每个人的天空是不一样的。

好在老人的伤口也不是很大，况且老年人，血凝固得快。白金华松了一口气，继续和老人瞎扯，期图能得到更多有用的信息。白金华让白银华陪着老人喝酒，自己借口说要去找点纱布，帮老人包扎一下，也闪身上了楼。楼上有三间卧室，一间书房。显然只有一间卧室常有人住，那是一个带有卫生间的大房间，除了一排大立柜，一张日本进口的高档电动按摩椅，两个床头柜外，没有多少摆设。落地窗帘拉得很严，卧室虽然收拾得还整洁，白金华还是闻到一股陈腐的气息。这种气息跟他家奶奶的那间黑暗狭小的小屋子里的气息差不多。老年人的睡房，不过是还剩最后几口气的人的“活棺材”，乡下城里都一样。孤独、阴暗、晦气，阎王派来的小鬼在窗台上探头露耳，死亡的阴影在空中飘浮。当然，卧室也是很多人最喜欢存放财富的地方，卧室里要是还有一个带密码的老式保险柜，你用脚趾都想得出来它会收藏有多少财富。这个保险柜是绿色的，有一个衣柜那么高。可这个连人都认不出来的老人家还记得密码吗？白金华有些灰心地想。

真正引起白金华注意的是二楼的书房，它约三十多平方米，两面墙是书架，靠阳台那一面是落地玻璃窗，还有一面墙上挂满了大大小小的照片，有彩色的，也有黑白的，还有很多的奖状和勋章，都用精致的相框装帧。这是这个家庭的荣誉墙。白金华在这座城市做装修十多年了，还没有见过哪家的墙上挂有如此“重量级”的照片——周恩来总理和蔼可亲地握着一个激动得露出满嘴牙齿的军人的黑白老照片。应该是楼下那个老人家年轻时的照片，还有一张彩色军人照，武警少将军衔，从五官长相上看，或许是老人的儿子。他目光犀利，威风凛凛，仿佛身后有千军万马，随时都可以掩杀而来，让白金华无处遁逃。

天老爷，这家人可惹不起。

家里来了贼。

白金华回到餐桌边时，老人语气平和地说。就像说家里来了朋友一样随意。白金华的心咚咚狂跳，白银华端酒杯的手抖了抖，去年白银华跟人斗殴被人用一根钢管抵在墙角，都没有此刻这样紧张。但老人那副淡定从容的样子，让他们一时又无所适从。

大爹，你说谁？白金华的声音发颤。

电视上都放了，贼进屋了，要出人命了。老人用手在脖子处比画了一下。

白金华用了十二分的力气才让自己镇定下来，说那是电视。贼只是想拿点值钱的东西，不会杀人。

光天化日之下，他们也太猖狂了！老人忽然一拍桌子，目光凌厉起来。那种凛然不可侵犯的威严是白金华兄弟从来没有见识过的，他们几乎要崩溃了。

人啊，不能起贪心！不拿群众一针一线。老人嗓门洪亮地又加了一句。

大爹，你是说……电视上的坏人？白金华沙哑着嗓子问。

电视上放的，都是我叫他们拍出来的。老人转眼又平和下来，还打着手势，像在做报告："4·19"入室抢劫杀人案，刑侦处的人勘查了现场后，我让宣传处的人去录像。我给他们说，为了保卫我们国家改革开放的成果，要告诉人民群众增强防范意识，要震慑犯罪分子，敦促他们尽快投案自首。"4·19"案告破后，两个犯罪分子王超贵和赵七能供认，他们就是在老乡屋子里看到了我们拍的电视，晓得了我人民警察的强大威力，从躲藏的地方跑出来。一跑不就落进我们的手里了？到处都是卡子，到处都有我们的眼睛。他们能往哪里跑？

这个老家伙哪里糊涂了嘛？白银华有些绝望地看了看他哥。而白金华迎着老人咄咄逼人的目光，只能心虚地回答道：是，他们……不该跑。

你找到要找的东西了？老人依旧语气平和地问。

白金华吓得尿急，冷汗直冒。大爹，你头上出血了，我……想找纱布给你包扎一下。我只找到几块创可贴，大爹，我们先给你贴上止血哈。

白金华抓了张餐巾纸将老人脸上的血迹擦干净，这时他闻到从老人身上散发出来的臭味，原来城里的老人也是臭的啊。白金华的奶奶身上也经常有这样的味道，老人大小便失禁，可不像一个婴儿尿床那么简单，白金华又重新找回了点信心。但白银华将创可贴给老人贴上时，洪玉林一把抓住了他的手，忽然大声说：你这下跑不了啦。

白银华使劲挣扎，都把老人从椅子上带了起来，但也没能挣脱。老人的手竟然像鹰爪一样有力。

白金华忙上前去，抓住洪玉林的胳膊，急切地说：大爹，大爹，我们……我们来过你家的，帮你家送东西，你忘记了吗？我们不是……你想不起我们来就算了。大爹，我们还有事，我们走了。他不断给白银华使眼色，赶快脱身走人。

但老人断然说：只许你老老实实，不许你乱说乱动。

白银华有些恼怒地说：你放开我！他用另一只手抓住了老人

的手，准备来硬的了。白金华脸上也现出事情就要办砸了的恐慌。

汉中，你好不容易回来一次，我讲个笑话给我听。

老人的语气忽然温和起来，像一个父亲对归家的儿子说出来的殷殷话语。我把汉国叫回来，也把汉美叫回来。汉国都当爷爷了，我们家四代同堂了哦，过年时我们一直在等你回来啊。每年的年三十晚上，我会悄悄给你留菜哦。不能让你妈知道，不能让她知道。他的脸上这时荡开一层哀戚之色，可怜巴巴的样子，像一个被人遗弃在大街上的老人。

白金华反应过来，老人又犯糊涂了。汉中是谁，是他的儿子吗？他怎么会对着白银华说这样的话？他究竟要跟哪个讲笑话，又想讲个啥子笑话？真是急死人！白金华长嘘一口气，这个老人家得哄一哄，不然他不依不饶地纠缠到门外，那还了得？

三个人重新坐下来，老人兴致又高涨起来。人齐了，就欢欢喜喜地过年了。都不要走，汉国平常在部队工作也忙，喝酒嘛喝酒。

白金华问：大爹你有个儿子是将军啊？老人一撇嘴说，将军算个啥？呵呵。这小子小时候调皮，差点没被我一枪崩了！他现在嘛，工作是刻苦的，组织上是信任他的。

白金华又问：大爹年轻时见过周总理？老人的眼睛亮了，嗓门又大起来，一脸的自得之色。五三年去北京开公安英模会，周恩来总理问我多大参加革命工作，我说十五岁。周总理说，还是个小鬼嘛，打仗害怕吗？我说报告总理，我跟共产党走，干革命，就不晓得怕字。周总理笑了，跟我握手。我激动得差点要哭。

白金华心里想：这就是人们说的老干部了吧？还是老公安。我们动他一根汗毛，惹的麻烦就大了。

四

在旧金山湾区圣何西县皇后镇的一幢公寓楼里，地产律师洪汉美借助 Remote monitoring system（远程监控系统）将万里之外家中的情况看得既一清二楚又一头雾水，手中的电话拿起又放下。

本来此刻已是美国西部时间的凌晨一点，她早该去就寝，明天九点还要出庭。但她惦记着家中的老父亲，因为她知道今天保姆回农村老家办医保，要到北京时间的晚上七八点才会回来。家里几个房间都装了监控摄像头，这是她去年回家力主安装的，借助网络他们这些在外奔前程的子女们可以随时看到家中的情况。两个月前的一天中午，保姆郝妈在午睡，洪汉美在监控画面中看见厨房里飘出阵阵浓烟，便急忙打越洋电话到小区物管那里报警。原来是老爸想烧开水，却把郝妈炖在煤气灶上的一锅红烧肉烧煳了。满屋浓烟滚滚，洪汉美在旧金山仿佛都闻到了浓烈的焦煳味，而亲爱的老爸却呆坐在客厅里浑然不知地看电视。

从前一年回国探亲时开始，洪汉美就发现孤独的父亲越来越糊涂了。五年前母亲去世后，父亲就像一个落单的老小孩，愈发沉默、迟缓、笨拙、木讷。从前那个叱咤风云的传奇英雄，那个让子女们既自豪又惧怕的父亲，那个让犯罪分子闻风丧胆的前公安局长，现在成了一个吃饭时都要戴一个口水兜的老孩子。他的光荣过去，正在被一块无情的橡皮，慢慢擦去。

阿尔茨海默病（Alzheimer disease），中国人略带不恭地叫作老年痴呆、老糊涂，医学上也称之为 AD 患者，也许是所有做儿女的肩头上卸不下来的重担。洪汉美最早察觉到父亲正不幸滑入 AD

患者的深渊，两年前就提醒她的哥哥洪汉国要引起重视。但洪汉国身为边防武警部队的少将，长期忙于公务，对父亲的状况并不以为意。说老年人嘛，都有不清醒的时候。咱老爸活了八十多岁了，能吃能睡，啥病没有，血压也不高，一年都不感两次冒，够省心了。洪汉美却不这样看，父亲面对回国探亲的女儿，再不会一遍又一遍地询问美帝国主义的社会治安状况，再不见他天天读《人民日报》和《参考消息》，甚至连《新闻联播》也不准时收看了。她就父亲的状况咨询了美国的医生。医生说，你父亲现在的病症属于AD症初期，它是不可逆转的，只会越来越严重。从失认，到失忆，再到彻底失去生活自理能力。她记得去年回家那天的家庭团聚宴，老父亲端起红酒杯对她说，妈妈，你辛苦。餐桌上的晚辈们笑翻了天，老人一时手足无措，不知道自己到底做错了什么。洪汉美当时眼泪忍不住流出来了。

如果母亲不先走，父亲不会老得那样快。家人都这样认为。一个亲人在衰老，并不仅仅体现在他脸上的皱纹，满头的白发以及愈发蹒跚的步履，他是一盏逐渐暗淡下去的灯，是流进岁月的沙漠里越来越细小的溪流，是一棵慢慢凋零枯萎的老树。这是谁也无法阻挡的事情。这些道理洪汉美都明白，她想不明白的是：不可抵御的衰老，为什么会摧毁一个人的智力，抹去他的记忆，让他失智？不管他曾经当过总统首相，还是贩夫走卒。仿佛是上帝拣选出一些人，向世界展示人生尽头的残酷与玄妙；或者说，在生界与冥界之间，还有一个只有他们深陷于此的黑洞，幽暗、缥缈、迷蒙、混沌、混乱，没有人可以拯救，也没有人能够理喻。

洪汉美不无悲哀地发现，家中的人已经不屑与这个曾经威风八面的一家之主多说一句话。哥哥汉国总是忙，嫂子对父亲的厌恶在空气中都嗅得出来（母亲去世后这股气味益甚），侄儿洪疆刚得了一个宝贝女儿，一心只过自己的小日子，是那种精致自负的小中产，他们一周回爷爷家一次，不过是为了履行当孙子的义务，那种漠然、敷衍，甚至不比对二哈更亲热。哥哥一家人放着一栋大别墅不住，宁愿挤在部队分的福利房里。哥哥的解释是他还在部队当着领导，住在别墅里影响不好。洪汉美明白，自己没有资格责怪哥哥一家不管老父亲，当她看到保姆郝妈搀扶着父亲在空荡荡的小区踟蹰散步时，只有一种深刻的无奈。自己身在美国，离异，和女儿刘涯难得回国一次，刘涯和外公也几乎没有多少亲情可言。这个在美国长大的孩子总是会问同一个问题：为什么不送外公去养老院？我们不想被人指着背脊骂。这不是洪汉美说的，是哥哥汉国的话。一个受人敬重的将军怎么会把自己的父亲送进养老院？洪汉美只能给女儿这样解释：我们这一代中国人，将“忠”和“孝”视为美德，信奉的是“老吾老，以及人之老”。儿孙一大群，老人却在养老院，是不肖子孙的做法。那就宁愿看到一个老人关在家里孤独寂寞而死，slovenly and senile（邋遢并衰老），也不愿给他一个有尊严的晚年？面对女儿的指责，洪汉美总是底气不足地说：不，你外公晚年很幸福。

洪汉美当然知道自己这话里的虚伪，二十七岁的女儿也知道。甚至家里任何一个人都明白，别墅里的这个老人，如果真的要有幸福的话，就是他能够穿越眼下的混沌世界，进入天国的那一天。侄儿洪疆有一句话是这样说的：一个经常尿裤子的老男人，活着还有什么意义啊？

父亲还不到大小便失禁的地步，但他已经不能“正确”地大小便，除非有人帮他。经常的情况是，他要么人站在便槽前，却将小便滴滴啦啦地全尿在裤子上、鞋子上；要么他将大便拉在便坑外（父亲一直拒绝用马桶），然后又像小孩玩泥巴一样搞得卫生间里一片狼藉，有一次他把大便糊在了盥洗台上、镜子上、墙上（也许他想将之清理干净，但却越搞越糟）。去年洪汉美回家过春节，给父亲买了一箱纸尿裤，可父亲却拒绝穿，说女儿把他当什么了，小屁屎娃儿吗（这种时候他为什么又那么清醒）？洪汉美只得一次性买来十条棉裤、二十条秋裤、四十条单裤。她告诉郝妈说，只要他拉在裤子上，你就给他换。洪汉美不能容忍父亲身上散发出来的一丝恶臭，但家里还是经常恶臭盈室。她不明白的是：一个暮年男人的屎尿，为什么会那么臭？那么大的房子，只要父亲一“闯祸”了，几间屋子都臭不可闻，而且那臭气中还夹带着死亡的气息，令人无法忍受。她专门托人从西藏买来藏香，让郝妈到处熏。再好再浓郁的空气清新剂或香水啥的已经没有多少效果了。

给父亲换裤子的事情，家里人都不愿染指，全交给郝妈做，没有哪个家人能够忍受那种臭味。一个人活成老小孩，可能会变得很可亲可爱，但也可能会令人莫可奈何甚至心生厌烦。父亲情绪不好时，便会骂人，甚至动粗，乱打乱踢，仿佛不是他尿裤子了，而是别人。哥哥汉国有次帮他换袜子，结果遭父亲狠狠踹了一脚。所幸任劳任怨的郝妈还可招呼得住个性一向刚硬古怪的父亲，她说什么父亲都乖乖地听，老老实实地按她的话去做。即便是母亲在世时，父亲都不会这样听话。

他们是谁？父亲好像跟他们认识。但在洪汉美印象中，家中没有过这样的朋友或亲戚。父母的亲戚中，母亲那边的洪汉美全知道，母亲出身于城里的读书人家，亲戚本来就不多，来找洪家帮忙的少。父亲那边的穷亲戚就太多了，七大姑八大姨的，过去不是来借钱就是来请求安排工作。父亲参加工作早，对故乡似乎没有多少感情，又是一个极讲原则的人，常为此得罪不少老家那边的亲戚。后来父亲索性不回老家了，他说人家是衣锦还乡，我穿一辈子制服，不能用公家的衣服去还我欠的债。

莫非他们是父亲老家来找工作的后生？不然父亲怎么会请他们喝酒？那两个年轻人看上去不像是有多大教养的人，但也好像不是贼眉鼠眼的坏小子。家里的卧室、书房、客厅、餐厅还有阳台这几个父亲常去的地方都装有摄像头。开初洪汉美看见一个年轻人在父亲的卧室床头柜翻找什么时，吓得汗毛都立起来了。但她随后又看见这人把一块创可贴贴在父亲额角上。卧室的床头柜就是他的药柜，应该有创可贴之类的常备药。

家里的监控设备装好后，洪汉美觉得自己逐步沦为“窥视癖”，一发现有什么不对劲就打电话。有一次郝妈去超市买菜，她看见父亲长久歪坐在客厅沙发上一动不动，家里的座机打了无数遍，他也没有反应，父亲也不用手机，说看不清上面的数字按键。洪汉美认为父亲不是心脏病犯了就是脑梗，便哭喊着打电话到物管公司。那边倒是反应迅速，立即派人去敲门，门又敲不开。然后社区民警、120救护车都出动了，最后来了一辆消防车，消防队员搭上云梯从楼顶开着的气窗爬了进去，父亲方才大梦初醒，笑呵呵地面对一屋子的陌生人，把那些警察、医生、消防队员当成单位上来慰问他的人，要人家都坐下来跟他汇报工作。物管公司的经理在电话里抱怨说：洪姐，拜托你不要经常这样吓我们了。

她也曾想打家里的座机，问一下那两个年轻人是干什么的。但她怕如果他们真是坏人，岂不是打草惊蛇？万一他们狗急跳墙做出什么对老父亲不利的举动……她不敢多想。

洪汉美犹豫再三后，决定先给二哥汉国打个电话，但那边一直是忙音。天知道他此刻在哪个连手机信号都没有的地方忙。洪汉美深深叹了一口气，继续观看家里正在上演的那出“戏”。

五

你是谁？

你从哪里来？

你犯了什么罪？

这是什么地方？

每个进了监狱的犯人，一进去就要回答清楚这四个问题。洪玉林就像满肚子的故事刚刚打开了话匣子。我马上就要回去工作了。他打着手势说，他们不让我工作是错误的，组织上的平反通知已经下来了，我知道的。恢复工作是组织对我的信任，职务啥的暂时不考虑。老干处的人乱七八糟瞎球整，当初就不该提拔小刘这样的人。我受党教育多年，党叫干啥就干啥。老人豪情满怀，一拳砸在桌子上，震得酒杯都翻倒了两个。

这是醉了还是继续在装糊涂？白金华心里叫苦不迭。装糊涂的人好对付，真糊涂的人你还真拿他没办法，你得有时间慢慢和他周旋，在一个混沌的世界里和他一起跌跌撞撞地摸索。就像白金华的奶奶，她一生的积蓄陷在记忆的沼泽里，只有世界上最聪明绝顶的人才可以将之打捞出来。白金华一度认为自己是家里最聪明的人，因为他读的书最多。他读侦探小说、犯罪小说、推理小说，常常把自己也读进情景之中。白金华回老家时把这点才华用在“寻宝”上，最后他就像一条嗅着钱味儿的猎狗，愣是在一条破被褥里把那区区几千元搜出来了。而眼前这个老糊涂的财富，绝对是可怜的奶奶的百倍以上。

可是，白金华今天脑子转得再快，也转不过这个比奶奶还糊涂的老警察。老天爷啊，还是快放我们走吧。

老人仍然兴致勃勃、口若悬河，颠三倒四地给两个图谋不轨的年轻人讲起了自己的革命工作履历：五三年梁王山土匪叛乱，杀人放火，一个村寨一个村寨地烧光抢光。工作队员被吊起来打，砍手砍脚。人装在美孚汽油桶里，架在柴火上活活烤死。我们公安队配合解放军剿匪。雷四眼，过去坐八人抬轿子，当马帮走四方，驮鸦片去缅甸越南，赚大钱。都是有武装的哦。县公安队伙食好，我从来没有吃到过那样好的伙食。雷四眼出门，前面四挺机枪开路，后面两挺机枪压阵。我们跟雷四眼打了三仗，都让他跑脱了。白面馒头盛在一个大簸箕里，随便吃。我一只手抓四个，两只手抓八个。教导员说，饱饱地吃，吃饱了去追雷四眼。汉中，你要多多地吃，吃饱了好抓雷四眼。来嘛，陪你老爸再喝一杯嘛。报纸上说，雷四眼被我剿匪部队生擒。我那时不懂，就去问教导员，什么叫生擒。教导员说，就是被你活捉了的意思。呵呵！汉中，你晓得了吧，杀人不眨眼的雷四眼，是被你老爹活捉的。生擒，嘿嘿。

像抓一只小鸡。

我可不是你的汉中。白银华突兀地冒出一句，把他哥哥都吓了一大跳。这家伙喝高了吗？白银华却不管不顾，语带嘲讽地说：大爹，我要是有你这样的老爸就好咯。我老爹只是个金沙江峡谷里的农民。

金沙江峡谷？洪玉林老人顿时眼睛亮了，是鱼坝村的吗？我家就住那儿。你们一进屋，我就听出是我老家那个地方来的人。什么人张口一说话，我就晓得他从哪里来的。过去干侦察员，三句话就可问出人家是干哪样的。人民公社时有个偷牛贼，说话哐哐，嘿嘿，打铁的嘛。老人现在思路基本清晰，表述也大体准确连贯，跟刚才说话颠三倒四的模样判若两人。

白金华被老人的话搞得心里一会儿热一会儿凉，有点猫爪下的老鼠的感觉。别的不敢想了，能赶快溜走就是大本事。他努力揣摩老人的思路，期图在混沌中找到一条求生之路。他顺口敷衍道，鱼坝村在我们村子的下面，我们在半山上，核桃箐村。大爹，我们是老乡哦。

嘿嘿，老乡，老乡。许多年都没有见到个老乡了。故乡的话题再次引发了老人的兴致。平常他多想跟人讲讲自己的故乡啊，连保姆郝妈都知道他的老家房前有几棵树，屋后的水井有多深，他们家的那头老牛叫什么名字。他开始准确无误地回忆起那些远逝的地名和乡土风俗。鱼坝村邻近的村子是砂石滩和放牛坪，我们在砂石滩上枪毙雷四眼，人山人海。过年时人们在砂石滩上和往来的马帮做买卖，置办年货。四乡八邻的小伙子和姑娘唱情歌打跳。放牛坪的牛羊好，核桃箐的小伙子能干，入赘到江边来的小伙子个顶个强。有句话是这样说的嘛：买腿长的骏马，招山上的女婿；吃头刀的羊肉，娶鱼坝的姑娘。你们认得鱼坝村的张梨花吗？白金华摇摇头。老人有些失望，说你们怎么会不认得呢？她是我的老母亲啊，是峡谷里最能干的女人。我好多年没有看到我的妈妈了，我要回家，可是他们不让我去。老人的目光暗淡下来，脸上又现出哀戚之色。

白金华问：你家老母亲还活着？

活着的嘛，还可以上山打柴呢。老人肯定地说。有天打柴的时候，就生下了我，小时候他们叫我柴娃。唉，活着活着，就没有用了。

白银华冷冷地说：大爹，你不愁吃不缺喝的，手里有花不完的钱，还住这么大的房子，活得多风光啊。

风光？年轻人才会风光。老人轻松下来，脸上的皱纹也舒展开来了，老顽童般晃起了脑袋。山这边的姑娘唱山歌，还没有唱完，山对面的小伙子就跑到跟前来了，这才叫风光。

白金华应了一句：是啰是啰。我们那边都是这样的。

老人的目光温热又空蒙，望着窗外绿茵茵的树林，仿佛看见了故乡的火塘。他说：峡谷里的梨树，一场春风吹过后，就高高低低地都白了，好看得不得了。江水起春汛，那些鱼喔，要去小龙溪上游摆籽。拿个撮箕，站在小龙溪的水头上，一撮就是满满一撮箕啊。呵呵呵。天底下最好的地方，就是我们的金沙江峡谷啊。洪玉林笑得口水都淌下来了。

屁哟。穷山恶水的山沟沟。白银华嘀咕了一句。

老人“啪”的一声拍起了桌子。瞎说！我不准你诬蔑我的家乡穷！我们那里要啥就有啥的，鱼米之乡嘛！

白银华顶了一句：穷就是穷，我没有诬蔑。那个鬼地方就是穷得鸟都不拉屎。

老三，莫多话。白金华低声喝了一句。

穷？穷……穷……洪玉林嘴唇哆嗦起来。再陡的坡上都要长棵草。你咋个长大的？

爹妈养的！白银华根本不听他哥哥的。爹妈都是盘田种地的农民，我们能好到哪里去？

你……不爱妈妈的小杂种，老子要毙了你！

老人下意识地去摸腰间。这个动作娴熟、自然，一看就知道是个一辈子佩枪的人。白金华心头一惊，他相信老人腰间如果真有把枪的话，白银华也许还不明白怎么回事，枪口就顶在脑门上了。

白银华冷笑道：你枪毙了我，家乡还不是穷？来嘛，反正我们这种人的命不值钱。猪。我们是猪！你晓得吗？白银华声音大了起来。

你放屁！老人喝道。旧社会劳动人民才牛马不如。你这个反动分子！老子的枪呢？他两手固执地在要空荡荡的腰间乱抓一气，最后有些难堪地将手捏成了拳头。白金华注意到那是一只枯瘦的拳头，骨节粗大，皮肤松弛，蜡黄的手背上布满灰褐色的老年斑。

这只握了一辈子枪的手终于颓然地放下了，老人的头也低下了，呼呼喘气。白金华赶快给他倒满一杯酒，说：大爹，你消消气，我们喝酒吧。别跟他计较，他不懂事。

老人一口把酒喝了，说：再来一杯。

老人连喝了四杯，屋子里的气氛缓和下来了。白金华想，干脆把他灌醉了算了。没想到老人忽然说：家乡那么好，你们跑到城里来做啥嘛？

白金华说：大爹，你怕是好久都没有回过老家了，我们那边真的很穷。

老人不计较这“穷”字了，沉默了好一会儿，才问：真的？

白金华平常最怕别人问老家的事。他总是为自己的故乡感到羞愧，他情愿自己是个没有故乡的人。不是因为故乡穷，而是故乡带给他乡下人的身份，让他在城市里再漂泊几十年也擦洗不掉。就像白银华说的那样，爹妈是盘田种地的农民，你好不到哪里去。他只有指望自己的女儿，她出生在城里，她的故乡就是这座城市，将来她还要在这城里工作，把自己民工后代的身份像擦去作业本上的铅笔字一样擦掉。这世上有这样一块“橡皮擦”吗？他不知道。

他没有正面回答老人的问题，显得有些沮丧和忧伤地说：我们这种农村人，吃得饱饭，又有什么出路呢？我爸出来打工十多年，只是把我们养大，我们是民工二代。现在满大街都是富二代、官二代，我们不敢去比，我们当年没有条件上大学，这辈子就当个农民工，也认命了。我只是不想我女儿再当个民工，在这个城市里没有身份、没有地位，将来再嫁个民工，以后子子孙孙都是民工！真那样的话，我们的生活还有什么意思？没有钱，还不是生活中最大的难事。活得没希望，那才难。

白金华不知不觉动了真情，好像搞错了说话的对象。连白银华都听不下去了，呛了他哥一句：啰唆。

老人却郑重其事地说：让她好好读书。

白金华还陷在自己的情绪中。要有条件啊，大爹。农民工的孩子要上个城里的好学校，可不容易。当年我还想考警校，像你一样当个人民警察哩。可是我们的学校，小学时就一个老师，中学时教语文的老师还教数学和地理。你说说我们怎么跟城里的学校相比？

农村娃娃，好好读书，才有出路。洪玉林抓住白金华的手，不停地摇晃，像是在托付一件重要的事情，把白金华搞得有些感动，以至于他都搞不清自己的角色了。

白银华却一撇嘴：你说得轻巧喔，大爹。我们又不是那些有钱人，想上哪样学校就上哪样学校，国内再好的学校也嫌不好，还出国留洋哩。

老人正色道：瞎说！留洋有啥好？我女儿就在美国读的书，遭罪得很。日子过得那么苦，还受美帝国主义的罪，真是气死我了。

白银华嘲讽道：看看吧，你们这样的人家，都去美国读书了还喊遭罪，我们想受这种罪还没有资格哩。妈的有钱就任性，想过啥日子就过啥日子。

放屁！老人喝道。年轻人，你的资产阶级思想很严重。

嘿嘿。白银华用戏谑的口气说，老大爹，我还想有地主阶级的思想呢。我他妈的有得起吗？

剥削思想。我要枪毙你！老人厉声说，又从座椅上站起来，身子晃了一晃，险些再次跌倒。

哈哈哈哈，大爹，你都枪毙我两次了。可是你的枪呢？

白金华觉得他兄弟今天不把事情闹到不可收拾就不肯收手，这让他感到害怕。他喊了一句：老三，你太烦了！

孩子要读书。要读书才好……老人嘴唇嚅动着，又坐了下去大口喘气，不知是气得，还是累得。他又抓住了白金华的手，与其说这次是想要嘱托什么，倒不如说他想找个支撑，以让自己不瘫倒下去。这个老人已经被他们打败了，像风中的枯树，一阵微风就可让他轰然倒地了。餐厅里此时斜射进来一束阳光，在洪玉林的头上镶上一层耀眼的光芒，让那满头的银发更白，白得近乎透明，白得令人心生怜悯和敬畏。

两兄弟的目光碰在了一起，都从对方眼里看出了无奈，也明白现在是最好开溜的时候。白金华抽出了自己的手，说：大爹，我们要走了。白银华也接了一句：我们走。拜拜了老大爹。

不要走……老人伸出一只手，仿佛想挽留他们。但他忽然张了张嘴，“啊、啊”两声，艰难地站起来，一行尿液从裤裆处淅淅沥沥地淌下来了。

白银华皱起了眉头，鼻子收紧成一团，白金华也闻到了一股新鲜的尿臊味。

郝妈，郝妈呢？老人手足无措，张着嘴四处看。

地板上已是一摊尿液，浓烈的臊臭在餐厅里弥漫开来。白银华面带鄙夷地说：喂，你尿裤子了。

老子没有！老人硬硬地回敬道，但是他又不得不低头看脚下的尿渍。他想移动脚步，但却一脚踩在那摊尿上。他提起脚来，放下去，还是又踩在尿液里。“啪嗒”“啪嗒”，老人左脚挪右脚，右脚换左脚，仿佛在踩着尿玩耍，让两兄弟不得不再次皱起了眉头。

嘿嘿，你慢慢和你的尿尿玩吧。白银华幸灾乐祸地拍拍老人的肩膀，准备走人。

麻烦你们……麻烦你们，找条裤子……老人费力地说。终于明白他现在的窘境。

想得美哦！你又不是我老爹。白银华说。

老三！白金华喝了一声，起身往楼上跑去。

麻烦你……老人目光哀怜地追着白金华的背影。

一会儿白金华就拿了一条裤子下来。过来，帮个手。他对白银华说。

白银华一把抢过他哥手里的裤子，抖了抖，对老人说：告诉我楼上保险柜的密码，我们就帮你换裤子。明白了吗，老大爹？

老人呆呆地看着两兄弟，嘴唇张了张，无话。

你浑蛋！白金华没有料到兄弟会来这么损的一招，张口骂了一句。

大爹，你好臭哦！你好好笑哦，“我讲个笑话给我听”。哈哈，这就是你讲给自己的笑话？讲干净是要花钱的。白银华并不理他哥，冷酷地说。我们他妈的从来就不干净卫生，天天一头灰一身泥，才能苦一点点钱。钱还被人骗走，孩子也没钱上学。社会险恶啊大爹。

白银华将手中的裤子往前递了递，老人伸手来接，白银华又收回去了。说出密码来，我们就给你换上。快点想哦，裤子上有尿可不好受。他笑吟吟地说，像在逗一个小孩。

白金华常常不明白他这个老弟的心肠为什么会那么硬。兄弟俩在社会上闯荡多年，在需要跟人争勇斗狠时，往往是当弟弟的冲在前面。没有白银华这个狠劲儿，他们怎么会走到这一步？他们本来是来行劫的，但未泯的良知告诉他，他应该去帮助眼前这个老人。那他到底是好人还是坏人呢？在社会上你想做个好人时，没有多少人正眼看你，而当你黑下心来做坏人时，又有一双无形的手推着你去学雷锋。这让他对眼下的困局心生厌恶。他觉得现在是他们哥俩掉进粪坑里啦，比站在一摊尿里的这个老人家还狼狈。

老人睁大了眼睛望着白银华，目光里既有屈辱又有愤怒。他又转头求助似的望着白金华，白金华连说一句话的勇气也没有了，不敢直视老人的眼睛。他想，我们是在做要挨雷劈的事。但事到如今，不管你做还是不做，天上惩罚的雷已经在积蓄力量了。

这是一段困难的时间，像沙滩上被烈日炙烤的鱼，人有时熬不过去，一颗鲜活的心便瞬间成炭。老人开始莫名地淌眼泪。先是一两滴，缓慢地在苍老的脸上流淌，然后他张了张嘴，像一头老狼一样干号了两声，又止住了。

我想不起你们是谁了。想不起来了。你们弄死我吧，弄死我吧。我这个样子……唉，唉。我不想活了，我听到我妈妈在喊我了。

白金华声音小得连他自己都听不见。大爹，我们是……我们其实不是……只是孩子要交大笔的学费……他语无伦次、结结巴巴，世界上大约很少有这样狼狈不堪的打劫者。他想去拉着老人的手，或者帮他拭去脸上的老泪，但是他不敢。奶奶说过，老年人流泪，佛菩萨也会不高兴。你们年轻，看到姑娘红扑扑的脸是福气，可看到老人的眼泪，就要遭报应了。

白银华继续他的冷酷。生不带来死不带走的东西，你捂着藏着干什么呢？这世道有人抢钱明火执仗，有人抢钱喝杯酒之间。大爹，就算你先做个好事，我们再学雷锋。

洪玉林终于缓缓嚅动了一下嘴唇：要根针就给你针，要根线就给你线。走嘛。

白银华的眼睛开始放光，白金华却感到害臊。老人已经巍巍颤颤地走在前面了，看上去既漫不经心，又无所畏惧。

等一下，大爹。换双鞋吧，楼上是地毯。白金华说。

白银华瞥了他哥一眼：多事！杀猪还怕手上沾血？

老人这时停下脚步，回头不急不慢地对白银华道：我们老家有句话说，隔着大山娶媳妇，等于在温泉里放屁。

白银华不明白这句话的意思，他发现老人的眼神有些不对了，但他仍然读不懂这将意味着什么。白金华跑到前厅鞋架上找来一双布鞋给老人换上。他们那时并不知道，他们在这里做的每一件事情，不是无可挽回的堕落，就是难以名状的救赎。

老人带兄弟俩走进卧室。白银华差点忍不住想跟他哥说：世上有些天大的难事，其实撒泡尿的工夫就能解决了。这种衣柜般大的保险柜，两兄弟给一些公司粉墙时见过。把它放在家里，天知道要存放多少贵重的东西。电视里放的那些贪官，不都是把一摞摞的钱放在这种地方吗？

老人径直走到保险柜面前，默默地站了一会儿，然后握着门上的把柄往右一抬，保险柜门便訇然洞开。白金华恍然大悟，一个脑子糊涂了的老人怎么会记得住密码？他们原先看到保险柜时首先感到犯难的就是如何得到那一连串的密码。他们甚至连试着摸一下保险柜门把柄的想法都没有过！侦探小说把人看糊涂了。人的眼睛有时真的会被一片树叶挡住世界上所有的风景。

两兄弟站在老人的身后，面对梦想中的财富之门，都能互相听到对方的心跳。白银华伸长了脖子，白金华却反常地紧盯着他的兄弟，仿佛随时要按下他脑袋里伸出来的欲望。人有时并不明白自己在最紧要的关头该做什么，无论是以命相搏，还是对一个姑娘说一句暖心的话。生活中的剧情常常在人们的想象力以外，白银华如果在此时要动粗，白金华不敢保证自己不会踹他一脚。人放下自己的欲望，就跟放下一袋金币一样难。慈眉善目的老天爷有时会化作人间一个宽厚的长者，让你忘记金币。他现在慢慢转过身来，手里捧着一套折叠整齐的解放军65制式军装。

白银华说：大爹，你的裤子在这里。他想老家伙还真糊涂到了把换洗衣服收进保险柜了不成？他的眼睛瞄进了保险柜内，但他很快就被一道光照亮了，这在他的生命中是从来没有过的事情。

你，穿上它。洪玉林老人郑重地对白银华说。

我？白银华吓得后退了一步。不是被老人吓倒，而是被那身军装。

此刻，没有比军装更令人肃然起敬，并忘掉邪念。红色的领章鲜艳夺目，草绿色的纯棉府绸布像春天深处的思念。白金华白银华分别是上世纪八十年代和九十年代生人，不会知道这身军装所代表的时代意义。他们只是从电影电视或画报中见到过这款老式军服。和现在解放军的军装相比，他们只会认为它土气。

多年以前，白银华曾报名参军，体检都过了。接兵的一个连长说他文化基础不错，体格也健壮，到部队锤炼锤炼，会是一个好兵。他的梦已经飞进了遥远的军营，农村人嘛，除了考大学，就是当兵。不然他们怎么走出大山？但后来他被告知，他的名额被乡里有权势的人家“顶替”了。白银华没有找人讨说法，也没有唉声叹气，更不会掉眼泪。他只是冷笑几声，就收拾行装找他哥打工去了。

面对递到面前的军装，白银华身上的邪念在消退。是你要换裤子，不是我。大爹……他底气不足地说。

来吧，穿上让我看看。老人轻柔地说，小心地将军装抖开，一股英气扑面而来，令人心动，无法拒绝。

并不仅仅是因为“人是衣裳马是鞍”这样老套的说辞，而是无论何种款式的军装，总是有魔力的。它会和男儿身上的血性相碰撞，激发出此生从未有过的情感。一个再卑微的人，也会被一身军服赋予勇气、荣誉和责任。

把军帽也戴上。洪玉林又从保险柜里取出一顶镶有红五星的绿军帽。哦，对了，还有皮带。老人现在思路清晰，已经完全掌控了局面。军人怎能不扎腰带呢。他说。收腹，挺起胸来，再挺。腰要紧，背要平。好，好，就是这样。就是这样，就是这样，就是这样……

老人围着白银华转，把他拉到卧室里的穿衣镜前，帮他正正帽子，紧紧皮带，抻抻衣角。此时，所有的事情都在向相反的方向发展，或者冲出人们的想象力边境，飞进银河系里，用光年的速度抵达从不敢想象的彼岸。时间发生了扭曲，宇宙也充满了庄严。就像白银华看见镜子里的那个军人，妈哟，老子原来可以是这个样子。卧室里打劫者和被打劫者都忘记了对方是谁，忘记了自己在干吗，忘记了危险仍未解除，并且即将来临……

像啊！像。太像我的汉中啦。汉中，你总算回来了。汉中，我就你这么一个有出息的儿子……汉中，妈妈，妈……妈妈要是能看到你这个样子……

老人双手扶着白银华的双肩，再次抽泣，老泪纵横。

六

简直太离谱了！洪汉美在地球那一端忍不住叫了起来，眼泪簌簌而下。她有想抓起什么东西砸向哪里的感觉。而往昔的伤痛，是你想喊想砸也挣脱不了的渊薮。

一九七九年的春天，是个多雨多雾又压抑伤感的季节，那一年南国边城的樱花不开，桃李不结，戍边的男儿不归。多年以后洪汉美在给自己的女儿讲起这段岁月的感受，她习惯用“稀里糊涂”这个词。这一年她即将考大学，学习是稀里糊涂的，对班上某个男生朦朦胧胧的爱是稀里糊涂的，成绩当然也是稀里糊涂的，忽好忽坏；能否考上大学或今后要从事什么职业更是稀里糊涂。甚至，当某个春雨下得像人的眼泪的晚上，父亲一脸严肃地来到她的小房间说，你妈要出一趟长差，我最近接了一项很重要的任务，忙不过来。你明天就搬到你小孃家去住，等高考完了再回家。洪汉美的家在城北，走路去学校也就十来分钟路程。小孃家在城南，她都没有想一想家里为什么要如此“舍近求远”，让她每天坐八站地的公共汽车去上学。其实父亲那张严肃认真了一辈子的“干部脸”和母亲事无巨细的照料、念叨早就让她厌烦，到小孃家反倒更自由了，还可偷偷看点闲书写些永远只给自己看的情诗啥的，于是也就稀里糊涂地答应了。二哥洪汉国那时还在乡下当知青，洪汉美不是十分相信大人们的话，她想最坏的情况可能是又要搞运动了，父亲又要挨整了吧？母亲又要每天愁容满面了吧？对一个少女童年的记忆来说，没有比看着父亲戴着高帽游街更大的打击了。

可是有。甚至还更大，更令人无法相信无法承受无法忍痛含悲。高考结束，洪汉美在一个炎热的夏日回到家里时，面对的是一夜白了头的父亲、哀伤绵绵的母亲以及大哥洪汉中“革命烈士”的遗像。大哥洪汉中在这年春天的边境战争中牺牲了。即便到现在自己也已经两鬓斑白了，洪汉美还在为当年的稀里糊涂痛悔。为什么不能去送大哥最后一程？为什么不在那个时候陪在父母身边？哪怕不考大学也罢。当了三年知青的大哥也报考过大学，只可惜连考两年都没有考上。父亲说，男儿不当兵，怎么能长成一条汉子？父亲说话的方式从来都是豪迈革命的、不与家人商量的。他亲自为大哥拎着背包，满面荣光地把儿子送上了接新兵的军车。《再见吧，妈妈》，这支歌在那个年代曾经风靡全国，无数年轻英武的士兵在南国的丛林中豪迈地唱着它，挥手告别了他们的家乡，告别了他们的母亲：

再见吧，妈妈，军号已吹响，钢枪已擦亮，行装已背好，部队要出发。你不要悄悄地流泪，你不要把儿牵挂……

这是这个家庭最不愿听到的歌。

真是鬼来拍门了。洪汉美一边抹眼泪，一边盯着屏幕看，生怕看漏任何一个细节。父亲怎么能把大哥的军服给一个来路不明的小子穿上？大哥牺牲后，部队送回来大哥的遗物——一身崭新的军装，一双黑色的新皮鞋，一些衣物，一个搪瓷缸，两个脸盆，还有两本日记本，一本相册，十几本书，等等。母亲睹物思子，天天以泪洗面，在床上躺了一个多月。母亲真是不容易，一颗柔软善良的心，破碎在一个铁石心肠的男人身上。谁跟这样的男人过日子谁认倒霉。父亲后来把大哥的遗物都带到自己单位收存，只留下这身军装，锁进保险柜。这个保险柜是单位配发的，平常父亲的佩枪、弹夹、保密文件什么的都放在里面，家里任何人都不知道密码。二哥洪汉国小时候特别调皮，有次他趁父亲疏漏，忘记关保险柜，悄悄把父亲的枪偷出来，拿到公安局大院的小伙伴们中去显摆，事发后差点被父亲一枪崩了。

母亲去世后，父亲的心变得比母亲还柔软。洪汉美有一次回国探亲，撞见父亲一个人在卧室里，把大哥的军装平平整整地铺在自己的床上，军帽也端端正正地放在枕头上，独自垂泪。洪汉美那天拥着父亲，父女俩守着那身军装大哭一场。大哥洪汉中仿佛就在身边，可是他倒下了，再也不能起来。就像那个年代另一支很流行的歌里唱的那样，他已经“化作了山脉”。洪汉美情愿父亲把全部的过去都遗忘，哪怕他不再认识所有的亲人。她曾经跟父亲建议：我们把这军装烧在大哥的坟前吧。父亲的回答是：这军装在，我儿子就还活着。

洪汉美再也看不下去了。父亲这是在干什么？那两个小子究竟是什么人？大哥的牺牲，是这个家庭永远的痛。家里可以挂母亲的遗像，但从没有挂过大哥任何一张照片，哪怕是过去的全家福。只要有大哥在场的照片，都被小心收藏起来了。一个儿子在父母的目光里慢慢长大，他在不同的年龄留下不同的风采，最后永远定格在英姿勃发的二十一岁。哪个当父母的受得了？有些伤口永远不会愈合，尽管它会被流逝的时间一分一秒、千针万线、点点滴滴地慢慢缝合，但在时间的缝隙里，那伤口总会在不经意间被撕裂开来，思念之情、哀伤之痛，依然让人心滴血。几十年过去了，哥哥牺牲的事，家里虽然绝不会忘记，却再不会轻易提起。这是洪家一条不言而喻的铁律。先是母亲受不了，后来是父亲。这个在家里让孩子们敬而远之的严父，在洪汉美的记忆里他的生命中只有工作，绝少有家庭、亲情、父爱，以及儿女情长一类的情感。即便是过年吃年夜饭，父亲的脸上也难得有轻松的笑脸。有次母亲在饭桌上抱怨说：大过年的，你就放下你那张“干部脸”吧，让孩子们轻松一点。父亲把酒杯一顿说：轻松什么？我的干警还在一线值班。不吃了，我去看看他们。大哥汉中战死后，父亲同样不跟任何人商量，就将二哥汉国送进了军营。报纸、电视台的记者天天采访，他可光荣上了天，但回到家里母亲与他寻死觅活，说你害死了汉中，还要毁了汉国吗？你的心是铁打的，也就算了，难道我的心就不是血肉做的？老两口那年差点没离婚。洪汉美每每回忆起这些痛彻骨髓的往事，哪怕只是在生活中因为触景生情的一闪念——一支老歌、一本旧书、一个童年时期的伙伴、听人说起这段共同的记忆，都像有一把锥子扎在心尖尖上。家里有谁知道她当年选择出国是为了逃避这些挥之不去的伤感记忆？有一年她回国探亲，在街上看到一个青年骑辆已不常见的永久牌28寸钢圈的旧自行车，要命的是车后还搭一个扎着两条羊角辫的小姑娘。往昔情景扑面而来，那不是大哥正载着自己去上学吗？洪汉美当时就把持不住，在大街上不管不顾地泪流满面。

二哥汉国的电话还是打不通。她便打给侄儿洪疆，说老爷子一个人在家，两个陌生人摸进去了。老爷子不知为何把保险柜打开了。洪疆在电话那头大叫：这还了得！我马上报警。洪汉美说，先别惊乍乍的，吓着老爷子。你最好先过去看看再说，我感觉那两个人……但洪疆那边的电话已经挂了。

洪汉美想：这下半个城市的警力都要惊动了。

不到半个小时，警方已经悄悄把A区18幢围得连只野猫也逃不出去了，大队警察封锁了整个小区。市公安局的孙副局长亲自指挥了这次行动，他的指挥车就隐藏在离18幢不到三百米处的一个拐角，指挥车上的微波传输平台已和小区物管安保部的监控画面接通，18幢室内的情况看得一清二楚，家用监控系统让孙副局长省了好多事。封控组、火力组、观察组、侦察组、电磁干扰组以及精锐的反恐突击分队均已就位。侦察小组已经潜伏到18幢东西两侧的窗户下，一种叫作“隔墙听”的侦听器像一副“耳朵”一样地贴在了墙上，孙副局长可以清晰地听到室内人的说话声。反恐突击分队的攀登突击车悄无声息地开到了别墅的北面，一组突击队员借助攀登架顺利地攀上了屋顶，按计划他们将配合地面攻击从天而降。孙副局长布置了三套攻击方案，将突击分队分成三个战斗小组，每组五个人，分别从正门、窗户和屋顶同时展开攻击。他一再交代突击队员：人质是我们的老局长，千万不能有任何闪失。老局长要是伤到一根毫毛，我拿你们是问。

孙副局长刚干警察时，洪玉林就是他的师傅。他有些自责这些年来对老局长关心太少了，连两个小蟊贼也敢到老局长家来打劫，这不是羞辱我们这些干警察的吗？因此接到报警后他调集了市里最精锐的反恐突击分队。处置突发情况、解救人质的活儿他干得多了，但没有哪一次像今天这样令他权衡又权衡、小心再小心。

可偏偏还是出了点纰漏。火力小组的狙击手和观察员选择了18幢西面最高的一棵大叶榕树作为火力支援点和观察点。但没想到他们爬上去时，惊动了榕树上的两只松鼠，两个小家伙从树上窜下来，在周边几株稍矮的树上窜来窜去，洪玉林屋里的那条二哈狗这下激动了，冲窗外一阵狂吠。孙副局长从画面上看到两个犯罪嫌疑人行为异常起来，他还通过“隔墙听”听到其中一个家伙问：有人来了吗？孙副局长当即命令：行动暴露，按第二套方案行动。

第二套方案由孙副局长亲自上阵。他戴上耳麦，套一件装有纽扣摄像头的工装外套，化装成一个送水工，先按响了门铃，然后在外面高叫：送水！他身边的助手敏捷地把一根针式软管窥视镜从门缝里塞了进去，只有六毫米大小的柔性探头将门后面的情况拍得一清二楚。孙副局长的耳麦中不断传来指挥车上报来的信息。情况正常。两个人走过客厅东端通道。是老局长和另一个嫌疑人。没有使用暴力。没有看到凶器。他们正走向大门。还有五米，四米，三米，两米。准备行动。

门打开了，是那个穿解放军老式军装的家伙来开的门，孙副局长瞥见老局长就在他身后右侧三米处，看上去没有任何要劫持人质的意图。但他还是一步抢进门去，将自己卡在老局长和犯罪嫌疑人中间。跟在他身后的反恐突击队员蜂拥而入，利落地将这个家伙按翻在地。这时从屋顶展开攻击的队员也从楼上冲下来，他们很快从餐厅里把另一个犯罪嫌疑人制服了。

孙副局长扶着洪玉林，说：老局长，是我们。

洪玉林眨了眨眼睛，好一阵才仿佛认出从前的老下属。但他接下来的反应让所有的人大吃一惊。

要过节了，你们才想得起来看我呀。嘿嘿。

孙副局长说：老局长，你没有事吧？

坐嘛坐嘛，谢谢组织的关心。来那么多人干啥，你们工作也忙。来了就喝酒嘛。老人拉着孙副局长的手往沙发那边带。

老局长，我们接到报警了。孙副局长说。

洪玉林已经拉着孙副局长坐下来了。小孙，来来来，我讲个笑话给我听。他笑呵呵地说。

孙副局长被搞得有些一头雾水了，他问：老局长，我们是来抓人的。他指指被突击队员们架着的白金华兄弟说：这两个小子……

洪玉林往屋子里望了望，好像一屋子荷枪实弹的警察和被押着的那两个人才让他回到现实，他忽然大喝起来：乱球整！你们乱球整嘛。

孙副局长诧异地问：老局长……

把人给我放了。快！孩子要读书。

洪汉国这段时间一直在边境线督阵抓捕一个贩毒团伙，任务完成后才打开家里的手机，待他心急火燎地赶回家时已经是晚上十点。洪疆还在爷爷家，保姆郝妈也回来了，父亲也没有睡，守在客厅里的电视机前，对洪汉国的问候爱理不理。洪疆把他拉到楼上书房悄悄跟他说：警察进屋时爷爷毫发无伤，家里的东西一样也没有少。本来警察当时就要铐人，但爷爷非要给那两小子担保，说是他老家的亲戚，不准警察动他们，还把他们送上车。警察也查了，他们没有案底，还真他妈的跟爷爷是一个地方的。当然他们一出小区，孙局的人就把他们带走了。

你去把人给我要回来。现在就去！洪汉国父子俩一回头，发现老爷子拄着拐杖站在门口，一双豹子眼在灯光下熠熠闪光。

爸。洪汉国踌躇片刻，才说，孙局有他们的办案程序，我……我不好干预的。

办什么案？老人凶凶地反问。

爷爷，你等他们问清楚再说嘛。你连我都经常认不出来，咋分得清好人坏人？那两个烂民工看上去就不是好人。现在孙子辈的人对祖辈说话，都没轻没重惯了。

洪玉林愣了愣，拐杖往地板上一杵，喝道：你个小屁屎娃儿，你爷爷是干什么吃的，还要你来教？什么烂民工？我们是一家人！

洪汉国凶了儿子一句：放肆！跟爷爷怎么说话的？

洪汉国把老人哄到卧室，说爸你先睡，剩下的事情我去处理。老人说：不睡，我要看到孩子上学。洪汉国问：这么晚了，谁的孩子要去上学啊？老人只是反复念叨：孩子要上学，我不睡。洪汉国最后只得说：好吧，明天我们就送孩子去上学。

好不容易把老父亲哄上床，洪汉国还是找不到头绪。怎么闯进家里来的两个陌生人，倒成了他家的亲戚了？他决定先问一下妹妹的想法。他跟洪汉美用微信视频，洪汉美说她一夜没睡，把家里的监控录像调出来反反复复地看了两遍，她也问了小区的物管公司，那两小子曾经在我家对面那幢别墅搞过装修，凭过期的施工证进入的小区。他们物管公司安保部调出的录像证实，老爷子中午去扔垃圾时摔倒在外面了，是那两个年轻人将他扶起来送回家的。如果是做好事学雷锋，送老人回到家里就离开嘛。干吗赖着不走？还在家里到处翻动。当然他们也貌似做了些好事，比如把摔倒的老人扶起来，为他换裤子，陪老人喝酒聊天，等等。可看到他们在家里鬼鬼祟祟的样子，打死我也不相信他们是好人。

主意打到我们家来了，也是吃了豹子胆。

洪汉国说：也许老爸在家是太寂寞了，来者都是客，都要热情接待，请人喝茅台。咱爸从来都是疾恶如仇的人，不至于放跑两个敢到家里来行窃的坏人吧？

洪汉美问最近一段时间父亲的情况怎样。洪汉国沉吟片刻，回答不出来。手上经办的这个跨国贩毒案，让他有两个多月没有来看望过父亲了。他回头问在一边玩手机的洪疆，你每周都过来的吗？儿子头也不抬地说：我还不是忙得很，上个月来过的。洪汉国叹口气，对妹妹说：我先去孙局那里问问情况吧。有了口供，什么都清楚了。

洪汉国赶到市局时，孙副局长还在班上。两人年龄相仿，过去孙副局长也是洪家的常客，私下里两人都称兄道弟，因此见了面也不多客气了，直接谈案子。孙副局长说：老局长家出这么大的事，是我们的防范工作疏漏了。下午我把辖区派出所的人狠狠训了一顿。

洪汉国说：发生这样的事情，也难免。孙局，你进门时，你认为我父亲……当时是清醒的？

孙副局长有些不解地说：清醒的啊，我不认为他喝多了，虽然我闻到了他嘴里的酒气。汉国兄，你知道的，我参加工作时，连酒量都是老局长培养出来的呢。

洪汉国把到嘴边的话咽下去了。父亲已经糊涂了这件事，家人都没有告诉外人。英雄老去，诚可尊敬，英雄老糊涂了，爱戴他的人又情何以堪。他换了个话题问：现场勘查的结果怎样？

有些地方被人翻动过了，抽屉、床头柜、食品柜、酒柜、衣柜等地方，都发现了指纹。孙副局长低头翻阅自己的工作笔记，然后他抬起了头说：奇怪的是保险柜的把柄上没有发现他们的指纹。家里值钱的东西都在开着的保险柜里，一台尼康相机，两对手镯，十二件首饰，一套北京二〇〇八年奥运会的纪念金币，两万三千二百四十元现金，都没有动过的痕迹。我们也没有找到任何作案工具，技侦处的人连花园都翻查了两遍。现在是刑拘，老局长不肯做证，还说是你家亲戚，我们又没有找到证据，按“刑法”八十条规定，至迟明天这个时候我们就得放人。

洪汉国似心有不甘。假定他们是入室抢劫，不至于一样家伙都不带吧？

孙副局长挠挠头说：有这样的案例。对没有抵抗能力的老人、妇女、孩童来说，犯罪分子顺手从厨房里抓一把菜刀就足够了。不过，将军，我可不能做有罪推定的事情。

他称呼洪汉国“将军”，洪汉国自然心知肚明。大家都身居高位，重权在握，又干的是同一行当，都有一条明确的底线。洪汉国为自己刚才的话感到有些害臊，他为自己打了个圆场。

如果他们真是我们家的亲戚呢？你认为？

孙副局长一愣，我怎么知道你们家的情况？难道你老兄……也不清楚？他小心地问道。

洪汉国回避了这个不好回答的问题。他问：你们有口供了吗？

还没有。孙副局长说，刚才来报告说，这两小子嘴还硬呢。你要不要来看看？

孙副局长打电话让审讯科把审讯室的画面同步传过来，他拉把椅子让洪汉国坐他身边，洪汉国看到被分别审讯的白金华和白银华。他们面无血色，一个显得很惊恐，一个则有些故作镇静。这小子叫白金华，我感觉他有些反侦察经验。孙副局长说。

根据传过来的文字记录，两人辩称他们是来回访从前的客户，看看有无质量问题，遇到老人跌倒在路上，才扶起老人送他回家，在聊天中发现原来是老乡，还是沾亲带故的亲戚关系。他们只是在屋子里陪老人喝酒而已。除此以外，就什么也问不出来了。不过，两人的口供稍有出入。白银华说洪玉林是他的舅姥爷，白金华则绕了半天，说洪玉林是他家二大爷的亲家翁家的一个堂伯的远房大表叔。

这时有人来报告说，两个犯罪嫌疑人的亲属接到我们的通知后，立马就赶来了，是个妇女和一个孩子，就在外面的接待室。孙副局长问洪汉国：你要不要去看看？

他们来到接待室，孙副局长拿着讯问记录本问那泪流满面、不知所措的女人：你叫胡小琴？女人惶恐地点点头。孙副局长又问：你和白金华、白银华是什么关系？女人哭兮兮地说：白金华是我男人，白银华是我小叔子。他们咋个嘛？你们要抓他……呜呜呜呜。倒是那个看上去约莫十几岁的女孩不断地为她妈妈擦眼泪，说妈妈别哭，别哭，爸爸会回来的。这孩子的镇静倒让洪汉国有些吃惊。洪汉国脑子里一下闪过父亲的那句话：孩子要上学。难道……

孙副局长跟胡小琴解释道：白金华、白银华涉嫌私闯民宅，现在正在接受调查，问题查清了我们会再通知你。你们放心，我们不会冤枉一个好人，也不会放走一个坏人。现在你们可以走了。但胡小琴说：我们不走，我们家白金华不会干坏事的。我们要等他出来。

孙副局长转身出来，对跟出来的洪汉国说：这种情况多了，让他们去对付。我也该下班了，要不要去食堂吃个夜宵？洪汉国说行，我也等等审讯的情况。

快到晚上十二点时，儿子洪疆打来电话，说已经在公安局外面了，爷爷就在他车上。今晚不见到那两个人，他就不睡觉。

洪汉国心里一阵叫苦，不是已经哄上床了吗？他老人家现在怎么就那么精神呢？刚才看审讯记录，已让他找出一些疑点，他相信只要让市局的人审一晚上，什么问题都能搞清楚。但老爷子牛脾气上来了，牛都得给他让道。

洪玉林一见他们就冷冷地问：我的人呢？洪汉国回说：正在审。瞎球整！老爷子又吼将起来。孙副局长忙说：老局长别生气。我们进屋里喝杯茶。洪玉林用手杖点着他问：你是哪个？孙副局长赔着笑脸说：老局长，我是孙志峰。

小孙啊。放人。洪玉林将手杖往地上一顿。

老局长，我们正在调查……

放人。洪玉林再顿手杖。

洪汉国有些看不下去了，说：爸，人家有人家的办案程序，我们先回去吧。

洪玉林扬起手杖就要打，在一边搀扶他的洪疆忙拉住了他，说爷爷，爷爷，你疯了吗？

孙副局长把洪汉国拉到一边，说：这样吧，先给那两小子办个取保候审，跑不了兔崽子的。别把老爷子心脏病惹发了。

凌晨一点多，白金华兄弟办完取保手续出来了。白布舒迎了上去，扑到她爸爸的怀里。白金华跪下了，眼泪无声地淌。白银华则像被霜打过了一样，整个人都蔫掉了。市局里值夜班的人都知道了下午的案子，现在听说他们的老局长来了，那些手上无事的处长、科长、支队长、大队长都纷纷跑出来问候。一群高级警官簇拥着洪玉林、孙副局长和洪汉国，恨恨地盯着刚放出来的那两个家伙，仿佛想随时扑上去再将他们捉拿归案。让人感到奇怪的倒是洪玉林，他既不上前去跟他的"外甥"打招呼，也不走，只是站在公安局门厅的台阶上，苍老的目光望着那一家人相互搀扶着狼狈离开。那女人只回头张望了一下，便感到警察们凌厉的目光像一阵阵刚硬的风，吹得她双腿直哆嗦，结结巴巴地说天爷爷，快走快走。只有那孩子不断回头，眼里全是疑惑。也许她在想：这是一场噩梦吗？

七

一周以后，洪汉国一家搬来与老父亲同住。他用下命令的口吻对妻子和儿子说：老人还在世一天，我们就陪他一天。

陌生人入户事件的余波渐渐平息。生活一如既往，如河中之水，再大的意外，也不过是一块石头扔下来，砸出一些响动、波浪和涟漪，转瞬之间，响声消失，飞溅的浪花跌落，涟漪也平息了。一切恢复如初，一切都将被时间之河载走。

洪家有个微信群，除了洪玉林不用手机不在群里外，其余人经常在群里聊。因此，一段时间以来，大家有空就在微信上讨论。哪来那么"巧"的亲戚？从未说起过，也不事先联系，更不经人介绍，空着两手就登门认亲戚了？远在美国的洪汉美作为一个律师，竟然对发生在自己家中的一桩“疑似刑事案件”束手无策，这让她感到真是对自己职业生涯的羞辱。她在微信里和大家讨论“犯罪未遂”和“犯罪中止”这两个法律概念。她时而扮演起诉人的角色——假定这两个人是打算到家里来行窃，家人及时报案，警察及时出现，阻止了他们犯罪。无论是美国的法律还是中国的法律，“犯罪未遂”都要依法追究刑事责任，至少也得判他们三五年的。

有时她又不自觉地当上了辩护律师——在警察来到之前，他们客观上有充裕的犯罪时间，包括家中的保险柜已经打开，老人毫无反抗能力，他们看上去又有点像“刑法”条款中“在犯罪过程中，自动放弃犯罪或者自动有效地防止犯罪结果发生”。如果是这样，则可以轻判或免予刑事责任。

但更多时候她还是作为一个家庭成员在发言——父亲即便再糊涂，也不至于敌我不分吧？当年他参加剿匪，跟随一个小分队追捕雷四眼，三天三夜连续战斗，小分队的战友牺牲的牺牲，负伤的负伤，父亲只身一人一路追踪到藏区的雪山上，最终让杀人如麻的大匪首也不得不俯首就缚。现在那股疾恶如仇、不屈不挠的劲儿怎么就没有了呢？

当然，态度更直截了当的是家庭里的第三代洪疆，这个年轻人在群里指天发誓地说，不把那两个烂民工送进去，他就不配姓洪。咱们抓了一辈子坏人的爷爷竟然被两个小蟊贼欺负，是可忍孰不可忍！

洪汉国有时也会在群里说几句。也许过去咱爸公务在身，不便多讲乡情，现在退休多年了，人也老了，难免就乡里乡亲、儿女情长起来了。中国的乡村你们不熟悉。一个村庄里都是亲戚，方圆几十里的人家还沾亲带故，八竿子打不着的人说不定还有血缘关系。父亲老家那个地方，峡谷深幽，闭塞落后，但民风古朴，重情讲义。

他现在尽量让自己保持公正和理性，不能把一家人的情绪再推向仇恨的高点，尽管他也是意难平。但他一要考虑到自己职务在身，二要应对老父亲说不清道不明又不依不饶的糊涂或苛刻。这期间只要他一回到家，老人一会儿说窗户玻璃上爬满了拳头大的小人儿，要他用枪把那些想闯进家里的家伙都打下来；一会儿又念叨着要去看白金华兄弟，说他的两个“外甥”都长那么高了，他高兴。当然，老人催问最多的就是那孩子上学的问题解决没有。有次更荒唐到拿出一叠钱来，要郝妈带给白金华兄弟，给孩子交学费。洪汉国开初以为敷衍几日，老人便会慢慢忘记这事——他一生多少重要的人和事都忘记了，连母亲的名字都想不起来了，可“孩子要上学”却像一颗种子一样在他混沌的脑子里生了根、发了芽，似乎满世界都只有这个问题最为紧要。有一天洪汉国刚下班回家坐下来，正想要给老父亲问个安，老人又问孩子上学没有？洪汉国稍稍反应迟了点，老人就一杯茶水泼到了洪汉国身上。

多年的职业训练让洪汉国习惯于从不同角度去思考同一个问题，作为法律的捍卫者，他从不怀疑自己的执行能力、决断能力，他当然也知道有些“灰色地带”，是最详尽的法律条文也难以全部照亮的，何况制定法律的是人，依法办事的也是人。人有时也会陷在“灰色地带”里左右徘徊、举棋不定。他已经从其他渠道摸清了白金华家的大体情况，这个打工家庭竟然不自量力地想让自家孩子上七彩中学，多少城里的中产家庭都对它望而生畏呢。

有个晚上洪汉国从梦中醒来，梦里的情景像刚放过的电影一样。在边境线一侧，有个大山深处的村庄，被人们叫作“背毒村”。因为穷，村里有不少男人偷越国境去帮贩毒集团背毒品。他们挣得并不多，却是用生命和全家的幸福去冒险。在一次缉毒行动中，一个大约只有十来岁的女孩追着他们的警车跑，嘴里不断喊：“爸爸，回来！爸爸不要走！”让车上的洪汉国心酸不已。

其实这不完全是洪汉国的梦，工作中他经历过太多类似的事情。只是在梦中那个追着警车跑的女孩，不知咋的幻化成了白金华的女儿。那天晚上她扑进她爸爸怀里，为白金华揩拭眼泪的小手让洪汉国难以忘怀。还有她不断回头张望的目光，除了困惑不解外，洪汉国甚至感觉到了那眼睛里的敌意和仇恨。唉，孩子，我们不是你的敌人。可是你怎么能跟一个孩子解释得清楚这些道理？

第二天上班路上，洪汉国给一个前下属小陈打了个电话，他现在是市教育局的一个科长。洪汉国本来是想咨询一下七彩中学的情况，但下午小陈就回话了，说报告老首长，您交代的事情已经办好了，学校那边非但不多收一分钱，按城市户口待遇办，还给免了将近一万元学杂费。洪汉国随口说了声“谢谢”。小陈便道老首长您千万别这样说，我不敢当的，本来就是小事一桩。明天带孩子去见一下校长，办个手续，秋季就可以入学了。老首长要是没有时间，就我带孩子家长去。洪汉国本想说自己去办，但他实在不想再看到白金华猥琐的样子，他是猥琐的吗？洪汉国有些判断不清，他或许是不忍心看到那个女孩。于是洪汉国对小陈说：那你就帮我跑一趟吧，我把那人……我家亲戚……联系方式给你。

洪汉国在心里骂了句：妈的，还真整成亲戚了！

晚上临睡前，洪汉国把帮助白金华孩子入学的事在家庭群里说了，还说当老爷子听到这个消息时，竟然也只说了个“好”字。真不知道他老人家脑子里究竟在想什么。唉，就当我助一次学吧。我也再不会挨他老人家打骂了。

儿子洪疆在微信里语带讥讽地说：一群清醒的人，被一个老糊涂带进了坑里。偏偏他还是咱家的国王。

洪汉国训斥儿子道：瞎说些什么？再糊涂也是你的爷爷！你给老子记住，你爷爷活着一天，他就是一个传奇。

洪疆说：现在是一个笑话了。然后用了一个偷笑的表情。

洪汉国正想再训他几句，这小子现在说话越来越没大没小了。却见到洪汉美在美国那边也搭上了话：助学是应该的，但一个电话就能解决的事情，犯得着铤而走险吗？

洪汉国说：你忘了他们跟我们不一样。

洪疆接嘴道：就是嘛，他们闯进家里作奸犯科，我们还得给他们兜着，帮他们的女儿上好学校。这就是我们和他们的不一样。

Innocent until proved guilty. 这是洪汉美的女儿刘涯发上来的一句英语，平常她一般不参加家庭群里的讨论，一是她对国内的事情不太了解，二是她工作也忙，对洪家的家长里短似乎不感兴趣。

洪汉国“艾特”了刘涯：小涯，什么意思啊？

洪汉美代女儿回答：一个人在被证明有罪之前都是清白的。

洪汉国回说：当然，我们国家也早就废除了有罪推定。

洪疆又跟了一句：他们本来就有罪嘛。板上钉钉的事，不需要推定。要不是看在爷爷分上，我早一脚给他们踢进牢里去了。

刘涯这次用中文打上来的一句：你们不觉得自己很强势吗？

这下大家都沉默了。许久洪疆才回了一句：我爷爷连冷热都分不清楚了，还不是弱势吗？

刘涯追问了一句：你们一个电话都能解决的事，别人却要用身家性命去搏，谁强谁弱？

洪汉国其实一段时间来也在内心里反问：这桩事情要是放在一个普通家庭，孙副局长会调动精锐的反恐突击队吗？派出所的特警中队就足够应付了。如果不是老父亲从中阻拦，白金华兄弟能从轻发落？他还想起放走白金华兄弟的那个晚上，面对一大群威风八面的高级警官，白金华一家看上去那样猥琐、孱弱、卑微，像风中飘走的几片树叶。没有比这更具震慑力的场面了。要说强势，这才是只有洪家才会有的强势。干了一辈子警察工作的父亲当然太知道手握公权力的人的强势。父亲也是从普通老百姓一步步走出来的。洪家的人都多次听洪玉林讲过他参加革命工作的经历。洪玉林小时候常饿得眼睛发绿。有一次他实在饿得受不了了，就把家里供奉在神龛上的两个荞麦粑粑偷吃了。他父亲是个敬奉山神、水神、树神以及一切鬼魂的人，偷吃敬神敬鬼的东西，山林中蛰伏的各路鬼神就会打上门来。洪玉林被他惊恐而愤怒的父亲一巴掌打得从屋门口滚到门外的一堆猪屎里。那时他才十五岁，穷人的孩子更叛逆。他离家出走了，刚好那年解放军进到峡谷，洪玉林就这样被一个巴掌打进了革命队伍。谁家三代以前没有穷过？人穷了，这个社会上的许多资源都不属于你。

洪汉国还想起有一天老父亲在饭桌上莫名其妙地说了句：有人来找你讨口饭吃，你不要问人家出来要饭的原因，给他一袋米就是了。

刘涯又在那边发话了，说我给你们看看国外一个 AD 患者在刚开始痴呆时，在一个医疗团队的帮助下写下的自白，或许有助于我们理解外公。然后她把一段文字发过来了。

——请给我们说话的时间，等待我们在乱麻成堆的脑底里搜寻到自己想要使用的词汇。如果我们不知道自己说到哪里，请不要让我们觉得难堪，因为我们的思考和说话，已经不是司机和他开的车的关系。

——请不要在意我们的判断，因为我们慢慢地在丧失判断。我们既没有办法确定自己的判断正确与否，也没有办法说服你们。当然你们也很难说服我们，除非你们使用暴力。我们的判断通常是失控的车，在黑暗中靠惯性往前走。

——如果我们忘了最近发生的某件特别的事情，请不要以为我们没心没肺。只要给我们一点提示就好了，我们可能只是想不起来。您也许能帮助我们回想起刚发生的事儿，也许不能。请别为难您自己。如果我们脑子里彻底没有这件事儿了，那它就是被一块橡皮擦擦干净了。

——也许有一天，我们开始经常忘记锁门，忘记关煤气，经常喊错儿女的名字，一遍又一遍地重复同一个话题；终于，我们又变回“孩子”了。我们会忘记一些事，又固执于另一些事。我们开始无理取闹，我们找不到回家的路，那块橡皮擦把我们所有的过去擦得一干二净。到最后，我们再也离不开二十四小时的看护。我们是想努力保持尊严，但尊严的意义本身，我们也想不起了。很抱歉，这就是生命最后的样子。

一个周末，洪汉国和几个老战友在家里聚会。做晚饭时他去厨房帮郝妈择菜。在给一把芥兰去皮时，他顺手去灶台上的双立人刀架上取去皮刀。在把刀从刀架上取出来的一瞬间，他的血一下涌到了脑部，就像面对一支指向自己的枪口。

洪汉国记得很清楚，这套德国双立人牌的厨房刀具是两年前买的。刀架上配备了适合各种用途的五把刀：两把菜刀，一把去皮刀，一把剔骨刀，一把带齿的多用途刀，还有一根磨刀棒。那把去皮刀刀尖锋利、小巧玲珑，平常去个菜皮、削个水果啥的，非常好用。但在一个月前，郝妈在择菜时将它遗忘在择下的菜皮篮子里，当垃圾扔掉了。事后洪汉国还安慰过自责的郝妈说，一把小刀嘛，再买一把就是。

现在这把小刀就在洪汉国手上，也是黑色的刀柄，不锈钢刀身，刀柄上甚至也有铆钉。只是它不是双立人牌的，洪汉国一摸到刀柄就感到了异样。再仔细一端详，双立人的刀柄上有三颗规规整整的铆钉，这刀只有两颗，还摇摇晃晃的，再看刀身与刀柄的结合部以及刀背、刀刃，无不带有冒牌货粗糙、拼凑、简陋的特点。妻子和洪疆是绝不会买这种地摊货的。

他问在一边忙碌的郝妈：这把小刀你认得吗？

郝妈瞥了一眼他手上的刀，脱口而出：哎呀，你把它找回来了？

你看仔细点，是你原来丢的那把吗？

郝妈把刀接过去，顺手操起一根芥兰削了一下，嘴一撇说：没有我们原来的那把好用。

是你买回来的？

不是。郝妈说，你不是说这种刀人家商店要卖就是一套嘛，单把的不卖。

洪汉国把刀放回刀架，也就那么巧，它刚好放得进去，新旧成色也差不离，只有认真点观察才会发现它稍长一些，刀柄还没有抵到刀架口。

这把刀在刀架上放了多久，你还记得吗？

郝妈被洪汉国满脸的严肃吓着了，张了张嘴，回答不出来。

洪汉国记得监控录像中有一段，当二哈开始狂吠时，白金华进了一趟厨房。从厨房的窗户可以看到花园及花园外面的情况。洪汉国当时将之理解为他在观察，他发现什么了吗？他进厨房的时间大约也就十来秒。也许他顺手就将这把准备作案的刀插进刀架上了，这个家伙够机敏的。那天现场勘查的警官还是嫩了点。

洪汉国看着有些张皇的郝妈，掏出一支烟来点上，说没事了，你忙吧。

晚饭时，战友们都给洪玉林敬酒。这三个战友和洪汉国在部队摸爬滚打几十年，他们一起当兵，一起上军校，过去经常来洪汉国家蹭饭吃，老爷子也把他们当成自己的儿子。饭桌上洪疆故意问他：爷爷你还认得这几个叔叔吗？

老人笑眯眯地说：认得嘛，认得嘛。那么他是谁呢？洪疆指着一个叔叔问。老人仍然笑呵呵地说：是我们家的人嘛，老朋友嘛。他叫什么呢？叫什么不重要嘛，是一家人就是了。高高兴兴在一起喝酒，一家人嘛。老人目光躲闪起来。洪疆却不依不饶，说爷爷，在一起喝酒就是一家人了啊？当年国共谈判，毛主席和蒋介石还在一起举杯呢。你能说他们是一家人？现在人们天天都在饭桌上谈生意，尔虞我诈，相互欺骗，这也算一家人？洪汉国实在看不下去了，喝道：洪疆，别多嘴了！

那个晚上，家人都睡了后，洪汉国进到厨房，面对灶台上的刀架发了很久的呆。他抽出几张餐巾纸，将那把冒牌去皮刀从刀架上取出来，仔细包好，放在手掌里掂量了又掂量，仿佛要知道它有多重，仿佛也想追问它曾经试图嗜血的罪恶。然后，他转身将它扔进了垃圾桶。

二〇一八年十一月十六日四稿于昆明滇池畔

（原载《收获》2019 年第 2 期）

图书在版编目（CIP）数据

心与物：愿逐月华流照君 / 青年文学杂志社编 . --
北京 : 中国青年出版社 , 2021.4
ISBN 978-7-5153-6332-5

Ⅰ . ①心… Ⅱ . ①青… Ⅲ . ①中篇小说 - 小说集 - 中国 - 当代②短篇小说 - 小说集 - 中国 - 当代 Ⅳ . ① I247.7

中国版本图书馆 CIP 数据核字 (2021) 第 052519 号

书　　名：心与物：愿逐月华流照君
编　　者：青年文学杂志社

策　　划：皮　钧　李师东
责任编辑：张　菁
助理编辑：赵志明
书籍设计：尚书堂
出版发行：中国青年出版社
社　　址：北京市东城区东四十二条 21 号
邮　　编：100708
编辑中心：010-57350357
印　　刷：山东新华印务有限公司

经　　销：新华书店
开　　本：880 × 1230 1/32
印　　张：14
印　　数：1-5000 册
版　　次：2021 年 12 月北京第 1 版
印　　次：2021 年 12 月山东第 1 次
定　　价：58.00 元